José Carlos Somoza

Das Rätsel des Philosophen

José Carlos Somoza

Das Rätsel des Philosophen

Roman

Aus dem Spanischen
von Klaus Laabs und Joachim Meinert

Claassen

Denn es gibt eine unwiderlegbare Beweisführung, die demjenigen, der es wagt, auch nur eine Kleinigkeit von solchen Dingen niederzuschreiben, in den Weg tritt, eine Beweisführung, die ich schon oft vorgetragen habe, die aber auch jetzt vorgetragen werden zu müssen scheint.

Für jedes Ding gibt es dreierlei, wodurch sich notwendigerweise seine Erkenntnis vollzieht, dazu kommt als viertes die Erkenntnis selbst, als fünftes muß man das selber ansetzen, was eben Objekt der Erkenntnis und das wahrhaft Seiende ist, nämlich erstens der Name, zweitens die Definition, drittens das Abbild ...

Platon, *Der siebente Brief*

I[1]

Der Leichnam lag auf einer Trage aus dünnen Birkenreisern. Oberkörper und Bauch waren eine einzige blutige Masse von aufgerissenem, zerfetztem Fleisch unter einer Kruste aus geronnenem Blut und getrockneter Erde, nur der Kopf und die Arme sahen nicht ganz so schlimm aus. Ein Soldat hatte das über den Körper gelegte Tuch aufgeschlagen, damit Aschylos ihn in Augenschein nehmen konnte. Schaulustige umringten ihn, zuerst zaghaft, dann scharten sie sich in immer größerer Zahl im Kreis um den schaurigen Leichnam. Die Kühle sträubte das blaue Fell der Nacht, und Boreas, der Nordwind, ließ die Goldmähne der Fackeln, die dunklen Borten der Umhänge und den dichten Federbusch der Soldatenhelme flattern. Die

---

[1] *Es fehlen die ersten fünf Zeilen. Montalo, Herausgeber des Originaltextes, erklärt, vom Papyrus sei an dieser Stelle ein Stück abgerissen. Ich beginne meine Übersetzung von* DAS RÄTSEL DES PHILOSOPHEN *daher mit dem ersten Satz von Montalos Text, dem einzigen, über den wir verfügen.* (Anm. d. Übers.)

Stille hielt die Augen aufgerissen: Alle Blicke starrten auf das schreckliche Untersuchungswerk des Aschylos, wie er mit Hebammengriffen die Wundlippen auseinander klappte und mit den Fingern in den grausigen Höhlungen wühlte – er glich darin einem Leser, der mit gespannter Aufmerksamkeit den Zeigefinger über die Schriftzeichen auf einem Papyrus gleiten läßt. Sein Sklave hielt ihm die Lampe und schirmte dabei die Flamme mit der Hand vor den Windstößen ab. Der Einzige, der etwas sagte, war Kandalos der Alte: Als die Soldaten mit dem Toten kamen, hatte er laut durch die Straßen geschrien und die Nachbarn geweckt, und noch immer hallte sein Gezeter in ihm wider. Er hinkte um den Kreis der Gaffer, als ob die Kälte seinem halb nackten Körper nichts anhaben könnte, schleppte den linken, klumpigen Fuß nach, eine einzige schwärzliche Satyrkralle. Mit den schilfrohrdünnen Armen suchte er Halt an fremden Schultern und rief immerzu: »Es ist ein Gott ... Schaut ihn an! So steigen die Götter vom Olymp herab. Rührt ihn nicht an! Sagte ich es euch nicht? Es ist ein Gott ... Beschwöre es, Kallimachos! Beschwöre es, Euphorbos!«

Seine gewaltige weiße Mähne, die sich wie ein Ausläufer seines Wahnsinns wirr auf dem kantigen Schädel sträubte, wehte im Wind und verdeckte ihm zur Hälfte das Gesicht. Doch niemand achtete groß auf ihn: Die Leute betrachteten lieber den Toten als den Irren.

Der Hauptmann der Grenzwachen war mit seinen Soldaten aus dem Nachbarhaus getreten und rückte sich abermals den mähnengeschmückten Helm zurecht: Es konnte nicht schaden, die Menge auf seine militärischen Rangabzeichen hinzuweisen. Aus dem dunklen Visier heraus fasste er die Umstehenden ins Auge, sein Blick blieb an Kandalos hängen, und gleichgültig zeigte er auf ihn, als gälte es eine lästige Fliege zu verscheuchen. »Bei Zeus, bringt ihn zur Ruhe!«, befahl er in die Runde seiner Soldaten.

Einer von ihnen trat auf den Alten zu, hob seine Lanze und rammte den Schaft mit waagerechtem Stoß in den knittrigen Papyrus von Kandalos' Unterleib. Der Alte schnappte mitten im Wort nach Luft und fiel dann wie ein Haar im Wind lautlos in sich zusammen. Wimmernd wand er sich am Boden. Die Menge war dankbar für die plötzliche Stille.

»Dein Befund, Physikus?«

Aschylos, der Arzt, ließ sich Zeit mit der Antwort, hob noch nicht einmal den Blick zum Hauptmann. So mochte er nicht angesprochen werden, als »Physikus«, und am wenigsten in diesem alles und jeden herabwürdigenden Ton. Aschylos war kein Militär, sondern entstammte einem alten Aristokratengeschlecht und hatte eine vorzügliche Bildung genossen: Er kannte die Aphorismen des Hippokrates gut, hielt sich in allen Punkten an den ärztlichen Eid und hatte eine lange Studienzeit auf der Insel Kos zugebracht, wo er die heilige Kunst der Asklepiaden, der Schüler und Erben des Hippokrates, erlernt hatte. Nein, er war keiner, den ein Hauptmann der Grenzwachen so einfach demütigen durfte. Ohnedies war er gekränkt: Die Soldaten hatten ihn in grauer Morgenstunde geweckt, damit er auf offener Straße den Leichnam jenes Jünglings examinierte, den sie auf einer Tragbahre vom Berg Lykabettos herbeigeschafft hatten, und natürlich sollte er jetzt auch noch eine Art von Befund erstellen. Er aber, Aschylos, das wusste doch jeder, war kein Arzt für Tote, sondern für Lebende, und er fand, dass diese unwürdige Aufgabe seinem Amt abträglich war. Er hob die Arme des zerfleischten Körpers an, die einen Schweif aus blutigen Säften hinter sich herzogen, und sein Sklave säuberte sie eilends mit einem in geweihtes Wasser getauchten Tuch. Zweimal räusperte er sich, bevor er zur Rede ansetzte, dann sprach er: »Wölfe. Wahrscheinlich wurde er von einem hungrigen Rudel angegriffen. Bisse, Klauenhiebe … Das Herz fehlt. Es wurde ihm herausgerissen. Die Höhlung, durch die die warmen Körpersäfte fließen, ist teilweise leer …«

Das Gerücht fegte langsträhnig über die Lippen der Schaulustigen.

»Hast du gehört, Hämodoros?«, flüsterte ein Mann seinem Nachbarn zu. »Wölfe.«

»Dagegen muss etwas unternommen werden«, erwiderte der andere. »Wir wollen die Sache vor die Volksversammlung bringen …«

»Die Mutter ist bereits verständigt«, verkündete der Hauptmann. Mit seinem entschiedenen Tonfall brachte er die Kommentare zum Verstummen. »Ich wollte ihr noch keine Einzelheiten sagen, sie weiß lediglich, dass ihr Sohn tot ist. Und sie wird den Leichnam nicht zu Gesicht bekommen, ehe Daminos von Klazobion eingetroffen ist: Er ist jetzt der einzige Mann in der Familie und wird entscheiden, was zu tun ist.« Er sprach mit machtvoller Stimme, an Gehorsam gewöhnt, die Beine breit in den Boden gerammt, die Fäuste auf den kurzen Rock unter seinem Umhang gestemmt. Dem Anschein nach sprach er zu den Soldaten, doch war zu spüren, wie sehr er die Aufmerksamkeit des gewöhnlichen Volks auskostete. »Was uns betrifft, wir haben unsere Arbeit getan!« Und an die Gruppe der Zivilpersonen gewandt, setzte er hinzu: »Nun denn, Bürger, geht nach Hause! Hier gibt es nichts mehr zu sehen! Versucht noch ein wenig zu schlafen, wenn ihr könnt … Noch ist es Nacht!«

Der kleine Menschenauflauf zerstreute sich, so wie in einer vom launischen Wind gezausten dichten Mähne jedes einzelne Haar in einer anderen Richtung flattert; manche schritten in Grüppchen davon, noch immer in erregtem Gespräch über das schreckliche Geschehnis, andere allein, stumm für sich.

»Es stimmt, auf dem Lykabettos wimmelt es von Wölfen, Hämodoros. Ich habe gehört, dass sie schon über etliche Bauern hergefallen sind ...«

»Und nun ... dieser arme Ephebe! Wir müssen in der Volksversammlung darüber reden.«

Ein untersetzter, stark beleibter Mann hatte sich nicht vom Fleck gerührt, als die Übrigen auseinandergingen. Er stand zu Füßen des Leichnams, betrachtete ihn mit halb geschlossenen Augen, leidenschaftslos, ohne den geringsten Ausdruck auf dem vollen, wiewohl nicht unschönen Antlitz. Es sah aus, als schliefe er im Stehen. Die davoneilenden Männer wichen ihm aus, sie gingen dicht an ihm vorbei, ohne ihn anzuschauen, als ob er eine Säule oder ein Stein wäre.

Ein Soldat trat zu ihm und zupfte ihn an seinem Umhang. »Geh nach Hause, Bürger. Los, du hast doch unseren Hauptmann gehört.«

Der Mann schien sich nicht angesprochen zu fühlen: Er blickte unverwandt in eine Richtung, wobei er sich mit den dicken Fingern sacht über den sorgfältig gestutzten silbergrauen Bart strich. Der Soldat dachte, er sei taub, gab ihm einen leichten Knuff und sprach lauter: »He, du, mit dir spreche ich! Hast du unseren Hauptmann nicht gehört? Scher dich nach Hause!«

»Entschuldige«, sprach der Mann in einem Ton, der nicht im Geringsten verriet, dass ihn die Aufforderung des Soldaten völlig gleichgültig ließ. »Ich geh ja schon.«

»Was guckst du denn so?«

Der Mann blinzelte kurz und löste dann den Blick von der Leiche, die ein anderer Soldat nun wieder zudeckte. »Ach, nichts. Ich dachte nur nach«, sagte er.

»Dann denk in deinem Bett weiter.«

»Recht hast du«, pflichtete ihm der Mann bei. Er schien aus einem kurzen Schlaf erwacht zu sein, schaute noch einmal um sich und ging gemächlich davon.

Die Gaffer waren alle fort, und auch Aschylos, der mit dem Hauptmann der Wachen noch etwas erörterte, schien mehr als bereit, schleunigst zu verschwinden, sobald sein Gesprächspartner es erlaubte. Selbst der alte Kandalos kroch wimmernd und vor Schmerz gekrümmt unter den Fußtritten der Soldaten auf allen Vieren davon, in irgendeinen dunklen Winkel, wo er, von seinen Irrsinnsträumen heimgesucht, die Nacht herumbringen könnte; seine lange weiße Mähne wurde im Wind lebendig, sie wallte ihm tief über die Schultern, stob im nächsten Augenblick auf wie ein wirrer Haufen von Schneehaaren, wie ein vom Winde gezauster schlohweißer Helmbusch. Am Himmel, über den scharfen Umrissen des Parthenontempels, zerfranste langsam der goldgesäumte Wolkenschopf der Nacht, als ob eine Jungfrau geruhsam ihr Haar kämmte.[2]

Doch der beleibte Mann, den der Soldat offenbar aus einem Traum gerissen hatte, drang nicht wie die anderen in das haarfeine Gesträhl der Gassen ein, das den verwinkelten Stadtkern bildete, sondern umrundete zögernd,

---

[2] *Auffallend der übertriebene Gebrauch von Metaphern wie »Mähne« oder »Haarschopf«, »Haarsträhnen«, »Schweif«, die von Beginn des Textes an hier und da eingestreut sind. Möglich, dass sie auf eine Eidesis hinweisen, doch ist dies noch nicht gesichert. Montalo scheint nichts aufgefallen zu sein, er erwähnt es in seinen Anmerkungen nicht.* (Anm. d. Übers.)

als habe er es sich zweimal überlegt, den kleinen Platz und ging dann gemächlichen Schritts auf das Haus zu, aus dem kurz zuvor der Wachhauptmann getreten war. Jetzt drangen, deutlich vernehmbar, Klagelaute aus dem Gebäude. Obwohl es noch im Halbdunkel der allmählich schwindenden Nacht lag, war zu erkennen, dass hier eine ziemlich wohlhabende Familie wohnen musste: Es war geräumig, besaß ein Obergeschoss und einen ausgedehnten Vorgarten, den eine flache Mauer umgrenzte. Die Haustür, zu der man über eine kleine Treppe gelangte, war zweiflüglig und von dorischen Säulen eingefasst. Die Tür stand offen. Auf der Treppe saß im Schein einer an der Wand befestigten Fackel ein Knabe.

Als der Mann näher trat, schwankte ein Greis im grauen Sklavengewand heraus, und der Ankömmling dachte des Taumelns wegen zunächst, er sei betrunken oder fußlahm, merkte aber dann, dass er bitterlich weinte. Der Alte blickte ihn im Vorbeigehen nicht an: Er hatte die schmutzigen Hände vor das Gesicht geschlagen und wankte auf dem Gartenpfad blindlings zu einem kleinen Standbild des Schutzgottes Hermes, abgerissene, unverständliche Sätze stammelnd, aus denen man bisweilen etwas heraushörte wie »Meine Herrin!« oder »Ach, so ein Unglück!«. Der Mann wandte sein Augenmerk von ihm ab und dem Kind zu, das ihn, keineswegs schüchtern, beobachtete. Es hockte noch immer, die dünnen Arme um die Beine geschlungen, auf den Stufen.

»Dienst du in diesem Haus?«, fragte er und hielt ihm einen rostigen Obolus hin.

»Ja, doch ich könnte ebenso gut in deinem dienen.«

Der Mann war überrascht von der flinken Antwort und der trotzig klaren Stimme. Er schätzte den Knaben auf nicht älter als zehn. Um die Stirn hatte er einen Tuchstreifen gebunden, der mit Mühe das Gewirr des blonden

Haarschopfs zusammenhielt, nicht richtig blond eigentlich, eher honigfarben, obwohl man den genauen Farbton im Funzellicht der Fackel nur schwer ausmachen konnte. Das blasse Gesicht deutete nicht auf lydische oder phönikische Abstammung hin, es ließ eher an eine Herkunft aus dem Norden denken, vielleicht aus Thrakien; in seiner Miene, mit der gerunzelten Stirn und dem asymmetrischen Lächeln, lag eine Menge Verstand. Er trug nichts weiter als das graue Sklavengewand, schien aber trotz der nackten Arme und Beine nicht zu frieren. Geschickt fing er den Obolus auf und versteckte ihn zwischen den Falten seines Gewands. Er blieb sitzen und schlenkerte mit den bloßen Füßen.

»Zur Zeit brauche ich nur einen Dienst«, sagte der Mann. »Melde mich bei deiner Herrin an.«

»Meine Herrin empfängt niemanden. Ein hoher Soldat, der Hauptmann der Wachen, war vorhin bei ihr und hat ihr gesagt, dass ihr Sohn tot ist. Jetzt schreit sie und rauft sich die Haare, sie ruft die Götter an und verflucht sie.«

Als hätten seine Worte eines Beweises bedurft, war nun tatsächlich aus der Tiefe des Hauses ein mehrstimmiges, lang gezogenes Klagegeheul zu hören.

»Das sind ihre Sklavinnen«, erklärte der Knabe ungerührt.

Der Mann erwiderte: »Hör zu. Ich kannte den Gemahl deiner Herrin …«

»Der war ein Verräter«, unterbrach ihn der Knabe. »Er ist schon lange gestorben, er wurde zum Tode verurteilt.«

»Ja, darum ist er gestorben: weil er zum Tode verurteilt war. Aber deine Herrin kennt mich gut, und da ich einmal hier bin, möchte ich ihr mein Beileid aussprechen.« Er zog einen weiteren Obolus aus dem Umhang, der ebenso rasch den Besitzer wechselte wie der vorige.

»Geh zu ihr und sage, Herakles Pontor möchte sie sprechen. Wenn sie mich nicht sehen will, verschwinde ich. Nun geh aber und sag es ihr.«

»Ich will es tun. Aber wenn sie dich nicht empfängt, muss ich dann die Münzen zurückgeben?«

»Nein. Die sind für dich. Wenn sie mich jedoch empfängt, bekommst du noch einen Obolus dazu.«

Mit einem Satz war der Knabe auf den Beinen. »Bei Apollon, du weißt, wie man Geschäfte macht!« Er verschwand im Dunkel des Eingangs.

Die zerzauste Wolkenmähne am nächtlichen Himmel hatte in der Zeit, die Herakles auf Antwort wartete, ihre Gestalt fast nicht verändert. Schließlich tauchte der Honigschopf des Knaben wieder aus der Dunkelheit auf: »Gib mir den dritten Obolus«, sagte er lächelnd.

Die Gänge im Innern des Hauses waren durch steinerne Bögen verbunden, die wie große aufgerissene Rachen wirkten und ein finsteres Labyrinth bildeten. In der Mitte eines der in Halbdunkel getauchten Flure hielt der Knabe inne und wollte die Fackel, mit der er den Weg gewiesen hatte, ins Maul eines Wandbügels stecken. Der Bügel war zu weit oben, und obwohl der kleine Sklave ihn nicht um Hilfe gebeten hatte – auf den Zehenspitzen versuchte er, mit aller Kraft hinaufzugelangen –, nahm Herakles die Fackel und ließ sie sacht in den Eisenring gleiten.

»Danke«, sagte der Knabe. »Ich bin noch nicht groß genug.«

»Bald wirst du es sein.«

Durch die Wände drang, aus unsichtbaren Mündern hervorbrechend, Schmerzensgeschrei, Geheul, Gebrüll. Es war, als ob alle Hausbewohner gleichzeitig ihr Leid herausschrien. Der Knabe – dessen Gesicht Herakles nicht sehen konnte, da er, winzig und schutzlos, vor ihm herlief wie ein Lamm, das sich dem aufgerissenen Rachen eines gewaltigen finsteren Raubtiers nähert – schien plötzlich ebenfalls davon angesteckt. »Wir alle haben den jungen Herrn so geliebt«, sagte er, ohne sich umzudrehen oder stehen zu bleiben. »Er war sehr gut zu uns.« Er keuchte oder seufzte, vielleicht schniefte er durch die Nase. Herakles fragte sich einen Moment lang, ob er weinte. »Er ließ uns nur dann auspeitschen, wenn wir etwas wirklich Böses getan hatten, und den alten Iphimakos und mich hat er überhaupt nie bestraft ... Hast du auf den Sklaven geachtet, der das Haus verließ, als du kamst?«

»Nicht besonders.«

»Das war Iphimakos, der Pädagoge unseres jungen Herrn. Ihn hat die Nachricht ins Herz getroffen.« Und leise fuhr er fort: »Iphimakos ist ein guter Mensch, wenn auch ein bisschen einfältig. Ich komme gut mit ihm klar, aber das tue ich ja mit fast allen.«

»Das wundert mich nicht.«

Sie waren in einem Raum angekommen.

»Hier musst du warten. Die Herrin kommt gleich.«

Es war ein fensterloses, nicht sehr großes Gemach, erleuchtet von ein paar flackernden Öllämpchen, die auf niedrigen Steinsimsen standen. Als Schmuck dienten mehrere breitmäulige Amphoren. Es gab auch zwei alte Speisesofas, die indes nicht sonderlich einladend wirkten. Als Herakles allein war, fühlte er sich plötzlich beengt vom Dunkel jener Höhle, von dem ständigen Schluchzen und der stickigen Luft, die wie der Atem aus einem kranken Munde roch. Ihm schien, das ganze Haus sei auf Tod eingestimmt, so als habe man nie aufgehört, in seinem Innern täglich lange Totenfeiern zu halten. Wonach roch es nur?, fragte er sich. Nach dem Weinen einer Frau. Der

Raum war erfüllt vom klammfeuchten Geruch trauernder Frauen.

»Herakles Pontor, bist du es?«

Auf der Schwelle zu den inneren Gemächern zeichnete sich ein Schatten ab. Das schwache Licht der Öllämpchen ließ das Gesicht nicht erkennen, lediglich – durch einen merkwürdigen Zufall – die Lippenpartie. So dass Herakles als erstes den Mund von Etis erblickte, und als dieser sich öffnete, um Worte hervorzubringen, ließ er eine schwarze Spindel hervortreten, gleich einem leeren Blick, der ihn aus der Entfernung musterte wie die Augen gemalter Figuren.

»Es ist lange her, seit du zum letzten Mal deinen Fuß auf die Schwelle meines bescheidenen Heims gesetzt hast«, sagte der Mund, ohne auf Antwort zu warten. »Sei willkommen.«

»Ich danke dir.«

»Deine Stimme ... Ich erinnere mich noch an sie. Und an dein Gesicht. Doch das Vergessen ereilt uns schnell, selbst wenn wir uns häufig sehen ...«

»Wir sehen uns nicht häufig«, entgegnete Herakles.

»Das stimmt. Deine Wohnung liegt ganz in der Nähe von meiner, aber du bist ein Mann, und ich bin eine Frau. Ich habe die Stellung einer *déspoina,* Herrin eines einsamen Hauses, und du die deine: ein Mann, der auf der Agora spricht und in der Volksversammlung seine Meinung äußert. Ich bin nur eine verwitwete Frau. Du bist ein verwitweter Mann. Und beide erfüllen wir unsere Pflichten als Athener.«

Der Mund schloss sich, und die bleichen Lippen kräuselten sich zu einem feinen, nur angedeuteten Bogen. Ein Lächeln? Herakles war sich nicht sicher. Aus Etis' Schatten tauchten zwei Sklavinnen auf, die sie geleitet hatten; beide weinten oder schluchzten oder stimmten schlicht einen einzigen, hin und wieder abbrechenden Ton an, wie Aulosbläser.

Ich muß ihre Schroffheit erdulden, dachte Herakles, denn sie hat soeben ihren einzigen Sohn verloren. »Ich entbiete dir mein Beileid«, sprach er.

»Danke.«

»Auf meinen Beistand kannst du zählen. In allem, was du brauchen solltest.«

Und sogleich erkannte er, dass er dies nicht hätte hinzufügen sollen. Die unendliche Distanz verkürzen, all die Jahre der Sprachlosigkeit in zwei Worte fassen zu wollen, hieß, die Grenzen seiner Visite überschreiten.

Der Mund öffnete sich, als wäre er ein kleines, aber gefährliches Tier, das geschlafen oder sich nur geduckt hatte und plötzlich eine Beute wahrnahm. »Deine Freundschaft mit Meragros ist damit entgolten«, erwiderte sie schroff. »Du brauchst nichts weiter zu sagen.«

»Es geht nicht allein um meine Freundschaft mit Meragros ... Ich halte es für eine Pflicht.«

»Ach, eine Pflicht.« Der Mund deutete – nun wirklich – ein unbestimmtes Lächeln an. »Eine heilige Pflicht, natürlich. Du redest noch immer wie früher, Herakles Pontor!«

Sie trat einen Schritt vor: Im Licht lagen nun die Pyramide ihrer Nase, die – von frischen Kratzwunden zerfurchten – Wangenknochen und die schwarzen Glutpunkte ihrer Augen. Sie war nicht so stark gealtert, wie Herakles erwartet hatte: Deutlich war noch – so schien ihm – das Prägemal des Künstlers sichtbar, der sie erschaffen hatte. Das faltenreiche Tuch ihres dunklen Peplos fiel in sanften Wellen über ihre Brust; eine Hand, die linke, war unter dem Umschlagtuch verborgen, die Rechte hielt das Gewand gerafft. An dieser Hand fand Herakles bestätigt, dass sie gealtert war, wie wenn die Jahre an den Armen herabgeglitten wären, um sie an den Enden dunkel zu färben. Hier, nur hier, an den hervortretenden Knöcheln und den verkrümmten Fingern, war Etis' Alter zu erkennen.

»Ich danke dir, dass du deiner Pflicht nachgekommen bist«, murmelte sie, und in ihrer Stimme lag erstmals eine tiefe Aufrichtigkeit, die ihn erschütterte. «Wie hast du es so schnell erfahren?«

»Es war Lärm auf der Straße, als sie den Leichnam brachten. Alle Leute des Viertels sind wach geworden.«

Ein Schrei erscholl, dann ein zweiter. Einen widersinnigen Moment lang dachte Herakles, die Schreie kämen aus Etis' geschlossenem Mund: als ob sie in ihrem Innern aufbrüllte und ihr schmaler Körper widerhallte und geschüttelt würde von den Lauten aus ihrer Kehle.

Doch dann brach der Schrei schwarzgewandet in den Raum ein, stieß die Sklavinnen beiseite, lief in gekauerter Haltung von Wand zu Wand, sackte, ohrenbetäubend, sich windend, in einer Ecke zusammen, als sei die heilige Krankheit in ihn gefahren. Schließlich verebbte er zu einem anhaltenden Klageton.

»Für Elea ist es noch viel schlimmer«, sagte Etis entschuldigend, als wolle sie Herakles für das Betragen ihrer Tochter um Verzeihung bitten. »Tramakos war nicht nur ihr Bruder, er war auch ihr *kyrios*, ihr rechtlicher Beschützer, der einzige Mann, den Elea kannte und liebte ...«

Etis wandte sich dem Mädchen zu, das sich in dem dunklen Winkel zusammengekauert und die Beine angezogen hatte, als wolle es nur den allerkleinsten Raum einnehmen oder im Schatten verschwinden wie ein schwarzes Spinngewebe. Beide Hände vors Gesicht geschlagen, Augen und Mund übermäßig weit aufgerissen, wirkte das ganze Antlitz wie reduziert auf drei schwarze Kreise, geschüttelt von heftigem Schluchzen. »Genug, Elea. Du weißt, du sollst das Frauengemach nicht verlassen, schon gar nicht in diesem Zustand. Vor einem Gast den Schmerz so zu zeigen! Das gehört sich nicht für eine Frau, die ihre Würde kennt. Geh auf dein Zimmer zurück!« Aber das Mädchen weinte nur um so heftiger. Etis hob die Hand und rief: »Ich sage es dir nicht noch einmal!«

»Erlaubt, Herrin«, bat eine der Sklavinnen, kniete rasch neben Elea nieder und sprach leise auf sie ein; Herakles verstand nicht, was sie sagte. Bald wurde Eleas Schluchzen zu unverständlichem Stammeln.

Als Herakles sich wieder Etis zukehrte, merkte er, dass sie ihn anschaute.

»Was ist passiert?«, fragte sie. »Der Hauptmann der Wachen hat mir nur erzählt, ein Ziegenhirte habe ihn unweit des Lykabettos tot aufgefunden ...«

»Aschylos, der Arzt, behauptet, es seien Wölfe gewesen.«

»Um mit meinem Sohn fertig zu werden, bräuchte es viele Wölfe!«

Und nicht wenige, um mit dir fertig zu werden, hohe Frau, dachte er.

Sie redete nun mit merkwürdiger Sanftheit, ohne sich Herakles zuzuwenden, als spreche sie allein für sich ein Gebet. Auf ihrem bleichen kantigen Gesicht fingen die Münder ihrer rötlich klaffenden Wunden erneut zu bluten an.

»Vor zwei Tagen ist er fortgegangen. Ich habe mich von ihm verabschiedet wie schon so oft, unbesorgt, er war ja schon ein Mann und konnte auf sich selbst aufpassen ... ›Ich werde den ganzen Tag auf die Jagd gehen, Mutter‹, sagte er. ›Ich werde Schlingen für die Hasen legen und meinen Quersack mit Wachteln und Krammetsvögeln für dich füllen.‹ Er wollte noch am selben Abend zurück sein.

Aber er kam nicht. Ich wollte ihn deswegen ausschelten, sobald er käme, nun aber …«

Ihr Mund öffnete sich plötzlich, wie um ein ungeheuerliches Wort auszustoßen. So verharrte er ein Weilchen, die Kiefer aufgesperrt, die dunkle Ellipse des Schlundes erstarrt, stumm.[3] Dann schloss sie den Mund sacht und murmelte: »Nun aber kann ich nicht vor den Tod hintreten und die Zähne fletschen – denn er würde nicht mit der Gestalt meines Sohnes zurückkehren und mich um Verzeihung bitten … Mein geliebter Junge!«

Sanfte Zärtlichkeit ist bei ihr schrecklicher als das Gebrüll des Heros Stentor, dachte Herakles voller Bewunderung. »Die Götter sind bisweilen ungerecht«, sagte er, nur um etwas zu sagen, doch auch, weil er im Grunde davon überzeugt war.

»Red mir nicht von denen, Herakles … Oh, red mir nicht von den Göttern!« Ihr Mund zitterte vor Zorn. »Es waren die Götter, die ihre Hauer in den Leib meines Sohnes schlugen und ihm mit einem Lächeln das Herz herausrissen und es verschlangen und mit Wonne den linden Duft seines Blutes atmeten. Ach, red in meiner Gegenwart bloß nicht von den Göttern!«

Herakles schien es, als versuche Etis vergebens, ihre Stimme zu dämpfen, die nun mit lautem Gebrüll aus ihrem Schlund hallte und ringsum Stille gebot. Die

---

[3] *Der gesamte zweite Teil dieses Kapitels wird (wie der aufmerksame Leser bereits bemerkt haben dürfte) geprägt von Metaphern und Bildern im Zusammenhang mit »Mund«, »Maul« oder »Schlund«, »Rachen« sowie »Schrei« und »Gebrüll«. Es erscheint mir offenkundig, dass wir einen eidetischen Text vor uns haben.* (Anm. d. Übers.)

Sklavinnen hatten ihr die Köpfe zugewandt und starrten sie an; selbst Elea war verstummt und betrachtete die Mutter mit Todesehrfurcht.

»Zeus der Kronide hat den letzten, noch grünenden Eichbaum dieses Hauses niedergehauen! *Ich verfluche die Götter und ihr unsterbliches Geschlecht!*«

Ihre Hände waren erhoben, in einer schrecklichen, fast drohenden Gebärde. Dann senkte sie die Arme langsam und setzte, immer noch in fast schreiendem Ton, mit plötzlicher Verachtung hinzu: »Das höchste Lob, das die Götter von uns erwarten dürfen, ist unser *Schweigen*!«

Und dieses Wort »Schweigen« wurde von einem dreifachen Aufschrei unterbrochen. Der Laut senkte sich Herakles tief ins Ohr und begleitete ihn noch, als er das Trauerhaus verließ: ein ritueller, dreistimmiger Schrei, von Elea und den Sklavinnen ausgestoßen, die mit ihren aufgerissenen, verzerrten Mündern eine einzige Kehle bildeten, aus der drei unterscheidbare, spitze, ohrenbetäubende Töne hervorbrachen und das unheimliche Gebrüll des Schlundes in drei Richtungen aussandten.[4]

---

[4] *Erstaunlich, dass Montalo in seiner gelehrten Edition des Originals – zumindest in diesem ersten Kapitel – keinerlei Bezug nimmt auf die offensichtliche Eidesis, die der Text aufweist. Doch womöglich kennt er diesen eigenartigen literarischen Kunstgriff nicht. Immer wieder begegnet man Übersetzern, manchmal sogar hochversierten, die nichts von dieser Technik wissen, einer Technik, die auf jeden Fall nur von einigen wenigen griechischen Schriftstellern – keineswegs den namhaftesten – angewandt wurde. Ihr Hauptmerkmal besteht gerade darin, dass sie Unkundigen gar nicht auffällt. Um dem*

wissbegierigen Leser ein Beispiel zu liefern und zugleich ehrlich zu berichten, wie ich das in diesem Kapitel versteckte Bild entdeckt habe (denn ein Übersetzer muss in seinen Anmerkungen ehrlich sein, das Lügen ist Vorrecht des Schriftstellers), will ich das kurze Gespräch wiedergeben, das ich gestern mit meiner als hochgebildet und erfahren geschätzten Kollegin und Freundin Helena führte. Beim Mittagessen kamen wir auf das Thema unserer Arbeiten zu sprechen, und ich erzählte ihr voll Begeisterung, dass DAS RÄTSEL DES PHILOSOPHEN, *das Werk, dessen Übersetzung ich gerade begonnen hätte, ein eidetischer Text sei. Sie hatte sich gerade mit der Linken eine Kirsche vom Teller gegriffen, deren Stiel nun regungslos zwischen ihren Fingern schwebte, während sie mich fragend anblickte. »Ein … was für ein Text?«*

»Die Eidesis«, erläuterte ich ihr, »ist eine von den altgriechischen Schriftstellern erfundene Technik, um in ihren Werken geheime Botschaften oder Schlüssel zu übermitteln. Sie besteht darin, in einem beliebigen Text Metaphern oder Worte zu wiederholen, die, wenn sie von einem scharfsinnigen Leser herausgelöst werden, eine vom Originaltext unabhängige Idee oder Bildvorstellung ergeben. So brachte beispielsweise Arginusos von Korinth vermittels Eidesis in einem langen Gedicht, das scheinbar den Blumen des Feldes galt, die vollständige Darstellung eines jungen Mädchens unter, das er liebte. Und Epaphos von Makedonien verbarg in einer epischen Schilderung vom Tode des Helden Patroklos ein eidetisches Testament. Und Euphronios von …«

»Wie interessant«, meinte Helena gelangweilt. »Darf man nun erfahren, was dein anonymer Text, DAS RÄTSEL DES PHILOSOPHEN, *verbirgt?«*

»Das werde ich wissen, wenn ich ihn vollständig übersetzt habe. Im ersten Kapitel konzentriert sich die Eide-

sis auf ›Haarschöpfe‹ und ›Mähnen‹ sowie auf ›Münder‹ und ›Schlünde‹ oder ›Rachen‹, die ›schreien‹ oder ›brüllen‹, aber …«

»›Mähnen‹ und ›brüllende Rachen‹?«, unterbrach sie mich. »Vielleicht meint er einen Löwen, oder?« Und sie verspeiste die Kirsche.

Diese Fähigkeit der Frauen, ohne alle Anstrengung, auf dem kürzesten Wege zur Wahrheit vorzustoßen, habe ich immer gehasst. Ich war wie versteinert und schaute sie mit aufgerissenen Augen an. »Na klar, ein Löwe«, murmelte ich.

»Was ich nicht verstehe«, fuhr Helena beiläufig fort, »ist, weshalb der Autor die Idee eines Löwen für so geheim hielt, daß er sie mittels Eidesis verbergen wollte …«

»Das werden wir wissen, sobald ich die Übersetzung fertig habe: Einen eidetischen Text versteht man erst, wenn man ihn zu Ende gelesen hat.« Und während ich das sagte, dachte ich bei mir: Ein LÖWE, *natürlich …* *Wieso bin ich nur nicht gleich darauf gekommen?*

»Na schön«, sagte Helena und erklärte damit das Gespräch für beendet, zog ihre langen Beine an, die sie auf einen Stuhl gelegt hatte, stellte den Kirschenteller auf den Tisch und stand auf. »Dann übersetz mal schön weiter und erzähl mir, was noch kommt.«

»Erstaunlich ist, dass Montalo im Originalmanuskript nichts davon bemerkt hat …«, sagte ich noch.

»Schreib ihm doch einen Brief«, schlug sie vor. »Dann hast du ein gutes Gewissen und heimst dazu noch Ehre ein.«

Und obwohl ich erst einmal so tat, als hielte ich davon nichts (damit sie nicht merkte, dass sie mir alle Probleme mit einem einzigen Federstrich gelöst hatte), habe ich genau das getan. (Anm. d. Übers.)

II[1]

Die Sklavinnen richteten die Leiche von Tramakos, dem Sohn der verwitweten Etis, nach der Vorschrift her: Die grässlichen Wunden wurden mit Salben aus einem eigens dafür bestimmten Salbgefäß, dem *lékythos*, gereinigt; flinke Finger glitten über die zerfetzte Haut und strichen sie mit Essenzen und Duftstoffen ein; der Körper wurde in ein dünnes Leichentuch gehüllt und in saubere Wäsche gekleidet; das Gesicht blieb frei und der Unterkiefer wurde straff hochgebunden, so dass er nicht in furchterregender Totenstarre gähnte; unter die klebrige Zunge wurde der Obolus gelegt, der Charon für seinen Dienst zustand. Dann richteten sie eine mit Myrtenzweigen und

---

1 *»Die Faserung fasst sich klebrig an; die Finger rutschen auf der Oberfläche ab, wie von Öl benetzt; im mittleren Teil ist eine Art Abschuppung festzustellen«, erklärt Montalo zum Zustand der Papyrusstücke des Manuskripts am Anfang des zweiten Kapitels. Vielleicht wurden zur Herstellung Blätter von verschiedenen Pflanzen verwendet?* (Anm. d. Übers.)

Jasmin bedeckte Lagerstatt her, die Schutzgott Hermes in Gestalt einer grauen Statuette bewachte, und legten den Leichnam, mit den Füßen in Richtung Tür, darauf. So sollte den ganzen Tag Totenwache für ihn gehalten werden; er befand sich dabei in Hermes' Obhut. Am Eingang zum Garten stand das *ardaníon*, die Amphore mit geweihtem Wasser – sie sollte von der Tragödie künden und die Besucher von der Berührung mit dem Unbekannten reinigen. Um die Mittagsstunde nahmen die Kondolenzbesuche zu, und die gemieteten Klageweiber stimmten ihre sich emporwindenden Gesänge an. Den ganzen Nachmittag reihte sich eine Menschenschlange auf dem Gartenweg: Ein jeder wartete schweigend in der feuchten Kühle unter den Bäumen, bis es an ihm war, ins Haus zu treten, an dem Leichnam vorbeizuziehen und den Angehörigen sein Beileid zu bekunden. Als Hausherr fungierte Tramakos' Onkel Daminos vom Demos Klazobion. Er war durch seine Schiffe und die Silbergruben von Laurion ein vermögender Mann geworden, und seine Gegenwart lockte viele Besucher herbei. Nur wenige kamen hingegen im Gedenken an Tramakos' Vater Meragros (der vor etlichen Jahren wegen Verrats an der Demokratie verurteilt und hingerichtet worden war) oder aus Achtung vor dessen Witwe Etis, auf die sich die Schande des Gatten übertragen hatte.

Herakles Pontor traf bei Sonnenuntergang ein, da er sich ebenfalls in die *ekphorá*, den Trauerzug, einreihen wollte, der – wie es Brauch war – erst zur Abendzeit stattfand. Er trat feierlich gemessenen Schrittes in die dunkle Vorhalle – die feucht und kalt und vom öligen Geruch der Salben erfüllt war – und schritt, der sich windenden Reihe der Besucher folgend, einmal um den Leichnam herum. Danach umarmte er stumm Daminos und Etis. Sie war in einen schwarzen Peplos und ein Umschlagtuch mit großer Kapuze gehüllt. Beide sprachen kein Wort, ihre Umarmung war nur eine unter vielen. Während seines Rundgangs bemerkte Herakles etliche ihm bekannte Männer, aber auch Unbekannte: Da waren der edle Praxinoe und sein wunderschöner Sohn Antisos, der als einer der besten Freunde von Tramakos galt; da waren auch Isyphenes und Ephialtes, zwei angesehene Kaufleute, die zweifellos Daminos' wegen erschienen waren; da war aber auch, zu Herakles' großer Überraschung, der Dichter und Bildhauer Menekmos, seiner Art entsprechend recht nachlässig gekleidet, der sich einen Bruch der Trauersitte leistete, indem er zu Etis leise ein paar Worte sprach. Schließlich glaubte Herakles beim Hinausgehen in der feuchten Kühle des Gartens die kräftige Gestalt des Philosophen Platon unter den Wartenden zu erkennen, und schloss daraus, dass er wohl im Gedenken an seinen alten Freund Meragros gekommen war. Der Trauerzug schlug den Weg zum Friedhof durch die Straße der Panathenäen ein, er erschien wie ein riesiges, sich schlängelndes Lebewesen: Den Kopf bildete der von vier Sklaven getragene, schwankende Leichnam, hinter dem, in leidvolles Schweigen versunken, die unmittelbaren Angehörigen – Daminos, Etis und Elea – schritten, begleitet von Aulosbläsern, schwarz gewandeten jungen Männern, die auf den Beginn des Ritus warteten, um mit ihrem Spiel zu beginnen, und den weißen Peplen der vier Klageweiber. Den Körper stellten die in zwei Gliedern aufgereihten Freunde und Bekannten der Familie dar.

Der Zug verließ die Stadt durch das Dipylon-Tor und bog, schon weitab von den Lichtern der Wohnhäuser, in die vom feuchtkalten Nachtdunst erfüllte Heilige Straße ein. Die steinernen Denkmäler des Kerameikos wogten im Zitterschein der Fackeln: Überall sah man vom sanften Öl der Nachtfeuchte bedeckte Götter- und Heroenstatuen, Inschriften auf hohen, von schwankenden Silhouetten gezierten Stelen, streng geformte Urnen, über die der Efeu kroch. Die Sklaven setzten die Leiche behutsam auf dem Scheiterhaufen ab. Die Flötenspieler entließen aus ihren Instrumenten sich emporwindende Töne; die Klageweiber zerrissen mit tänzerischen Gesten ihre Kleider und fielen in einen schaurig-kalt wogenden Gesang. Nun begannen die Trankopfer zu Ehren der Totengötter. Die Trauernden verteilten sich an verschiedene Stellen, um dem Ritus zuzuschauen: Herakles begab sich in die Nähe einer gewaltigen Statue des Helden Perseus; das abgeschnittene Medusenhaupt, das der Heros an den Schlangenhaaren gefasst hielt, schwebte in Höhe seines Gesichts und schien ihn aus leeren Augen anzustarren. Der Gesang brach ab, letzte Worte wurden gesprochen, und die vier goldenen Fackelköpfe senkten sich zu den Rändern des Scheiterhaufens: Die Feuerschlange erhob ihr vielfaches Haupt und leckte mit unzähligen Zungen die kalte, feuchte Nachtluft.[2]

Der Mann klopfte mehrmals an die Tür. Da niemand antwortete, pochte er ein weiteres Mal. Am dunklen Athener Himmel begannen sich vielköpfige Wolken zu regen.

Schließlich öffnete sich die Tür, es erschien, in ein schwarzes Tuch gehüllt, ein weißes Gesicht ohne mensch-

---

[2] *»Kühle und Feuchtigkeit« sowie bestimmte »wogende« oder sich »windende« Bewegungen in allen Spielarten scheinen bei der Eidesis in diesem Kapitel vorzuherrschen. Es könnte durchaus ein Bild des Meeres sein (das würde gut zu den Griechen passen), aber was hat die so oft vorkommende Eigenschaft »klebrig«, »ölig« zu bedeuten? Fahren wir fort.* (Anm. d. Übers.)

liche Züge. Der Mann war verwirrt, fast erschrocken, und zögerte, ehe er erklärte: »Ich möchte Herakles Pontor sprechen, den man den Rätsellöser nennt.«

Die Gestalt glitt stumm ins Dunkel, und der Mann trat, noch immer zögernd, ins Haus. Draußen war in unregelmäßigen Abständen das Krachen des Donners zu hören.

Herakles Pontor saß am Tisch seines kleinen Zimmers, er hatte seine Lektüre unterbrochen und starrte auf einen großen Mauerriss, der sich von der Decke bis zur Mitte der vorderen Wand schlängelte, als plötzlich sacht die Tür aufging und Ponsika auf der Schwelle erschien.

»Ein Besuch«, sagte Herakles, als er die von der maskierten Sklavin mit zarten Händen flinkfingrig ausgeführten, harmonisch wogenden Gesten entziffert hatte. »Ein Mann. Er will mich sprechen.« – Die Hände berührten sich, die zehn Fingerköpfe plauderten miteinander in der Luft. »Ja, lass ihn herein.«

Der Mann war groß und schlank. Ein schlichter, von den schmierigen Schuppen der Nachtluft durchtränkter Wollumhang hüllte ihn ein. Seinen wohlgeformten Kopf zierte eine polierte Glatze, das Kinn schmückte ein sorgfältig gestutzter weißer Bart. Seine Augen waren hell, doch der Kranz von Runzeln um sie herum verriet Alter und Müdigkeit. Als Ponsika, noch immer stumm, gegangen war, wandte sich der Ankömmling, der sie die ganze Zeit verwundert gemustert hatte, Herakles zu. »Also ist etwas Wahres an deinem Ruf?«

»Was besagt mein Ruf?«

»Dass die Rätsellöser im Antlitz der Menschen und in der Gestalt der Dinge lesen können wie in einem Buch. Dass sie die Sprache der äußeren Erscheinungen verstehen und sie zu übersetzen vermögen. Verbirgt deine Sklavin darum ihr Gesicht hinter einer ausdruckslosen Maske?«

Herakles war aufgestanden, um eine Schale mit Obst und einen Krug Wein zu holen. Mit dem Anflug eines Lächelns erwiderte er: »Ich will, bei Zeus, wahrhaftig nicht selber meinen Ruf leugnen. Meine Sklavin aber verbirgt ihr Gesicht mehr um meiner Ruhe als um ihres eigenen Seelenfriedens willen. Sie wurde als Kind von lydischen Räubern entführt, die sich in einer Nacht vielfachen Besäufnisses den Spaß machten, ihr das Gesicht zu verbrennen und die kleine Zunge herauszureißen ... Nimm von dem Obst, wenn du willst ... Offenbar erbarmte sich dann einer der Banditen oder witterte die Möglichkeit zu einem Geschäft und nahm sie bei sich auf. Später verkaufte er sie als Haussklavin. Ich habe sie vor zwei Jahren auf dem Markt erstanden. Ich mag sie, weil sie schweigsam ist wie eine Katze und dienstfertig wie ein Hund, ihre zerstörten Gesichtszüge aber missfallen mir.«

»Ich verstehe«, sagte der Mann. »Du hast zu viel Mitleid mit ihr.«

»Oh, nein, keineswegs«, entgegnete Herakles. »Aber ihre Züge lenken mich ab. Meine Augen lassen sich nur zu häufig von der komplexen Vielfalt alles Geschauten verlocken: Bevor du kamst, war ich zum Beispiel versunken in den Verlauf jenes eigentümlichen Risses an der Wand, sein Bett und seine Zuflüsse, seinen Ursprung ... Das Gesicht meiner Sklavin ist ein Gewirr unendlich vieler, spiralförmiger Risse, ein andauerndes Rätsel für meinen unersättlichen Blick, und so habe ich beschlossen, es zu verdecken, indem ich ihr befahl, diese aller menschlichen Züge ermangelnde Maske zu tragen. Ich bin gern von einfachen Dingen umgeben: vom Viereck eines Tisches, von den Kreisformen der Gläser – schlichte, geometrische Formen. Meine Arbeit besteht genau im Gegenteil dessen: im Entziffern des Verworrenen. Aber nimm doch auf dem Sofa Platz, bitte ... In dieser Schale ist frisches Obst, süße Feigen zumal. Ich bin versessen auf Feigen, du nicht? Auch ein Glas unverdünnten Weines kann ich dir anbieten.«

Der Mann, der Herakles' ruhigen Worten mit wachsendem Erstaunen gelauscht hatte, setzte sich langsam auf das Speisesofa und lehnte sich zurück. Der vom Schein des Öllämpchens auf dem Tisch geworfene Schatten seines Kahlkopfs zeichnete sich an der Wand als vollkommene Kugel ab. Der Schatten von Herakles' Kopf – ein massiger Kegelstumpf, die Oberkante bewachsen von einem kurzen Moos silbergrauen Haars – ragte bis zur Decke.

»Danke. Vorerst nehme ich mit dem Sofa vorlieb«, sagte der Mann.

Herakles zuckte die Achseln, entfernte ein paar Papyri vom Tisch, rückte die Obstschale heran, setzte sich und nahm eine Feige.

»Was kann ich für dich tun?«, fragte er freundlich.

In der Ferne hallte ein lauter Donnerschlag. Nach einer Pause sagte der Mann: »Eigentlich weiß ich es nicht. Ich habe gehört, dass du Geheimnisse aufklärst. Ich bin gekommen, um dir eines anzutragen.«

»Zeig es mir«, erwiderte Herakles.

»Wie bitte?«

»Zeig mir das Geheimnis. Ich löse nur Rätsel, die ich anschauen kann. Ist es ein Text? Ein Gegenstand?«

Die Miene des Mannes – gerunzelte Brauen, offener Mund – verriet abermals Verwunderung, während Herakles mit einem einzigen Biss den Kopf der Feige glatt abtrennte.[3]

---

[3] *Ich übersetze wörtlich »der Kopf der Feige«, obwohl ich nicht recht weiß, was der anonyme Autor damit meint:*

»Nein, nichts dergleichen«, antwortete er langsam. »Das Geheimnis, das ich dir anbieten will, ist etwas, das war, aber schon nicht mehr ist. Eine Erinnerung. Oder die *Idee* einer Erinnerung.«

»Wie soll ich so etwas lösen?« Herakles lächelte. »Ich übersetze nur, was meine Augen lesen können. Ich überschreite nicht die Grenze der Wörter …«

Der Mann blickte ihn fest, gleichsam herausfordernd an. »Jenseits der Wörter sind immer *Ideen*, mögen sie auch unsichtbar sein. Und sie sind das einzig Wichtige.«[4] Der Kugelschatten glitt langsam abwärts, während der Mann den Kopf senkte. »Wir zumindest glauben an die selbständige Existenz der Ideen. Aber ich will mich vorstellen: Mein Name ist Diagoras, ich gehöre zum Demos Medontes und lehre Philosophie und Geometrie an der Schule in den Gärten des Akademos. Du weißt schon – ›Akademie‹ wird sie genannt. Die Schule, der Platon vorsteht.«

Möglicherweise das dickere, fleischige Ende, doch ebenso könnte das direkt am Stiel hängende Stück gemeint sein. Aber vielleicht ist die Wendung nur ein literarischer Kunstgriff, um die Vokabel »Kopf« zu betonen, die offenkundig als neues eidetisches Wort immer mehr Raum gewinnt. (Anm. d. Übers.)

[4] *Es kommt mir vor, als ob die letzten Wendungen »Jenseits der Wörter sind immer* IDEEN*« sowie »Und sie sind das einzig Wichtige« unabhängig von ihrer Funktion innerhalb des fiktiven Dialogs zugleich eine Botschaft des Autors enthalten, mit der er die vorhandene Eidesis hervorheben will. Montalo hat offenbar wie immer nichts davon bemerkt.* (Anm. d. Übers.)

Herakles nickte. »Ich habe von der Akademie gehört und kenne Platon flüchtig. Obwohl ich zugeben muss, dass ich ihn in letzter Zeit selten gesehen habe.«

»Das wundert mich nicht«, erwiderte Diagoras. »Er ist sehr beschäftigt mit dem Abfassen eines neuen Buches für seinen Dialog über die ideale Regierung. Aber ich bin nicht gekommen, um mit dir über ihn zu reden, sondern über ... einen meiner Schüler: Tramakos, den Sohn der Witwe Etis, den Jüngling, der vor ein paar Tagen von den Wölfen zerrissen wurde ... Du weißt doch, wen ich meine?«

Das zur Hälfte vom Lampenschein beleuchtete fleischige Antlitz von Herakles blieb ausdruckslos. Aha, Tramakos war also ein Schüler der Akademie, dachte er. Darum hat Platon der Mutter sein Beileid bekundet. Mit neuerlichem Kopfnicken sagte er: »Ich kenne seine Familie, aber ich wusste nicht, dass Tramakos ein Schüler der Akademie war ...«

»Er war es«, erwiderte Diagoras. »Und obendrein ein ausgezeichneter.«

Herakles verschränkte die Köpfe seiner dicklichen Finger ineinander und sagte: »Und das Geheimnis, das du mir antragen willst, hängt mit Tramakos zusammen?«

»Unmittelbar«, bestätigte der Philosoph.

Herakles verweilte einen Augenblick in Nachdenken. Dann vollführte seine Hand eine vage Geste. »Na schön. Erzähl es mir, so gut du kannst, und wir werden sehen.«

Der Blick des Diagoras von Medontes versenkte sich in den spitzen Umriss des Flammenhaupts, das sich gleich einer Pyramide über dem Docht der Lampe erhob, während seine Stimme die Worte einzeln und deutlich formte: »Ich war sein wichtigster Mentor und war stolz auf ihn. Tramakos besaß alle edlen Eigenschaften, die Platon von denen verlangt, die zu weisen Hütern der Stadt werden wollen: Er war schön, wie es nur ein von den Göttern Gesegneter sein kann; er verstand sich aufs kluge Disputieren; seine Fragen zielten stets auf das Wesentliche; sein Betragen war vorbildlich; sein Geist bewegte sich im Einklang mit der Musik, und sein schlanker Körper war durch Turnübungen geformt ... Er stand kurz vor der Volljährigkeit und brannte darauf, Athen im Heer zu dienen. Da ich ihn sehr schätzte, stimmte es mich traurig, dass er die Akademie bald verlassen sollte; doch zugleich erfreute es mein Herz, zu sehen, dass seine Seele bereits alles gelernt hatte, was ich sie zu lehren vermochte, und dass sie überdies darauf vorbereitet war, das Leben kennen zu lernen ...«

Diagoras verstummte. Sein Blick löste sich nicht von dem stillen Wogen der Flamme.

Mit matter Stimme fuhr er fort: »Und dann, es ist jetzt ungefähr einen Monat her, bemerkte ich auf einmal, dass etwas Seltsames mit ihm geschah ... Er wirkte bekümmert. Er konzentrierte sich nicht auf den Unterricht, vielmehr sonderte er sich von seinen Gefährten ab, lehnte an der Wand, so weit wie möglich von der Schreibtafel entfernt, gleichgültig gegenüber dem Wald von Armen, die sich auf meine Fragen hin wie langhalsige Köpfe reckten, als ob ihn die Weisheit gar nicht mehr interessierte ... Anfangs wollte ich diesem Betragen nicht allzu viel Bedeutung beimessen: Du weißt ja, in dem Alter hat man vielfältige Probleme, sie brechen so rasch auf, wie sie vorüber sind. Doch sein Desinteresse hielt an, ja verschlimmerte sich. Er fehlte häufig im Unterricht, erschien nicht zu den sportlichen Übungen im *gymnásion* ... Ein paar seiner Kameraden hatten die Veränderung ebenfalls bemerkt, wussten aber nicht, worauf sie zurückzuführen sei. Ob er krank war? Ich beschloss, ihn unter vier Augen zur Rede zu stellen. Denn noch glaubte ich, sein Problem sei nicht von großem Belang – vielleicht Liebeskummer –, du weißt schon, in dem Alter kommt das häufig vor …« Herakles bemerkte verwundert, dass Diagoras errötete wie ein Jüngling. Er sah auch, wie er schluckte, bevor er weitersprach: »Eines Abends traf ich ihn während einer Unterrichtspause allein im Garten an, neben der Statue der Sphinx …«

Der Jüngling stand seltsam still zwischen den Bäumen. Er schien den steinernen Kopf des Weibes mit dem Löwenleib und den Adlerschwingen zu betrachten, aber seine lang anhaltende Reglosigkeit – in der er so sehr der Statue glich – deutete darauf hin, dass er mit den Gedanken ganz woanders war. Der Mann überraschte ihn in einer eigentümlichen Positur: Er stand da, die Arme seitlich an den Körper gelegt, den Kopf leicht gesenkt, die Fußknöchel aneinander gepresst. Die Abenddämmerung war kühl, aber der Junge trug nur ein leichtes Gewand, kurz wie der Chiton der Spartaner, das im Wind flatterte und seine weißen Arme und Oberschenkel entblößte. Die braunen Locken wurden von einem Band zusammengehalten. An den Füßen hatte er schmückende Sandalen. Der Mann trat erstaunt näher. Der Junge bemerkte seine Anwesenheit und wandte sich ihm zu.

»Ach, Meister Diagoras. Ihr seid das …«

Und er wollte weggehen. Doch der Mann sagte: »Warte, Tramakos. Ich wollte ja gerade allein mit dir sprechen.«

Der Junge blieb stehen, mit dem Rücken zu ihm (die weißen Schulterblätter nackt), und drehte sich dann langsam um. Der Mann, der ihm liebevoll begegnen wollte, bemerkte, wie verkrampft seine geschmeidigen Glieder waren, und lächelte ihm besänftigend zu. Dann sagte er: «Bist du nicht zu sehr entblößt? Es ist ein bisschen kalt für deine leichte Bekleidung ...«

»Ich verspüre keine Kälte, Meister Diagoras.«

Der Mann strich zärtlich über die gewellten Muskeln am linken Arm seines Schülers. »Bestimmt nicht? Deine Haut ist eiskalt, mein armer Sohn ... und du scheinst zu zittern.«

Er trat noch näher an ihn heran, getrieben von der Zuneigung, die er für den Jungen empfand, und zerteilte sanft, mit einer fast mütterlichen Geste, die auf der Stirn gekräuselten braunen Locken. Wieder einmal erstaunten ihn die Anmut jenes makellosen Antlitzes, die schönen honigfarbenen Augen, die ihn unter heftigem Wimpernschlagen anschauten.

»Höre, mein Junge«, sagte er, »deine Kameraden und ich haben bemerkt, dass etwas mit dir ist. Du bist in letzter Zeit wie verwandelt.«

»Nein, Meister, ich ...«

»Hör mich an«, drang der Mann sanft in ihn; seine Finger umspannten das glatte Oval des Jungengesichts und fassten es behutsam am Kinn, als ob sie einen Pokal aus purem Gold berührten. »Du bist mein bester Schüler, und ein Lehrer kennt seinen besten Schüler sehr genau. Seit fast einem Monat scheint dich nichts mehr zu interessieren, du beteiligst dich nicht an den Lehrgesprächen. Warte, unterbrich mich nicht. Du hast dich von deinen Kameraden abgesondert, Tramakos ... Es ist offensichtlich, dass etwas mit dir ist, mein Junge. Sag mir nur, was, und ich schwöre bei den Göttern, dass ich dir helfen will, denn meine Macht ist nicht unerheblich. Ich werde mit niemandem darüber sprechen, wenn du nicht willst. Darauf hast du mein Wort. Aber vertrau mir ...«

Die braunen Augen des Jungen blickten starr, weit geöffnet, in die Augen des Mannes. Vielleicht zu weit geöffnet. Einen Moment lang herrschte Schweigen und Stille. Dann bewegte der Junge langsam die rosigen, kaltfeuchten Lippen, als wolle er etwas sagen, aber er sprach nicht. Seine Augen waren noch immer aufgerissen, sie traten hervor wie kleine elfenbeinerne Köpfe mit unermesslich tiefen schwarzen Pupillen. Der Mann bemerkte etwas Seltsames in diesen Augen, und er war so versunken in ihren Anblick, dass er kaum wahrnahm, wie der Junge, ohne den Blick von ihm zu lösen, ein paar Schritte rückwärts tat, der weiße Körper noch immer starr und steif, die Lippen zusammengepresst ...

Noch lange, nachdem der Junge geflohen war, stand der Mann regungslos da.

»Er hatte Todesangst«, sagte Diagoras nach tiefem Schweigen.

Herakles nahm noch eine Feige aus der Schale. In der Ferne hallte ein Donnerschlag wider, gleich dem wellenförmigen Erzittern einer Klapperschlange. »Woher weißt du das? Hat er es dir gesagt?«

»Nein. Ich erzählte ja schon, er flüchtete, ehe ich ein weiteres Wort hervorbringen konnte, so verwirrt war ich ... Doch obwohl mir deine Fähigkeit mangelt, in den Gesichtern der Menschen zu lesen, habe ich Angst schon zu oft gesehen, und ich denke, ich vermag sie zu erkennen. Tramakos' Schrecken war der entsetzlichste, den ich je gesehen habe. Sein Blick war ganz erfüllt davon. Als ich es bemerkte, war ich zu keiner Reaktion fähig ... Es war, als ob ... als ob mich seine Augen mit ihrem Entsetzen in Starre versetzt hätten ... Als ich um mich blickte, war er schon fort. Ich bekam ihn nicht wieder zu sehen. Anderntags sagte mir einer seiner Freunde, er sei auf die Jagd gegangen. Ich wunderte mich ein wenig darüber, denn der Gemütszustand, in dem ich ihn am Vorabend angetroffen hatte, erschien mir nicht der günstigste für diese Betätigung, aber ...«

»Wer sagte dir, dass er auf die Jagd gegangen sei?«, unterbrach ihn Herakles und umfasste den Kopf einer weiteren Feige, einer von den vielen, die über den Rand der Schale ragten.

»Euneos, einer seiner besten Freunde. Der andere war Antisos, Praxinoes Sohn.«

»Beide gleichfalls Schüler der Akademie?«

»Ja.«

»Gut. Bitte erzähle weiter.«

Diagoras strich sich mit einer Hand über den Kopf (auf dem Schatten an der Wand glitt ein kriechendes Tier über die ölig glatte Kugelfläche) und sagte: »Genau an dem Tag wollte ich mit Antisos und Euneos sprechen. Ich fand sie im *gymnásion* ...

Erhobene, sich schlängelnde Hände, die mit dem feinschuppigen Regen spielen; schlanke, feuchte Arme; vielfaches Lachen, vom Plätschern des Wassers zerteilte Scherzworte, zusammengepresste Lider, gereckte Köpfe; ein Schubser und abermals ein Hall von sich ausbreitendem Gelächter. Von oben gesehen mochte man an eine aus den Jünglingsleibern geformte Blume denken oder an einen einzigen Körper mit mehreren Köpfen; Arme wie wogende Blütenblätter; Dampf, der diese ölige vielfache Nacktheit liebkoste; eine feuchte Wasserzunge, die aus dem Maul eines Wasserspeiers hervorschoss; schlangenförmige Bewegungen ... Gebärden der fleischernen

Blume ... Und unversehens ist unser Blick verhüllt vom dichten Hauch des Dampfes.[5]

Die Dunstschleier lichten sich wieder: Wir erkennen einen kleinen Raum – einen Umkleideraum, nach der Ansammlung von Untergewändern und Umhängen zu schließen, die an den weißgetünchten Wänden hängen –, und etliche mehr oder weniger bekleidete Jünglingskörper. Einer liegt, bar aller Kleidung, bäuchlings auf einem Liegesofa, und ein Paar gierige braune Hände gleiten über ihn hin und massieren mit langsamen Bewegungen seine Muskeln. Gelächter klingt auf: Nach der Dusche sind die Jünglinge zu Späßen aufgelegt. Das Zischen des aus den Kesseln mit heißem Wasser aufsteigenden Dampfes nimmt ab, versiegt ganz. Der Vorhang vor dem Eingang wird zur Seite geschoben, und das vielstimmige Gelächter verstummt. Ein hoch gewachsener, magerer Mann mit polierter Glatze und wohlgeschnittenem Kinnbart erweist den Jünglingen seinen Gruß, emsig erwidern sie ihn. Der Mann spricht – die Jünglinge hören aufmerksam auf seine Worte, lassen sich aber in ihren jeweiligen Betätigungen nicht stören. Sie

---

[5] *Dieser merkwürdige Abschnitt, der anscheinend in dichterischer Form das Duschen der Jünglinge im gymnásion beschreibt, enthält in gedrängter Synthese, doch nachdrücklich betont, fast alle eidetischen Elemente des zweiten Kapitels: darunter »Feuchtigkeit«, »Kopf« und »Wogen«. Auffällig ist auch das wiederholte, in mehreren Varianten auftretende »vielfach«, »vielfältig« sowie das schon früher vorkommende Wort »Schuppen«. Das Bild von der »fleischernen Blume« hingegen erscheint mir lediglich als eine beliebige, nichteidetische Metapher.* (Anm. d. Übers.)

fahren fort, sich an- oder auszukleiden, ihre wohlgeformten Körper mit langen Tüchern trocken zu reiben oder die gewellten Muskeln mit öligen Salben einzuschmieren.

Der Mann wendet sich vor allem an zwei der jungen Männer: Der eine hat dichtes schwarzes Haar und stets gerötete Wangen und schnürt sich in gebückter Haltung die Sandalen; der andere ist der nackte Ephebe, der gerade eine Massage erhält, sein Gesicht – jetzt bekommen wir es zu sehen – ist wunderschön.

Der Raum verströmt Schwüle wie die Leiber. Dann windet sich vor unserem Blick ein Dunstwirbel empor, und das Bild entschwindet.

»Ich habe sie nach Tramakos gefragt«, berichtete Diagoras. »Anfangs begriffen sie nicht recht, was ich von ihnen wollte, doch beide gaben zu, dass ihr Freund sich verändert habe, obwohl sie sich die Ursache nicht zu erklären wussten. Dann aber eröffnete mir Lysilos, ein weiterer Schüler, der zufällig zugegen war, etwas Unglaubliches: Tramakos pflege seit einigen Monaten Umgang mit einer Hetäre vom Piräus namens Jasintra. »Vielleicht ist sie es, Meister, die den Wandel in ihm bewirkt hat«, setzte er schalkhaft hinzu. Antisos und Euneos bestätigten, sehr zurückhaltend, die Existenz dieser Beziehung. Ich war verwundert und auf eine gewisse Weise auch betrübt, doch zugleich empfand ich erhebliche Erleichterung: Dass mein Schüler einer Hafendirne schimpfliche Besuche abstattete und sie mir verschwiegen hatte, war angesichts seiner vornehmen Erziehung schon ein Anlass zu Kummer, aber wenn das Problem sich darauf beschränkte, so war, fand ich, nichts zu befürchten. Ich nahm mir vor, ihn bei einer günstigeren Gelegenheit erneut anzusprechen und auf vernünftige Art zu erörtern, wie sein Geist so vom Weg abkommen konnte.«

Diagoras schwieg. Herakles Pontor hatte eine weitere, an der Wand stehende Öllampe angezündet, und die von den Köpfen geworfenen Schatten vervielfachten sich: Herakles' Kegelstümpfe bewegten sich nun als Zwillingspaar über die Lehmziegelmauer, Diagoras' Kugelformen nachdenklich, still, nur gestört von der Asymmetrie des über seinen Nacken wallenden weißen Haars und des gepflegten Bartes. Als er mit seiner Erzählung fortfuhr, wirkte Diagoras' Stimme plötzlich wie tonlos.

»Aber dann … noch in derselben Nacht, im Morgengrauen, riefen mich die Soldaten der Grenzwache … Ein Ziegenhirt hatte seinen Leichnam im Wald gefunden, nahe dem Lykabettos, und die Wache verständigt. Als sie ihn identifiziert hatten, riefen sie mich hinzu, da sie wussten, dass in seinem Zuhause keine Männer waren, um die Nachricht entgegenzunehmen, und sich sein Onkel Daminos nicht in der Stadt aufhielt.«

Er legte abermals eine Pause ein. Zu hören war nur das ferne Gewitter und der Laut, der beim sanften Köpfen einer weiteren Feige entstand. Diagoras' Antlitz hatte sich verzerrt, als ob ihn jedes Wort große Anstrengung kostete.

»So seltsam es dir auch vorkommen mag«, sagte er, »ich fühlte mich schuldig … Wenn ich an jenem Abend sein Vertrauen gewonnen, wenn ich erreicht hätte, dass er mir gestand, was mit ihm war … Vielleicht wäre er dann nicht auf die Jagd gegangen … und könnte noch leben.« Er hob die Augen zu seinem beleibten Gesprächspartner, der ihm, mit ruhiger Miene im Stuhl zurückgelehnt, lauschte, als sei er kurz vorm Einschlafen. »Ich kann dir sagen, ich habe entsetzliche Tage verbracht bei dem Gedanken, dass Tramakos überstürzt auf die verhängnisvolle Jagdpartie ging, nur um sich mir und meinem plumpen Vorgehen zu entziehen … Darum habe ich heute Nachmittag einen Entschluss gefasst: Ich will wissen, was mit ihm war, was ihm solche Angst einflößte, und inwiefern ich ihm durch mein Eingreifen hätte helfen können ... Darum komme ich zu dir. In Athen sagen die Leute: Um die Zukunft zu kennen, braucht es das Orakel von Delphi, doch um die Vergangenheit zu kennen, reicht es, den Rätsellöser zu beauftragen ...«

»Das ist absurd!«, rief Herakles impulsiv.

Diagoras erschrak fast über die unerwartete Reaktion: Herakles stand mit einem Ruck auf, riss dabei sämtliche Schattenbilder seines Schädels mit empor und fing an, mit kleinen Schritten durch den feuchten, kalten Raum zu wandern, während seine dicken Finger über eine der klebrigen Feigen strichen, die er sich gerade geholt hatte. Dann fuhr er im selben erregten Ton fort: »Ich enträtsele die Vergangenheit nicht, wenn ich sie nicht sehen kann: Ein Text, ein Gegenstand oder ein Gesicht sind Dinge, die ich *sehen* kann, du aber erzählst mir etwas von Erinnerungen, Eindrücken ... Meinungen! Wie soll ich mich davon leiten lassen? Du erklärst, dein Schüler sei seit einem Monat ›bekümmert‹ gewesen, was aber bedeutet ›bekümmert‹?« Er reckte einen Arm zur Decke. »Eine Sekunde, bevor du in mein Zimmer tratst, hättest du auch von mir sagen können, ich sei ›bekümmert‹ gewesen, als ich diesen Riss betrachtete! Weiter behauptest du, du hättest den Schrecken in seinen Augen gesehen ... Den Schrecken! Ich frage dich: Stand der Schrecken etwa mit ionischen Lettern in seinen Pupillen geschrieben? Ist die Angst ein Wort, das in die Linien unserer Stirn eingekerbt ist? Oder ist sie vielleicht eine Zeichnung, so wie dieser Riss in der Wand? Tausend verschiedene Gefühle könnten den gleichen Blick hervorrufen, den du allein dem Schrecken zuschreibst!«

Ein wenig verlegen entgegnete Diagoras: »Ich weiß,

was ich gesehen habe. Tramakos war von Todesangst erfüllt.«

»Du weißt, was du *glaubst*, gesehen zu haben«, verbesserte ihn Herakles. »Wahres Wissen besteht darin, zu wissen, wie viel Wahrheit wir überhaupt nur zu erkennen vermögen.«

»Ähnlich dachte Platons Lehrer Sokrates«, räumte Diagoras ein. »Er sagte, er wisse nur, dass er nichts wisse, und über diesen Standpunkt sind wir uns sogar alle einig. Aber unsere Seele hat auch Augen, und wir können mit ihr Dinge sehen, die unsere körperlichen Augen nicht sehen ...«

»Ach so?« Herakles blieb mit einem Ruck stehen. »Dann sag mir: Was siehst du hier?« Er hob rasch die Hand und hielt sie Diagoras dicht vor das Gesicht: Zwischen seinen dicken Fingern ragte ein dunkelgrüner, klebriger Kopf.

»Eine Feige«, antwortete Diagoras nach einem Augenblick der Überraschung.

»Eine Feige wie alle andern?«

»Ja. Sie wirkt unversehrt. Sie ist von schöner Farbe. Es ist eine normale, durchschnittliche Feige.«

»Ha, das ist der Unterschied zwischen uns beiden!«, rief Herakles triumphierend. »Ich betrachte dieselbe Feige und meine, daß sie eine normale, durchschnittliche Feige zu sein *scheint*. Ich mag sogar zu der Meinung gelangen, dass es sich *höchstwahrscheinlich* um eine normale, durchschnittliche Feige handelt, aber weiter gehe ich nicht. Will ich mehr wissen, muss ich sie aufbrechen – wie ich es schon mit dieser getan habe, während du noch sprachst ...«

Er klappte sachte die beiden bisher zusammengehaltenen Feigenhälften auseinander: Mit einer einzigen schlangenförmigen Bewegung reckten sich viele winzig kleine

Köpfe erbost aus dem dunklen Innern, sie drehten und wanden sich und ließen ein ganz, ganz schwaches Zischen hören. Diagoras verzog angeekelt den Mund.

»Und wenn ich sie aufbreche ...,« fuhr Herakles fort, »dann bin ich nicht so überrascht wie du, falls die Wahrheit nicht meinen Erwartungen entspricht!«

Er klappte die Feige wieder zusammen und legte sie auf den Tisch. Dann sprach er weiter, auf einmal in viel ruhigerem Ton, ähnlich dem zu Beginn ihres Gesprächs: »Ich wähle sie persönlich auf der Agora am Marktstand eines der hier ansässigen fremden Händler, einem Möteken aus: Er ist ein braver Mann und betrügt mich fast nie, kann ich dir versichern, zumal er weiß, dass ich mich mit Feigen bestens auskenne. Aber manchmal spielt einem die Natur einen Streich.«

Diagoras' Kopf war wieder rot angelaufen. Er rief aus: »Willst du nun die Arbeit annehmen, die ich dir antrage, oder redest du lieber weiter über Feigen?«

»Versteh mich recht, so eine Aufgabe kann ich nicht annehmen.« Der Rätsellöser ergriff den Krug und schenkte in einen der Becher schweren, unverdünnten Wein ein. »Es wäre Verrat an mir selbst. Was habe ich von dir bekommen? Lediglich Mutmaßungen – und noch nicht einmal meine eigenen, sondern deine Mutmaßungen.« Er schüttelte den Kopf. »Unmöglich. Willst du einen Schluck Wein?«

Doch Diagoras hatte sich bereits erhoben, aufgereckt wie ein Schilfrohr. Seine Wangen brannten vor Röte. »Nein, ich will keinen Wein. Und ich will dir auch nicht weiter die Zeit rauben. Mir ist klar, dass ich mich irrte, als ich mich gerade an dich wandte. Entschuldige. Du hast deine Pflicht getan, indem du meine Bitte ablehntest, und ich die meine, indem ich sie dir vortrug. Hab eine gute Nacht ...«

»Warte«, versetzte Herakles, scheinbar gleichmütig, als habe Diagoras beim Aufbruch lediglich etwas vergessen. »Ich sagte, ich kann mich mit *deiner* Arbeit nicht befassen, falls du mich aber für eine *eigene* Arbeit bezahlen willst, würde ich dein Geld annehmen.«

»Soll das ein Witz sein?«

Herakles' Augenköpfe funkelten vielfältig vor Schalk, als sei alles von ihm bislang Gesagte tatsächlich nur ein gewaltiger Scherz. Er erklärte: »In der Nacht, als die Soldaten Tramakos' Leiche brachten, hat ein verrückter Greis namens Kandalos die ganze Nachbarschaft in meinem Viertel geweckt. Ich lief wie alle übrigen hinaus, um zu sehen, was los war, und konnte mir den Leichnam genau anschauen. Ein Arzt, Aschylos, untersuchte ihn gerade, doch dieser Pfuscher vermag nicht über die eigene Nasenspitze hinauszusehen. Ich hingegen *sah* etwas, das mir merkwürdig vorkam. Ich hatte seither nicht mehr daran gedacht, aber bei deinem Vorschlag ist es mir wieder eingefallen.« Er dachte nach und strich sich dabei über den Bart. Dann rief er, wie nach einem plötzlichen Entschluss: »Ja, ich will mich darauf einlassen, das Geheimnis um deinen Schüler aufzuklären, Diagoras, aber nicht darum, weil du im Gespräch mit ihm etwas zu sehen *glaubtest,* sondern weil ich beim Betrachten seiner Leiche etwas *sah*!«

Damit war keine der vielen Fragen, die sich in Diagoras' Kopf erhoben, auch nur im Geringsten beantwortet. Der Rätsellöser setzte lediglich noch hinzu: »Sprechen wir nicht von der Feige, ehe sie aufgebrochen ist. Ich will dir jetzt lieber nicht mehr verraten, da ich mich auch täuschen kann. Aber vertrau auf mich, Diagoras: Wenn ich *mein* Rätsel löse, wird deines wahrscheinlich gleichfalls gelöst. Wenn du willst, erläutere ich dir jetzt meinen Honorarsatz.«

Sie wandten sich dem vielköpfigen ökonomischen Aspekt zu und wurden sich einig. Herakles erklärte, dass er am folgenden Tag mit der Ermittlung beginnen werde: Er würde nach dem Piräus reisen und versuchen, die Hetäre zu finden, mit der sich Tramakos eingelassen hatte.

»Kann ich nicht mitkommen?«, fragte Diagoras. Und als der Rätsellöser ihn verwundert anschaute, setzte er erklärend hinzu: »Ich weiß, dass es nicht notwendig ist, aber es würde mir *Freude* machen. Ich will mitarbeiten. Es würde mir das Gefühl geben, dass ich Tramakos doch noch helfen kann. Ich verspreche zu tun, was immer du mich heißt.«

Achselzuckend und lächelnd erwiderte Herakles Pontor: »Nun gut, da es ja dein Geld ist, Diagoras, nehme ich an, dass du alles Recht der Welt besitzt, mit von der Partie zu sein.«

In diesem Augenblick erhoben die vielen, unter seinen Füßen zusammengerollten Schlangen ihre schuppigen Köpfe und ließen wütend ihre klebrigen Zungen hervorschnellen.[6]

---

[6] *Sicherlich haben diese Schlusszeilen den Leser ebenso überrascht wie mich! Die Möglichkeit einer komplizierten Metapher sollten wir von vornherein ausschließen, dürfen darum aber auch nicht in übertriebenen Realismus verfallen: Sich vorzustellen – wie Montalo meint –, dass auf dem Fußboden von Herakles' Wohnung »zahllose zusammengerollte Schlangen« hausen und dass sich darum der gesamte vorangegangene Dialog zwischen Diagoras und dem Rätsellöser – ich zitiere Montalo – »an einem Ort voller Schlangen abspielte, die mit kalter Langsamkeit über die Arme oder Beine der Protagonisten*

kriechen, während diese in ihrem Gespräch fortfahren, ohne es zu bemerken«, heißt die Dinge zu weit treiben. (Die Erklärung, die dieser illustre Fachmann für griechische Literatur anführt, ist absurd: »Warum sollten in dem Raum keine Schlangen sein, wenn der Autor es so will?«, *behauptet er. »Das letzte Wort über das Geschehen in der Welt seines Werkes hat der Autor, nicht wir.«) Doch der Leser braucht sich darum nicht zu sorgen: Dieser letzte Satz über die Schlangen ist reine Phantasie. Natürlich gilt dies auch für alle vorhergehenden Sätze, da es sich ja um ein Werk der Fiktion handelt, doch, man verstehe mich recht, dieser eine Satz ist eine Phantasie, die der Leser nicht glauben soll, während die übrigen, gleichfalls fiktiven, zumindest während der Zeit des Lesens* geglaubt *werden sollen, damit die Erzählung einen bestimmten Sinn gewinnt. In Wirklichkeit ist der einzige Zweck dieses absurden Geschehens am Schluss aus meiner Sicht eine Verstärkung der Eidesis: Der Autor will uns nochmals auf das in diesem Kapitel versteckte Bild hinweisen. Doch selbst so ist der Kunstgriff irreführend: Der Leser möge nicht in den Fehler verfallen, an die* NÄCHSTLIEGENDE *Lösung zu denken!*

Heute Morgen, als meine Übersetzung noch gar nicht bis zu dieser Stelle gediehen war, entdeckten Helena und ich auf einmal nicht nur das richtige eidetische Bild, sondern – so glaube ich – auch den Schlüssel zum ganzen Buch. Wir berichteten umgehend Elio davon, unserem Chef.

»›Feuchtkalt‹, ›klebrig‹, ›ölig‹, ›sich winden‹, ›kriechende‹ Bewegungen ... Vielleicht spricht er von einer Schlange«, meinte Elio. »Erstes Kapitel, ein Löwe. Zweites Kapitel, eine Schlange.«

»Aber was ist mit dem ›Kopf‹?«, wandte ich ein. »Warum so oft die ›vielen Köpfe‹?« Elio zuckte die Achseln

und gab die Frage an mich zurück. Da zeigte ich ihm die kleine Figur, die ich von zu Hause mitgebracht hatte. »Helena und ich meinen, es herausgefunden zu haben. Siehst du hier? Das ist die Figur der Hydra, des sagenhaften Ungeheuers mit den vielen Schlangenköpfen, die, sobald sie abgeschlagen werden, nachwachsen. Daher auch das Herumreiten auf dem ›Köpfen‹ der Feigen.«

»Doch das ist noch nicht alles«, fiel hier Helena ein: »Die Tötung der Hydra von Lerna war die zweite Arbeit, die Herkules, der Held zahlreicher griechischer Sagen, vollbrachte.«

»Ja und?«, fragte Elio.

*Nun ergriff ich entflammt das Wort. »*DAS RÄTSEL DES PHILOSOPHEN *hat zwölf Kapitel, und der Überlieferung nach verrichtete Herkules – oder griechisch Herakles – insgesamt zwölf Arbeiten. Außerdem heißt die Hauptfigur des Werkes so, Herakles. Und die erste Arbeit von Herkules oder Herakles bestand darin, den Nemeischen Löwen zu töten – und die verborgene Idee des ersten Kapitels ist ein Löwe.«*

»Und die des zweiten die Hydra«, schloss Elio flink. »Alles passt zusammen, tatsächlich. Jedenfalls vorerst.«

»Vorerst?« Der Nachsatz irritierte mich ein wenig. »Was meinst du damit?«

Elio lächelte ungerührt. »Ich bin einverstanden mit euren Schlussfolgerungen«, erklärte er, »aber eidetische Bücher sind tückisch: Bedenkt, dass es sich um den Umgang mit völlig imaginären Gegenständen handelt. Noch nicht einmal mit Wörtern, sondern mit – Ideen. Mit herausgearbeiteten Bildern. Wie können wir da sicher sein, welches der Schlüssel zum Ganzen ist, den der Autor im Kopf hatte?«

»Ganz einfach«, entgegnete ich, »es kommt nur darauf an, dass wir unsere Theorie beweisen. Die dritte Arbeit

bestand den meisten Überlieferungen zufolge darin, den Erymanthischen Eber zu fangen: Wenn das versteckte Bild des dritten Kapitels auf einen Eber hinweist, haben wir einen weiteren Beweis für unsere Theorie.«

»Und immer so weiter, bis zum Ende«, meinte Helena ruhig.

»Ich habe noch etwas einzuwenden«, sagte Elio und kratzte sich den kahlen Schädel. »Zu der Zeit, als das Werk geschrieben wurde, stellten die Arbeiten des Herkules durchaus kein Geheimnis dar. Weshalb eine Eidesis verwenden, um sie zu verbergen?«

Stille trat ein.

»Ein guter Einwand«, gab Helena zu. »Doch nehmen wir einmal an, der Autor habe eine Eidesis der Eidesis entwickelt, so dass sich hinter den Arbeiten des Herkules wiederum ein anderes Bild verbirgt.«

»Und immer so weiter, bis ins Unendliche?«, unterbrach sie Elio. »Dann könnten wir die ursprüngliche Idee nie erkennen. Wir müssen irgendwo Halt machen. Deinem Gedanken zufolge, Helena, kann alles Geschriebene den Leser auf ein Bild verweisen, das seinerseits auf ein anderes Bild verweist, und dieses wiederum auf ein drittes. Dann wäre Lesen unmöglich!«

Beide blickten mich an und warteten darauf, was ich dazu meinte. Ich gab zu, dass ich es ebenfalls nicht begriff. »Der Originaltext wurde von Montalo herausgegeben«, sagte ich, »aber unverständlicherweise hat er offenbar nichts bemerkt. Ich habe ihm geschrieben. Vielleicht hilft uns seine Ansicht weiter.«

»Montalo, sagtest du?« Elio zog die Augenbrauen hoch. »Oh, ich fürchte, die Zeit hättest du dir sparen können. Wusstest du das nicht? Es stand überall ... Montalo ist voriges Jahr gestorben. Du hast auch nichts davon gehört, Helena?«

»Nein«, bekannte sie und warf mir einen mitfühlenden Blick zu. »Wie es der Zufall so will.«

»Na klar«, meinte Elio und wandte sich mir zu. »Und da die einzige Ausgabe des Originals von ihm stammt und die bislang einzige Übersetzung von dir, sieht es so aus, als hinge es ausschließlich von dir ab, ob wir den Schlüssel zum RÄTSEL DES PHILOSOPHEN *finden werden.«*

»Wie es die Verantwortung so will«, witzelte Helena.

Ich wusste nicht, was ich darauf erwidern sollte. Und ich grübele immer noch darüber. (Anm. d. Übers.)

III[1]

Es erscheint angebracht, den schnellen Lauf dieser Geschichte einen Augenblick anzuhalten, um rasch ein paar Worte über ihre wichtigsten Akteure, Herakles, den Sohn des Phrynichos vom Demos Pontor, und Diagoras, den Sohn des Champsakos vom Demos Medontes, einzuflechten. Wer waren sie? Wer glaubten sie zu sein? Was glaubten die anderen, wer sie seien?

Über Herakles sei gesagt[2]

---

[1] *»Schnelligkeit, Flüchtigkeit. Die Worte fließen hier in einer unregelmäßigen, bisweilen unleserlichen Schrift, als ob der Kopist in aller Eile das Kapitel zu Ende bringen wollte«, merkt Montalo zum Originaltext an. Ich für mein Teil werde die Augen aufsperren, um zwischen den Sätzen meinen »Eber« einzufangen. Ich beginne mit der Übersetzung des dritten Kapitels.* (Anm. d. Übers.)

[2] *»Es folgen fünf unleserliche Zeilen«, erklärt Montalo. Offenbar ist die Handschrift an dieser Stelle katastrophal schlecht. Im ganzen Absatz sind (immer Montalo zufolge) mit knapper Not vier Wörter zu entschlüsseln: »Rät-*

Über Diagoras[3]

Nachdem der Leser nun über diese Einzelheiten aus dem Leben unserer Helden unterrichtet ist, fahren wir unverzüglich in unserem Bericht mit der Erzählung der Geschehnisse fort, die sich in der Hafenstadt am Piräus zutrugen, in die Herakles und Diagoras sich begaben, um nach der Hetäre Jasintra zu suchen.

Sie suchten sie in den schmalen Gassen, durch die der Geruch des Meeres trieb; in den dunklen Höhlungen hinter den offen stehenden Türen; da und dort zwischen den Grüppchen schweigender Frauen, die ihnen zulächelten, wenn sie näher kamen, und dann, ohne Übergang, eine ernste Miene aufsetzten, sobald sie befragt wurden; sie suchten sie bergauf und bergab an den Hängen, die sich zum Ufer des Ozeans senkten, an den Straßenecken, wo sie ein Schatten – Frau oder Mann – stumm erwartete. Sie erkundigten sich nach ihr bei alten Frauen, die sich noch schminkten und deren ausdruckslose, unter dickem Bleiweiß liegende Bronzegesichter so uralt wie die Häu-

---

sel«, »Verstand«, »Gattin« und »dick«. Der Herausgeber des Originaltextes fügt nicht ohne Ironie hinzu: »Der Leser wird versuchen müssen, die biographischen Angaben über Herakles auf Grund dieser vier Wörter zu rekonstruieren, was zugleich als kinderleicht und enorm schwierig erscheint.« (Anm. d. Übers.)

[3] *Ebenso unleserlich sind die drei Zeilen, die der anonyme Autor der Figur des Diagoras widmet. Montalo vermag lediglich mit Mühe die folgenden drei Wörter zu erraten: »lebte er?« (mit Fragezeichen), »Geist« und »Leidenschaft«.* (Anm. d. Übers.)

ser wirkten; sie legten Münzen in zitternde Hände, so rissig wie Papyrus; sie lauschten dem Klirren der vergoldeten Armreifen, wenn sich die Arme reckten, um eine Richtung oder einen Namen anzugeben: Frag Kopsias, Melita weiß es, vielleicht in Thalias Haus, Amphytrites sucht ebenfalls nach ihr, Eos wohnt schon länger in dieser Gegend, Klito kennt sie besser, ich bin nicht Thalia, sondern Meropis ... Und dabei huschten die stets halb geschlossenen Augen unter schminkestarrenden Lidern unentwegt hin und her, stets in flinker Bewegung auf ihrem schwarzbewimperten, von safrangelben, elfenbeinfarbenen oder rötlichgoldenen Mustern geschmückten Thron, als ob die Frauen nur in ihren Blicken frei wären, als ob sie allein durch die Schwärze ihrer Pupillen Herrschaft ausüben könnten. Die unbewegten Mienen und die knappen Antworten verbargen ihre Gedanken: Einzig die Augen erwiesen sich als aufrichtig und fluchtbereit, blitzschnell, leidenschaftlich.

Die Abenddämmerung senkte sich unablässig über die beiden Männer. Diagoras rieb sich unter dem Umhang mit rascher Geste die Arme und meinte: »Der Tag ist schnell vergangen, bald ist es Nacht ...«

Herakles blieb bei dieser Bemerkung stumm.

Sie folgten weiter der abschüssigen engen Gasse. Über die Dächer ergoss sich purpurnes Abendlicht, es lagerte über dem Meer, so weit man schauen konnte. Sie ließen das Menschengewühl und die rege Betriebsamkeit im Hafen von Piräus ebenso hinter sich wie jene Orte, die vor allem von denen, die nur Vergnügen und schnelle Lust im Sinn hatten, aufgesucht wurden. Jetzt waren sie in dem Viertel, wo *solche Frauen* lebten, ein Wald von steinernen Pfaden und Lehmziegelbäumen, durch den eilends die Dunkelheit zog und wo die Nacht vorzeitig hereinbrach; eine bewohnte Einsamkeit, geheimnisvoll, erfüllt von tausend huschenden Blicken.

»Das Gespräch mit dir ist wirklich unterhaltsam ...«, bemerkte Diagoras, ohne sich auch nur die Mühe zu machen, seine Gereiztheit zu verbergen. Ihm kam es vor, als ob schon seit Stunden allein er redete. Sein Reisegefährte beschränkte sich darauf, neben ihm her zu wandern, von Zeit zu Zeit etwas zu brummen und den Feigen aus seinem Quersack zuzusprechen. »Bei Zeus, ich bin bezaubert von deinem flinken Mundwerk ...« Er blieb stehen und wandte den Kopf, aber seinen Schritten folgte nur der eigene Nachhall. Mit abfälliger Miene meinte er: »Ach, diese widerlichen Gässchen, verstopft von Unrat und Gestank ... Wo ist denn nun die ›wohlgebaute Stadt‹, wie Piräus allerorts genannt wird? Ist dies das berühmte ›geometrische‹ Straßenmuster, das angeblich Hippodamos von Milet entworfen hat? Bei Hera, ich sehe noch nicht einmal, wie in Athen, Bezirksaufseher, *astynómoi*, Sklaven oder Soldaten! Ich komme mir nicht vor wie unter Griechen, sondern wie in einer Welt von Barbaren ... Außerdem, und das ist nicht nur mein Eindruck, ist das ein gefährlicher Ort, ich kann die Gefahr wittern wie den Geruch vom Meer ...« Er musterte abermals Herakles und setzte trocken hinzu: »Natürlich fühle ich mich dank deinem angeregten Plaudern ganz ruhig. Deine Rede erquickt mich, sie lässt mich vergessen, wo ich herumstreife ...«

»Du bezahlst mich nicht fürs Reden, Diagoras«, erwiderte Herakles höchst gleichgültig.

»Apollon sei Dank, ich vernehme deine Stimme!«, gab der Philosoph ironisch zurück. »Selbst Pygmalion war nicht so erstaunt, als Galateia zu ihm sprach. Morgen will ich ein Zicklein opfern zu Ehren von ...«

»Schweig«, unterbrach ihn da der Rätsellöser brüsk. »Dies ist das Haus, das man uns genannt hat.«

An einer Straßenseite erhob sich mühsam eine rissige graue Mauer; vor der Türöffnung war eine Gruppe von Schatten versammelt.

»Das siebente Haus, willst du wohl sagen«, zeterte Diagoras. »Ich habe zuvor schon in sechs anderen vergeblich nachgeforscht.«

»Dann wird es dir, nehme ich an, dank gewachsener Erfahrung nicht schwer werden, diese Frauen hier zu befragen …«

Als Diagoras näher trat, verwandelten sich die unter den dunklen Umschlagtüchern verhüllten Mienen zu freundlichen Blicken, zu einem Lächeln. Die Wangen des Philosophen färbten sich unversehens rot, als er in ungelenkem Ton anhob: «Verzeiht uns. Mein Freund und ich, wir suchen die Tänzerin Jasintra. Man hat uns gesagt …«

Wie das Knacken eines losen Astes, auf den der Jäger achtlos getreten ist, das Beutetier warnt und es veranlasst, in Windeseile aus der Lichtung ins sichere Dickicht zu flüchten, so zeitigten Diagoras' Worte in der kleinen Schar unerwartete Wirkung: Ein Mädchen rannte schnell gassabwärts davon, während die übrigen sich hastig ins Haus flüchteten.

»Warte!«, rief Diagoras dem fliehenden Schatten nach. »Ist das Jasintra?«, fragte er die anderen Frauen. »Warte doch, bei Zeus, wir wollen doch nur …«

Die Tür wurde eilig zugezogen. Die Gasse war leer. Herakles ging gemessenen Schrittes weiter, und Diagoras folgte ihm widerwillig. Bald darauf sagte er: »Und nun? Was wollen wir nun machen? Weshalb laufen wir weiter? Sie ist fort, sie ist geflohen! Meinst du, in dem Tempo kannst du sie einholen?« Herakles brummte etwas und zog gelassen eine neue Feige aus dem Quersack. Der Philosoph blieb wutentbrannt stehen und herrschte ihn an: »Nun hör mir doch ein einziges Mal zu! Wir haben den ganzen Tag nach dieser Hetäre gesucht, in den Hafengässchen und im Stadtinnern, in den übelsten Spelunken, im oberen Stadtteil und im unteren, überall und nirgends, die ganze Zeit haben wir uns gehetzt, haben den Lügenworten mediokrer Seelen, ungebildeter Geister, gemeiner Kupplerinnen, verworfener Weiber vertraut! Und jetzt, da Zeus uns offenbar gestattete, sie zu finden, ist sie uns wieder abhanden gekommen! Und du gehst gemächlich weiter, wie ein zufriedener Hund, wo doch …«

»Beruhige dich, Diagoras«, unterbrach ihn Herakles, wortkarg wie eh und je. »Willst du eine Feige? Sie wird dir Kraft geben für …«

»Lass mich in Frieden mit deinen Feigen! Ich will wissen, weshalb wir weiterwandern. Ich denke, wir müssten versuchen, mit den Frauen zu reden, die ins Haus geschwirrt sind, und dann …«

»Nein. Die Flüchtige ist die Frau, die wir suchen«, sprach der Rätsellöser ruhig.

»Und warum laufen wir ihr nicht hinterher?«

»Weil wir sehr müde sind. Wenigstens bin ich das. Du nicht?«

»Allerdings sind wir müde«, Diagoras wurde immer wütender. »Warum gehen wir dann überhaupt weiter?«

Herakles gestattete sich ein kurzes Schweigen, während er kaute. Dann sagte er: »Wie sokratisch du denkst, Diagoras.«

Sie wanderten ein Weilchen durch die seidige Glätte der sich senkenden Nacht. Auf beiden Seiten der Gasse reihten sich verfallene Häuser aneinander. Bald würde Finsternis herrschen, und die Häuser wären nicht mehr zu erkennen.

»Athene allein weiß, wohin dieses Weibsbild gelaufen sein kann!«, brummte Diagoras. Er rieb sich geschwind die Hände, um die Kälte zu vertreiben. »Jung war sie und flink… Ich glaube, sie könnte ohne Pause rennen und rennen, bis sie Attika hinter sich läßt …«

Und er malte sich aus, wie sie im Schein eines Mondes, so weiß wie eine Lilie in den Händen eines Mädchens, in die angrenzenden Wälder floh, mit ihren nackten Füßen Spuren im Lehmboden hinterließ, ohne dass ihr die Dunkelheit zusetzte (da sie zweifellos den Weg kannte), mit in der Brust hüpfendem Atem, das Geräusch ihrer Schritte immer leiser werdend, die Hindinnenaugen weit aufgerissen. Sicherlich würde sie die Kleider abwerfen, um hurtiger laufen zu können, und das Lilienweiß ihres nackten Leibes würde durch das Dickicht brechen wie ein sanfter Blitz, die Bäume könnten sie nicht aufhalten, das lose Haar würde sich kaum je im Gehörn der Bäume (fein wie junge Schößlinge oder Mädchenfinger) verfangen; ganz und gar nackt wäre sie und schimmernd wie eine elfenbeinerne Blume, die eine windschnelle Jungfrau in den Händen trüge.[4]

Rasch waren sie an einer Wegkreuzung angelangt. Geradeaus setzte sich die Gasse als schmaler, mit Steinbrocken übersäter Fußweg fort; zur Linken zweigte ein

---

[4] *Einige Lücken im Text (die laut Montalo auf »unleserliche«, weil »hastig« hingeschriebene Wörter zurückzuführen sind) erschweren das Verständnis dieses rätselhaften Absatzes. Als darin enthaltene Eidesis zeichnet sich offenbar, wie schon seit Kapitelanfang zu beobachten, die »Schnelligkeit« ab, doch dazu kommen Bilder von Hirschen, nicht von Wildschweinen: »Hindinnenaugen«, »Gehörn der Bäume« … Das verweist nicht auf die dritte, sondern auf die vierte Arbeit des Herkules: die Ver-*

anderes Gässchen ab; zur Rechten beschirmte eine kleine, zwischen zwei hohe Häuser gezwängte Brücke einen engen Tunnel, dessen Ausgang sich im Dunkel verlor.

»Und nun?«, fragte Diagoras gereizt. »Sollen wir das Los werfen, wie es weitergehen soll?«

Er spürte einen Druck auf seinem Arm und ließ sich stumm, mit gefügiger Schnelligkeit, zu der dem Tunnel benachbarten Straßenecke geleiten.

»Hier wollen wir warten«, flüsterte Herakles.

»Und die Frau?«

»Manchmal ist Warten eine Art von Verfolgung.«

»Meinst du etwa, sie kehrt zurück?«

»Selbstverständlich.« Herakles schnappte sich eine weitere Feige. »Man kehrt immer zurück. Und sprich leiser: Die Beute könnte erschrecken.«

Sie warteten. Der Mond entblößte sein weißes Horn. Ein sausender Windstoß durchbrach die Stille der Nacht. Beide Männer mummelten sich fester in ihre Umhänge

---

folgung der windschnellen Kerynitischen Hirschkuh. Diese eigenartig veränderte Reihenfolge der Arbeiten erstaunt mich nicht, kam sie doch schon bei den Schriftstellern der Antike häufig vor. Auffallend ist jedoch die neue, aus dem Text hervorstechende Metapher: ein Mädchen mit einer Lilie in den Händen. Handelt es sich um ein eidetisches Bild? Und wenn ja, was hat es mit der Verfolgung der Hirschkuh zu tun? Will der Autor die Reinheit der Göttin Artemis darstellen, der das sagenhafte Tier geweiht war? Jedenfalls glaube ich nicht, dass man es, wie Montalo behauptet, als »poetische Freizügigkeit ohne irgendeinen realen Sinn« ansehen kann. (Anm. d. Übers.)

ein. Diagoras schüttelte einen Kälteschauer ab, der ihn überkam, obwohl die Temperatur hier infolge des lindernden Einflusses vom Meer her angenehmer war als in der Stadt.

»Da kommt jemand«, flüsterte Herakles.

Es war etwas wie der flinke Rhythmus eines Mädchens, das auf Zehenspitzen über die Steine herantänzelt. Doch was aus den Gassen jenseits des Kreuzweges zu ihnen geschwebt kam, das war kein Mensch, sondern eine Blume: eine Lilie, von den groben Händen des Windes gezaust; die Blütenblätter fielen lautlos ab, als sie die Wand vor dem Versteck der beiden Männer streifte, dann wehte sie, zerpflückt, in schnellem Wirbel weiter durch die nach Meeresschaum und Salz riechende Luft und verschwand irgendwo gassaufwärts; vom Zephyr getragen wie von einem strahlend schönen Mädchen – Meeresaugen, Mondhaar –, das eine Blume im Haar trägt.

»Nein, es war nichts. Nur der Wind«, meinte Herakles.[5]

---

[5] *Natürlich ist da etwas! Die Romanhelden können es selbstverständlich nicht sehen (da es sich um eine rein literarische Figur handelt), aber hier taucht abermals das »Mädchen mit der Lilie« auf. Kein Zweifel, es handelt sich um ein weiteres eidetisches Bild, und zwar um ein sehr starkes, da es wie eine Geistererscheinung in die Wirklichkeit der Erzählung hereinbricht. Was mag es bedeuten? Ich gebe zu, dass diese jähe Erscheinung mich etwas nervös gemacht hat: Am Ende habe ich regelrecht auf den Text geklopft, wie Perikles es mit Phidias' Gold-Elfenbein-Statue der Athene getan haben soll, um sie zum Sprechen zu bewegen: »Was bedeutet das? Was willst du*

Die Zeit verging geschwind. Diagoras, den in der Nachtkühle allmählich fröstelte, machte seinem Herzen Luft, indem er leise auf den stämmigen Schatten des Rätsellösers einredete: »Nie hätte ich gedacht, dass Tramakos ... Ich meine, du verstehst mich schon ... Die Reinheit war eine seiner größten Tugenden, wenigstens kam mir das so vor ... Das war das Letzte, was ich von ihm geglaubt hätte ... Sich einzulassen mit einer ordinären ... Dabei war er noch gar kein Mann! Ich hätte mir noch nicht einmal vorgestellt, dass er schon die normalen Begierden eines Epheben verspürte ... Als Lysilos es mir sagte ...«

»Schweig«, befahl ihm plötzlich Herakles' Schatten.

Aus dem Tunnel vernahmen sie ein Knirschen, als ob sich ihnen jemand geschwind über Trümmerschutt hinweg näherte. Noch bevor Diagoras die Worte des Rätsellösers hörte, spürte er dessen warmen Atem im Ohr.

»Wirf dich schnell auf sie. Schütz dein Gemächt mit der Hand und pass auf ihre Knie auf ... Und dann versuche sie ruhig zu stellen.«

»Aber ...«

»Tu, was ich dir sage, oder sie entfleucht uns wieder. Ich komme dir zu Hilfe ...«

Was soll das heißen, »Ich komme dir zu Hilfe«?, dachte Diagoras kopfschüttelnd. Doch er hatte keine Zeit, sich noch mehr Fragen zu stellen.

Eine Silhouette, vom Mondstrahl geworfen, breitete sich wie ein Teppich – geschwind, behände, schweigend – über den Boden des Kreuzwegs. Diagoras stürzte

---

sagen?« Das Papier erwies sich natürlich als unzugänglich. Jetzt bin ich wieder ruhiger. (Anm. d. Übers.)

sich auf sie, als sie unversehens dicht vor ihm in einem Körper Gestalt annahm. Ein parfümierter Haarbusch zappelte ihm, um sich schlagend, vor den Augen, und verzweifelt wand sich in seinen Armen ein muskulöser Körper. Ohne loszulassen, schob Diagoras ihn an die gegenüberliegende Mauer.

»Bei Apollon, nun reicht's aber!«, rief er aus. »Wir wollen dir nichts tun. Nur mit dir reden. Beruhige dich …« Die Gestalt regte sich nicht mehr, und Diagoras trat einen Schritt zurück. Er konnte ihr Gesicht nicht sehen, da sie es in den Händen barg. Zwischen den Fingern, so dünn wie die Geweihspitzen eines Hirschkalbs, lugte ein Blick hervor. »Wir wollen dir nur ein paar Fragen stellen … Über einen Epheben namens Tramakos … Du kanntest ihn doch, nicht wahr?«

Diagoras war nun ein wenig ruhiger und dachte, am Ende würde sie ihnen durch die schmale Pforte ihrer Hände doch noch ihre Gesichtszüge zeigen.

Da spürte er den Blitzschlag in seinem Unterleib. Der Schmerz war am Anfang lichtgrell: Blendend, alles umfassend, ertränkte er seine Augen wie eine Flüssigkeit, die unaufhaltsam über den Rand einer Schale quillt. Die Empfindung zögerte noch einen Moment, zwischen seinen Beinen kauernd, dann streckte sie sich wütend und stieg mit einem Knall wie von splitterndem Glas in sein Bewußtsein. Er ging hustend zu Boden, spürte nicht einmal, wie sein Schädel auf die Steine schlug.

Es gab ein Gerangel. Herakles Pontor stürzte sich auf die Gestalt. Er behandelte sie nicht so schonend wie Diagoras: Er packte sie an den schmalen Armen und stieß sie an die Mauer. Er hörte sie stöhnen – ein Keuchen wie von einem Mann – und benutzte abermals die Mauer als Waffe. Die Gestalt sträubte sich, aber Herakles lehnte seine ganze Leibesmasse gegen sie, um sie an einem weiteren Tritt mit dem Knie zu hindern. Er sah, wie sich Diagoras mühsam erhob. Da sprach er in raschen Worten zu seiner Beute: »Wir wollen dir nichts tun, außer du lässt uns keine andere Wahl. Und wenn du meinen Gefährten noch einmal trittst, lässt du mir keine andere Wahl.« Er drehte sich zu Diagoras um und befahl: »Halt sie diesmal richtig fest. Ich hatte dich gewarnt, du solltest auf ihre Knie aufpassen.«

An den Schatten gewandt murmelte Diagoras, bei jedem Wort vor Schmerzen nach Atem ringend: »Mein Freund ... sagt die Wahrheit ... Wir wollen dir nichts tun. Hast du verstanden?«

Der Schatten nickte, doch der Philosoph lockerte den Druck auf die umfassten Arme nicht.

Schließlich endete das Ringen, wie die Kälte schwindet, wenn die Muskeln sich zu schnellem Lauf spannen. Da nahm Diagoras schwer atmend wahr, dass die flache, namen- und konturlose Silhouette, die er mit aller Kraft gegen die Mauer presste, sich unversehens in eine Frau verwandelte: Er spürte die Kugeln ihrer Brüste, die schmale Taille, den andersartigen Geruch, ihren glatten, straffen Leib; jetzt fiel ihm auch ihr krauser Haarpelz auf, ihre schlanken Glieder, die Umrisse ihres Körpers. Schließlich nahm er dazu ihre Gesichtszüge wahr.

Sie ist sonderbar, war das Erste, was er dachte: Er erkannte, dass er sie sich (wer weiß warum) als sehr schön vorgestellt hatte. Aber das war sie nicht: Ihre Haarlocken bildeten ein zerzaustes Fell; die Augen waren überaus groß und sehr hell, wie bei einem scheuen, schnellen Wild, obwohl er ihre Farbe im Halbdunkel nicht zu erkennen vermochte; die schwach ausgeprägten Wangenknochen verrieten die Schädelform unter der straffen Haut. Verwirrt trat er von ihr zurück, wobei er immer noch das dumpfe Pochen des Schmerzes in seinem Unterleib spürte, und fragte: »Bist du Jasintra?«

Die Kälte hüllte seine Worte in Dampf ein.

Sie gab keine Antwort.

»Du hast Tramakos gekannt ...«, fuhr er hartnäckig fort. »Er besuchte dich.«

»Pass auf ihre Knie auf ...«, hörte er Herakles sagen, wie in unendlicher Entfernung.

Das Mädchen blickte ihn stumm an.

»Hat er dich für seine Besuche bezahlt?«

Diagoras begriff nicht recht, weshalb er diese Frage gestellt hatte, doch war sie die erste, auf die er eine Antwort erhielt.

»Klar, hat er mich bezahlt«, sagte sie. Beide Männer dachten, eine derart männliche Stimme besäßen selbst manche Epheben nicht: Sie klang wie der Hall eines Aulos in einer Höhle. »Die Riten des Dionysos Bromios werden mit Gesängen entgolten, die der Aphrodite Kypris mit Münzen.«

Diagoras fühlte sich verletzt, ohne dass er wusste, weshalb: Vielleicht rührte das Verletztsein daher, dass das Mädchen keineswegs verängstigt wirkte. Hatte er nicht gar bemerkt, dass ihre vollen Lippen sich im Dunkel über ihn mokierten?

»Wann hast du ihn kennen gelernt?«

»Bei den letzten Lenäen. Ich tanzte im Festzug des Gottes. Er sah mich tanzen, und danach kam er zu mir.«

»Er kam zu dir?«, rief Diagoras ungläubig aus. »Er war doch noch gar kein Mann!«

»Zu mir kommen viele Knaben.«

»Vielleicht sprichst du von jemand anders ...«

»Tramakos, der Jüngling, den die Wölfe zerrissen«, erwiderte Jasintra. »Von dem spreche ich.«

Nun mischte sich Herakles unwirsch ein: »Wer dachtest du, dass wir sind?«

»Ich verstehe nicht.« Jasintra wandte ihren klaren Blick Herakles zu.

»Warum bist du vor uns geflohen, als wir nach dir fragten? Du bist doch keine von denen, die vor Männern fliehen. Wen hattest du erwartet?«

»Niemanden. Ich fliehe, wenn es mir passt …«

»Jasintra«, flüsterte Diagoras in flehendem Ton, »wir brauchen deine Hilfe. Wir wissen, dass Tramakos irgendetwas zugestoßen war. Er wurde gequält von einem ernsten Problem. Ich … Wir waren seine Freunde und wollen herausfinden, was mit ihm passiert ist. Dein Verhältnis mit ihm spielt keine Rolle mehr. Uns interessiert nur, ob Tramakos dir von seinen Sorgen erzählt hat …« Er wollte noch sagen: Oh, bitte, hilf mir. Es ist für mich viel wichtiger, als du glaubst.

Er hätte sie hundertfach um Hilfe gebeten, denn er fühlte sich verlassen, verletzlich wie eine Lilie in der Hand einer Jungfrau. Sein Geist hatte allen Hochmut fahren lassen und ähnelte einem jungen Mädchen mit blauen Augen und gleißendem Haar, bereit, flehentlich und auf Knien zu stammeln: Hilf mir, ach, bitte hilf mir! Dieser Wunsch aber, der so leise war, als streiften zarte Blütenblätter das weiße Gewand eines Mädchens, und zugleich so brennend wie der mannbare, wonnige, nackte Körper dieser jungen Frau – dieser Wunsch fand keinen Ausdruck in Worten.[6]

---

[6] *Die kraftvolle Eidesis des »Mädchens mit der Lilie« wird fortgeführt! Und jetzt verbindet sie sich offenbar mit dem in diesem Absatz gleich dreifach wiederholten Begriff*

»Tramakos redete nicht viel«, sagte sie. »Und er wirkte nicht besorgt.«

»Hat er dich irgendwann um Hilfe gebeten?«, fragte Herakles.

»Nein. Weshalb hätte er das tun sollen?«

»Wann hast du ihn zum letzten Mal gesehen?«

»Vor einem Mond.«

»Hat er dir nie etwas von seinem Leben erzählt?«

»Wer erzählt Frauen wie uns schon etwas?«

»War seine Familie einverstanden mit dem Verhältnis?«

»Es gab kein Verhältnis: Er besuchte mich von Zeit zu Zeit, bezahlte mich und ging.«

»Aber vielleicht war es ja seiner Familie nicht recht, dass ihr edler Sohn sich bei dir austobte, nicht mal von Zeit zu Zeit ...«

»Das weiß ich nicht. Ich musste nicht seiner Familie zu Gefallen sein ...«

»Vielleicht wusste sein Vater etwas davon ...«, fragte Herakles ruhig weiter.

»Hilfe«. Der Autor schildert das Mädchen nach den eidetischen Regeln, das heißt, indem er die sie beschreibenden Worte über den gesamten Text verstreut, damit der Leser sie am Schluss zusammenfügt, um das vollständige Bild zu erhalten: Ich glaube, es geht um das Bild einer »Jungfrau« mit Augen so »blau« wie das »Meer«, mit »schimmerndem«, »gleißendem« Haar, »Mondhaaren«, und einem »wonnigen« und »zarten« Körper; sie ist mit einem »weißen Gewand« bekleidet und hält eine »Lilie« in der Hand ... Zweifellos handelt es sich um ein sehr schönes Mädchen ... Doch weshalb flieht sie? Wer oder was bedroht sie? (Anm. d. Übers.)

»Er hatte keinen Vater.«

»Stimmt«, sagte Herakles, »ich meinte, seine Mutter.«

»Die kenne ich nicht.«

Kurzes Schweigen trat ein. Diagoras blickte den Rätsellöser Hilfe suchend an. Der zuckte mit den Achseln.

»Kann ich nun gehen?«, fragte das Mädchen. »Ich bin müde.«

Sie antworteten nicht, Jasintra aber löste sich von der Mauer und ging rasch davon. Der in ein langes dunkles Umschlagtuch und einen Peplos gehüllte Körper bewegte sich mit der ungezähmten Leichtigkeit eines Wildes im Walde. Die unsichtbaren Spangen und Reifen an ihren Armen klirrten bei jedem Schritt. Bevor sie in der Finsternis verschwand, drehte sie sich zu Diagoras um und sagte: »Ich wollte dich nicht treten.«

Sie liefen in tiefer Nacht über die Straße der Langen Mauern in die Stadt zurück.

»Tut mir Leid, das mit ihrem Knie«, bemerkte Herakles, ein wenig bekümmert über die plötzliche Schweigsamkeit, in die der Philosoph nach dem Gespräch mit Jasintra verfallen war. »Tut es noch weh? Immerhin, ich habe dich gewarnt ... Ich kenne diese Sorte von Hetärentänzerinnen recht gut. Sie sind sehr flink und verstehen sich zu wehren. Als sie flüchtete, ahnte ich, dass sie uns angreifen würde, wenn wir sie ansprechen ...«

Er legte eine Pause ein, wartete auf eine Antwort von Diagoras, aber der schritt gesenkten Hauptes weiter, den Bart gegen die Brust gedrückt. Die Lichter von Piräus lagen schon ein Stück hinter ihnen, und auf der breiten, steingepflasterten Straße – Herakles zufolge war sie weniger belebt, aber sicherer und schneller als der übliche Weg – schritten sie erstaunlich mühelos durch die

Winternacht. Die Straße wurde flankiert von den Mauern, die einst Themistokles erbaut und Lysander geschleift hatte, bis sie später wieder aufgebaut wurden. In der Ferne, von Norden her, grüßten, einem Traumbild gleich, die blass schimmernden Stadtmauern von Athen herüber.

»Jetzt bist du es, Diagoras, der schon geraume Zeit schweigt«, fuhr Herakles rasch fort. »Bist du niedergeschlagen? Nun, du selbst wolltest ja an den Nachforschungen mitwirken, nicht? Meine Ermittlungen beginnen immer so: Zuerst sieht es aus, als ob wir nichts in der Hand hätten, und dann ... Vielleicht erschien es dir als Zeitverschwendung, diese Hetäre zu befragen. Doch ich sage dir aus Erfahrung: Eine Spur zu verfolgen, das ist nie Zeitverschwendung, ganz im Gegenteil – Jagen heißt, sich aufs Spurenlesen verstehen, auch wenn sie uns scheinbar nirgendwohin führen. Ganz anders als die meisten Leute denken, ist dann das Abschießen des Pfeils in den Rücken des Hirschs viel, viel ...«

Aus Diagoras' Richtung unterbrach ihn ein Gemurmel: »Er war noch ein Knabe ...«, sagte er, als ob er Antwort gäbe auf eine von Herakles gestellte Frage. »Er hatte noch nicht einmal das Ephebenalter vollendet. Sein Blick war rein. Es war, als ob Athene selbst seine Seele geläutert hätte ...«

»Hör auf, dir die Schuld zu geben. In dem Alter wollten auch wir uns austoben.«

Zum ersten Mal hob der Philosoph das Gesicht von der dunklen Straße und wandte es Herakles mit jäher Verachtung zu. »Du verstehst das nicht. Wir in der Akademie erziehen die Jünglinge dazu, die Weisheit über alles andere zu lieben und sich gefahrvollen Vergnügungen zu verweigern, die nur einen flüchtigen, kurzen Genuss bieten. Tramakos kannte die Tugend, er wusste, dass sie unendlich viel nutzbringender und vorteilhafter ist als das Laster ... Wie konnte er sie in der Praxis so ignorieren?«

»In welcher Form lehrt ihr in eurer Akademie die Tugend?«, fragte der Rätsellöser.

»Durch Musik und die Freude an Leibesübungen.«

Nach erneuter Pause kratzte sich Herakles den Kopf und meinte: »Nun, sagen wir denn, dass Tramakos die Freude an Leibesübungen wichtiger war als die Musik ...«

Diagoras ging auf die Bemerkung nicht ein und hob an, in schnellem, pädagogischem Ton zu reden, als ob er vor einer Gruppe stumpfsinniger Schüler eine langweilige Lektion vortrüge: »Die Unwissenheit ist der Quell allen Übels. Wer würde sich für das Schlechtere entscheiden, wenn er wüsste, dass es das Schlechtere ist? Wenn dich der Verstand, geschult durch Erziehung und Unterricht, erkennen lässt, dass das Laster schlechter ist als die Tugend, die Lüge schlechter als die Wahrheit, die unmittelbare Lust schlechter als das dauerhafte Vergnügen ... würdest du da bewusst das jeweils Erstere wählen? Du weißt, beispielsweise, dass Feuer brennt: Würdest du da willentlich die Hand in die gefährlichen Flammen legen? Das ist widersinnig ... Ein Jahr lang soll er diese ... Frau aufgesucht haben! Und bezahlt haben für seine Lust! ... Das ist eine Lüge. Diese Hetäre hat uns angelogen. Ich versichere dir ... Was lachst du?«

»Entschuldige«, sagte Herakles, »ich dachte gerade an jemanden, den ich einmal willentlich die Hand ins Feuer legen sah: ein alter Freund aus meinem Demos, Krantor von Pontor. Er war genau der entgegengesetzten Meinung: Er behauptete, die verstandesmäßige Erkenntnis reiche nicht aus, um das Bessere zu wählen, da der Mensch sich nicht von seinen Ideen, sondern von seinen Begierden leiten lasse. Eines Tages hatte er Lust, sich die rechte Hand zu verbrennen, und er legte sie ins Feuer und verbrannte sie sich.«

Langes Schweigen folgte auf diese Worte. Nach einer Weile erkundigte sich Diagoras: »Und du? Bist du auch dieser Ansicht?«

»Keineswegs. Ich war immer der Ansicht, dass mein Freund verrückt ist.«

»Und was ist aus ihm geworden?«

»Ich weiß nicht. Plötzlich wollte er fort aus Athen und verschwand. Und er ist nie zurückgekehrt.« Nach erneutem Schweigen und ein paar schnellen Schritten auf der Steinstraße fragte Herakles: »Und was denkst du von der Hetäre?«

»Sie ist ein seltsames und gefährliches Weib«, sprach Diagoras voller Abscheu. »Ihr Antlitz ... ihr Blick ... Ich habe ihr tief in die Augen geschaut und schreckliche Dinge gesehen ...«

Er hatte eine Vision: Sie tanzte im Takt schneller Trommelmusik auf den verschneiten Gipfeln des Parnassos, einzig mit einem dünnen Hirschkalbfell bekleidet. Ihr Körper bewegte sich gedanken-, fast willenlos, wie eine Blume zwischen den Fingern eines Mädchens, drehte und wendete sich gefährlich nah am Rande von glitschigen Abgründen.

In seiner Vision vermochte sie ihre Haare zu entflammen und sich mit diesem gefährlichen Haarpelz den eigenen Rücken zu geißeln; oder sie legte den Kopf so weit zurück, dass ihr Kehlkopf zwischen den Halsmuskeln aufragte wie ein Lilienstengel; oder sie schrie laut um Hilfe, als wolle sie den hirschfüßigen Dionysos Bromios herbeirufen; oder sie stimmte einen schnellen Hymnus inmitten der nächtlichen *oreibásia* an, jenem rituellen Tanz, in dem sich die Mänaden zur Winterszeit unablässig auf den Berggipfeln wiegen, in den Händen gefahrdräuende Reptilien mit blitzschnell wirkendem Gift, deren Schwänze sie kunstvoll ineinander schlingen, so wie ein Mädchen ohne fremde Hilfe einen Kranz aus weißen Lilien flicht.

In seiner Vision war sie eine nackte Gestalt, in Blut getaucht von den Flammen der Scheiterhaufen und dem Saft der Reben; tanzend schrieb sie mit nackten Füßen hastige, gewagte Worte in den Schnee, ohne auf den dringenden Mahnruf der Klugheit zu hören, die als schlanke, weiß gekleidete Gestalt vor ihr erschien, um sie – vergebens – vor der Gefahr des Tanzes zu warnen. »Hilf mir!«, rief das feine Stimmchen, ohne alle Wirkung, denn die Gefahr ist in den Augen der Mänaden nichts anderes, als es für den begehrlichen Blick eines Mädchens eine Lilie wäre, die am andern Ufer eines reißenden Flusses schimmernd emporsprießt: Keine würde der Versuchung widerstehen, rasch hinüberzuschwimmen, ohne daran zu denken, Hilfe herbeizurufen, bis sie die Blume als Preis in ihren Händen hielte. »Vorsicht: Hier lauert Gefahr!«, ruft die Stimme der Vernunft, doch die Lilie ist allzu herrlich, und das Mädchen achtet der Stimme nicht.

All dies stand in seiner Vision vor ihm, und für ihn war es Wirklichkeit.[7]

---

[7] *In Diagoras' neuerlicher Vision verschmelzen alle früheren eidetischen Bilder: die »Schnelligkeit«, die »Hirschkuh«, das »Mädchen mit der Lilie« und der »Hilferuf«. Nun gesellt sich auch noch das Wort »Gefahr« hinzu. Was mag das alles bedeuten?* (Anm. d. Übers.)

»Seltsame Dinge nimmst du in den Blicken anderer Menschen wahr, Diagoras«, mokierte sich Herakles gutmütig. »Ich bezweifle nicht, dass unsere Hetäre hin und wieder in den Festzügen der Lenäen mittanzt, aber es kommt mir, ehrlich gesagt, übertrieben vor, dass sie in Gesellschaft der Mänaden in gefährlich ekstatische Verzückung zu Ehren von Dionysos verfallen soll. Ich fürchte, deine Einbildungskraft blickt schärfer als der Seher Lynkeus …«

»Ich habe dir berichtet, was ich mit den Augen der Seele erschauen konnte«, erwiderte Diagoras. »Sie vermögen die Idee an sich wahrzunehmen. Schmähe sie nicht eilfertig, Herakles. Die Idee an sich steht höher als die Vernunft, denn in ihrem Licht sind wir, alle Dinge und Wesen, nichts als flackernde Schatten. Und allein der Mythos, die Fabel, die Dichtkunst oder der Traum können uns gelegentlich zu ihrer Erkenntnis verhelfen …«

»Mag sein, aber deine ›Ideen an sich‹ erscheinen mir nicht zweckdienlich, Diagoras. Ich bewege mich in der Sphäre dessen, was ich mit eigenen Augen erfahren und mit meinem eigenen Verstand entschlüsseln kann.«

»Und was hast du bei dem Mädchen erkannt?«

»Nicht viel«, bekannte Herakles bescheiden. »Nur dass sie uns belog.«

Diagoras hielt in seinem raschen Schritt inne und wandte sich mit erstauntem Blick dem Rätsellöser zu. Der lächelte leicht schuldbewusst, wie ein gerade wegen eines gefährlichen Streichs gescholtenes Kind, und erklärte: »Ich habe ihr eine Falle gestellt: Ich fragte sie nach dem Vater von Tramakos. Wie du weißt, wurde Meragros vor etlichen Jahren unter der Anklage einer gefährlichen Verschwörung mit den Dreißig Tyrannen[8] zum Tode verurteilt …«

»Ich weiß. Es war ein schlimmes Urteil, so wie das über die Admiräle der Arginusenschlacht, weil Meragros für die Schuld vieler anderer zahlen musste.« Diagoras seufzte. »Mit mir mochte Tramakos nie über seinen Vater sprechen. Es war für ihn ein gefährliches Thema.«

»Genau darauf will ich hinaus«, hakte Herakles ein. »Jasintra sagte, Tramakos habe kaum je mit ihr geredet, aber sie wusste ganz genau, dass sein Vater in Unehren zu Tode gekommen war …«

»Nein: Sie wusste lediglich, dass er tot war.«

»Keineswegs! Ich habe dir ja schon erklärt, Diagoras, dass ich nur das entschlüssele, was ich sehen kann. Aber ich *sehe*, was jemand zu mir sagt, genauso deutlich, wie ich jetzt die Fackeln am Stadttor sehen kann. Alles, was wir tun oder sagen, ist ein Text, der sich lesen und deuten lässt … Erinnerst du dich nicht ihrer exakten Worte? Sie sagte nicht: ›Sein Vater ist tot‹, sondern ›Er hatte keinen Vater‹. Das ist die Wendung, die wir für gewöhnlich gebrauchen, wenn wir die Existenz von jemandem leugnen wollen, an den wir uns nicht erinnern mögen … In der Art könnte sich Tramakos ausgedrückt haben. Daraus folgt: Wenn Tramakos zu dieser Hetäre vom Piräus über seinen Vater sprach, ein so intimes Thema, das er nicht einmal mit dir erörtern mochte – weshalb hat sie

---

[8] *Nach dem Ende des Peloponnesischen Krieges unter der Oberhoheit der Spartaner in Athen errichtete Diktatur. Sie wurde geführt von dreißig Bürgern. Der Leser beachte, wie das Wort »Gefahr« seit seinem ersten Auftauchen einen eidetischen »Dunstkreis« von gleichbedeutenden Wörtern hinterlassen hat (dasselbe geschah mit »Hilfe«), was auf seine Bedeutsamkeit hinweist.* (Anm. d. Übers.)

uns dann erklärt, er habe nicht mit ihr geredet?« Während Diagoras über eine mögliche Antwort darauf nachdachte, fuhr Herakles fort: »Und noch eine zweite Frage ist von großem Belang: Warum ist sie geflüchtet, als wir uns nach ihr erkundigten?«

»Dazu hatte sie, glaube ich, ausreichend Gründe«, entgegnete Diagoras. »Was ich aber noch nicht begreife: Woher wusstest du, dass sie sich im Tunnel versteckt hielt?«

»Ja, wo denn sonst? Sie wusste, wir würden sie nie einholen können, da sie jung und flink ist, während wir alt und schwerfällig sind ... Ich rede hauptsächlich von mir ...« Er hob rasch seine dickliche Hand, um Diagoras' Erwiderung rechtzeitig Einhalt zu gebieten. »Daraus habe ich gefolgert, dass sie gar nicht weiterzurennen brauchte: Es genügte, irgendwo abzuwarten, bis die Gefahr vorüber war ... Und welch besseres Versteck gab es da für sie als das Dunkel jenes Tunnels nahe ihrem Haus? Warum aber ist sie überhaupt geflohen? Das verstehe ich nicht. Sie bestreitet ja ihr Leben damit, dass sie keinem Mann ausweicht ...«

»Mehr als ein gefährliches Vergehen wird auf ihrem Gewissen lasten«, meinte Diagoras gewichtig. »Du magst mich auslachen, Rätsellöser, aber ich habe noch nie eine so seltsame Frau gesehen. Wenn ich an ihren Blick denke, durchfährt es mich noch immer heiß ... Was ist das?«

Durch die Straßen vor dem Stadttor bewegte sich ein Zug mit Fackeln. Alle trugen Masken vorm Gesicht und Tamburins in den Händen.

»Das Fest der Lenäen beginnt«, sagte Herakles. »Es ist so weit.«

Diagoras schüttelte missbilligend den Kopf: »Wenn es ums Vergnügen geht, können sie die Zeit gar nicht erwarten.«

Sie durchschritten das Tor, nachdem sie sich bei den

Wächtern ausgewiesen hatten, und gingen weiter in Richtung des Stadtinnern.

»Was machen wir jetzt?«, fragte Diagoras.

»Uns ausruhen, bei Zeus. Mir schmerzen die Füße. Mein Körper ist dazu gemacht, wie eine Kugel von einem Ort zum andern zu rollen, nicht dazu, auf Füßen zu stehen! Morgen lass uns mit Antisos und Euneos reden. Ich meine, du redest, und ich höre zu.«

»Was soll ich sie fragen?«

»Nicht so hastig. Lass mich darüber nachdenken. Wir sehen uns morgen früh, mein lieber Diagoras. Entspanne dich, ruhe Leib und Seele aus. Möge dir der Kummer nicht den süßen Schlaf rauben: Bedenke, dass du den besten Rätsellöser von ganz Hellas in Dienst genommen hast …«[9]

---

[9] *Heute Nachmittag konnte ich während einer Pause mit Helena sprechen (sie unterrichtet eine Gruppe von dreißig Schülern in Griechisch). Ich war so aufgeregt, dass ich ihr ohne jede Einleitung meine neuen Funde darbot.*

»Im dritten Kapitel ist außer der Hirschkuh noch ein weiteres Bild enthalten: ein Mädchen, das eine Lilie in der Hand trägt.«

»Was?« Sie riss ihre großen himmelblauen Augen auf.

Ich zeigte ihr meine Übersetzung. »Sie taucht vor allem in den Visionen einer Romanfigur auf, eines platonischen Philosophen mit Namen Diagoras. Doch in einer Szene dringt sie sogar in die Realität vor. Es handelt sich um ein sehr starkes eidetisches Bild, Helena. Ein Mädchen mit einer Lilie, das um Hilfe fleht und vor einer Gefahr warnt. Montalo meint, es sei bloß eine poetische Metapher, aber die Eidesis ist deutlich. Der Autor schildert sie sogar ganz genau: goldenes Haar und meerblaue Augen, schlanker Körper, weiß gekleidet … Ihr Bild ist in Bruchstücken über das gesamte Kapitel verteilt. Siehst du, hier? Da ist von ihren Haaren die Rede. Und hier wird auf ihre ›schlanke, weiß gekleidete Gestalt‹ hingewiesen.«

»Moment mal«, unterbrach mich Helena. »Die ›schlanke, weiß gekleidete Gestalt‹ in diesem Absatz ist eine Verkörperung der Klugheit. Es handelt sich um eine dichterische Metapher im Stile der …«

»Nein!« Ich muss zugeben, dass meine Stimme um etliches lauter geworden war, als ich eigentlich wollte. Helena musterte mich verwundert (wie peinlich, wenn ich jetzt daran zurückdenke). »Es ist keine bloße Metapher, es ist ein eidetisches Bild!«

»Wieso bist du dir so sicher?«

Ich dachte einen Augenblick nach. Meine Theorie erschien mir so evident, dass ich vergessen hatte, Beweise zu sammeln, um sie überzeugend darzulegen.

»Das Wort ›Lilie‹ wird bis zum Überdruss wiederholt, und das Gesicht des Mädchens …«

»Was für ein Gesicht? Du hast gerade gesagt, der Autor spreche nur von ihren Augen und ihren Haaren. Hast du dir den Rest ausgemalt?« Ich tat den Mund auf, um zu antworten, wusste aber auf einmal nicht mehr, was ich sagen sollte. Helena fuhr fort: »Meinst du nicht, dass du die Eidesis allmählich zu weit treibst? Elio hat uns gewarnt, erinnerst du dich? Er sagte, eidetische Bücher seien tückisch, und Recht hat er. Plötzlich bildest du dir ein, alle Bilder hätten etwas zu bedeuten, allein deswegen, weil sie wiederholt werden, was ja absurd ist: Homer beschreibt in der ILIAS die Kleidung seiner Helden bis ins Kleinste, und doch heißt das nicht, dass dieses Werk auf eidetischer Ebene ein Traktat über die Kleiderordnung wäre …«

»Helena!« Ich wies auf meine Übersetzung. »Hier ist das

Bild von einem Mädchen zu finden, das um Hilfe fleht und vor einer Gefahr warnt … Bitte, lies das ganze Kapitel.«

Das tat sie. Ich kaute ungeduldig an den Fingernägeln. Als sie zu Ende gelesen hatte, richtete sie wieder ihren grausam mitleidsvollen Blick auf mich.

»Nun, du weißt ja, ich verstehe nicht so viel von eidetischer Literatur wie du, doch das wesentliche versteckte Bild, das ich entdecke, ist das der ›Schnelligkeit‹, und es verweist auf die vierte Arbeit des Herkules, das Einfangen der Kerynitischen Hirschkuh, die ein äußerst schnelles Tier war. Ich finde auch Bilder aus der Jägersprache, die auf dasselbe hindeuten: ›Spuren‹, ›Beute‹, ›Jäger‹ … Und die Hirschkuh selbst wird gelegentlich erwähnt: ›Geweih‹, ›weißes Horn‹, ›Haarpelz‹ … Das ›Mädchen‹ und die ›Lilie‹ hingegen sind ganz klar poetische Bilder, die …«

»Helena …«

»Lass mich ausreden. Es sind poetische Bilder, die der Autor benutzt, um den naiven Geist des Philosophen Diagoras zu kennzeichnen …«

Ich war nicht überzeugt. »Und weshalb ausgerechnet eine ›Lilie‹?«, wandte ich gereizt ein. »Wenn es denn kein eidetisches Bild ist, warum wiederholt es sich so oft? Und wozu die vielen Male ›Hilfe‹ und ›Gefahr‹?«

»Ich glaube, du verwechselst Eidesis mit Redundanz.« Helena lächelte. »Manchmal wiederholen Schriftsteller in ein und demselben Abschnitt Wörter aus Unachtsamkeit oder weil es ihnen an sprachlichem Einfallsreichtum mangelt …«

Mein Gesichtsausdruck ließ sie verstummen. »Helena, ich bin mir SICHER, dass es sich bei dem Mädchen mit der Lilie um ein eidetisches Bild handelt, aber ich kann es dir nicht beweisen … Und es ist schrecklich …«

»Was ist schrecklich?«

»Dass du das Gegenteil meinst, nachdem du denselben *Text gelesen hast. Schrecklich ist, dass die Bilder, die Ideen, die aus den Wörtern erwachsen, so zerbrechlich sind! … Ich habe beim Lesen eine Hirschkuh gesehen, und ich habe auch ein Mädchen mit einer Lilie in der Hand, das laut um Hilfe fleht, gesehen. Du hingegen siehst die Hirschkuh, nicht aber das Mädchen. Wenn Elio es läse, fiele ihm vielleicht nur die Lilie auf … Und irgendein anderer Leser, was würde er sehen? … Und Montalo? Was sah Montalo? Lediglich, dass das Kapitel schlampig geschrieben war! … Aber es muss doch« – während einer Sekunde, in der ich unglaublicherweise meine ganze Selbstkontrolle verlor, schlug ich mit der flachen Hand auf meine Papiere –, »es muss doch eine* LETZTGÜLTIGE *Idee geben, die nicht von unserer Ansicht abhängt, glaubst du nicht? Die Worte* MÜSSEN *am Ende eine konkrete, eindeutige Idee ergeben!«*

»Du streitest wie ein Verliebter.«

»Was?«

»Hast du dich verliebt in das Mädchen mit der Lilie?« Helenas Augen funkelten spottlustig. »Bedenke, sie ist nicht einmal eine Figur aus dem Werk: Sie ist eine Idee, die du mit deiner Übersetzung NACHERSCHAFFEN *hast, ein Bild, das aus lauter einzelnen Wörtern gewebt ist …« Nachdem sie mich so zum Verstummen gebracht hatte, zog sie zufrieden zu ihrem Unterricht ab. Sie drehte sich nur noch einmal um und sagte: »Ein guter Rat von mir: Mach dich nicht verrückt!«*

Jetzt, da es Nacht ist und ich in gemütlicher Stille an meinem Schreibtisch sitze, denke ich, dass Helena Recht hat: Ich bin lediglich ein ÜBERSETZER. *Ganz gewiss würde ein anderer Kollege eine abweichende Fassung erarbeiten, mit anderen Vokabeln, und damit anders geartete Bilder heraufbeschwören. Warum nicht? Vielleicht habe ich im Eifer, die Spur des »Mädchens mit der Lilie« zu verfolgen, sie schließlich mit eigenen Worten erzeugt, denn ein Übersetzer ist ja in gewisser Weise auch ein Autor … oder vielmehr eine* EIDESIS *des Autors – der Gedanke behagt mir –, allzeit präsent und allzeit unsichtbar.*

Ja, vielleicht. Doch warum bin ich mir so sicher, *dass dieses Mädchen die* EIGENTLICHE *versteckte Botschaft dieses Kapitels ist, und dass ihr* Hilferuf *und ihre Warnung vor einer* GEFAHR *so wichtig sind? Die Wahrheit werde ich nur erfahren, wenn ich weiterübersetze.*

Für heute werde ich den Rat des Rätsellösers Herakles Pontor befolgen: »Entspanne dich … Möge dir der Kummer nicht den süßen Schlaf rauben.« (Anm. d. Übers.)

IV[1]

Athen rüstete zu den Lenäen, dem winterlichen Fest zu Ehren von Dionysos.

Um die Stadt festlich zu schmücken, verstreuten die Gehilfen der *astynómoi* auf der Straße der Panathenäen

---

[1] *Eine erholsame Nacht wirkt wahre Wunder! Heute Morgen verstehe ich Helena schon besser. Nach erneuter Lektüre des dritten Kapitels bin ich nicht mehr so überzeugt, dass es sich bei dem »Mädchen mit der Lilie« um ein eidetisches Bild handelt. Vielleicht hat mir meine eigene Phantasie als Leser einen Streich gespielt. Ich beginne mit der Übersetzung des vierten Kapitels. Montalo merkt über den Zustand des Papyrus Folgendes an: »Er wurde nicht pfleglich behandelt, ist an einigen Stellen sehr zerknittert – vielleicht von einem Tier zertrampelt? Ein Wunder, dass der Text vollständig auf uns überkommen ist.« Da ich nicht weiß, welche Arbeit des Herakles sich hier verbirgt – die normale Reihenfolge wurde ja verändert –, muss ich bei meiner Fassung sehr vorsichtig sein.* (Anm. d. Übers.)

Hunderte von Blumen, aber die sich mit Ungestüm dahinwälzenden Tiere und Menschen verwandelten das schillernde Mosaik alsbald in einen Brei aus zerstampften Blütenblättern. Man veranstaltete Gesangs- und Tanzwettstreite im Freien, die zuvor auf Marmortäfelchen am Denkmal für die Helden der Stadt angekündigt worden waren. Die Stimmen der Sänger boten zwar in der Regel keinen sonderlich angenehmen Ohrenschmaus, und die Tänzer vollführten größtenteils tollpatschige, wilde Sprünge und hielten sich nicht an den von den Aulosbläsern angegebenen Takt – da die Archonten aber das Volk möglichst nicht verärgern wollten, waren die Straßenlustbarkeiten, wiewohl ungern gesehen, doch nicht verboten worden. Junge Leute verschiedener Demen wetteiferten miteinander in miserablem Theaterspiel oder sammelten sich auf den Plätzen zu Grüppchen, um sich gewaltstrotzende Darbietungen der alten Mythen durch Laienpantomimen anzuschauen. Das Theater des Dionysos Eleuthereus hielt seine Pforten neuen wie anerkannten Autoren geöffnet, besonders den Komödien – große Tragödien blieben den Dionysien vorbehalten –, die indes derart von gröbsten Obszönitäten wimmelten, dass in der Regel nur Männer hingingen. Überall, aber zumal auf der Agora und im Töpferviertel, dem Kerameikos, erscholl vom Morgen bis zum späten Abend Lärm, Geschrei und Gelächter, ballte sich das Publikum, floss der Wein in Strömen aus den Schläuchen.

Da sich die Stadt freisinnig gab, um sich von den barbarischen Völkern und auch von anderen griechischen Städten abzuheben, feierten die Sklaven ebenfalls ihr Fest, wenn auch viel bescheidener und unter sich: Sie aßen und tranken besser als im übrigen Jahr, veranstalteten Tanzereien, und in den vornehmeren Häusern wurde ihnen bisweilen erlaubt, dem Theater beizuwohnen, wo sie sich selbst – dargestellt von maskentragenden Schauspielern, die sich mit plumpen Späßen über die Sklaven lustig machten – betrachten konnten.

Aber hauptsächlich galten die Festlichkeiten der Religion, und die Prozessionen spiegelten immer die doppelte Wesensart des Dionysos Bakchos, die mystische und die wilde: Die Priesterinnen trugen derbe hölzerne Phallusfiguren aufgerichtet durch die Straßen, die Tänzerinnen ergingen sich in zügellosen Verrenkungen, die die religiöse Raserei der Mänaden oder Bacchantinnen nachahmten – jener toll gewordenen Weiber, an deren Existenz alle Athener glaubten, obwohl keiner sie je zu Gesicht bekommen hatte –, und die Masken imitierten die dreifache Verwandlung des Gottes – in Schlange, Löwe und Stier –, was oftmals mit grell obszönen Gesten untermalt wurde.

Über all dem heftigen, kreischenden Treiben erhob sich stumm und jungfräulich unberührt die Akropolis, die Oberstadt.[2]

An jenem Morgen, einem sonnigen, kühlen Tag, hatte eine Truppe von derb agierenden Künstlern aus Theben die Erlaubnis bekommen, die Menge vor dem Gebäude der

---

[2] *Die Akropolis, der Ort, an dem die meisten Tempel von Athen standen, hatte sich Athene, die wichtigste Schutzgöttin der Stadt, für das Fest der Panathenäen vorbehalten (ich nehme an, der geduldige Leser weiß dies bereits). Auffällig sind die Ideen der »Heftigkeit«, des »Ungestüms« und der »Plumpheit«: Wahrscheinlich stellen sie die ersten eidetischen Bilder dieses Kapitels dar.* (Anm. d. Übers.)

Stoa Poikile zu unterhalten. Einer von ihnen, ein schon älterer Mann, ließ mehrere Schwerter durch die Luft wirbeln, griff jedoch öfters daneben, so dass die Klingen unter heftigem Klirren zu Boden fielen; ein anderer, von riesiger Gestalt und trotz der Kälte beinahe nackt, schluckte das Feuer zweier Fackeln und stieß es dann ungestüm durch die Nase wieder aus; die übrigen musizierten auf plumpen böotischen Instrumenten. Nach diesem Vorspiel setzten sie Masken auf und gaben eine poetische Farce über Theseus und den Minotauros: Letzterer, von dem riesigen Feuerschlucker verkörpert, senkte den Kopf, als wolle er jemanden mit den Hörnern aufspießen, wobei er im Spaß die um die Säulen der Stoa gescharten Zuschauer bedrohte. Plötzlich zog das sagenhafte Ungeheuer aus einem Quersack einen zerbrochenen Helm und setzte ihn sich mit viel sagender Geste auf den Kopf. Alle Umstehenden erkannten, worum es sich handelte: um den Helm eines spartanischen Fußsoldaten. In diesem Augenblick stürzte sich der alte Schwertschwinger, der den Theseus gab, auf das wilde Tier und warf es mit gewaltigen Stößen zu Boden: Es war eine simple Parodie, aber das Publikum begriff den Sinn vollkommen. Jemand rief: »Freiheit für Theben!«, und die Schauspieler stimmten in wildem Chor in den Ruf ein, während der Alte in Siegerpose auf dem maskierten Tier ritt. Es entstand ein kleines Durcheinander in der immer erregteren Menge, und die Schauspieler brachen aus Angst vor den Soldaten ihre Pantomime ab. Aber die Gemüter waren bereits erhitzt: Spottlieder auf Sparta wurden angestimmt, jemand prophezeite die bevorstehende Befreiung der Stadt Theben, die schon Jahre unter dem spartanischen Joch ächzte, andere riefen den Namen des Generals Pelopidas als »Befreier« an, von dem es hieß, er halte sich seit dem Fall Thebens im athenischen Exil auf. Ein heftiger Tumult entstand, in dem der alte Groll gegen Sparta ebenso zum Ausbruch kam wie der fröhliche Trubel aus Weinrausch und Feststimmung. Ein paar Soldaten schritten ein, aber als sie merkten, dass sich das Krakeelen nicht gegen Athen, sondern gegen Sparta richtete, erschlaffte ihr Ordnungsdrang.

Während all des heftigen Getöses war ein einziger Mann unbewegt und teilnahmslos geblieben und hatte sich nicht im Geringsten um das Geschrei der Menge gekümmert: Groß und dürr, trug er einen bescheidenen grauen Umhang über dem Leibgewand. Infolge seines bleichen Teints und des glänzenden Kahlkopfs wirkte er eher wie eine der bemalten Statuen, die die Vorhalle der Stoa schmückten. Ein zweiter Mann – äußerlich das ganze Gegenteil: beleibt und stämmig, auf dem dicken Hals ein zum Scheitel hin spitz zulaufender Kopf – näherte sich dem ersten gemächlichen Schritts. Sie tauschten nur einen knappen Gruß, als hätten sie beide jenes Zusammentreffen erwartet, und während die Menge sich verlief und das Geschrei in nun schon zotigen Schmähungen verebbte, schritten die beiden Männer über einen der schmalen Fußsteige hinab zur Agora.

»Der tolle Pöbel schmäht zu Ehren von Dionysos die Spartaner«, meinte Diagoras abschätzig, während er ungelenk seine ungestüme Gangart Herakles' schweren Schritten anzugleichen suchte. »Sie verwechseln Sauferei mit Freiheit, Feiern mit Politik. Was geht uns denn das Schicksal von Theben oder jeder anderen Stadt an, wo wir doch gezeigt haben, dass Athen selbst uns nicht kümmert?«

Herakles Pontor, der als guter Athener stets an den heftigen Debatten der Volksversammlung teilnahm und eine maßvolle Liebe zur Politik hegte, erwiderte: »Unsere Wunde blutet noch, Diagoras. Unser Wunsch, Theben möge sich vom spartanischen Joch befreien, zeugt davon, dass uns viel an Athen liegt. Wir sind zwar geschlagen worden, aber wir verzeihen die Schmach nicht.«

»Und wem verdankten wir die Niederlage? Unserem unsinnigen demokratischen System! Hätten wir die Regierung den Besten anvertraut statt dem Volk, besäßen wir jetzt ein Imperium …«

»Ich ziehe eine kleine Volksversammlung, in der ich meine Meinung herausschreien darf, einem großen Imperium vor, in dem ich den Mund halten müsste«, sagte Herakles, und auf einmal tat es ihm Leid, dass er keinen Schreiber an seiner Seite hatte, weil ihm das Gesagte als eine gelungene Sentenz erschien.

»Und weshalb müsstest du den Mund halten? Wenn du zu den Besten gehören würdest, könntest du deine Meinung sagen; wenn nicht, warum strebst du dann nicht zuallererst danach, dass du zu ihnen gehörst?«

»Weil ich nicht zu den Besten gehören, wohl aber reden möchte.«

»Aber es geht nicht darum, was du willst oder nicht willst, Herakles, sondern um das Wohl der Stadt. Wem würdest du beispielsweise das Steuer eines Schiffs anvertrauen? Der Mehrheit der Matrosen oder dem, der die Kunst der Seefahrt am besten beherrscht?«

»Letzterem natürlich«, erwiderte Herakles. Und nach einer Pause setzte er hinzu: »Aber nur unter der Voraussetzung, dass mir während der Fahrt das Reden erlaubt wäre.«

»Reden! Immer reden!«, erzürnte sich Diagoras. »Wozu nützt dir denn das Vorrecht des Redens, wenn du doch kaum Gebrauch davon machst?«

»Du vergisst, dass das Vorrecht des Redens unter anderem darin besteht, zu schweigen, wenn uns danach ist. Und nun lass mich von diesem Vorrecht Gebrauch machen, Diagoras, und dieses Thema hiermit beenden, denn was ich auf dieser Welt am wenigsten vertrage, das ist Zeitvergeudung. Zwar weiß ich nicht genau, was Zeit vergeuden bedeutet, aber die politische Diskussion mit einem Philosophen ist das, was dem am nächsten kommt. Hast du meine Nachricht ohne Schwierigkeit erhalten?«

»Ja, und ich muss dir sagen, dass Antisos und Euneos heute Vormittag keinen Unterricht in der Akademie haben, so dass wir sie im *gymnásion* von Kolonos antreffen werden. Allerdings dachte ich, du würdest früher kommen, bei Zeus! Seit die Märkte geöffnet haben, habe ich schon in der Säulenhalle auf dich gewartet, und jetzt ist es fast Mittag.«

»Dabei bin ich bereits im Morgengrauen aufgestanden, hatte bis jetzt nur keine Zeit, zu unserer Verabredung zu eilen: Ich habe ein paar Nachforschungen angestellt.«

»Im Zusammenhang mit meiner Arbeit?«

»Nein, mit meiner.« Herakles blieb vor dem Stand eines fliegenden Händlers stehen, der süße Feigen feilbot. »Denke daran, Diagoras, es ist *meine* Arbeit, auch wenn sie mit deinem Geld bezahlt wird. Ich ermittle nicht die Ursache der angeblichen Angst bei deinem Schüler, sondern ergründe das Geheimnis, das ich bei seinem Leichnam zu bemerken glaubte. Was kosten die Feigen?«

Der Philosoph seufzte ungeduldig, während der Rätsellöser sich den kleinen Quersack, der ihm über dem Leinenumhang von der Schulter hing, mit Feigen voll stopfte. Sie setzten ihren Weg auf der abschüssigen Straße fort.

»Und was hast du ergründet? Kannst du es mir erzählen?«

»In Wahrheit recht wenig«, gestand Herakles. »Auf einem der Täfelchen am Denkmal für die Helden der Stadt wird bekannt gegeben, dass die Volksversammlung gestern beschlossen hat, eine Treibjagd zur Ausrottung der

Wölfe auf dem Lykabettos zu veranstalten. Wusstest du das?«

»Nein, aber es erscheint mir richtig. Traurig nur, dass Tramakos erst sterben musste, damit es so weit kommt.«

Herakles nickte. »Ich habe auch die Liste der Rekruten gesehen. Offenbar soll Antisos sofort eingezogen werden ...«

»So ist es«, stellte Diagoras fest. »Er hat das Ephebenalter erreicht. Und wenn wir nicht ein bisschen schneller laufen, werden sie aus dem *gymnásion* weg sein, bevor wir ankommen ...«

Herakles nickte abermals, doch er behielt seinen kurzen, schwerfälligen Schritt bei. »Niemand hat gesehen, wie Tramakos an jenem Morgen zur Jagd aufbrach«, sagte er.

»Woher weißt du das?«

»Man hat mich Einblick nehmen lassen in die Melderegister des Acharnischen Tors und des Philai-Tors, der zwei Ausgänge zum Lykabettos. Lassen wir einmal der Demokratie ein wenig Ehre zukommen, Diagoras! Der Eifer, mit dem wir Daten sammeln, um sie dann auf der Volksversammlung zu erörtern, ist so groß, dass wir sogar Namen und Stand aller Leute vermerken, die jeden Tag die Stadt verlassen und betreten und dabei Waren mit sich führen. Es sind lange Listen, in denen du etwa verzeichnet findest: ›Menakles, metökischer Händler, mit vier Sklaven. Weinschläuche.‹ So glauben wir unseren Handel besser zu kontrollieren. Selbst Fangnetze und andere Gerätschaften für die Jagd sind dort gewissenhaft festgehalten. Doch Tramakos' Name tauchte nicht auf, und an dem Morgen hat auch niemand sonst die Stadt mit Fangnetzen verlassen.«

»Vielleicht hatte er eben keine dabei«, meinte Diagoras. »Vielleicht wollte er nur Vögel jagen.«

»Seiner Mutter hatte er jedoch gesagt, er wolle Hasenschlingen legen. So hat sie es mir jedenfalls erzählt, und ich frage mich: Wenn er Hasen jagen wollte, wäre es da nicht logischer gewesen, einen Sklaven mitzunehmen, der die Fallen überwacht oder ihm die Tiere zugetrieben hätte? Warum ist er allein losgezogen?«

»Was vermutest du also? Dass er gar nicht auf die Jagd gegangen ist? Oder dass jemand bei ihm war?«

»Zu so früher Morgenstunde pflege ich gar nichts zu vermuten.«

Das *gymnásion* von Kolonos war ein Bau mit breitem Portikus südlich der Agora. Inschriften mit den Namen berühmter olympischer Athleten sowie kleine Hermesstatuen schmückten die beiden Tore. Heftiges, grelles Sonnenlicht lag über der Palästra im Innern, einem mit der Hacke aufgelockerten, nicht überdachten Viereck, bestimmt für das Pankration, den Ring- und Faustkampf. Die Luft war erfüllt vom schweren Geruch zusammengeballter Leiber und vom Duft der Massagesalben. Obwohl der Ort viel Platz bot, war er doch gedrängt voll: junge Männer, bekleidet oder nackt; Knaben, die das Kampfspiel gerade erlernten; *paidotríbai* im purpurfarbenen Umhang mit gabelförmigem Stock, die ihre Schüler unterwiesen ... Ein ungeheures Getöse verhinderte jedes Gespräch. Weiter drinnen, hinter einem steinernen Vorbau, befanden sich die überdachten inneren Gemächer, die auch die Umkleideräume bargen, dazu Duschen sowie Salb- und Massagekammern.

Derzeit standen sich auf der Palästra zwei Kämpfer gegenüber. Ihre splitternackten, schweißglänzenden Körper waren so ineinander verkeilt, als wollte jeder seinen Kopf in den Leib des anderen rammen. Die Arme pressten den Hals des Gegners so heftig, dass die Muskelwülste hervortraten. Trotz des Geschreis der Menge konnte man hören, wie sie unter der langen Anspannung laut ächzten und brüllten. Von ihren Mündern troffen weiße Speichelfäden wie eine Art sonderbarer barbarischer Schmuck. Der Kampf war brutal, gnadenlos, unwiderruflich.

Kaum hatten sie den Platz betreten, zog Diagoras Herakles Pontor am Umhang.

»Da ist er«, rief er laut und wies auf eine Stelle in der Menge.

»Oh, bei Apollon ...«, brummte Herakles.

Diagoras bemerkte sein Erstaunen. »Nun, habe ich übertrieben, als ich dir Antisos' Anmut schilderte?«, fragte er.

»Nicht von der Anmut deines Schülers bin ich überrascht, sondern von der Anwesenheit des Alten, der mit ihm spricht«, erwiderte Herakles. »Ich kenne ihn.«

Sie beschlossen, das Gespräch in den Auskleideräumen zu führen. Herakles hielt Diagoras zurück, der bereits voll Ungestüm auf Antisos zugehen wollte, und reichte ihm ein Stück Papyrus.

»Hier sind die Fragen, die du ihm stellen sollst. Besser, das Gespräch führst du, so kann ich seine Antworten in aller Ruhe studieren.«

Während Diagoras noch las, lenkte ein wilder Aufschrei der Zuschauer ihre Blicke auf die Palästra: Einer der Kämpfer hatte dem Gegner seinen Kopf mit aller Wucht ins Gesicht gerammt. Man konnte meinen, das Krachen sei im ganzen *gymnásion* zu hören, wie wenn ein riesiges Bündel Schilfrohr unter den stürmischen Hufen eines gewaltigen Tieres bricht. Der Kämpfer taumelte und ging fast zu Boden, doch sein Schwanken schien nicht von dem Aufprall zu rühren, sondern von der Überraschung: Er hob nicht einmal die Hände vor das entstellte Antlitz – aus dem zuerst alles Blut gewichen war, bis es aufplatzte und zerbarst, wie eine unter den Hornstößen eines rasenden Tieres einstürzende Mauer –, sondern er wich mit weit aufgerissenen, auf den Gegner starrenden Augen zurück, als habe dieser ihm einen unerwarteten Streich gespielt, während das kräftige Knochengerüst seines Gesichts von der Wange abwärts geräuschlos in sich zusammenfiel und ein dicker Blutstrahl aus seinen Lippen und den breiten Nasenlöchern quoll. Selbst in diesem Zustand hielt er sich noch aufrecht. Das Publikum feuerte ihn mit Schmährufen zum Gegenangriff an.

Diagoras begrüßte seinen Schüler und flüsterte ihm ein paar Worte ins Ohr. Während beide zum Umkleideraum gingen, riss der Alte, der zuvor mit Antisos gesprochen hatte – ein Mann mit dunkelhäutigem, verrunzeltem, wie von der Sonne versengtem Körper –, weit die onyxfarbenen Augen auf, als er den Rätsellöser erkannte.

»Bei Zeus und dem Apollon von Delphi, du hier, Herakles Pontor!«, kreischte er mit einer Stimme, die klang, als wäre sie mit Gewalt über rauen Boden geschleift worden. »Lasst uns ein Trankopfer zu Ehren von Dionysos Bromios darbringen, denn Herakles Pontor, der Rätsellöser, hat geruht, ein *gymnásion* zu besuchen!«

»Hin und wieder sind Leibesübungen von Nutzen.« Herakles Pontor empfing die heftige Umarmung wohlwollend: Er kannte den greisen thrakischen Sklaven seit langem, hatte ihn schon verschiedene Pflichten im Haus seiner Familie erfüllen sehen und behandelte ihn wie einen freien Mann. »Ich grüße dich, Eumarkos, und freue mich, dich in deinem Alter so jung zu erleben wie eh und je.«

»Oh, sag das noch einmal!« Es fiel dem Alten nicht schwer, den tobenden Lärm der Stätte zu übertönen. »Zeus lässt meine Jahre anwachsen und meinen Körper schrumpfen, während bei dir beide Dinge Hand in Hand gehen, soweit ich sehe ...«

»Mein Kopf jedenfalls wächst vorerst noch nicht.« Beide lachten. Herakles drehte sich um und schaute in die Runde. »Und wo ist mein Begleiter?«

»Dort, neben meinem Schüler«, antwortete Eumarkos und wies mit einem Finger, dessen überlanger Nagel wie ein Horn gekrümmt war, auf einen Punkt in der Menge.

»Dein Schüler? Bist du etwa der Pädagoge von Antisos?«

»Ich war es. Und die Wohlwollenden sollen mich holen, wenn ich es nur wieder sein könnte!« Eumarkos machte eine beschwörende Geste, um das Unglück zu bannen, das durch die Erwähnung der Erinnyen angelockt wurde.

»Du scheinst ihm zu grollen?«

»Wie auch nicht? Gerade erst ist er zum Heeresdienst einberufen worden und hat sich gleich in den Kopf gesetzt, die Tempel in Attika, fern von Athen, zu hüten! Sein Vater, der edle Praxinoe, hat mich gebeten, ihn von diesem Vorsatz abzubringen.«

»Nun, Eumarkos, ein Ephebe muss der Stadt dort dienen, wo er am nötigsten gebraucht wird …«

»Oh, Herakles, mach dich, beim Schild der Blauäugigen Athene, nicht lustig über mein weißes Haupt!«, kreischte Eumarkos. »Mit meinem schwieligen Kopf kann ich dir noch immer den geblähten Wanst einrammen! Wo er am nötigsten gebraucht wird? Bei Zeus dem Kroniden, sein Vater ist dieses Jahr Ratsmitglied der Volksversammlung. Antisos könnte sich das annehmlichste Los aussuchen.«

»Und wann hat dein Schüler diesen Beschluss gefasst?«

»Vor ein paar Tagen. Ich bin ja gerade hier, um ihn zu überzeugen, dass er es sich anders überlegen soll.«

»In der heutigen Zeit gelten andere Vorlieben, Eumarkos. Wer möchte schon Athen innerhalb von Athen dienen? Die Jugend sucht neue Erfahrungen …«

»Wenn ich dich nicht so gut kennen würde, wie ich dich kenne«, bemerkte der Alte kopfschüttelnd, »würde ich glatt denken: Er meint es ernst.«

Sie hatten sich einen Weg durch die Menge gebahnt und den Eingang des Auskleideraumes erreicht.

Herakles rief lachend: »Du hast mir die gute Laune wiedergegeben, Eumarkos!« Er drückte ein paar Münzen in die faltige Hand des alten Sklaven. »Warte hier auf mich, ich komme bald zurück. Ich möchte dir einen kleinen Dienst auftragen.«

Eumarkos, froh über das unverhoffte Geschenk, erwiderte: »Ich werde auf dich warten, so geduldig wie der Fährmann am Styx auf die Ankunft einer neuen Seele.«

Diagoras und Herakles blieben in dem engen Umkleideraum stehen, während Antisos sich auf einen niedrigen Tisch setzte und die Füße kreuzte.

Diagoras sprach nicht sofort. Ein Weilchen blieb er versunken in den Anblick der erstaunlichen Anmut jenes ebenmäßigen, mit sparsamen Strichen gezeichneten Antlitzes, umkränzt von blonden Locken, die zu einer reizenden modischen Frisur geschnitten waren. Antisos hatte lediglich einen schwarzen Chlamys an, Zeichen seines soeben erreichten Ephebenalters, doch trug er diesen fast nachlässig oder linkisch, als habe er sich noch nicht an die neue Kleidung gewöhnt, aus deren Schlitzen hier und da mit sanftem Ungestüm seine makellos weiße Haut hervorlugte. Seine nackten Beine schlenkerten wie rasend vor und zurück, die kindliche Bewegung widersprach seiner gerade erreichten Volljährigkeit.

»Solange wir auf Euneos warten, will ich ein wenig mit dir reden«, sagte Diagoras und zeigte auf Herakles. »Das ist ein Freund, du kannst in seiner Gegenwart mit vollem Vertrauen sprechen.« Herakles und Antisos nickten sich kurz zu. »Kannst du dich, Antisos, noch an meine Fragen nach Tramakos erinnern und wie Lysilos mir von jener Hetärentänzerin erzählte, mit der Tramakos eine Beziehung eingegangen war? Ich wusste nichts von der Existenz dieser Frau, und vielleicht sind mir auch andere Dinge verborgen geblieben.«

»Was für Dinge, Meister?«

»Alles, Antisos, alles, was du weißt über Tramakos, über seine Neigungen ... Was er tat, wenn er aus der Akademie kam ... In den letzten Tagen bemerkte ich auf seinem Gesicht, dass er in tiefer Sorge war, und das beunruhigt mich ein wenig. Ich möchte mit allen Mitteln ihre Ursache erfahren, um zu verhindern, dass noch andere Schüler von ihr erfasst werden.«

»Er unterhielt keine enge Beziehung zu uns anderen, Meister«, antwortete Antisos sanft. »Was aber sein sittliches Verhalten angeht, so kann ich Euch versichern, dass es untadelig war ...«

«Wer bezweifelt das, mein Sohn?«, beeilte sich Diagoras zu sagen. »Ich kenne sehr wohl die edle Gesinnung meiner Schüler. Umso mehr hat mich verwundert, was mir Lysilos erzählte. Ihr aber habt es ja alle bestätigt. Da du und Euneos seine besten Freunde wart, kann ich mir jedoch vorstellen, dass ihr noch andere Dinge wisst, die ihr euch – ob aus Scham oder aus Gutherzigkeit – mir noch nicht zu erzählen getraut habt.«

Ein heftiges Krachen, als ob irgendwelche Gegenstände zerschlagen würden, brach in die Stille ein: Offensichtlich nahm der Kampf der Pankratiasten an Wildheit zu. Die Wände schienen zu beben wie unter dem Ansturm eines ungeheuren Tieres. Dann herrschte wieder Stille, und genau zu diesem Zeitpunkt trat Euneos in den Raum.

Diagoras verglich die beiden Jünglinge. Das tat er nicht zum ersten Mal, denn er fand Freude daran, die Schönheit seiner Schüler in ihren einzelnen Merkmalen zu studieren. Euneos, der kohlschwarzes, zerzaustes Haar hatte, war einerseits knabenhafter, andererseits schon männlicher als Antisos. Sein Gesicht glich einer gesunden, farbenprächtigen Frucht, und sein kräftiger Körper von milchiger Haut war gereift wie der eines Mannes. Im Vergleich mit Antisos war er, obwohl älter, von grazilerer, zweideutigerer Gestalt, die Haut rosig und glatt ohne jedes Flaumhaar. Diagoras meinte, nicht einmal Ganymed, der Mundschenk der Götter, könne mit dem Liebreiz seines Antlitzes wetteifern, das bisweilen ein wenig kokett wirkte, zumal beim Lächeln, aber so schön war, dass er heiß erschauerte, sobald der Junge plötzlich ernst dreinblickte, was immer dann geschah, wenn er jemandem respektvoll zuhörte. Diese körperlichen Gegensätze schlugen sich auch im Temperament nieder, doch hier genau umgekehrt: Euneos war sehr scheu und kindlich, während Antisos, von der Aura eines schönen Mädchens umwoben, zugleich das kraftvolle Wesen eines echten Anführers an den Tag legte.

»Ihr habt mich gerufen, Meister?«, hauchte Euneos, noch auf der Schwelle.

»Tritt ein, bitte. Ich möchte auch gern mit dir sprechen.«

Euneos erklärte – wobei er unglaublich rot anlief –, der *paidotríbes* habe ihn zu Leibesübungen bestellt, er müsse sich sofort ausziehen und hingehen.

»Es wird nicht lange dauern, mein Sohn, glaub mir«, beruhigte ihn Diagoras.

Er sagte ihm schnell, worum es ging, und stellte ihm die gleiche Frage wie Antisos. Eine Pause trat ein. Antisos' rosige Füße schlenkerten immer heftiger hin und her.

»Wir wissen nicht viel mehr über das Leben von Tramakos, Meister«, sagte Antisos, seine Stimme war unverändert sanft, dennoch zeigte sich ein deutlicher Gegensatz zwischen seiner munteren Selbstsicherheit und Euneos' scheuem Erröten. »Wir kannten die Gerüchte über sein Verhältnis zu dieser Hetäre, aber im Grunde hielten wir sie nicht für wahr. Tramakos war vornehm und tugendhaft« – ach, wie sehr ich das weiß, pflichtete ihm Diagoras im Innersten bei, während Antisos fortfuhr –, »und nach dem Unterricht in der Akademie war er fast nie mit uns zusammen, da er religiöse Verpflichtungen zu erfüllen hatte. Seine Familie bekennt sich zum Glauben an die Heiligen Mysterien …«

»Ich verstehe.« Diagoras maß dieser Mitteilung keine größere Bedeutung bei: Viele vornehme Familien in Athen pflegten den Kult der Mysterien von Eleusis. »Ich meine aber seinen Umgang … Ich weiß nicht … Vielleicht gab es andere Freunde …«

Antisos und Euneos warfen sich einen Blick zu. Euneos hatte begonnen, sich aus seinem Gewand zu schälen.

»Wir wissen es nicht, Meister.«

»Wir wissen es nicht.«

Plötzlich schien das gesamte *gymnásion* zu erzittern. Die Mauern hallten von einem Krachen wider, als ob sie sogleich in Trümmer fallen würden. Die Menge draußen feuerte mit besessenem Geheul die Kämpfenden an, deren rasendes Brüllen jetzt deutlich zu hören war.

»Noch eines, meine Söhne: Mich wundert, dass Tramakos, so besorgt, wie er war, mir nichts, dir nichts allein auf die Jagd gegangen ist. Entsprach das seiner Gewohnheit?«

»Das weiß ich nicht, Meister«, antwortete Antisos.

»Was meinst du, Euneos?«

Unter dem zunehmenden Beben fielen ein paar Gegenstände im Raum zu Boden: die an der Wand aufgehängten Kleidungsstücke, eine kleine Öllampe, die Namenskarten für die Auslosung der Wettkämpfer.[3]

»Ich glaube schon«, murmelte Euneos. Röte färbte seine Wangen.

Die stampfenden Schritte eines Vierfüßers näherten sich immer rascher. Eine Statuette Poseidons geriet auf dem Wandsims ins Wanken und ging am Boden zu Bruch. Die Tür des Umkleideraums fiel mit heftigem Krachen ins Schloss.[4]

»Erinnerst du dich vielleicht an ähnliche Gelegenheiten, mein lieber Euneos?«, fragte Diagoras behutsam.

---

[3] *Was geht hier vor? Der Autor treibt seine eidetischen Bilder auf die Spitze. Das sinnlose Getöse, zu dem der Kampf der Pankratiasten entartet ist, deutet auf den rasenden Angriff irgendeines gewaltigen Tieres hin (dies entspricht auch den Bildern von »heftigen« oder »ungestümen« Rammstößen, die bereits in diesem Kapitel aufgetaucht sind, sowie der Bezugnahme auf »Hörner«). Meiner Meinung nach handelt es sich um die siebente Arbeit des Herakles, das Einfangen des wilden, rasenden Stiers von Kreta.* (Anm. d. Übers.)

[4] *Ich beeile mich, dem Leser zu erklären, was vor sich geht: Die Eidesis hat Eigenleben gewonnen – sie hat sich verwandelt in das Bild dessen, was sie darstellt, in diesem Fall in einen tobenden Stier, und dieser scheint jetzt die Tür des Umkleideraums einzurennen, in dem sich das Gespräch abspielt. Doch man bemerke, dass das Tun dieses »Tieres« rein eidetischer Natur ist: Die Romanfiguren können es nicht wahrnehmen, ebenso wenig wie sie bei-*

»Ja, Meister, zumindest an zwei.«

»So hatte Tramakos also die Gewohnheit, allein auf die Jagd zu gehen? Ich meine, es war für ihn ein normaler Vorgang, selbst wenn man bedenkt, dass er wegen irgendeiner anderen Sache sehr in Sorge war?«

»Ja, Meister.«

Ein fürchterlicher Rammstoß drückte die Tür ein, man hörte Hufescharren, Schnauben, den Lärm von etwas ungeheuer Großem draußen vor der Tür.

Euneos, völlig nackt – mit Ausnahme des zierlichen Stirnbandes, das seine schwarzen Haare bändigte –, strich sich in aller Ruhe eine lehmfarbene Salbe auf die Oberschenkel.

Diagoras fiel nach einer kurzen Pause die letzte Frage ein, die er ihm noch stellen sollte. »Du warst es doch, Euneos, der mir an jenem Tag sagte, dass Tramakos nicht am Unterricht teilnehmen würde, weil er auf die Jagd gegangen war? Nicht wahr, mein Sohn?«

»Ich glaube, ja, Meister.«

Die Tür erzitterte unter einem erneuten Stoß. Myria-

---

spielsweise die Adjektive wahrnehmen können, mit denen der Autor das gymnásion schildert. Es handelt sich nicht um ein übernatürliches Ereignis, sondern lediglich um ein literarisches Mittel, das die Aufmerksamkeit auf das in diesem Kapitel verborgene Bild lenken soll – erinnern wir uns der »Schlangen« am Ende des zweiten Kapitels. So ersuche ich den Leser, sich nicht allzu sehr zu wundern, wenn das Gespräch zwischen Diagoras und seinen Schülern ungestört weitergeht, völlig unberührt von den machtvollen Angriffen, die den Raum erschüttern. (Anm. d. Übers.)

den von Splittern gingen auf Herakles Pontors Umhang nieder. Ein rasendes Gebrüll erscholl.

»Woher wusstest du es? Hat er es dir selbst gesagt?« Euneos nickte. »Und wann? Ich meine: Er soll im Morgengrauen aufgebrochen sein, aber am Abend zuvor hatte ich mit ihm gesprochen, und er verriet mir nichts davon, dass er auf die Jagd wollte. Wann hat er es dir gesagt, Euneos?«

Der Jüngling antwortete nicht sogleich. Sein Adamsapfel drängte gleichsam aus dem wohlgeformten Hals hervor.

»In derselben Nacht ... glaube ich ... Meister ...«

»Du hast ihn in derselben Nacht noch gesehen?« Diagoras hob die Brauen. »Pflegtest du dich mit ihm zur Nachtzeit zu treffen?«

»Nein ... ich glaube, es war ... vorher...«

»Ich verstehe.«

Ein kurzes Schweigen trat ein. Der nackte und barfüßige Euneos, auf dessen Schultern und Oberschenkeln eine doppelte Schicht von Salbe glänzte, hängte sorgfältig sein Untergewand an den Haken mit seinem Namen. Auf einem Sims über dem Haken befanden sich einige persönliche Gegenstände: ein Paar Sandalen, Salbtöpfchen, ein bronzenes Schabeisen zum Glätten der Haut nach den Leibesübungen sowie ein kleiner hölzerner Käfig mit einem winzigen Vögelchen darin. Der Vogel flatterte heftig mit den Flügeln.

Dann sagte Euneos: »Der *paidotríbes* erwartet mich, Meister ...«

»Selbstverständlich, mein Sohn.« Diagoras lächelte. »Auch wir gehen jetzt.«

Dem nackten Jüngling war sichtlich unwohl in seiner Haut. Er warf Herakles einen verstohlenen Blick zu und entschuldigte sich noch einmal. Er schritt zwischen den beiden Männern hindurch, öffnete die Tür – die schon halb zertrümmert war und dabei aus den Angeln fiel – und verließ den Raum.[5]

Diagoras wandte sich Herakles zu und wartete auf ein Zeichen, dass sie jetzt gehen könnten, aber der Rätsellöser beobachtete lächelnd Antisos.

»Sag mir doch, Antisos, was macht dir solche Angst?«

»Angst, Herr?«

Herakles gab sich höchst amüsiert und zog eine Feige aus seinem Quersack. »Was wäre sonst der Grund für deinen Entschluss, den Heeresdienst fern von Athen anzutreten? Aber klar, wenn ich ebensolche Angst hätte wie du, würde auch ich versuchen zu fliehen. Und ich würde es unter einem ebenso plausiblen Vorwand tun wie du, damit ich nicht als Feigling dastünde, sondern als das genaue Gegenteil.«

»Nanntet Ihr mich Feigling, Herr?«

»Keineswegs. Ich werde dich weder feige noch tapfer nennen, solange ich den exakten Grund deiner Angst

---

[5] *Wie gesagt, sind die eidetischen Geschehnisse – die zertrümmerte Tür, die gewaltigen Rammstöße – rein literarischer Natur, so dass nur der Leser sie bemerkt. Montalo indes reagiert ebenso wie die Figuren: Er bemerkt von alledem nichts. »Die überraschende Metapher von dem ›brüllenden Tier‹« – so behauptet er – »scheint den Realismus der Szene buchstäblich zu zertrümmern, unterbricht an mehreren Stellen den gemessenen Dialog zwischen Diagoras und seinen Schülern (…) und scheint lediglich satirische Funktion zu besitzen. Ohne Zweifel eine scharfe Kritik an den wilden Kämpfen, die die Pankratiasten zu jener Zeit vollführten.« Ein Kommentar ist wohl überflüssig!* (Anm. d. Übers.)

nicht kenne. Die Tapferkeit unterscheidet sich von der Feigheit lediglich durch die Ursache der Ängste, die man hegt: Vielleicht hast du einen so entsetzlichen Grund zur Angst, dass jeder Mensch mit gesundem Verstand sich schleunigst zur Flucht aus der Stadt entschließen würde.«

»Ich fliehe vor gar nichts«, erwiderte Antisos, jedes einzelne Wort betonend, obwohl nach wie vor in sanftem, ehrerbietigem Ton. »Schon seit langem hegte ich den Wunsch, die Tempel von Attika zu bewachen, Herr.«

»Mein lieber Antisos«, versetzte Herakles gelassen, »ich nehme deine Angst hin, nicht aber deine Lügen. Lass dir nicht einfallen, meinen Verstand zu beleidigen, auch nicht einen Augenblick lang. Du hast diesen Entschluss erst vor wenigen Tagen gefasst, und wenn man bedenkt, dass dein Vater deinen früheren Pädagogen ersucht hat, dich umzustimmen – obwohl er das ja auch selbst hätte übernehmen können –, deutet das nicht darauf hin, dass er von deinem Entschluss völlig überrascht war, von einem Sinneswandel, den er als so heftig und unerklärlich empfand, dass er – da er seine Ursache nicht kannte – Zuflucht nahm zu dem einzigen Menschen, der dich außerhalb der Familie gut zu kennen vermeint? Bei Zeus, ich frage mich, worauf dieser abrupte Meinungswandel zurückzuführen ist. Hängt er vielleicht irgendwie mit dem Tod deines Freundes Tramakos zusammen?« Und übergangslos, völlig gleichgültig, warf er ein, während er seine von der Feige klebrigen Finger aneinander rieb: »Ach, entschuldige, wo kann ich mich säubern?« Ganz und gar unbeeindruckt von dem Schweigen um ihn, ergriff Herakles ein Tuch, das neben Euneos' Sims hing.

»Vielleicht hat mein Vater auch Euch um Hilfe ersucht, mich umzustimmen?« In den sanften Worten des Jünglings verspürte Diagoras, wie dessen Ehrerbietung langsam in Wut umschlug (wie bei einem in die Enge getriebenen Rind, das seinen ewigen Gehorsam aufgibt und plötzlich auf Menschen losgeht).

»Oh, mein lieber Antisos, sei nicht gekränkt ...«, stammelte Diagoras und strafte Herakles mit flammenden Blicken. »Mein Freund übertreibt ein wenig ... Du brauchst dir keine Sorgen zu machen, du bist volljährig, mein Sohn, und deine Entscheidungen, sollten sie auch falsch sein, verdienen stets größte Achtung ...« Dann trat er nahe an Herakles heran und zischte: »Wärst du wohl so freundlich mitzukommen?«

Sie verabschiedeten sich rasch von Antisos. Der Streit brach los, noch ehe sie aus dem Gebäude heraus waren.

»Es ist *mein* Geld!«, rief Diagoras wutentbrannt. »Hast du das vergessen?«

»Aber es ist *meine* Arbeit, Diagoras. Vergiss auch das nicht.«

»Was schert mich deine Arbeit? Kannst du mir erklären, was dieser Ton eben sollte?« Diagoras geriet immer mehr in Zorn. Sein Glatzkopf war über und über gerötet. Er senkte tief die Stirn, als wolle er gleich auf Herakles losstürmen. »Du hast Antisos beleidigt!«

Mit seiner unerschütterlichen Ruhe entgegnete der Rätsellöser: »Ich habe aufs Geratewohl einen Pfeil abgeschossen und ins Schwarze getroffen.«

Diagoras zerrte ihn heftig an seinem Umhang und hielt ihn fest. »Ich will dir eines sagen: Es ist mir egal, ob du die Menschen nur als beschriebene Papyri betrachtest, aus denen du verwickelte Rätsel herauslesen und deuten kannst. Aber ich bezahle dich nicht dafür, dass du in meinem Namen einen meiner besten Schüler beleidigst, einen Epheben, dem das Wort ›Tugend‹ in jeden seiner liebreizenden Gesichtszüge eingeschrieben ist ... Mir passen deine Methoden nicht, Herakles Pontor!«

»Ich fürchte, mir deine auch nicht, Diagoras von Medontes. Ich hatte den Eindruck, statt die beiden Jungen zu befragen, warst du im Begriff, einen Dithyrambos auf sie zu dichten, nur weil du sie so schön findest. Ich glaube, du verwechselst die Schönheit mit der Wahrheit.«

»Die Schönheit ist ein Teil der Wahrheit!«

»Ach«, sagte Herakles und gab durch eine Handbewegung zu verstehen, dass er im Augenblick keine Lust auf ein philosophisches Gespräch hatte, doch Diagoras zog ihn abermals am Umhang.

»Hör mir zu! Du bist nichts weiter als ein elender Rätsellöser. Du beschränkst dich darauf, die materiellen Dinge zu beobachten, sie zu beurteilen und Schlüsse aus ihnen zu ziehen: Etwas ist geschehen, auf diese oder jene Weise, aus diesem oder jenem Grund. Aber du dringst niemals zur *Wahrheit an sich* vor und wirst es auch niemals tun. Du hast sie nicht geschaut, hast dich nicht an ihrem vollkommenen Anblick erquickt. Deine Kunst besteht lediglich darin, die Schatten dieser Wahrheit aufzuspüren. Antisos und Euneos sind keine vollkommenen Geschöpfe, ebenso wenig wie Tramakos es war, ich aber kenne ihre Seelen und kann dir versichern, dass in ihnen die Idee der Tugend erstrahlt, in keineswegs geringem Maße … Und dieser Glanz schlägt sich in ihrem Blick nieder, in ihren anmutigen Gesichtszügen, in ihren harmonischen Körpern. Nichts auf dieser Welt vermag so zu leuchten wie diese Jünglinge, Herakles, wenn es nicht zumindest ein wenig von jener goldenen Fülle enthält, die allein die Tugend an sich verleiht.« Er hielt inne, als schäme er sich plötzlich, dass er sich von seiner Rede so hatte hinreißen lassen. Seine Lider zuckten ein paarmal in dem über und über geröteten Gesicht. Dann setzte er, etwas ruhiger, hinzu: »Schmähe mit deinem Verstand nicht die Wahrheit, Herakles Pontor.«

Jemand räusperte sich aus irgendeinem Winkel der verlassenen, zertrümmerten, schuttbedeckten Palästra:[6] Es war Eumarkos. Diagoras entfernte sich von Herakles und strebte ungestümen Schrittes dem Ausgang zu. »Ich warte draußen auf dich«, verkündete er.

»Beim Donner schleudernden Zeus, ich habe noch nie zwei Leute so miteinander streiten sehen, es sei denn Ehemänner mit ihren Weibern«, bemerkte Eumarkos, als der Philosoph fort war. Unter der schwarzen Sichel seines Lächelns ragte aus seinem Mund – ein hartnäckiges Relikt – ein einziger Zahn, krumm wie ein kleines Horn.

»Dann wundere dich nicht, Eumarkos, wenn mein Freund und ich am Ende noch heiraten«, entgegnete Herakles vergnügt. »Wir sind so verschieden, dass ich glaube, das Einzige, was uns vereint, ist die Liebe.« Beide stimmten ein kurzes, launiges Gelächter an. »Und jetzt, Eumarkos, lass uns ein paar Schritte gehen, wenn es dir recht ist, damit ich dir erklären kann, weshalb ich dich warten ließ …«

---

[6] *Die Intensität der Eidesis wirkt sich in diesem Kapitel sogar auf den Ort der Handlung aus. Die Kampfbahn ist durch den Auftritt des literarischen »Tiers« zerstört worden und mit »Schutt bedeckt«. Das Publikum, das sich in ihr drängte, scheint verschwunden zu sein. In meinem ganzen Leben als Übersetzer habe ich noch keine derartige eidetische Katastrophe erlebt. Offensichtlich liegt dem anonymen Autor von* DAS RÄTSEL DES PHILOSOPHEN *vor allem daran, dass die versteckten Bilder seinen Lesern ganz deutlich ins Bewusstsein treten, ohne dass er sich im Geringsten darum schert, ob die Glaubhaftigkeit der Fabel dadurch gestört wird.* (Anm. d. Übers.)

Sie wanderten durch das Innere des *gymnásions*, das von den Trümmern der Zerstörung übersät war: Hier und da sah man Wände, die Risse aufwiesen von heftigen Rammstößen, zertrümmerte Möbel, dazwischen Wurfspeere und Diskusscheiben, Kampfplätze mit den Trittspuren eines kolossalen Tiers und Bodenfliesen, bedeckt von riesigen, lilienweißen Blumen aus dem Kalkstein der gehäuteten Mauern. Unter dem Schutt begraben lagen auch die Scherben eines zerbrochenen Gefäßes: Auf einer waren die geöffneten, zum Himmel erhobenen Hände eines Mädchens zu sehen, in flehentlicher Gebärde, als ob es um Hilfe riefe oder jemanden vor einer dräuenden Gefahr warnen wollte. In der Luft krümmte sich eine gescheckte Staubwolke.[7]

---

[7] *Der Autor treibt sein Spiel mit den Lesern! Hier ist versteckt, doch erkennbar, der Beweis dafür, dass ich Recht hatte: Das »Mädchen mit der Lilie« ist ein weiteres höchst bedeutsames eidetisches Bild in dem Werk! Ich weiss nicht, was es bedeutet, aber es ist da (seine Anwesenheit ist unzweideutig: Man beachte nur die Nähe des Wortes »Lilien« zur detaillierten Beschreibung der Geste des auf der Gefäßscherbe dargestellten »Mädchens«). Ich muss zugeben, die Entdeckung hat mich zu Tränen gerührt. Ich habe die Übersetzung unterbrochen und bin zu Elio gegangen. Ich habe ihn auf die Möglichkeit hin angesprochen, Zugang zum Originalmanuskript zu bekommen. Er riet mir, mit Hektor, unserem Verlagsleiter, zu reden. Er muss wohl etwas in meinen Augen bemerkt haben, denn er fragte mich, was los sei mit mir.*

»In dem Text ruft ein Mädchen um Hilfe«, erklärte ich.

»Und du wirst sie retten?«, witzelte er. (Anm. d. Übers.)

»Nun, Eumarkos, wie soll ich dich für diesen Gefallen entlohnen?«, fragte Herakles den Alten am Ende ihres Gesprächs.

»Indem du ihn mir bezahlst«, erwiderte der Alte. Beide lachten.

»Noch etwas, mein lieber Eumarkos: Mir ist aufgefallen, dass auf dem Sims von Euneos, dem Freund deines Schülers, ein kleiner Käfig mit einem Vogel steht. Es ist ein Sperling, das typische Geschenk eines Liebenden an den Geliebten. Weißt du, wer Euneos' Liebhaber ist?«

»Bei Phoibos Apollon, über Euneos weiß ich überhaupt nichts, Herakles. Allerdings besitzt Antisos genau das gleiche Geschenk, und ich kann dir sagen, von wem er es hat: von Menekmos, dem Dichter und Bildhauer, der seinetwegen ganz liebestoll ist.« Eumarkos zupfte Herakles am Umhang und fuhr leise fort: »Das hat mir Antisos schon vor einiger Zeit erzählt und mich bei allen Göttern schwören lassen, dass ich es niemandem weitersage.«

Herakles überlegte einen Augenblick. »Menekmos ... Das letzte Mal, dass ich diesen exzentrischen Künstler gesehen habe, war beim Begräbnis von Tramakos, und ich erinnere mich, dass ich mich über seine Anwesenheit wunderte. Also hat Menekmos dem Antisos einen kleinen Sperling geschenkt ...«

»Wundert dich das?«, krähte der Alte mit seiner kratzigen Stimme. »Bei den blauen Augen von Athene, ich wäre bereit, diesem schönen Alkibiades mit der goldenen Haut ein ganzes Nest zu schenken, nur dass es mir als Sklaven und altem Mann nichts nützen würde.«

»Gut, Eumarkos.« Herakles schien auf einmal sehr viel zufriedener. »Jetzt muss ich fort. Du aber tu, was ich dir gesagt habe ...«

»Wenn du mich weiter so bezahlst wie bisher, Herakles Pontor, dann wird dein Auftrag ebenso zuverlässig erfüllt, wie wenn du der Sonne befehlen würdest: Gehe jeden Tag auf!«

Heimwärts machten sie einen Umweg um die Agora, die zu dieser Nachmittagsstunde wegen der Lenäen verstopft war. Aber auch so wurde ihr Fortkommen behindert durch die öffentlichen Spiele, das Stegreiftheater auf der Straße, das Labyrinth der Lustbarkeiten und die Menge, die sich langsam, aber mit aller Kraft gegen sie drängte. Auf dem ganzen Weg sprachen sie nicht, da jeder in eigenen Gedanken versunken war. Schließlich langten sie im Viertel Skambonidai an, wo Herakles wohnte, und er sagte: »Nimm meine Gastfreundschaft für eine Nacht an, Diagoras. Meine Sklavin Ponsika ist keine schlechte Köchin, und ein geruhsames Abendessen als Abschluss des Tages ist die beste Art, Kräfte für den nächsten zu sammeln.«

Der Philosoph nahm die Einladung an. Als sie den dunklen Garten von Herakles' Haus betraten, meinte er: »Ich möchte dich um Verzeihung bitten, Herakles. Ich hätte im *gymnásion* wohl nicht so unverhohlen zeigen sollen, dass ich dein Vorgehen nicht billigte. Es tut mir Leid, dass ich dich unnötig gekränkt habe.«

»Du bist mein Klient, Diagoras, und du bezahlst mich«, antwortete Herakles mit seiner üblichen Gelassenheit. »Alle Probleme, die ich mit dir habe, gehören für mich zum Geschäft. Deine Worte der Entschuldigung nehme ich als ein Zeichen der Freundschaft entgegen. Aber eigentlich sind sie unnötig.«

Während sie den Garten durchschritten, dachte Diagoras: Was für ein kaltblütiger Mensch, nichts scheint ihm nahe zu gehen. Wie kann jemand die Wahrheit herausfinden, dem an der Schönheit nichts gelegen ist und der sich nicht ab und zu von der Leidenschaft hinreißen lässt?

Während sie den Garten durchschritten, dachte Herakles: Noch weiß ich nicht genau, ob dieser Mann nur ein Idealist oder nicht auch ein Idiot ist. Jedenfalls, wie kann er sich nur einbilden, die Wahrheit herauszufinden, wenn er nichts von dem bemerkt, was um ihn herum vorgeht.[8]

Plötzlich sprang die Haustür unter einem heftigen Stoß auf, und vor ihnen erschien die dunkle Silhouette Ponsikas. Ihre aller menschlichen Züge entbehrende Maske blieb ausdruckslos, doch ihre schlanken Arme vollführten vor ihrem Herrn ungewohnt heftige Bewegungen.

»Was ist los? … Ein Besucher …«, entzifferte Herakles. »Beruhige dich. Du weißt doch, ich kann dich nicht gut lesen, wenn du aufgeregt bist. Noch einmal von vorn …« Da erscholl aus der Dunkelheit des Hauses ein unangenehmes Schnauben, anschließend spitzes Gebell. »Was ist das?« Ponsika bewegte die Hände in rasendem Tempo. »Der Besuch? … Besucht mich ein Hund? … Ach so, ein Mann mit einem Hund … Aber warum hast du ihn in meiner Abwesenheit eingelassen?«

»Deine Sklavin trifft keine Schuld …«, dröhnte aus dem Innern des Hauses eine kraftvolle Stimme mit sonderbarem Zungenschlag. »Aber wenn du sie bestrafen willst, sag es mir, und ich werde mich davonmachen …«

---

[8] *Es hat mir großen Spaß gemacht, diese Passage zu übersetzen, denn ich glaube, in mir ist etwas von beiden Romanfiguren. Und ich frage mich: Kann jemand wie ich die Wahrheit herausfinden, dem so viel an der Schönheit gelegen ist, der sich hin und wieder von der Leidenschaft mitreißen lässt und der doch zugleich darauf bedacht ist, dass ihm nichts in seiner Umgebung entgeht?* (Anm. d. Übers.)

»Diese Stimme …«, brummte Herakles. »Bei Zeus und der Schild tragenden Athene …!«

Der Mann, ein Riese, tauchte mit Ungestüm in der Tür auf. Man konnte nicht wissen, ob er lächelte, denn sein Bart war sehr dicht. Ein kleiner, jedoch furchterregend hässlicher Hund mit unförmigem Kopf erschien bellend zu seinen Füßen.

»Vielleicht erkennst du mein Gesicht nicht, Herakles«, sagte der Mann, »aber ich vermute, du hast meine rechte Hand nicht vergessen …«

Er hielt ihm seine Handfläche hin: Etwas oberhalb der Handwurzel war die Haut verschrumpelt, zerfressen von einem auffallenden Narbengeflecht, gleich dem Rücken eines alten Tiers.

»Oh, bei allen Göttern«, murmelte Herakles.

Die beiden Männer begrüßten sich überschwänglich. Kurz danach wandte sich der Rätsellöser Diagoras zu, der mit offenem Mund dabeistand: »Das ist mein Freund Krantor vom Demos Pontor«, sagte er. »Ich habe dir von ihm schon einmal erzählt: Er war es, der seine rechte Hand ins Feuer legte.«

Der Hund hieß Kerberos. Jedenfalls rief ihn der Mann so. Er hatte eine riesige, von Falten übersäte Stirn wie ein alter Stier, und in seinem rosigen Maul, das mit dem kränklichen Weiß seines Gesichts kontrastierte, bleckte er eine Garnitur scheußlicher Zähne. Die tückischen, bestialischen Äuglein glichen denen eines persischen Satrapen. Sein Körper folgte dem Kopf wie ein kleiner Sklave einem bullschädligen Herrn.

Auch der Herr des Hundes trug ein gewaltiges Haupt auf den Schultern, doch sein kräftiger Körper von hoher Statur bildete eine Säule, die dieses Hauptes würdig war. Alles an ihm erschien ins Übermaß gesteigert, von seinen

Manieren bis zu seinem Körperbau. Sein Gesicht war breit, zeigte eine hohe Stirn und große Nasenlöcher, doch war es ansonsten fast ganz von Haaren bedeckt. Auf den riesigen bronzefarbenen Händen traten dicke Adern hervor; Brustkorb und Unterleib waren von derselben maßlosen Fülle; die Füße massig, beinahe quadratisch, alle Zehen erschienen gleich lang. Er trug einen riesigen, über und über geflickten grauen Umhang, der zweifellos treuer Gefährte seiner Abenteuer gewesen war, da er wie eine starre Gussform am Körper anlag.

Mann und Hund ähnelten einander in gewisser Weise: In beider Augen lag das gleiche heftige Glänzen; beide vollführten überraschende Bewegungen, und es war nicht leicht zu erkennen, was sie mit ihren Gesten bezweckten, sie schienen es selbst nicht zu wissen; und beide zeigten den gleichen gefräßigen und einander ergänzenden Appetit: Alles, was der eine liegen ließ, wurde sogleich in rasender Gier vom anderen verschlungen, und so hob auch manchmal der Mann vom Boden einen Knochen auf, den der Hund noch nicht ganz abgenagt hatte, und führte mit kurzen Bissen dessen Werk zu Ende.

Und beide, Mann wie Hund, verströmten denselben Geruch.

Der Mann hatte sich auf einem der Speisesofas des Essraums zurückgelehnt, hielt eine Traube schwarzer Weinbeeren in den dunklen Pranken und redete. Seine Stimme war tief und dröhnend, sein Zungenschlag fremdländisch gefärbt.

»Was kann ich dir erzählen, Herakles? Was kann ich dir sagen von den Wundern, die ich zu sehen bekam, von den unglaublichen Dingen, die sich mein athenischer Verstand niemals vorzustellen gewagt hätte und die meine athenischen Augen dennoch erschauten? Du stellst mir viele Fragen, aber ich habe keine Antworten: Ich bin kein Buch, obwohl ich voll bin von merkwürdigen Geschichten. Ich habe Indien und Persien, Ägypten und die südlichen Reiche jenseits des Nils durchstreift. Ich habe die Grotten besucht, wo die Löwenmenschen hausen, und die heftige Sprache der denkenden Schlangen erlernt. Ich bin barfuß über den Sand von Ozeanen gewandert, die sich bei deinem Schritt auftun und schließen wie Tore. Ich habe die schwarzen Skorpione beobachtet, wie sie ihre geheimen Zeichen in den Schlamm schreiben. Und ich habe gesehen, wie Magie den Tod bewirken kann und wie die Geister der Toten aus ihren Angehörigen sprechen und wie sich die Dämonen den Zauberkundigen in endlos wechselnden Gestalten mitteilen. Ich schwöre dir, Herakles, außerhalb von Athen gibt es noch eine Welt. Und sie ist unendlich.«

Wie eine Spinne mit ihren Leibesfäden, so schien der Mann mit seinen Worten ein Netz zu weben, das alle in tiefe Stille versetzte. Als er geendet hatte, sprach zunächst niemand. Doch dann zerbrach das hypnotische Schweigen, und die Lippen und Lider der Zuhörer wurden wieder lebendig.

»Es freut mich zu erfahren, Krantor«, sagte Herakles, »dass es dir gelungen ist, deinen alten Vorsatz auszuführen. Als ich dich vor vielen Jahren am Piräus umarmte, ohne zu wissen, wann ich dich je wiedersehen würde, fragte ich dich zum soundsovielten Mal nach dem Grund, weshalb du freiwillig ins Exil gingst. Und ich erinnere mich, wie du mir, zum allerletzten Mal, antwortetest: ›Ich will jeden Tag eine neue Überraschung erleben.‹ Und das scheinst du ja wirklich geschafft zu haben.«

Krantor stieß ein Grunzen aus, das zweifellos einem beifälligen Lächeln entsprach. Herakles wandte sich Diagoras zu, der schweigsam und gefügig auf dem Sofa sitzen geblieben war und den letzten Wein vom Abendessen trank.

»Krantor und ich sind vom selben Demos, wir kennen uns seit Kindestagen. Wir wurden zusammen erzogen, und obwohl ich vor ihm das Ephebenalter erreichte, wurden wir im Krieg in gleicher Mission eingesetzt. Später, als ich mich verehelichte, beschloss Krantor, der sehr eifersüchtig war, eine Reise durch die Welt anzutreten. Wir nahmen Abschied ... und dabei blieb es, bis heute. In jener Zeit waren wir einzig durch unsere Wünsche und Begierden getrennt ...« Er legte eine Pause ein, und seine Augen funkelten schalkhaft: »Weißt du, Diagoras, in meiner Jugend wollte ich das gleiche werden wie du: Philosoph.«

Diagoras zeigte aufrichtiges Erstaunen.

»Und ich Dichter«, verkündete Krantor mit mächtiger Stimme, ebenfalls an Diagoras gewandt.

»Am Ende ist er Philosoph geworden ...«

»Und er Rätsellöser!«

Sie lachten. In Krantors Gelächter lag etwas Liederliches, Schmutziges; Diagoras dachte, es sei wie ein Sammelsurium von fremden Gelächtern, die er auf seinen Reisen aufgelesen hatte. Er selbst, Diagoras, lächelte höflich. Ponsika, in ihr ewiges Schweigen gehüllt, trug die leeren Schalen vom Tisch und schenkte Wein nach. Die Nacht im Inneren des Essraums war bereits tiefschwarz, und nur die Gesichter der drei Männer wurden von den Öllämpchen schwach erleuchtet, und es entstand der Eindruck, als schwömmen die Köpfe im Dunkel einer Höhle. Man hörte das unablässige Knacken und Krachen von Kerberos' mahlenden Zähnen, und durch die Fensterschlitze drang immer wieder, wie ein Blitzen, das heftige Geschrei der durch die Straßen strömenden Menge.

Krantor lehnte die von Herakles angebotene Gastfreundschaft ab: Er sei bei seiner ewigen Lebensfahrt nur auf Durchreise in der Stadt, erklärte er, unterwegs nach Norden, zu den noch hinter Thrakien gelegenen Reichen der Barbaren, auf der Suche nach den Hyperboreern. Er habe nicht vor, mehr als ein paar Tage in Athen zu verweilen, wolle sich während der Lenäen vergnügen und das Theater besuchen, »das einzig gute athenische Theater: die Komödien«. Er versicherte, er habe Aufnahme in einem Gasthaus gefunden, wo Kerberos zugelassen sei. Der Hund stieß ein gräuliches Gebell aus, als er seinen Namen hörte. Herakles, der zweifellos über sein Maß hinaus getrunken hatte, zeigte auf das Tier und meinte: »Am Ende hast auch du dich verehelicht, Krantor, wo du mir doch immer vorwarfst, dass ich eine Frau nahm. Wo hast du dein liebliches Gespons kennen gelernt?«

Diagoras verschluckte sich fast am Wein. Doch die liebenswürdige Reaktion des Angesprochenen bewies ihm, was er bereits vermutet hatte: Zwischen Krantor und dem Rätsellöser floss der starke Strom einer für fremde Augen rätselhaften, innigen Knabenfreundschaft, der weder durch die Jahre großer räumlicher Distanz noch durch die merkwürdigen Erfahrungen, die beide trennten, vollständig versiegt war. Nicht *vollständig,* denn Diagoras erahnte – wie, hätte er nicht sagen können, doch es passierte ihm öfter –, dass keiner der beiden den anderen uneingeschränkt mochte, so dass sie eilends Zuflucht nehmen mussten zu ihren Kindertagen, um sich als Erwachsene noch verstehen und ertragen zu können.

»Kerberos lebt schon viel länger mit mir zusammen, als du denkst«, sagte Krantor in veränderter Stimmlage, sein Ungestüm zügelnd, als wolle er nicht sprechen, sondern ein Neugeborenes einlullen. »Ich habe ihn auf einem Hafenpier gefunden, ebenso hundsverlassen wie ich. Wir beschlossen, unser Schicksal zu vereinen.« Er schaute in den dunklen Winkel, wo der Hund kräftig kaute. »Er war mir eine gute Gattin, das kann ich dir versichern«, fuhr er fort, und Herakles musste laut lachen. »Er keift viel, aber nur gegen Fremde.« Und er streckte den Arm über dem Sofa aus, um den kleinen weißlichen Fleck liebevoll zu tätscheln. Das Tier stieß ein schrilles Protestgebell aus.

Sie schwiegen ein Weilchen, dann fragte Krantor: »Und was ist mit Hagesikora, deinem Weib?«

»Sie ist tot. Die Parzen beschieden ihr ein langes Siechtum …«

Sie schwiegen abermals. Das Gespräch ermattete. Schließlich bekundete Diagoras den Wunsch, sich auf den Weg zu machen.

»Aber nicht meinetwegen.« Krantor hob die riesige verbrannte Pranke. »Kerberos und ich werden bald aufbrechen.« Und weiter, fast übergangslos, erkundigte er sich: »Bist du ein Freund von Herakles?«

»Eher ein Klient.«

»Ach, gibt es ein mysteriöses Problem zu lösen? Da bist du in guten Händen, Diagoras: Herakles ist ein exzellenter Rätsellöser, glaub mir das. Seit dem letzten Mal, als ich ihn sah, ist er etwas feister geworden, aber ich versichere dir, den durchdringenden Blick und den flinken Verstand hat er noch wie früher. Er wird dein Rätsel, was auch immer es sei, in wenigen Tagen lösen …«

»Bei den Göttern der Freundschaft«, beschwerte sich Herakles, »reden wir heute Abend einmal nicht von Arbeit …«

»Du bist also Philosoph?«, vergewisserte sich Diagoras bei Krantor.

»Welcher Athener ist das nicht?«, erwiderte dieser und zog bei diesen Worten die schwarzen Brauen hoch.

Herakles warf ein: »Aber versteh das bitte nicht falsch, Diagoras: Krantor widmet sich der philosophischen Tat, nicht dem philosophischen Denken. Er setzt seine theoretischen Überlegungen immer in die Praxis um, und sei das Resultat noch so extrem, da er nicht an etwas glauben mag, das er nicht in Handlung umzusetzen vermag.« Herakles schien dies mit Ergötzen vorzubringen, als sei es gerade diese Eigenschaft, die er bei seinem alten Freund am höchsten bewunderte. »Ich entsinne mich ... ich entsinne mich eines Ausspruchs von dir, Krantor: ›Ich denke mit den Händen.‹«

»Deine Erinnerung ist ungenau, Herakles. Der Satz lautete: ›Auch die Hände denken!‹ Aber ich habe ihn nun erweitert auf den ganzen Körper ...«

»Denkst du auch mit den Eingeweiden?«, erkundigte sich Diagoras lächelnd. Der Wein hatte ihn zynisch werden lassen, wie es Leuten geschieht, die ihm nur selten zusprechen.

»Und mit der Blase und mit dem Schwanz, der Lunge und den Zehennägeln«, zählte Krantor auf. Und nach einer Pause setzte er noch hinzu: »Mir scheint fast, Diagoras, du bist ebenfalls Philosoph ...«

»Ich bin Mentor an der Akademie. Kennst du die Akademie?«

»Selbstverständlich. Unser wackerer Freund Aristokles ...«

»Wir sprechen ihn seit langem mit seinem Beinamen an, Platon.« Diagoras war angenehm überrascht festzustellen, dass Krantor Platons richtigen Namen kannte.

»Ich weiß. Richte ihm aus, dass man sich in Sizilien seiner lebhaft erinnert ...«

»Warst du in Sizilien?«

»Man könnte fast sagen, ich komme gerade von dort. Es laufen Gerüchte um, der Tyrann Dionysios habe sich mit seinem Schwager Dion einzig wegen der Lehren deines Gefährten verfeindet ...«

Diagoras war erfreut über diese Nachricht. »Platon wird entzückt sein zu erfahren, dass seine Reise nach Sizilien allmählich Früchte trägt. Doch ich lade dich ein, Krantor, es ihm selbst zu sagen, in der Akademie. Bitte such uns auf, wann es dir beliebt. Wenn du magst, kannst du zum abendlichen Mahl kommen: So wirst du teilhaben an unseren philosophischen Gesprächen.«

Krantor betrachtete amüsiert seinen Weinbecher, als ob er an ihm etwas höchst Drolliges oder Lachhaftes bemerke.

»Ich danke dir, Diagoras«, erwiderte er, »aber ich muss mir das erst überlegen. Eines ist sicher: Eure Theorien verlocken mich nicht.« Und er lachte verstohlen, als habe er gerade einen köstlichen Witz gerissen.

Diagoras, ein wenig verwirrt, fragte liebenswürdig: »Und was für Theorien verlocken dich?«

»Zu leben.«

»Zu leben?«

Krantor nickte, ohne den Blick von seinem Becher zu lösen.

»Zu leben ist keine Theorie«, entgegnete Diagoras. »Um zu leben, musst du lediglich am Leben sein.«

»Nein: Du musst lernen zu leben.«

Diagoras, der kurz zuvor schon gehen wollte, spürte nun ein fachliches Interesse an dem Dialog. Er schob den Kopf vor und strich sich mit der Spitze seiner schmalen Finger liebevoll über den gepflegten athenischen Bart. »Was du da sagst, klingt höchst merkwürdig, Krantor. Bitte erkläre mir, denn ich fürchte, ich weiß es nicht: Wie lernt man es, deiner Ansicht nach, zu leben?«

»Das kann ich dir nicht erklären.«

»Doch offenbar hast du selbst es gelernt.« Krantor nickte. Diagoras fragte weiter: »Und auf welche Weise kann man etwas lernen, was sich dann nicht erklären lässt?«

Krantor bleckte plötzlich sein riesiges weißes, unter der wilden Behaarung verstecktes Gebiss. »Ach, diese Athener …«, raunzte er so leise, dass Diagoras ihn zuerst nicht verstand. Doch im Weitersprechen erhob Krantor allmählich die Stimme, als ob er sich von fern seinem Gesprächspartner nähere und heftig auf ihn einstürmen wolle. «Egal, wie lange du fort warst, sie sind doch immer und ewig dieselben … Diese Athener … Ach, eure Lust an Wortspielerei und Sophisterei, an Texten und Dialogen! Eure Art zu lernen, mit dem Hintern auf der Bank klotzend, wie ihr da lauscht, lest, Wörter entziffert, euch in einem endlosen Dialog Argumente und Gegenargumente ausdenkt. Die Athener … ein Volk von Männern, die denken und Musik hören … und ein anderes, viel zahlreicheres, aber vom ersten regiertes Volk von Menschen, die genießen und leiden, ohne auch nur lesen und schreiben zu können …« Er sprang auf und ging zu einem der Fensterschlitze in der Wand, durch den der wirre Lärm der lenäischen Lustbarkeiten hereindrang. »Hör dir das an, Diagoras! Da ist das wahre Volk von Athen. Seine Geschichte wird nie in die Grabstelen gemeißelt und auch nicht in den Papyri bewahrt werden, auf denen eure Philosophen ihre prächtigen Werke verewigen … Es ist ein Volk, das noch nicht einmal redet: Es tobt, es brüllt wie ein rasender Stier …« Er entfernte sich von dem Fenster. Diagoras bemerkte in seinen Bewegungen etwas Wildes, Ungeschlachtes. »Ein Volk, das frisst, säuft, vögelt und sich amüsiert – und sich dabei in göttlicher Ekstase wähnt … Hör sie dir an! Da draußen sind sie!«

»Es gibt verschiedene Arten von Menschen, Krantor, so wie es verschiedene Weinsorten gibt«, merkte Diagoras an, »dieses Volk, von dem du sprichst, ist zu vernünftiger Überlegung nicht recht fähig. Die Menschen, die dazu imstande sind, gehören einer höheren Kategorie an und müssen zwangsläufig die Führung übernehmen über …«

Der Schrei kam wild und unerwartet, und Kerberos

verstärkte noch durch rasendes Gebell die Stentorstimme seines Herrn. »Vernünftige Überlegung! ... Wozu dient sie euch denn, eure vernünftige Überlegung? Habt ihr euch den Krieg gegen Sparta vernünftig überlegt? Und das Machtstreben eures Imperiums? ... Perikles, Alkibiades, Kleon, die Männer, die euch ins Massaker führten! Waren sie von Vernunft beseelt? ... Und jetzt, da ihr geschlagen seid, was bleibt euch da noch? ... Den vergangenen Ruhm mit Vernunft zu verklären!«

»Du sprichst, als wärst du nicht selbst Athener!«, protestierte Diagoras.

»Geh fort aus Athen, und auch du wirst keiner mehr sein! Athener kann man nur innerhalb der Mauern dieser absurden Stadt sein! ... Das Erste, was du feststellst, sobald du von hier wegkommst, ist, dass es nicht nur eine einzige Wahrheit gibt: Jeder Mensch besitzt seine eigene Wahrheit. Und wenn du in der Ferne die Augen aufmachst ... dann erkennst du nur noch die Finsternis des Chaos.«

Alle schwiegen. Selbst Kerberos' rasendes Gebell verstummte. Diagoras drehte sich zu Herakles um, als habe dieser erkennen lassen, dass er sich einmischen wollte, doch der Rätsellöser schien so in Gedanken versunken, dass Diagoras annahm, er betrachte dieses Gespräch als ein rein »philosophisches« und überlasse darum jegliche Erwiderung ihm. So räusperte er sich und entgegnete: »Ich weiß, was du sagen willst, Krantor, aber du irrst. Jene Finsternis, die du erwähnst und in der du nur das Chaos erblickst, ist einzig und allein deine Unwissenheit. Du glaubst, es gäbe keine absoluten und unwandelbaren Wahrheiten, aber ich kann dir versichern, es gibt sie, mögen sie auch schwer zu erkennen sein. Du behauptest, jeder Mensch besitze seine eigene Wahrheit. Ich erwidere dir, jeder Mensch besitzt seine eigene *Meinung*. Du hast viele, höchst verschiedenartige Menschen kennen gelernt, die in unterschiedlichen Zungen reden und ihre jeweils eigene Meinung über die Dinge haben, und du hast daraus irrtümlich gefolgert, es könne nichts geben, das für alle den gleichen Sinn und Wert besitzt. So jedoch, Krantor, bleibst du bei den Wörtern, den Bestimmungen, den Bildern der Gegenstände und Geschöpfe stehen. Es gibt aber Ideen jenseits der Wörter ...«

»Der Dolmetsch ...«, unterbrach ihn Krantor.

»Wie?«

Krantors massiges Gesicht, durch die Öllämpchen von unten her beleuchtet, wirkte wie eine geheimnisvolle Maske. »Dies ist ein mancherorts fern von Griechenland sehr verbreiteter Glaube«, erklärte er. »Ihm zufolge ist alles, was wir tun und sagen, in den Worten einer fremden Sprache auf einem riesigen Papyrus niedergeschrieben. Und es gibt Jemanden, der in diesem Augenblick den Papyrus liest und unsere Taten und Gedanken entziffert, wobei er im Text unseres Lebens verborgene Schlüssel entdeckt. Dieser Jemand wird ›Der Dolmetsch‹ oder ›Der Übersetzer‹ genannt ... Die an Ihn glauben, sind überzeugt, dass unser Leben einen letzten Sinn hat, wir selbst kennen ihn nicht, aber der Übersetzer kann ihn herausfinden, während er uns *liest*. Schließlich wird der Text enden, und wir werden sterben, ohne mehr zu wissen als zuvor. Der Übersetzer aber, der uns gelesen hat, wird am Ende den allerletzten Sinn unseres Daseins erkennen.«[9]

---

[9] *So viel ich auch in meinen Büchern stöberte, ich konnte keinerlei Hinweis auf diese angebliche Religion finden. Zweifellos handelt es sich um eine Erfindung des Autors.* (Anm. d. Übers.)

Herakles, der bislang in Schweigen verharrt war, warf ein: »Und was nützt es ihnen, an diesen blöden Übersetzer zu glauben, wenn sie am Ende doch genauso unwissend sterben?«

»Nun, manche glauben, es sei möglich, mit dem Übersetzer zu *reden.*« Krantor lächelte boshaft. »Sie behaupten, wir könnten uns an Ihn wenden in dem Wissen, dass er uns zuhört, da er alle unsere Worte liest und übersetzt.«

»Und jene, die so denken – was sagen sie diesem ... Übersetzer?«, fragte Diagoras, dem diese Glaubensvorstellung ebenso lächerlich erschien wie Herakles.

»Je nachdem«, antwortete Krantor. »Manche lobpreisen ihn und bitten ihn um etwas, zum Beispiel, ihnen zu sagen, was ihnen in den künftigen Kapiteln zustoßen wird ... Andere fordern ihn heraus, da sie wissen oder zu wissen glauben, dass der Übersetzer in Wirklichkeit gar nicht existiert ...«

»Und wie fordern sie ihn heraus?«, wollte Diagoras wissen.

»Sie rufen ihn an«, sagte Krantor.

Und plötzlich hob er den Blick zur dunklen Decke des Raums. Er schien etwas zu suchen.

Er suchte dich.[10]

»Höre, Übersetzer!«, rief er mit seiner mächtigen Stimme. »Du, der du dir deiner Existenz so sicher bist! Sag mir, wer ich bin! ... Verdolmetsche meine Sprache und bestimme mein Wesen! ... Ich fordere dich heraus, mich

---

[10] *So die wörtliche Übersetzung, aber ich verstehe nicht recht, an wen sich der Autor mit diesem unerwarteten grammatikalischen Sprung in die zweite Person wendet.* (Anm. d. Übers.)

zu verstehen! Du, der du glaubst, dass wir lediglich Worte sind, niedergeschrieben vor langer Zeit ... Du, der du meinst, unsere Geschichte verberge einen endgültigen Sinn! ... Erkenne mich mit deiner Vernunft, Übersetzer! Sag mir, wer ich bin – wenn du, mich lesend, fähig bist, mich auch zu *entschlüsseln*!« Dann wurde er wieder ruhiger, schaute erneut Diagoras an und lächelte. »Das etwa rufen sie dem vermeintlichen Übersetzer zu. Aber der antwortet ihnen natürlich nie, da er nicht existiert. Und falls er existiert, ist er so unwissend wie wir selbst ...«[11]

Ponsika trat mit einem vollen Krug ein und schenkte ihnen Wein nach. Krantor nutzte die Pause, um zu verkünden: »Ich will einen kleinen Spaziergang machen. Die Nachtluft wird mir gut tun ...«

Der weiße, unförmige Hund folgte ihm.

Nach einer kleinen Weile bemerkte Herakles: »Nimm

---

[11] *Ich weiß eigentlich nicht, weshalb ich so nervös geworden bin. Bei Homer zum Beispiel findet man zahlreiche Beispiele für einen unerwarteten Sprung in die zweite Person. Dies muss etwas Ähnliches sein. Doch es ist so, dass ich beim Übersetzen der Schmähungen Krantors ein wenig erregt war. Ich kam sogar auf den Gedanken, dass der »Übersetzer« ein neues eidetisches Bild sein könnte. In diesem Fall wäre das übergreifende Bild dieses Kapitels komplexer, als ich angenommen hatte: Die heftigen Rammstöße eines »unsichtbaren Tiers« – das dem Kretischen Stier entspricht –, das »Mädchen mit der Lilie« und nun der »Übersetzer«. Helena hat Recht: Dieses Buch bringt mich um den Verstand. Morgen will ich mit Hektor sprechen.* (Anm. d. Übers.)

dir, was er sagt, nicht allzu sehr zu Herzen, Diagoras. Er war immer sehr impulsiv und sonderbar, und diese Eigenheiten seines Charakters wurden durch die Jahre und seine Erlebnisse noch verstärkt. Er besaß nie die Geduld, sich über längere Zeit hinzusetzen und vernünftig zu reden; komplizierte Gedankengänge verwirrten ihn stets ... Er war nicht wie ein Athener, aber auch nicht wie ein Spartaner, da er Krieg und Heeresdienst verabscheute. Habe ich dir erzählt, dass er sich zu einem Leben in Einsamkeit zurückzog, in eine Hütte, die er sich auf der Insel Euböa selbst erbaute? Dies geschah ungefähr zu der Zeit, als er sich die Hand verbrannte ... Doch auch am Leben als Menschenfeind fand er keinen Gefallen. Ich weiß nicht, was ihm Freude macht und was er verabscheut, und ich habe es nie gewusst ... Ich vermute, dass ihm die Rolle, die ihm Zeus im großen Werk des Lebens bestimmt hat, nicht zusagt. Ich bitte dich, sein Benehmen zu entschuldigen, Diagoras.«

Der Philosoph maß dem Ganzen keine weitere Bedeutung bei und stand auf, um zu gehen.

»Was machen wir morgen?«, fragte er noch.

»Du gar nichts. Du bist mein Klient und hast schon genug gearbeitet.«

»Ich möchte gern weiter mitarbeiten.«

»Das ist nicht nötig. Morgen werde ich allein eine kleine Nachforschung anstellen. Wenn es etwas Neues gibt, sage ich dir Bescheid.«

Diagoras blieb an der Tür stehen. »Hast du etwas herausgefunden, das du mir jetzt schon mitteilen könntest?«

Der Rätsellöser kratzte sich den Kopf. »Alles läuft vortrefflich«, sagte er. »Ich habe ein paar Theorien im Kopf, derentwegen ich heute Nacht nicht ruhig schlafen werde, aber ...«

»Ich weiß schon ...«, unterbrach ihn Diagoras. »Reden wir nicht von der Feige, ehe wir sie aufgebrochen haben.«

Sie schieden als Freunde.[12]

---

[12] *Ich bin immer mehr in Sorge. Den Grund weiß ich nicht, denn so habe ich mich bei meiner Arbeit noch nie gefühlt. Außerdem habe ich mir das alles vielleicht nur eingebildet. Ich will das kurze Gespräch wiedergeben, das ich heute früh mit Hektor geführt habe, und der Leser mag dann selbst urteilen.*

*»*DAS RÄTSEL DES PHILOSOPHEN*«, meinte er kopfnickend, als ich das Werk genannt hatte. »Ja, gewiss, ein klassischer griechischer Text von einem unbekannten Autor aus dem Athen nach Beendigung des Peloponnesischen Krieges. Ich selbst habe Elio vorgeschlagen, ihn in unsere Übersetzungsreihe aufzunehmen …«*

»Ich weiß. Und ich übersetze ihn«, sagte ich.

»Und womit kann ich dir behilflich sein?«

Ich erklärte es ihm. Er runzelte die Stirn und stellte mir die gleiche Frage wie Elio: Weshalb mir daran liege, das Originalmanuskript einzusehen. Ich erläuterte ihm, es handle sich um ein eidetisches Werk, und Montalo habe dies offenbar nicht bemerkt.

Wieder runzelte er die Stirn und erwiderte: »Wenn Montalo es nicht bemerkt hat, dann ist es eben NICHT *eidetisch. Entschuldige, es soll nicht grob klingen, aber Montalo war ein wirklicher Experte auf dem Gebiet.«*

Ich zwang mich zur Geduld und entgegnete: »Die Eidesis ist sehr auffällig, Hektor. Sie beeinträchtigt die Glaubwürdigkeit der Szenen, dringt sogar in die Dialoge und Ansichten der Figuren ein … All das muss doch etwas zu bedeuten haben, nicht wahr? Ich will den Schlüs-

sel finden, den der Autor in seinem Text versteckt hat, und ich brauche das Original, um mir sicher zu sein, dass meine Übersetzung richtig ist ... Elio ist einverstanden und hat mir empfohlen, mit dir zu reden.«

Schließlich gab er meiner Bitte nach (Hektor ist sehr starrsinnig), machte mir aber wenig Hoffnung: Über den Text hatte Montalo allein verfügt, und nach seinem Tod waren all seine Manuskripte in den Besitz diverser Bibliotheken übergegangen. Nein, er hatte keine engen Freunde und Familienangehörigen gehabt. Er hatte wie ein Einsiedler in einem einsamen Landhaus gelebt. »Gerade dieser Wunsch, sich von der Zivilisation fern zu halten, hat ja seinen Tod verursacht ... Meinst du nicht auch?«

»Was denn?«

»Ach, ich dachte, du wüsstest es. Hat Elio dir nichts davon gesagt?«

»Nun, dass er gestorben ist.« Und da fielen mir wieder seine Worte ein: »Und dass es ›überall stand‹. Ich verstehe aber nicht, wieso.«

»Weil er eines grausamen Todes gestorben ist.«

Ich schluckte heftig.

»Seine Leiche wurde in dem Wäldchen nahe dem Haus, in dem er wohnte, gefunden. Der ganze Körper war zerfleischt. Die Behörden erklärten, wahrscheinlich habe ihn ein Rudel Wölfe angefallen ...« (Anm. d. Übers.)

V

Herakles Pontor, der Rätsellöser, konnte fliegen.

Er schwebte über der dichten Finsternis einer Höhle, leicht wie Luft, in vollkommener Stille, als sei sein Körper ein Pergament. Endlich fand er, wonach er gesucht hatte. Als Erstes hörte er ein Klopfen, ein Schlagen, wie wenn ein Ruder in schlickiges Wasser taucht; dann erblickte er es, im Dunkel schwebend wie er selbst: Es war ein frisch herausgerissenes, noch pochendes Menschenherz. Eine Hand hielt es umklammert wie einen Weinschlauch; zwischen den Fingern rann dick das Blut. Was ihn am meisten beunruhigte, war jedoch nicht dieses bloßliegende Organ, sondern die Frage, wer der Mann sein mochte, der es mit eisernem Griff gepackt hielt. Doch der Arm, zu dem jene Hand gehörte, schien in Schulterhöhe abgeschnitten; alles darüber war von der Dunkelheit verschluckt. Herakles näherte sich neugierig dem Bild; die Annahme, ein einzelner Arm könne in der Luft schweben, erschien ihm widersinnig. Dann bemerkte er etwas noch viel Seltsameres: Die pochenden Schläge jenes Herzens waren die einzigen, die er hörte. Von Grauen gepackt, senkte er den Blick und hob die Hände an die Brust: Da klaffte ein riesiges Loch, hohl und leer.

Er folgerte, dass jenes frisch herausgerissene Herz sein eigenes war.

Mit einem lauten Schrei erwachte er.

Als Ponsika, von seinem Schrei aufgestört, den Raum betrat, fühlte er sich bereits besser und vermochte sie zu beruhigen.[1]

Der Sklavenjunge blieb stehen, um die Fackel in den Eisenring zu stecken, und diesmal schaffte er es allein, mit einem Sprung, noch ehe Herakles ihm helfen konnte.

»Du bist lange nicht mehr da gewesen«, sagte der Junge und schüttelte sich den Staub von den Händen, »aber solange du mich bezahlst, warte ich auf dich, von mir aus bis zum Ephebenalter.«

»Wenn du so schlau bleibst, wirst du es erreichen, noch

---

[1] *Heute Nacht, bevor ich mit der Übersetzung dieses Teils begann, hatte ich selbst einen Traum, aber in ihm kam kein herausgerissenes Herz vor: Ich träumte von dem Romanhelden, von Herakles Pontor, sah ihn in meinem Traum träumend auf seinem Bett liegen. Plötzlich erwachte Herakles mit einem Aufschrei, als habe er einen Albtraum gehabt. Da erwachte auch ich und schrie auf. Jetzt, da ich mit der Übersetzung des fünften Kapitels beginne, ist mir die Übereinstimmung meines Erlebnisses mit dem Text in alle Glieder gefahren. Montalo sagt über den Papyrus: »Weiche, sehr zarte Faserung, als ob bei der Endfertigung des Blattes ein paar Schichten gefehlt hätten oder als ob das Material im Laufe der Zeit porös geworden wäre, dünn und zerbrechlich wie der Flügel eines Schmetterlings oder eines kleinen Vogels.«* (Anm. d. Übers.)

ehe die Natur es will«, erwiderte Herakles. »Wie geht es deiner Herrin?«

»Ein bisschen besser als das letzte Mal. Trotzdem nicht so richtig gut.« Der Junge blieb in einem der dunklen Gänge stehen, trat mit geheimnisvoller Miene dicht an den Rätsellöser heran und flüsterte: »Iphimakos, der alte Haussklave, ein Freund von mir, sagt, sie schreit im Traum.«

»Ich habe heute Nacht auch einen Traum gehabt, bei dem ich schreien musste«, bekannte Herakles. »Das Seltsame ist, mir passiert das höchst selten.«

»Es ist ein Zeichen des Alters.«

»Bist du etwa auch Traumdeuter?«

»Nein. Iphimakos meint das.«

Sie waren in dem Raum angelangt, an den sich Herakles noch gut erinnerte: das Speisegemach. Diesmal wirkte es reinlicher und heller. Öllämpchen brannten in den Wandnischen und hinter den Speisesofas und Amphoren sowie in den Gängen, die weiter ins Innere führten; alles war wie in goldenes Licht getaucht.

»Beteiligst du dich nicht an den Lenäen?«, fragte der Knabe.

»Wieso? Ich bin doch kein Dichter.«

»Ich dachte, das wärest du. Was bist du denn?«

»Rätsellöser.«

»Und was ist das?«

Herakles bedachte die Antwort ein Weilchen. »Genau betrachtet etwas Ähnliches wie das, was Iphimakos tut«, sagte er dann: »Ich äußere Ansichten zu geheimnisvollen Dingen.«

Die Augen des Knaben funkelten. Plötzlich jedoch entsann er sich wohl seines Sklavenstandes, denn er senkte die Stimme und verkündete: »Meine Herrin wird dich alsbald empfangen.«

»Ich danke dir.«

Herakles lächelte, als der Knabe gegangen war, und ihm fiel ein, dass er seinen Namen noch gar nicht kannte. Er vertrieb sich die Zeit, indem er die winzigen, leichten Staubteilchen studierte, die um das Licht der Lampen schwebten. Vom Lichtschein getränkt, wirkten sie wie Goldstaub. Er versuchte, irgendein Gesetz oder Muster herauszufinden, nach dessen Regeln jene winzig kleinen Teilchen so federleicht umherwirbelten. Aber bald musste er den Blick abwenden, weil er wusste, dass seine Neugier, hungrig, immer vielgestaltigere Bilder zu enträtseln, Gefahr lief, sich in der unendlichen Intimität der Dinge zu verirren.

Als Etis das Speisegemach betrat, war es, als flatterten infolge eines plötzlichen Luftzugs die Säume ihres Umhangs wie Vogelflügel. Obwohl ihr Antlitz noch bleich war, die Augen umschattet, wirkte sie doch ein wenig gefasster als neulich; der Blick hatte das Finstere verloren und bot sich unbeschwert und offen dar. Die sie begleitenden Sklavinnen verneigten sich vor Herakles.

»Wir ehren dich, Herakles Pontor. Es tut mir Leid, dass mein Haus so unwirtlich ist: Die Trauer verträgt sich nicht mit Annehmlichkeiten.«

»Ich danke dir für deine Gastfreundschaft, Etis, und begehre keine andere.«

Sie zeigte auf eines der Sofas. »Zumindest kann ich dir unverdünnten Wein anbieten.«

»Danke, nicht zu dieser morgendlichen Stunde.«

Sie winkte den Sklavinnen, und diese entfernten sich leise. Beide legten sich auf den Sofas zurück, einander gegenüber. Etis zupfte die Falten ihres Peplos über den Beinen zurecht und lächelte: »Du hast dich nicht verändert, Herakles Pontor. Du würdest auch nicht auf den unbedeutendsten deiner Gedanken verzichten wollen wegen eines Tröpfchen Weins zu ungewohnter Stunde, nicht einmal, um den Göttern ein Trankopfer darzubringen.«

»Auch du hast dich nicht verändert, Etis: Du willst mich noch immer mit dem Rebensaft locken, damit meine Seele die Verbindung zum Körper verliert und frei durch die Himmelsgefilde schwebt. Aber mein Körper ist dafür zu schwer geworden.«

»Dein Geist hingegen wird immer leichter, nicht wahr? Ich muss dir gestehen, mir geht es ebenso. Um diesen Mauern zu entfliehen, bleibt mir nur der Geist. Lässt du den deinen fliegen, Herakles? Ich kann meinen nicht einsperren; er breitet die Flügel aus, und ich sage ihm: Trag mich fort, wohin du willst. Doch er trägt mich immer zum selben Ort: in die Vergangenheit. Diesen Hang verstehst du natürlich nicht, weil du ein Mann bist. Wir Frauen aber leben in der Vergangenheit ...«

»Ganz Athen lebt in der Vergangenheit«, erwiderte Herakles.

»So hätte auch Meragros gesprochen«, sagte sie, wiederum mit feinem Lächeln. Auch Herakles lächelte, bemerkte aber dann ihren seltsamen Blick. »Was ist mit uns geschehen, Herakles? Was ist mit uns geschehen?« Sie machte eine Pause. Er senkte die Augen. »Meragros, du, deine Gattin Hagesikora und ich ... Was ist mit uns geschehen? Wir gehorchten Regeln, Gesetzen, diktiert von Männern, die uns nicht kannten und denen wir gleichgültig waren. Gesetze, die befolgt wurden von unseren Vätern und den Vätern unserer Väter. Gesetze, denen die Männer gehorchen müssen, auch wenn sie sie in der Volksversammlung erörtern können. Uns Frauen ist noch nicht einmal erlaubt, beim Fruchtbarkeitsfest zu Ehren von Demeter, bei den Thesmophorien, darüber zu sprechen, wenn wir aus unseren Häusern kommen und uns auf der Agora zusammenfinden: Wir Frauen haben zu schweigen und sogar noch euren Fehlern zu huldigen. Ich bin, du weißt es, wie jede andere Frau, ich kann nicht lesen und schreiben und habe keine anderen Himmel und Länder gesehen, aber ich liebe das Denken ... Und weißt du, was ich denke? Dass Athen aus Gesetzen besteht, so uralt und brüchig wie das Mauerwerk unserer alten Tempel. Die Akropolis ist kalt wie ein Friedhof. Die Säulen des Parthenon sind die Stangen eines Käfigs: Die Vögel im Innern können nicht fliegen. Der Frieden ... nun ja, wir haben Frieden. Aber um welchen Preis? Was haben wir aus unserem Leben gemacht, Herakles? ... Einstmals war es besser. Zumindest dachten wir alle, dass es um uns besser stünde ... Unsere Väter glaubten das.«

»Aber sie irrten«, wandte Herakles ein. »Es war einstmals nicht besser als heute. Auch nicht viel schlechter. Nur war da Krieg.«

Rasch, als antworte sie auf eine Frage, und dabei ganz unbewegt, erwiderte Etis: »Einstmals liebtest du mich.«

Es kam Herakles vor, als stünde er neben sich selbst und beobachtete sich, wie er da auf dem Sofa zurückgelehnt saß: gelassen, mit teilnahmsloser Miene, ruhig atmend. Doch er erkannte, dass in seinem Körper etwas vor sich ging. Seine Hände waren plötzlich eiskalt und schweißnass.

»Und ich dich,« setzte sie hinzu.

Warum hat sie das Thema gewechselt?, dachte er. War sie nicht in der Lage, ein vernünftiges, ausgewogenes Gespräch zu führen, wie Männer es tun? Warum jetzt, und so plötzlich, diese persönlichen Dinge? Er rutschte unruhig auf dem Sofa hin und her.

»Oh, verzeih mir, Herakles, bitte! Meine Worte sind nichts als die Grillen einer einsamen Frau ... Trotzdem frage ich mich: Hast du nie daran gedacht, dass die Dinge hätten anders verlaufen können? Nein, das will ich gar nicht sagen. Ich weiß, dass du nie daran gedacht hast. Aber: Hast du es nie *gefühlt*?«

Und nun erst, was für eine absurde Frage! Er schloss daraus, dass ihm die Gewohnheit, mit Frauen zu reden, abhanden gekommen war. Selbst mit seinem letzten Klienten, Diagoras, war es trotz gegensätzlichen Temperaments möglich, ein Gespräch auf einem bestimmten logischen Niveau zu führen. Mit den Frauen aber? Was beabsichtigte sie mit der Frage? Konnten Frauen sich etwa aller Gefühle erinnern, die sie in der Vergangenheit empfunden hatten, jedes einzelnen? Und selbst wenn man das annähme: Was machte das aus? Empfindungen, Gefühle waren buntgefiederte Vögel: Sie flatterten herbei und wieder hinweg, flüchtig wie die Träume – er wusste das. Aber wie sollte er es ihr, die es offensichtlich nicht wusste, erklären?

»Etis«, sprach er und räusperte sich, »wir hatten gewisse Gefühle, als wir jung waren, und heute haben wir andere, ganz andere. Wer kann mit Sicherheit behaupten, was in dem einen oder dem anderen Fall geschehen wäre? Ich weiß, dass Hagesikora die Frau war, die meine Eltern für mich ausgesucht hatten, und obwohl sie mir keine Kinder schenkte, war ich glücklich mit ihr und beweinte sie, als sie starb. Was aber Meragros angeht, so hat er dich erwählt …«

»Und ich habe ihn erwählt, als du Hagesikora erwählt hattest, denn er war der Mann, den meine Eltern mir aussuchten«, unterbrach ihn Etis. »Und auch ich war glücklich mit ihm und beweinte ihn, als er starb. Und jetzt … und jetzt sind wir beide hier, mäßig glücklich, und getrauen uns nicht von dem zu reden, was wir verloren haben, von den Gelegenheiten, die wir vergeudeten, den Zurücksetzungen unserer Naturtriebe, den Verletzungen unserer Begierden … Wir sind vernünftig … denken uns

Vernunftgründe aus.« Sie verstummte, blinzelte ein paar Mal, als erwache sie aus einem Traum. »Doch bitte, ich sage es noch einmal: Verzeih mir die kleinen Torheiten. Aus meinem Hause ist der letzte Mann entschwunden, und … was sind wir Weiber ohne die Männer? Du bist der erste, der uns seit dem Leichenschmaus aufsucht.«

So spricht also der Schmerz aus ihr, dachte Herakles verständnisvoll. Er suchte nach einer liebenswürdigen Anknüpfung und fragte: »Wie geht es Elea?«

»Noch versucht sie, allein zurechtzukommen. Aber sie leidet, wenn sie ihre schreckliche Einsamkeit bedenkt.«

»Und Daminos von Klazobion?«

»Der ist Kaufmann. Er wird sich auf eine Ehe mit Elea nicht einlassen, bevor ich nicht tot bin. Das Gesetz erlaubt es ihm. Seit dem Tod ihres Bruders ist meine Tochter jetzt nach dem Gesetz zu einer *epíclera* geworden, sie muss sich verehelichen, damit unser Besitz nicht dem Staat zufällt. Daminos besitzt das Vorrecht, sie zur Frau zu nehmen, da er ihr Onkel aus väterlicher Linie ist, aber er schätzt mich nicht besonders, nach Meragros' Tod schon gar nicht, und wartet ab, bis ich aus dem Wege bin, so wie es heißt, dass die Totenvögel auf das Ermatten der Leiber warten. Es ist mir gleich.« Sie rieb sich die Arme. »Wenigstens habe ich die Gewissheit, dass dieses Haus Teil von Eleas Erbschaft sein wird. Zudem habe ich keine Wahl: Du kannst dir vorstellen, dass sich bei meiner Tochter nicht gar viele Bewerber einstellen, nachdem Schande über unsere Familie gekommen ist …«

Nach einer kleinen Pause entgegnete Herakles: »Etis, ich habe einen kleinen Auftrag angenommen.« Sie schaute ihn fragend an. Er sprach schnell weiter, in förmlichem Ton. »Den Namen meines Klienten kann ich dir nicht preisgeben, aber ich versichere dir, es ist ein ehrbarer Mann. Was die Arbeit angeht, so hat sie in gewisser Weise mit Tramakos zu tun ... Ich war überzeugt, dass es richtig sei, sie anzunehmen ... und es dir zu sagen.«

Etis verkniff den Mund. »Ach, du kommst als Rätsellöser zu mir?«

»Nein. Ich bin gekommen, es dir zu sagen. Wenn du es nicht wünschst, werde ich dich nicht weiter behelligen.«

»Welche Art von Rätsel kann denn etwas mit meinem Sohn zu tun haben? Für mich barg sein Leben keine Geheimnisse ...«

Herakles atmete tief durch. »Du musst dir keine Sorgen machen: Meine Nachforschungen konzentrieren sich nicht auf Tramakos, mögen sie ihn auch wie ein Flügelschlag streifen. Es wäre mir eine große Hilfe, wenn du mir einige Fragen beantworten könntest.«

»Sehr gern«, antwortete Etis, doch der Ton, in dem sie es sagte, verriet das ganze Gegenteil.

»Hast du in den letzten Monaten bemerkt, ob dein Sohn Sorgen hatte?«

Die Frau runzelte nachdenklich die Stirn. »Nein. Er war wie immer. Er erschien mir nicht besonders in Sorge zu sein.«

»Verbrachtest du viel Zeit mit ihm?«

»Nein, so sehr ich es auch wünschte. Ich wollte ihn nicht einengen. Er war diesbezüglich sehr empfindlich geworden, wie wohl alle Söhne aus Familien, in denen Frauen regieren. Er ertrug es nicht, dass wir uns in sein Leben einmischten. Er wollte ins Weite fliegen.« Sie schwieg für einen Augenblick. »Er sehnte sich danach, das Ephebenalter zu erreichen, um von hier weggehen zu können. Und ich – Hera weiß es – habe ihm keine Vorschriften gemacht.«

Herakles schloss für einen Moment die Augen, womit er anzudeuten schien, dass er mit allem, was Etis sagen würde, einverstanden sei, auch ohne dass sie es auszusprechen brauchte. Dann bemerkte er: »Ich weiß, dass er an der Akademie erzogen wurde …«

»Ja. Das wollte ich, nicht nur für ihn, sondern auch im Gedenken an seinen Vater. Du weißt ja, Platon und Meragros waren befreundet. Und Tramakos war ein guter Schüler, nach Auskunft seiner Mentoren …«

»Was tat er in seiner freien Zeit?«

Nach einer kurzen Pause sagte Etis: »Ich könnte dir antworten, dass ich es nicht weiß, aber als Mutter glaube ich es zu wissen. Was immer er getan haben mag, Herakles, es wird sich nicht sehr von dem unterscheiden, was alle Jungen seines Alters tun. Er war bereits ein Mann, wenn auch noch nicht vor dem Gesetz. Und er war Herr über sein Leben, wie jeder andere Mann. Er wollte nicht, dass wir die Nase in seine Angelegenheiten steckten. ›Begnüge dich damit, die beste Mutter in Athen zu sein‹, sagte er immer.« Ihre bleichen Lippen setzten zu einem Lächeln an. »Aber ich wiederhole, vor mir hatte er keine Geheimnisse: Ich wusste, dass er in der Akademie eine gute Erziehung genoss. Seine kleinen Geheimnisse kümmerten mich nicht: Ich ließ ihn frei fliegen.«

»War er sehr religiös?«

Etis setzte sich anders hin und lächelte. »Oh ja, die Heiligen Mysterien. Der Gang nach Eleusis ist das Einzige, was mir bleibt. Du weißt ja nicht, Herakles, was für Kräfte mir das gibt, mir armen Witwe, noch etwas zu haben, an das ich glauben kann.« Er betrachtete sie mit unveränderter Miene. »Aber ich habe deine Frage nicht beantwortet … Ja, er war religiös … auf seine Art. Er begleitete uns nach Eleusis, wenn das bedeutet, religiös zu sein, aber er vertraute mehr seinen eigenen Kräften als seinem Glauben.«

»Kennst du Antisos und Euneos?«

»Natürlich. Seine besten Freunde in der Akademie, beides Sprosse aus vornehmen Familien. Manchmal kamen auch sie mit uns nach Eleusis. Ich habe die allerbeste Meinung von ihnen, es waren würdige Freunde meines Sohnes.«

»Sag mir, Etis, entsprach es Tramakos' Gewohnheit, allein auf die Jagd zu gehen?«

»Manchmal. Er wollte zeigen, dass er auf das Leben vorbereitet war.« Sie lächelte. »Und das war er tatsächlich.«

»Bitte entschuldige, dass ich so durcheinander frage, aber ich sagte ja schon, meine Untersuchung konzentriert sich nicht auf Tramakos ... Kennst du Menekmos, den Dichter und Bildhauer?«

Etis' Augen wurden schmal. Sie richtete sich auf dem Sofa auf, wie ein Vogel, der zum Flug ansetzen will.

»Menekmos?«, sagte sie und biss sich leicht auf die Lippe. Nach einer ganz kurzen Pause fuhr sie fort: »Ich glaube ... ja, jetzt erinnere ich mich. Er verkehrte in meinem Hause, als Meragros noch lebte. Er war ein sonderbares Individuum, aber mein Gemahl hatte ja recht sonderbare Freunde ... Damit meine ich aber nicht dich.«

Herakles lächelte ebenso fein wie sie. Dann fragte er: »Und du hast ihn nicht wiedergesehen, Etis?« Sie verneinte. »Weißt du, ob er in irgendeiner Beziehung stand zu Tramakos?«

»Nein, das glaube ich nicht. Jedenfalls hat Tramakos nie von ihm gesprochen.« In Etis' Gesicht spiegelte sich Sorge. Sie runzelte die Stirn. »Herakles, was ist los? ... Deine Fragen sind so ... Wenn du mir auch nicht sagen kannst, was du ermittelst, so sag mir wenigstens, ob der Tod meines Sohnes ... Ich meine: Tramakos wurde doch von einem Rudel Wölfe angefallen, oder? Das hat man uns gesagt, und so war es doch, nicht wahr?«

Herakles erwiderte mit unverändert ausdrucksloser Miene: »So ist es. Sein Tod hat mit alldem nichts zu tun. Aber ich will dich nicht weiter stören. Du hast mir geholfen, und ich danke dir. Die Götter seien dir geneigt.«

Er ging eilends davon. Er hatte Gewissensbisse, denn er hatte eine gute Frau belügen müssen.[2]

Es wird erzählt, dass an jenem Tag etwas Unerhörtes geschah: Aus dem großen Gefäß mit den Opfergaben für Athene Nike entschlüpften infolge einer Nachlässigkeit der Priester Hunderte von weißen Schmetterlingen. Und die hauchdünnen, flimmernd leuchtenden Flügel verteilten sich an jenem Morgen unter der strahlenden, lauen athenischen Wintersonne über die ganze Stadt. Manche beobachteten, wie sie ins unbefleckte Heiligtum der Artemis Brauronia eindrangen, wo sie auf dem schneeweißen Marmor der Göttin Tarnung suchten; andere sahen sie die Statue von Athene Promachos umschweben,

---

[2] *Ich habe keinerlei Gewissensbisse, denn gestern habe ich Helena von der Übereinstimmung erzählt, die mir die größte Sorge macht. »Wie kannst du dir nur so phantastische Dinge ausdenken?«, protestierte sie. »Was für ein Zusammenhang soll denn zwischen Montalos Tod und dem einer Figur in einem uralten Text bestehen? Also, ich bitte dich! Verlierst du allmählich den Verstand? Die Sache mit Montalo ist ein* REALES *Ereignis, ein Unfall. Was mit der Figur des Buches passiert, das du übersetzt, ist reine Fiktion. Vielleicht handelt es sich um einen weiteren eidetischen Kunstgriff, ein heimliches Symbol, was weiß ich …« Helena hat wie immer Recht. Ihre niederschmetternd praktische Sicht auf die Dinge könnte*

kleine tanzende weiße Blumen, die ihre Blütenblätter regten, ohne zu Boden zu fallen. Die sich rasch vermehrenden Falter bedrängten ungefährdet die steinernen Leiber der Mädchen, die ohne fremde Hilfe das Dach des Erechtheion-Tempels stützen; sie nisteten im heiligen Olivenbaum, dem Geschenk der Schild tragenden Athene; sie sanken in schimmerndem Flug an den Hängen der Akropolis talwärts und brachen, ein friedliches Heer, sanft, aber unliebsam ins Alltagsleben ein. Niemand wollte ihnen etwas antun, waren sie doch kaum mehr als ein Nichts: nur ein blinzelndes Licht, als ob die Morgengöttin die hauchzarten Wimpern ihrer Augen erzittern ließe und den feinen Staub ihrer schimmernden Schminke über der Stadt ausstreute. So konnten sie ihren Flug unter den Blicken des staunenden Volkes, frei und ungehindert, durch den unergründlichen Äther zum Ares-Tempel und zur Zeus-Stoa lenken, zum Tholos und der Heliaia, dem Gerichtshof, zum Theseion und dem Heldendenkmal, immerfort glitzernd, flirrend, allzeit transparent und unge-

---

noch die gescheitesten Nachforschungen von Herakles Pontor zunichte machen – der, wie fiktiv er auch sein mag, mit jedem Tag mehr zu meinem Lieblingshelden wird, zur einzigen Stimme, die diesem Chaos einen Sinn gibt. Doch was soll ich dir sagen, erstaunter Leser: Plötzlich erschien es mir wichtig, mehr über Montalo und seine einsame Lebensweise zu ermitteln. Ich habe bereits einen Brief an Aristides geschrieben, einen Akademiker, der ihn gut kannte. Er hat mir sogleich geantwortet: Er will mich zu Hause empfangen. Manchmal frage ich mich: Versuche ich nun, mit meinen eigenen Nachforschungen Herakles Pontor nachzueifern? (Anm. d. Übers.)

bunden. Nachdem sie die Friese der öffentlichen Gebäude wie flüchtige Mädchen geküsst hatten, ließen sie sich auf den Bäumen der Gärten nieder und schneiten im Zickzackflug auf den Rasen und das Felsgestein an den Quellen nieder. Die Hunde sandten ihnen ein harmloses Gebell, wie sie es bisweilen an Spukgestalten und wirbelnde Sandsäulen richten; die Katzen wichen dem nervösen Geflatter aus und sprangen seitwärts zwischen die Steine; die Ochsen und Maultiere hoben ihre schweren Schädel, um sie zu beäugen, doch unfähig zum Träumen, verfielen sie bei dem Anblick nicht in Trübsal.

Schließlich setzten sich die Schmetterlinge auf die Menschen nieder und starben.[3]

Als Herakles Pontor zur Mittagsstunde den Garten vor seinem Hause betrat, fand er die Erde bedeckt von einem feinen Leichentuch aus toten Schmetterlingen. Doch schon hatten die flinken Schnäbel der auf den Kranzsimsen oder in den hohen Zweigen der Pinien nistenden Vögel mit ihrem Vertilgungswerk begonnen: Wiedehopfe, Kuckucke, Zaunkönige, Dohlen, Ringeltauben, Krähen, Nachtigallen und Stieglitze gaben, die Hälse über das

---

[3] *Diese Invasion weißer Schmetterlinge (absurd, da es keinerlei historischen Beleg dafür gibt, dass sie eine Opfergabe für Athene Nike darstellten) ist wiederum eidetischer Natur: Die seit Kapitelanfang vorhandenen Ideen des »Fliegens« und der »Flügel« dringen nun in die Realität der Erzählung ein. Das hier vorherrschende Bild ist meiner Ansicht nach die sechste Arbeit, die Vertreibung der Stymphalischen Vögel: Herkules erhält den Auftrag, die Myriaden von Vögeln zu verscheuchen, die den See Stymphalos heimsuchten, was ihm gelingt, indem er*

Festmahl geneigt – in ihr Werk vertieft wie Künstler beim Bemalen ihrer Tongefäße –, dem feinen Rasen die grüne Farbe zurück. Es war ein merkwürdiges Schauspiel, doch Herakles fasste es weder als ein gutes noch als ein Böses Vorzeichen auf, da er – neben anderen Dingen – nicht an Vorzeichen glaubte.

Während er den Gartenpfad entlangschritt, wurde er plötzlich auf ein Flügelschwirren zu seiner Rechten aufmerksam. Hinter den Bäumen war, gekrümmt und dunkel, ein Schatten aufgetaucht und hatte die Vögel hochgescheucht.

»Gewöhnst du dir jetzt an, dich zu verstecken und die Leute zu überraschen?«, fragte Herakles lächelnd.

»Nein, Herakles Pontor, ich schwöre es dir bei den spitzschnäbligen Strahlen des Zeus«, rasselte Eumarkos' Greisenstimme. »Aber du bezahlst mich doch wohl dafür, dass ich nicht auffalle und mein Spionagewerk unbemerkt versehe, nicht wahr? Nun denn, ich habe das Gewerbe erlernt.«

Die Vögel, von dem Geräusch aufgestört, unterbrachen ihren Schmaus und schwangen sich auf zum Flug: Ihre

---

durch Aneinanderschlagen von Bronzebecken Lärm erzeugt. Aber hat der Leser auch die raffiniert versteckte Anwesenheit des »Mädchens mit der Lilie« bemerkt? Bitte, Leser, sag es mir, oder meinst du etwa, dass ich es mir zusammenphantasiert habe? Hier sind die »kleinen weißen Blumen« und die »Mädchen« (die Karyatiden des Erechtheion-Tempels), aber auch die Schlüsselwörter »Hilfe« (»ohne fremde Hilfe«) und »Gefahr« (»bedrängten ungefährdet«) aufs Engste mit diesem Bild verknüpft! (Anm. d. Übers.)

flinken kleinen Körper erstrahlten in der Luft und stießen senkrecht auf die Erde nieder, und die beiden Männer blinzelten, geblendet vom Licht der im Zenit stehenden Mittagssonne.[4]

»Diese grauenhafte Maske, die du als Sklavin hältst, gab mir durch Gebärden zu verstehen, dass du nicht daheim bist«, sagte Eumarkos. »So habe ich geduldig deine Ankunft abgewartet, um dir zu berichten, dass meine Arbeit gewisse Früchte gezeitigt hat …«

»Hast du getan, was ich dich hieß?«

»So wie deine Hände tun, was ihnen deine Gedanken befehlen: Gestern Abend bin ich zum Schatten meines Schülers geworden; ich bin ihm unermüdlich in vorsichtigem Abstand gefolgt, wie das Falkenweibchen seine Jungen beim ersten Flug begleitet; ich war ein Augenpaar, das sich an seine Schultern heftete, während er, der Menge auf den Straßen ausweichend, die Stadt durchquerte, begleitet von seinem Freund Euneos, mit dem er sich bei Anbruch der Nacht an der Stoa des Zeus getroffen hatte. Sie liefen nicht zum bloßen Vergnügen umher, wenn du verstehst, was ich meine: Ihre beflügelten Schritte hatten ein klares Ziel. Aber, Herakles: Vater Kronos hätte mich wie Prometheus an einen Felsen ketten und einem Geier befehlen können, dass er täglich mit schwarzem Schnabel meine Leber fräße – niemals hätte ich mir ein

---

[4] *Die Vögel in diesem Kapitel sind ebenso wie die Schmetterlinge eidetischer Natur, und darum verwandeln sie sich jetzt in Sonnenstrahlen. Der Leser beachte, dass das Geschehnis weder übernatürlichen noch magischen Charakter trägt, sondern allein literarischen, wie ein Metrumwechsel in einem Gedicht.* (Anm. d. Übers.)

so sonderbares Ziel ausgemalt! … So wie du dein Gesicht verziehst, sehe ich, dass du ungeduldig wirst über meinen Bericht … Keine Sorge, ich bin schon am Ende: Zu guter Letzt bekam ich heraus, wohin sie gingen! Ich will es dir sagen, und du wirst mit mir staunen …«

Das Sonnenlicht setzte das langsame Picken im Gras des Gartens wieder in Gang. Dann ließ es sich auf einem Zweig nieder und zwitscherte ein paar Töne. Eine weitere Nachtigall flog zu ihm.[5]

Endlich hatte Eumarkos seinen Bericht beendet.

»Du wirst mir erklären, o großer Rätsellöser, was das alles zu bedeuten hat.«

Herakles überlegte einen Augenblick, dann sagte er: »Gut. Ich brauche deine Hilfe auch weiterhin, mein lieber Eumarkos: Folge jede Nacht Antisos' Schritten und berichte mir alle zwei oder drei Tage. Doch als Erstes fliege eilends mit dieser Nachricht zum Haus meines Freundes …«

»Wie dankbar ich dir bin, Herakles, für dieses Abendessen im Freien«, sagte Krantor. »Weißt du, ich kann das düstere Innere der athenischen Häuser kaum noch ertragen. Die Bewohner der Länder südlich des Nils können es gar nicht glauben, dass wir in unserem zivilisierten Athen eingezwängt zwischen Lehmziegeln leben. Mauern

---

[5] *Die Metamorphose der Vögel in Licht vollzieht sich hier in umgekehrter Richtung. Bei Lesern, die zum ersten Mal mit einem eidetischen Text zu tun haben, mögen diese Wendungen eine bestimmte Verwirrung hervorrufen, aber ich wiederhole, es handelt sich nicht um ein Wunder, sondern um reine Philologie.* (Anm. d. Übers.)

brauchen nach ihrer Denkungsart nur die Toten.« Er nahm eine Frucht aus der Schale und spießte die scharfe Spitze seines Dolchs in die Holzmasern des Tischs. Nach einer Pause bemerkte er: »Sehr gesprächig bist du gerade nicht.«

Der Rätsellöser schien aus einem Traum zu erwachen. Im unversehrten Frieden des Gartens stimmte ein kleiner Vogel eine perlende Tonfolge an. Ein scharfes metallisches Klirren verriet die Anwesenheit von Krantors Hund in einem Winkel: Kerberos leckte die Reste von seinem Teller.

Sie aßen im Vorbau. Dem Wunsch Krantors folgend hatte Ponsika mit der tätigen Hilfe des Gastes den Tisch und zwei Speisesofas aus dem Essraum herausgetragen. Es war kühl und wurde immer kühler, da der feurige Wagen der Sonne seinen Flug beendete – er zog einen goldenen Schweif hinter sich her, der sich unerschrocken oberhalb der Pinien ausbreitete –, doch noch konnte man den Sonnenuntergang mit Wohlbehagen genießen. Herakles jedoch hatte die Einladung schon bereut, obwohl sein Freund sich als durchaus gesprächig, ja unterhaltsam erwies und ihm mit tausend odysseischen Anekdoten aufwartete, so dass er selbst hatte schweigend zuhören können und nicht reagieren musste. Er bereute sie, weil ihn die Details des Problems, vor dessen Lösung er stand, in Erregung hielten. Außerdem verfolgte er ständig mit wachsamem Blick die gekrümmte Bahn der Sonne, da er sich zu seiner Verabredung an diesem Abend nicht verspäten wollte. Mit seinem athenischen Sinn für Gastfreundschaft aber sprach er: »Entschuldige, Krantor, mein Freund, dass ich ein so schlechter Gastgeber bin. Mein Geist war gerade entschwebt.«

»Oh, ich will dein Nachdenken nicht stören, Herakles. Ich nehme an, es hängt unmittelbar mit deiner Arbeit zusammen …«

»So ist es. Aber nun bedaure ich, dass ich mich so wenig gastfreundlich gezeigt habe. Ach, lassen wir doch unsere Gedanken auf den Zweigen hocken, und plaudern wir lieber.«

Krantor rieb sich mit dem Handrücken über die Nase und verschlang den Rest seiner Frucht. »Geht es dir gut? Ich meine, in deinem Beruf?«

»Ich kann nicht klagen. Ich werde besser behandelt als meine Kollegen in Korinth oder Argos, die sich, für wenige reiche Klienten, einzig dem Entschlüsseln der Orakelsprüche von Delphi widmen. Ich werde hier für vielfältige dringliche Angelegenheiten verlangt, etwa um eine mysteriöse Stelle in einem ägyptischen Text zu deuten oder um herauszufinden, wo ein vermisster Gegenstand verblieben ist oder wer etwas gestohlen hat. Doch gab es eine Zeit gegen Ende des Krieges, kurz nachdem du weggegangen warst, in der ich am Hungertuch nagte ... Lach nicht, ich meine das ernst ... Da war auch ich gezwungen, die Rätsel von Delphi zu lösen. Jetzt aber, im Frieden, finden wir Athener nichts Besseres zu tun, als Rätsel zu entschlüsseln, selbst dann, wenn es gar keine gibt: Wir versammeln uns auf der Agora oder in den Gärten von Lykeion oder im Theater des Dionysos Eleuthereus oder einfach auf der Straße und stellen einander unablässig Fragen ... Und wenn niemand die Antwort weiß, wird der Rätsellöser in Dienst genommen.«

Krantor lachte erneut. »Du, Herakles, hast dir auch die Art von Leben erwählt, die du wolltest.«

»Ich weiß nicht, Krantor, ich weiß nicht.« Er rieb sich unter dem Umhang die nackten Arme. »Ich glaube, diese Art Leben hat mich erwählt ...«

Das Schweigen der Sklavin, die einen neuen Krug unverdünnten Weins herbeitrug, schien ansteckend zu sein. Herakles bemerkte, dass sein Freund (aber war Krantor denn noch sein Freund, waren sie nicht eher zwei einander Unbekannte, die über gemeinsame alte Freunde redeten?) Ponsika unentwegt mit den Augen folgte. Die letzten Sonnenstrahlen ließen sich, hell und rein, auf den sanften Wölbungen der ausdruckslosen Maske nieder; aus den symmetrisch angebrachten Schlitzen des von einer Spitzenborte gesäumten Umhangs, der Ponsika vom Kopf bis zu den Füßen einhüllte, tauchten die schneeweißen Arme empor, schlank, aber von unermüdlicher Regsamkeit, wie Vogelkrallen. Die Sklavin stellte den Krug sacht auf dem Tisch ab, verneigte sich und wich ins Hausinnere zurück. Kerberos in seinem Winkel ließ wütendes Gebell ertönen.

»Ich, nein, ich könnte das nicht ...«, murmelte Krantor plötzlich.

»Was?«

»Eine Maske tragen, um meine Hässlichkeit zu verbergen. Und ich vermute, deine Sklavin würde sie auch nicht tragen, wenn du sie nicht dazu zwingen würdest.«

»Das Gewirr ihrer Narben lenkt meine Aufmerksamkeit ab«, sagte Herakles. Und achselzuckend fuhr er fort: »Außerdem ist sie schließlich meine Sklavin. Andere lassen die ihren nackt arbeiten, ich habe sie ganz verhüllt.«

»Wirst du auch von ihrem Körper abgelenkt?«, fragte Krantor lächelnd und strich sich mit der verbrannten Hand über den Bart.

»Nein, ich bin lediglich an ihrer Tüchtigkeit und ihrem Schweigen interessiert: Beides brauche ich, um in Ruhe denken zu können.«

Der unsichtbare Vogel stieß einen spitzen Pfiff in drei verschiedenen Tönen aus. Krantor wandte den Kopf wieder dem Haus zu. »Hast du sie einmal gesehen? Ich meine, nackt.«

Herakles nickte. »Als ich mich auf dem Markt von Phaleron für sie interessierte, entblößte der Händler sie vollständig. Er meinte, ihr Körper mache das entstellte Gesicht im Übermaß wieder wett, so dass ich mehr für sie zahlen würde. Doch ich sagte ihm: ›Kleide sie wieder an. Ich will nur wissen, ob sie gut kocht und ob sie ohne fremde Hilfe einen bescheidenen Haushalt führen kann.‹ Er versicherte mir, sie sei sehr tüchtig, aber ich wollte es von ihr selbst hören. Als ich merkte, dass sie nicht antwortete, begriff ich, dass der Händler versucht hatte, mir ihre Stummheit zu verbergen. Nun wollte er mir hastig den Grund dafür erklären, erzählte mir die Geschichte von den lydischen Räubern und setzte hinzu: ›Sie vermag sich durch eine einfache Gebärdensprache zu verständigen.‹ Da kaufte ich sie.« Herakles schwieg und trank einen Schluck Wein. Dann sprach er weiter: »Ich kann dir versichern, es war der beste Kauf meines Lebens. Und auch sie hat dabei gewonnen: Ich habe verfügt, dass sie nach meinem Tod freigelassen wird, und schon jetzt habe ich ihr erhebliche Freiheiten eingeräumt; sie bittet mich sogar manchmal um Erlaubnis, nach Eleusis gehen zu dürfen, da sie an die Heiligen Mysterien glaubt, und ich gewähre ihr das bedenkenlos.« Und lächelnd schloss er: »So leben wir beide glücklich.«

»Woher weißt du das?«, fragte Krantor. »Hast du sie je gefragt?«

Herakles musterte ihn über den gekrümmten Rand seines Bechers hinweg. »Das brauche ich nicht«, antwortete er. »Ich folgere es.«

Spitzige Töne einer Musik schwebten durch die Luft. Krantor kniff die Augen zusammen und sagte nach einer Pause: »Alles folgerst du …« Er strich sich mit der verbrannten Hand über den Schnurr- und Kinnbart. »Immer bist du dabei logisch zu folgern, Herakles … Die Dinge und Menschen zeigen sich dir maskiert und stumm, du aber leitest ab und folgerst …« Er schüttelte den Kopf, und sein Gesicht nahm einen sonderbaren Ausdruck an, als bewundere er die Hartnäckigkeit, mit der sein Freund Folgerungen anstellte. »Du bist unglaublich athenisch, Herakles. Die Platoniker, wie dieser Klient von dir neulich, glauben wenigstens an absolute und unwandelbare Wahrheiten, die sie nicht sehen können … Du aber? Woran glaubst du? An das, was du folgerst?«

»Ich glaube nur an das, was ich sehen kann«, erklärte Herakles schlicht. »Die Folgerung ist eine andere Form, die Dinge zu betrachten.«

»Ich stelle mir eine Welt voller Menschen wie dir vor.« Krantor schwieg kurz und lächelte, als sähe er sie wirklich vor seinem inneren Auge. »Wie trist wäre sie.«

»Sie würde still und reibungslos funktionieren«, erwiderte Herakles. »Trist hingegen wäre eine Welt aus lauter platonischen Menschen: Sie würden durch die Straßen gehen, als ob sie flögen, mit geschlossenen Augen, ihr Denken auf das Unsichtbare gerichtet.«

Beide lachten, doch Krantor hielt bald inne und sagte in sonderbarem Ton: »Darum ist eben die beste Lösung eine Welt von Menschen wie mir.«

Herakles runzelte mit drolligem Ausdruck die Augenbrauen. »Wie dir? Dann würden sie irgendwann die Regung verspüren, sich die Hände oder Füße zu verbrennen oder mit dem Kopf gegen die Wand zu hämmern … Alle würden sich verstümmeln. Und wer weiß, ob nicht manche durch die Hand anderer verstümmelt würden …«

»Zweifellos«, erwiderte Krantor unverzüglich. »Und so geht es ja auch jeden Tag in allen Welten zu. Der Fisch beispielsweise, den du mir heute serviert hast, wurde von unseren scharfen Zähnen verstümmelt. Die Platoniker glauben an das, was sie nicht sehen, du glaubst an das, was du siehst … Aber alle verstümmelt ihr beim Essen

Fleisch und Fisch. Oder süße Feigen.« Herakles schluckte die Feige, die er gerade zum Mund führte, hinunter, ohne auf den Scherz einzugehen. Krantor fuhr fort: »Und ihr denkt und folgert mit eurer Vernunft, ihr glaubt voller Vertrauen ... Die Wahrheit aber ... Wo ist die Wahrheit?« Und er brach in ein schallendes Gelächter aus, dass seine Brust erbebte. Ein paar Vögel lösten sich wie spitzschnäblige Blätter aus den Baumwipfeln.

Nach einem Moment des Schweigens blickte Krantor Herakles mit seinen schwarzen Pupillen unverwandt an.

»Ich habe bemerkt, dass du ständig nach den Narben meiner rechten Hand schaust«, sagte er. »Lenken auch sie dich ab? Oh, Herakles, wie ich mich freue über das, was ich an jenem Abend in Euböa tat, als wir über ein ähnliches Thema stritten! Weißt du noch? Wir saßen allein an einem kleinen Feuer im Innern meiner Hütte, und ich sagte zu dir: ›Wenn ich jetzt die Regung verspürte, mir die rechte Hand zu verbrennen, und dies *tatsächlich* täte, würde ich dir beweisen, dass es Dinge gibt, die nicht aus der Vernunft hergeleitet werden können.‹ Du entgegnetest: ›Nein, Krantor, weil sich leicht aus der Vernunft herleiten ließe, dass du es nur tust, um mir zu beweisen, dass es Dinge gibt, die sich nicht vernünftig herleiten lassen.‹ Da streckte ich meinen Arm aus und legte die Hand in die Flammen.« Er ahmte die Bewegung nach, indem er den rechten Arm parallel zur Tischkante legte, und fuhr fort: »Du sprangst auf und riefst ganz verstört: ›Krantor, bei Zeus, was tust du da!‹ Und ich erwiderte, ohne meine Hand zurückzuziehen: ›Warum bist du so überrascht, Herakles? Ist es nicht darum, weil ich mir trotz deiner vernünftigen Überlegung *die Hand tatsächlich verbrenne*? Nicht darum, weil trotz aller logischen Erklärungen für meinen Beweggrund, die dir dein Verstand anbietet, die *Wirklichkeit* darin besteht, Herakles Pontor, dass ich mich verbrenne?‹« Und er brach abermals in lautes Gelächter aus. »Wozu ist dir die vernünftige Überlegung nutze, wenn du siehst, dass die Wirklichkeit sich die Hände verbrennt?«

Herakles schlug die Augen nieder auf seinen Weinbecher. »In der Tat, Krantor, es gibt ein Rätsel, angesichts dessen mein Verstand zu nichts nutze ist«, sagte er. »Wie ist es möglich, dass wir zwei *Freunde* sind?« Jetzt lachten sie wieder beide – weniger laut. In diesem Augenblick setzte sich ein kleiner Vogel auf den Tischrand und flatterte mit seinen zarten braunen Flügeln. Krantor betrachtete ihn schweigend.[6]

»Schau dir zum Beispiel diesen Vogel an«, sagte er. »Warum hat er sich auf den Tisch gesetzt? Warum ist er hier, bei uns?«

»Irgendeinen Grund wird er schon haben, aber wir müssten ihn selbst fragen.«

»Ich meine es ernst: Von deinem Standpunkt aus könntest du denken, dass dieser kleine Vogel in unser beider Leben wichtiger ist, als es den Anschein hat …«

»Was meinst du damit?«

»Vielleicht …« Krantor schlug einen geheimnisvollen Ton an. »Vielleicht ist er Teil eines Schlüssels, der unser Dasein im großen Weltenwerk erklären würde …«

---

[6] *Die Anwesenheit dieses Vogels ist, wie der Leser bereits vermuten wird, keineswegs zufällig, im Gegenteil, sie verstärkt – zusammen mit den eidetischen Schmetterlingen und Vögeln im Garten – das versteckte Bild der Stymphalischen Vögel. Dazu trägt auch die auffällige Wiederholung der Wörter »spitz«, »gekrümmt« und »scharf« bei, durch die der Schnabel jener Tiere geschickt beschrieben ist.* (Anm. d. Übers.)

Herakles lächelte, obwohl ihm nicht danach war. »Und daran glaubst du jetzt?«

»Nein. Ich spreche ausschließlich von deinem Standpunkt aus. Du weißt ja: Wer allzeit Erklärungen sucht, läuft Gefahr, sie zu erfinden.«

»Ich würde niemals etwas derart Widersinniges erfinden, Krantor. Wer könnte glauben, dass die Anwesenheit dieses Vogels Teil eines ... wie hast du gesagt ... eines Schlüssels ist, der das Ganze erklärt?«[7]

Krantor antwortete nicht: Er streckte die rechte Hand mit einschläfernder Langsamkeit aus; die Finger mit den scharfen, gekrümmten Nägeln öffneten sich dicht vor dem Vogel, dann packte er ihn mit einer einzigen blitzartigen Bewegung. »*Es gibt* Menschen, die das glauben«, sagte er. »Ich will dir eine Geschichte erzählen.« Beim Weitersprechen hielt er sich das Vogelköpfchen dicht vor die Augen und betrachtete es mit sonderbarem Ausdruck (man hätte nicht sagen können, ob zärtlich oder neugierig). »Ich kannte einst einen mittelmäßigen Mann, Sohn eines ebenso mittelmäßigen Autors. Dieser Mann strebte danach, Schriftsteller zu werden wie sein Vater, aber die Musen hatten ihn nicht mit ebensolchem Talent gesegnet. So erlernte er Sprachen und widmete sich dem Übersetzen von Texten aus fremder Feder: Darin fand er die Tätigkeit, die dem väterlichen Beruf am nächsten kam.

---

[7] *Ein neuerliches Spiel des raffinierten Autors mit seinen Lesern! Die Figuren, denen die Wahrheit unbekannt ist – dass sie nämlich lediglich Figuren in einem Text mit einem verborgenen, geheimen Schlüssel sind –, machen sich über die eidetische Anwesenheit des Vogels lustig.* (Anm. d. Übers.)

Eines Tages wurde diesem Mann ein alter Papyrus übergeben, und er sollte ihn übersetzen. Mit wahrem Feuereifer machte er sich ans Werk, arbeitete Tag und Nacht. Es handelte sich um ein literarisches Prosawerk, eine ganz normale Geschichte, der Mann aber *wollte* glauben – vielleicht wegen seiner Unfähigkeit, selbst einen Text zu ersinnen –, dass dieses Manuskript einen Schlüssel enthielt. Und hier begann seine Tortur: Wo war jenes Geheimnis zu finden? In den Reden der Figuren? ... In den Beschreibungen? ... In der Bedeutungsvielfalt der Worte? ... In den heraufbeschworenen Bildern? ... Schließlich glaubte er, ihn entdeckt zu haben. Ich habe ihn!, sagte er sich. Dann aber dachte er: Vielleicht werde ich durch diesen Schlüssel nur auf einen anderen verwiesen und von diesem wieder auf einen anderen und auf noch einen anderen ...? Wie Myriaden von Vögeln, die sich nicht einfangen lassen ...« Krantors Augen, plötzlich ganz dunkel, blickten starr auf einen Punkt hinter Herakles.

Sie blickten auf dich.[8]

»Und was ist aus jenem Mann geworden?«

»Er hat den Verstand verloren.« Krantors Lippen bogen

---

[8] *Soeben habe ich ein kurzes Schwindelgefühl verspürt und musste mit der Arbeit aufhören. Es war weiter nichts: nur eine törichte Übereinstimmung. Der Zufall will, dass mein verstorbener Vater Schriftsteller war. Ich kann nicht schildern, welches Gefühl mich erfasste, als ich die Worte dieser Figur, Krantors, übersetzte, die vor Jahren von einem unbekannten Autor auf einem alten Papyrus niedergeschrieben wurden.* ER SPRICHT MIT MIR!, *dachte ich einen Augenblick lang, der mich fast um den Verstand brachte. Als ich an die Stelle kam, wo es heißt, »Sie blickten auf*

sich unter dem struppigen Gewirr seines Bartes zu einem scharfen Lächeln. »Es war schrecklich: Sobald er den Schlüssel zum Ganzen gefunden zu haben glaubte, hielt er einen neuen, ganz anders gearteten in der Hand, und dann wieder einen anderen und noch einen ... Am Ende hörte er, völlig um den Verstand gekommen, mit dem Übersetzen auf und floh aus dem Hause. Mehrere Tage irrte er wie ein blinder Vogel durch das Gehölz. Am Ende fraßen ihn Raubtiere.«[9] Krantor senkte den Blick zu der winzigen, vor Angst bebenden Kreatur, die er umklammert hielt, und lächelte abermals. »Hier nun meine Warnung an alle, die so eifrig nach verborgenen Schlüsseln suchen: Vorsicht, dass ihr nicht, auf die Schnelligkeit eurer Flügel vertrauend, überseht, dass ihr im Blindflug seid ...« Sachte, fast zärtlich näherte er den scharfen, spitzen Daumennagel dem kleinen Kopf zwischen seinen Fingern.

Die Marter des Vogels war kurz und entsetzlich wie die Schreie eines in einem unterirdischen Verlies gequälten Kindes.

Herakles trank gelassen einen Schluck Wein.

Als Krantor mit dem Tier fertig war, warf er es mit der Bewegung eines Spielers, der beim *petteía* einen Stein einsetzt, auf den Tisch.

---

dich« – ein erneuter Sprung in die zweite Person, wie im vorigen Kapitel –, wich ich von dem Papier zurück, als ob ich mich daran verbrennen könnte und musste die Arbeit unterbrechen. Dann habe ich das Geschriebene noch einmal gelesen, und zwar mehrmals, bis ich schließlich feststellte, dass meine absurde Befürchtung schwand. Jetzt kann ich weiterarbeiten. (Anm. d. Übers.)

[9] *Wie Montalo?* (Anm. d. Übers.)

»Dies ist meine Warnung«, sagte er.

Der Vogel lebte noch, aber sein ganzer Körper zitterte, und er piepste herzzerreißend. Er machte zwei kleine plumpe Sprünge auf seinen Krallen und wackelte mit dem Kopf, an dem links und rechts rote Klümpchen hervortraten.

Herakles holte sich genäschig eine weitere Feige aus der Schale.

Krantor betrachtete das blutige Zappeln des Vogelkopfes mit zusammengekniffenen Augen, als dächte er an etwas Belangloses.

»Ein schöner Sonnenuntergang«, meinte Herakles, ziemlich gelangweilt, während er auf den Horizont schaute. Krantor stimmte ihm zu.

Plötzlich setzte der Vogel zum Flug an – ein Flug so gewaltsam wie ein Steinwurf – und prallte mit aller Wucht gegen den Stamm eines nahe stehenden Baumes. Er hinterließ eine purpurne Spur und stieß ein Kreischen aus. Dann flatterte er wieder auf und schlug gegen die untersten Zweige. Er stürzte auf die Erde, flog noch einmal auf, stürzte abermals und zeichnete mit seinen leeren Augenhöhlen eine Blutgirlande in die Luft. Nach mehreren vergeblichen Sprüngen rollte er durch das Gras, bis er regungslos liegen blieb, den Tod erwartend und herbeisehnend.

Mit einem Gähnen bemerkte Herakles: »Jedenfalls ist es nicht allzu kalt.«[10]

Krantor erhob sich plötzlich vom Sofa, als halte er das

---

[10] *Offenbar bemerkt Herakles nicht, dass Krantor dem Vogel die Augen ausgestochen hat. Daraus muss man folgern, dass diese brutale Tierquälerei sich lediglich auf*

Gespräch für beendet, und sagte: »Die Sphinx verschlang jene, die ihre Fragen nicht richtig beantworteten. Aber weißt du, was das Allerschrecklichste war, Herakles? Das Schrecklichste war, dass die Sphinx Vogelschwingen hatte und eines Tages aufflog und verschwand. Seither machen wir Menschen eine Erfahrung, die viel, viel *schlimmer* ist als das Verschlungenwerden: Wir wissen nicht, ob unsere Antworten richtig sind.« Er strich sich mit einer seiner Pranken über den Bart und lächelte. »Ich danke dir für das Abendessen und die Gastfreundschaft, Herakles Pontor. Wir werden noch Gelegenheit haben, uns zu sehen, bevor ich Athen verlasse.«

»Das will ich annehmen«, erwiderte Herakles.

Darauf entschwanden Mann und Hund durch den Garten.[11]

---

der eidetischen Ebene abgespielt hat, so wie die Angriffe des »Tiers« im vorigen Kapitel oder die zusammengerollten Schlangen am Ende des zweiten nur auf dieser existent waren. Jedenfalls vollzieht hier zum ersten Mal EINE FIGUR *des Werkes eine derartige Handlung, das heißt eine* REIN LITERARISCHE *Handlung. Darüber muss ich unablässig grübeln, da ja in aller Regel die literarischen Handlungen allein der Autor ausführt, denn seine Figuren sollen jederzeit mit ihrem Verhalten so weit wie möglich die Wirklichkeit nachahmen. Den namenlosen Schöpfer von Krantor scheint es jedoch überhaupt nicht zu kümmern, ob seine Figur glaubhaft wirkt.* (Anm. d. Übers.)

[11] *Wozu dieses eidetische Herumreiten auf dem Vogel, dessen Anwesenheit – vergessen wir das nicht – ebenfalls eidetischer Natur ist? Was will der Autor uns mitteilen?*

Diagoras erschien bei Einbruch der Dunkelheit am vereinbarten Platz und musste – wie er es sich schon vorgestellt hatte – warten. Trotzdem war er froh, dass der Rätsellöser nicht einen so belebten Ort wie das vorige Mal gewählt hatte. In dieser Nacht war es eine einsame Straßenecke hinter der Gegend der metökischen Händler, gegenüber den in die Viertel Kollytos und Melite abzweigenden Gässchen, geschützt vor den Blicken der Menge, von deren schändlicher Vergnügungslust man vor allem von der Agora her noch ein Echo hörte – lauter, als es Diagoras lieb war. Die Nacht war kalt und von launischem Nebeldunst erfüllt, durch den kein Blick drang, und bisweilen störte ein Betrunkener mit wankendem Schritt den dunklen Frieden der Straßen. Doch zeigten sich hier und da auch die Gehilfen der *astynómoi,* stets

---

Es ist eine »Warnung«, sagt Krantor, doch von wem an wen? Wenn Krantor dies als Figur innerhalb der fiktiven Handlung äußert, einverstanden; wenn er aber nur Sprachrohr des Autors ist, dann erhält die Warnung den erschreckenden Klang eines Fluchs: »Hüte dich, Übersetzer oder Leser, enthülle nicht das RÄTSEL, *das diese Seiten bergen … denn es könnte dir etwas Unangenehmes zustoßen.«*

Vielleicht hat Montalo es entdeckt und …? Unsinn! Dieses Werk wurde vor Jahren geschrieben. Welche Art Drohung würde so lange Bestand haben? Mein Kopf schwirrt von (eidetischen) Vögeln. Die Antwort ist sicher viel einfacher: Krantor ist eine Figur unter mehreren, und sie ist SCHLECHT GESTALTET. *Krantor ist ein Fehler des Autors. Vielleicht steht er ja nicht einmal in einem Zusammenhang mit dem Hauptthema.* (Anm. d. Übers.)

paarweise oder in Grüppchen, mit Fackeln und Stöcken bewaffnet, dazu kleine Trupps von Soldaten, die von ihrer Schutzwacht bei einer religiösen Feier zurückkehrten. Diagoras achtete auf niemanden, und niemand achtete auf ihn. Dennoch näherte sich ihm nun ein untersetzter Mann in verschlissenem Umhang, der zugleich als Kapuze diente; zwischen seinen Falten glitt, vorsichtig wie eine Kranichkralle, eine ausgestreckte Hand an einem knochigen Arm hervor.

»Beim kriegerischen Ares«, krächzte er mit Rabenstimme, »zwanzig Jahre habe ich im athenischen Heer gedient, habe Sizilien überstanden und den linken Arm verloren. Und was hat meine Vaterstadt Athen für mich getan? Mich auf der Straße ausgesetzt, wo ich wie ein Hund nach abgenagten Knochen suchen kann. Habe du mehr Erbarmen, guter Bürger, als unsere Regierenden!«

Würdevoll holte Diagoras ein paar Münzen aus seinem Umhang.

»Mögest du so viele Jahre leben wie die Söhne der Götter!« Dankbar trottete der Bettler davon.

Fast gleichzeitig hörte Diagoras, wie jemand ihn rief. Am Ende eines Gässchens zeichnete sich mondumsäumt die beleibte Silhouette des Rätsellösers ab.

»Gehen wir«, sagte Herakles.

Sie liefen schweigend, bis sie in den Stadtteil Melite kamen.

»Wohin führst du mich?«, fragte Diagoras.

»Ich möchte, dass du dir etwas ansiehst.«

»Weißt du etwas Neues?«

»Ich glaube, ich weiß alles.«

Herakles sprach mit der ihm eigenen Wortkargheit, doch Diagoras glaubte in seiner Stimme eine innere Spannung wahrzunehmen, deren Ursache er nicht zu deuten wusste. Vielleicht warten böse Nachrichten auf mich, dachte er. »Sag mir nur, ob Antisos und Euneos etwas mit alldem zu tun haben.«

»Wart ab. Bald wirst du selbst es mir sagen.«

Sie schritten durch die dunkle Schmiedegasse, wo sich die um diese Nachtstunde schon geschlossenen Werkstätten jenes Gewerbes aneinander reihten; sie ließen das Badehaus von Pidia und den kleinen Hephaistos-Tempel hinter sich und kamen in eine Gasse, die so eng war, dass ein entgegenkommender Sklave mit zwei an einer Stange über der Schulter getragenen Amphoren warten musste, bis sie sie durchschritten hatten; sie querten den kleinen Platz zu Ehren des Helden Melampus, und als sie die abschüssige Stallgasse hinabstiegen in die schwarze Finsternis der Gerbergasse hinein, diente ihnen der Mond als Führer. Diagoras, der sich noch immer nicht an jene schweigsamen Wanderungen gewöhnt hatte, sagte: »Ich hoffe, Zeus sei mir gnädig, dass wir nicht wieder einer Hetäre nachlaufen müssen …«

»Nein. Wir sind gleich da.«

Längs der Straße, in der sie sich befanden, erstreckte sich eine Zeile halb zerfallener Häuser. Die Mauern äugten aus leeren Höhlen in die Nacht.

»Siehst du die Männer mit Fackeln vor dem Tor des Hauses dort?«, fragte Herakles und wies in die Richtung. »Da ist es. Jetzt tu, was ich dir sage. Wenn sie dich fragen, was du willst, antworte: ›Ich komme, um die Aufführung zu sehen.‹ Dann gib ihnen ein paar Münzen. Sie werden dich durchlassen. Ich komme mit dir und mache es genauso.«

»Was hat das alles zu bedeuten?«

»Ich sagte dir bereits, du selbst wirst es mir danach erklären. Los, gehen wir.«

Herakles war zuerst am Tor, Diagoras tat und sprach das Gleiche wie er. In der dunklen Vorhalle des baufälligen Hauses erkannte man mit Mühe eine enge Steintreppe, auf der mehrere Männer abwärts stiegen. Diagoras folgte dem Rätsellöser wankenden Schrittes und tauchte ins Dunkel. Ein Weilchen vermochte er nichts weiter zu erkennen als Herakles' stämmigen Rücken; die sehr hohen Stufen erforderten sein ganzes Augenmerk. Dann vernahm er allmählich Gesang und gesprochene Worte. Die Finsternis weiter unten war anderer Natur, wie von einem anderen Künstler gestaltet, sie verlangte nach anderen Augen; Diagoras' Augen, die an dergleichen nicht gewöhnt waren, nahmen lediglich ein Gewirr von Formen wahr. Der starke Geruch von Wein vermischte sich mit den Ausdünstungen der Leiber. Es gab Stufenreihen mit Holzbänken, hier nahmen sie Platz.

»Schau!«, sagte Herakles.

Im Hintergund des Raums rezitierte ein maskentragender Chor, der sich um einen Altar auf einem kleinen Podest scharte, Verse, die geöffneten Hände nach oben gereckt. Durch die Schlitze in den Masken wirkten die Augen, so dunkel sie auch waren, wachsam. Von den Ecken her beleuchteten Fackeln die übrige Szene, und Diagoras konnte, wenn er die Lider zusammenkniff, den Umriss einer weiteren maskierten Gestalt ausmachen, die hinter einem mit Pergamenten überhäuften Tisch saß.

»Was ist das?«, fragte er.

»Eine Theateraufführung.«

»Das weiß ich. Ich meine …«

Mit einem Handzeichen gebot ihm der Rätsellöser Schweigen. Der Chor hatte die Antistrophe beendet und stellte sich jetzt zu einer Reihe vor dem Publikum auf. Diagoras fiel das Atmen schwer, doch war es nicht nur die stickige Luft, die ihn beunruhigte: Es war auch die verbissene *Inbrunst* der Zuschauer. Sie waren nicht sehr zahlreich – es blieben Sitze frei –, doch in innigem Einklang: Sie reckten die Hälse, wiegten ihre Körper im Rhythmus des Gesangs, tranken Wein aus kleinen Lederschläuchen; ein Mann, der mit herausquellenden Augen neben Diagoras auf der Bank hockte, keuchte heftig. Es war *Inbrunst*.

Diagoras erinnerte sich, diese *Inbrunst* zum ersten Mal bei den Aufführungen der Dichter Aischylos und Sophokles beobachtet zu haben: eine fast religiöse Anteilnahme, ein ruhiges, wissendes Stillschweigen, wie es die niedergeschriebenen Worte geboten, und dazu noch eine gewisse ... ja, was war es? ... Lust? ... Angst? ... Trunkenheit? Er vermochte es nicht zu begreifen. Bisweilen schien ihm, jenes gewaltige Ritual sei viel älter als das Denkvermögen der Menschen. Genau genommen war es gar kein Theater: Es war etwas Urzeitliches, Anarchisches, es gab keine kunstvollen Verse, die ein gebildetes Publikum in schöne Bilder umsetzen konnte, die Vorgänge waren fast nie von Vernunft geprägt: Da trieben Mütter Unzucht mit ihren Söhnen, Väter wurden von den eigenen Söhnen ermordet, Frauen verstrickten ihre Gatten in bluttriefende, unentwirrbare Netze, ein Verbrechen wurde durch ein anderes vergolten, die Rache war endlos, die Furien verfolgten Schuldige wie Unschuldige, Leichen blieben unbestattet, und allenthalben war das Schmerzensgeheul eines unbarmherzigen Chores zu hören, waltete ein lastender, gigantischer Schrecken, wie der eines auf offenem Meer im Stich gelassenen einsamen Mannes. Ein Theater, das wie das Auge eines Zyklopen war, der die Zuschauer aus seiner Höhle belauerte. Diagoras hatte sich stets unbehaglich gefühlt angesichts jener qualvollen Stücke. Ihn wunderte es mitnichten, dass sie Platon so missfielen! Wo fanden sich in jenen Spektakeln die moralischen Lehren, die Verhaltensregeln, das vorbildliche Handeln des Dichters, der das Volk erziehen soll, welches ...

»Diagoras«, flüsterte Herakles, »achte auf die beiden im Chor rechts, in der zweiten Reihe.«

Einer der Schauspieler näherte sich der Gestalt, die an dem Tisch saß. Den hohen Kothurnen an seinen Füßen und der komplizierten Maske nach zu urteilen, die sein Gesicht verdeckte, war er offenbar der Chorführer. Er begann einen Dialog mit dem Sitzenden:

CHORFÜHRER: *Nun wohl, Übersetzer: Suche nach den Schlüsseln, wenn sie denn existieren.*

ÜBERSETZER: *Seit langem schon suche ich sie, doch die Worte verwirren mich.*

CHORFÜHRER: *Du denkst, dein Suchen entbehre des Sinns?*

ÜBERSETZER: *Nein, denn ich glaube, alles, was geschrieben steht, lässt sich entschlüsseln.*

CHORFÜHRER: *Du fürchtest nicht, ans Ende zu gelangen?*

ÜBERSETZER: *Warum sollte ich mich fürchten?*

CHORFÜHRER: *Möglich wäre, dass es gar keine Lösungen gibt.*

ÜBERSETZER: *Solange noch Kräfte in mir sind, werde ich weitermachen.*

CHORFÜHRER: *O Übersetzer: Du schiebst einen Stein den Gipfel hinauf, der wieder herabrollen wird!*

ÜBERSETZER: *Das ist mein Schicksal: Vergebens wäre es, mich aufzulehnen!*

CHORFÜHRER: *Es scheint, dich treibt blindes Vertrauen.*

ÜBERSETZER: *Es muss etwas geben hinter den Worten! Es gibt immer einen Sinn!*

»Erkennst du sie?«, fragte Herakles.

»Oh, ihr Götter«, murmelte Diagoras.

CHORFÜHRER: *Ich sehe, vergebens ist alles Streben, dich von deiner Meinung abzubringen.*

ÜBERSETZER: *Du täuschst dich nicht: Gefesselt bin ich an diesen Stuhl und an diese Papyri.*

Laute Beckenklänge ertönten. Der Chor stimmte ein rhythmisches *stásimon* an:

CHOR: *Ich beweine dein Schicksal, Übersetzer, an die Worte fesselt es deine Augen und macht dich glauben, du werdest am Ende einen Schlüssel finden in dem Text, den du übersetzt. Warum wollte Athene, die Eulenäugige, leuchtende Erkenntnis uns bringen? Da siehst du dich, Unglücklicher, Tantalos gleich danach trachten, den eitlen Lohn deiner Mühen zu erlangen, doch den Sinn, den flüchtigen, vermagst du nicht einzufangen, nicht mit den Händen, den ausgestreckten, und nicht mit dem Blick, dem vielgeübten! Oh, welche Pein!*[12]

Diagoras mochte nicht länger hinschauen. Er stand auf und lief zum Ausgang. Die metallenen Becken tönten so laut, dass ihr Klang zu Licht wurde, und alle Augen blinzelten. Der Chor erhob die Arme.

CHOR: *Hüte dich, Übersetzer, hüte dich! Du wirst überwacht! Du wirst überwacht!*

»Diagoras, warte!«, rief Herakles Pontor.

CHOR: *Gefahr lauert auf dich! Sei gewarnt, Übersetzer!*[13]

Im kühlen Dunkel der Straße, unter dem wachenden

---

[12] *Pein, jawohl. Haben wir es mit einer Botschaft des Autors an seine möglichen Übersetzer zu tun? Muss man annehmen, dass* DAS RÄTSEL DES PHILOSOPHEN *so beschaffen ist, dass sein unbekannter Schöpfer vorbauen und jedermann, der es zu entschlüsseln suchte, davon abbringen wollte?* (Anm. d. Übers.)

[13] *Es mag kurios erscheinen – und zweifellos ist es das –, aber als ich hier in meinem Hause, zu nacht-*

Auge des Mondes, rang Diagoras nach Luft. Der Rätsellöser, der hinter ihm her trottete, keuchte ebenfalls – er jedoch von der Anstrengung des Treppensteigens.

»Hast du sie erkannt?«, fragte er.

Diagoras nickte. »Sie trugen Masken, aber sie waren es.«

Sie liefen dieselben verlassenen Straßen zurück. Herakles sagte: »Also, was bedeutet das? Weshalb kommen Antisos und Euneos zur Nachtzeit an diesen Ort, in weite, dunkle Gewänder gehüllt? Ich nehme an, du kannst es mir erklären.«

»Wir in der Akademie sind der Ansicht, dass das Theater eine vulgäre Kunst bloßer Nachahmung ist«, sprach Diagoras langsam. »Wir untersagen es unseren Schülern ausdrücklich, dramatische Aufführungen zu besuchen, und erst recht, dabei mitzuwirken. Platon glaubt ... Nun, wir alle glauben, dass die meisten Dichter unbedacht handeln und den jungen Leuten ein schlechtes Beispiel geben, da sie zwar vornehme Gestalten vorführen, diese jedoch voller abscheulicher Laster sind. Das wahre Theater ist für uns keine grobschlächtige Unterhaltung zu dem Zweck, dass der Pöbel lacht oder schreit. Unter der idealen Regierung Platons ist es ...«

---

schlafender Zeit über meine Papiere gebeugt, an diese Stelle kam, habe ich beim Übersetzen innegehalten und ängstlich hinter mich geschaut. Natürlich ist da nur Dunkel (ich pflege mit einer Lampe auf dem Schreibtisch zu arbeiten, ohne weiteres Licht). Ich muss mein Verhalten dem geheimnisvollen Zauber der Literatur zuschreiben, die zu solch nächtlicher Stunde, wie Homer sagen würde, die Geister zu verwirren vermag. (Anm. d. Übers.)

»Dem Gesehenen nach zu urteilen, denken nicht alle deine Schüler so«, unterbrach ihn Herakles.

Schmerzerfüllt schloss Diagoras die Augen. »Antisos und Euneos ...«, murmelte er. «Nie hätte ich das geglaubt.«

»Und Tramakos wahrscheinlich auch. Tut mir Leid.«

»Aber was für ein ... groteskes Werk probten sie da? Und was war das für ein Ort? Ich kenne in der Stadt kein überdachtes Theater außer dem Odeon.«

»Ach, Diagoras: Athen atmet, während wir denken!« Herakles seufzte laut auf. »Es gibt viele Dinge, die unsere Augen nicht sehen, die aber auch zum Volk gehören: sinnlose Zerstreuungen, unvorstellbare Gewerbe, vernunftferne Tätigkeiten ... Du kommst nie aus deiner Akademie heraus, und ich komme nie aus meinem Gehirn heraus, was wohl auf dasselbe hinausläuft. Athen jedoch, mein lieber Diagoras, ist nicht unsere *Idee* von Athen ...«

»Also denkst du jetzt ebenso wie Krantor?«

Herakles zuckte mit den Achseln. »Was ich dir zu sagen versuche, Diagoras, ist dies: Das Leben kennt seltsame Stätten, die weder du noch ich jemals besucht haben. Der Sklave, der mir die Kunde brachte, versicherte mir, es gebe in der Stadt etliche geheime Theater wie dieses. In der Regel handelt es sich um alte Häuser, die von metökischen Händlern billig aufgekauft und dann an die Dichter vermietet werden. Mit dem eingenommenen Geld zahlen die Händler ihre hohen Steuern. Natürlich genehmigen die Archonten dieses Treiben nicht, aber wie du gesehen hast, mangelt es nicht an Publikum ... Das Theater ist in Athen ein recht einträgliches Gewerbe.«

»Und das Werk?«

»Ich kenne den Titel und das Thema nicht, wohl aber den Autor: Es ist eine Tragödie von Menekmos, dem Dichter und Bildhauer. Hast du ihn spielen sehen?«

»Menekmos?«

»Ja, er war der Mann am Tisch, der den Übersetzer spielte. Er trug nur eine knappe Maske, so konnte ich ihn erkennen. Ein wirklich sonderbares Individuum: Er hat eine Bildhauerwerkstatt im Kerameikos, dort verdient er seinen Lebensunterhalt, indem er Friese für die Häuser vornehmer Athener meißelt; außerdem schreibt er Tragödien, die niemals offiziell aufgeführt werden, sondern nur von einer Gruppe von ›Auserwählten‹, zweitklassigen Dichtern wie er selbst, und zwar auf diesen heimlichen Kleinstbühnen. Ich habe in seinem Viertel ein paar Erkundigungen eingezogen. Offenbar benutzt er seine Werkstatt noch für andere Dinge als seine Arbeit: Er veranstaltet nächtliche Feste im syrakusischen Stil, Orgien, angesichts derer selbst Morychos erbleichen würde. Seine Gäste sind vor allem junge Männer, die ihm Modell stehen für seine Marmorarbeiten und als Chor in seinen Stücken auftreten ...«

Diagoras drehte sich zu Herakles um. »Du willst doch wohl nicht wagen anzudeuten ...«

Herakles zuckte mit den Achseln und seufzte, als sähe er sich gezwungen, eine schlechte Nachricht zu verkünden, und als bereite ihm dies Kummer. »Komm«, sagte er, »lass uns hier Halt machen und reden.«

Sie befanden sich auf einem offenen Platz, neben einer Stoa, deren Wände mit Gemälden geschmückt waren, die menschliche Gesichter andeuteten. Der Künstler hatte alle Einzelheiten weggelassen – bis auf die Augen, sie waren offen und blickten wachsam. In der Ferne bellte ein Hund in der vom Mond bewachten Gasse.

»Diagoras«, sagte Herakles langsam, »obwohl wir erst kurze Zeit miteinander verkehren, glaube ich dich ein wenig zu kennen, und ich vermute, dir wird es mit mir genauso gehen. Was ich dir sagen will, wird dir nicht behagen, aber es ist die Wahrheit, oder ein Teil von ihr. Und du hast mich bezahlt, um sie zu erfahren.«

»Sprich«, erwiderte Diagoras, »ich werde dich anhören.«

Als Herakles weitersprach, schlug er einen Ton an, zart wie die Flügel eines kleinen Vogels: »Tramakos, Antisos und Euneos haben ein ... nun sagen wir ... etwas zügelloses Leben geführt. Führen es immer noch. Frag mich nicht nach dem Grund: Ich glaube nicht, dass du dich als Mentor verantwortlich fühlen musst. Tatsache aber ist, dass die Akademie ihnen nahe legt, sich gemeinen Gefühlen der körperlichen Lust zu verweigern, so auch der Mitwirkung an Theateraufführungen. Sie jedoch unterhalten Beziehungen zu Hetären und treten im Chor auf ...« Er hob rasch die Hand, als habe er bemerkt, dass Diagoras ihn unterbrechen wollte. »In der Theorie ist das nicht schlimm, Diagoras. Es mag sogar sein, dass einige deiner Mentorenkollegen davon wissen und Nachsicht üben. Schließlich sind das Dinge, wie sie junge Männer treiben. Im Fall von Antisos und Euneos allerdings ... und wahrscheinlich auch von Tramakos ... Nun, sagen wir, sie haben es etwas zu weit getrieben. Sie haben Menekmos kennen gelernt – ich weiß noch nicht, wie – und sind zu glühenden ... Jüngern seiner ... eigenartigen nächtlichen ›Schule‹ geworden. Der Sklave, den ich in Dienst nahm, damit er Antisos vorige Nacht auf den Fersen bliebe, sagte mir, dass Euneos und Antisos nach ihrem Auftritt in dem Stück, das wir gesehen haben, mit Menekmos in sein Atelier gegangen sind ... und an einem kleinen Fest teilgenommen haben.«

»Einem Fest ...« Diagoras' Augen bewegten sich wachsam in ihren Höhlen, als wollten sie mit einem einzigen Blick die ganze Gestalt des Rätsellösers umfassen. »Was für ein Fest?«

Die Augen des Alten wachten erstaunt ... die Bildhauerwerkstatt ... ein reiferer Mann ... etliche Jünglinge ... lachten ... flackernder Lampenschein ... während die Jünglinge warteten ... eine Hand ... Gürtel ... Der Alte fuhr sich mit der Zunge über die Lippen ... die Liebkosung ... ein noch viel schönerer Junge ... völlig nackt ... der vergossene Wein ... »Aha«, sagte er ... Der Alte, überrascht ... während der Bildhauer ... näher kam ... langsam und sanft ... noch sanfter ... »Ach«, stöhnte er ... während die übrigen Jünglinge ... Rundungen. Dann, alle auf dem Bauch ... sonderbare Stellung ... Beine .... verzweifelt ... im Halbdunkel ... mit dem Schweiß ... »Warte«, hörte er ihn murmeln ... Unglaublich, dachte der Alte.[14]

»Das ist grotesk«, sagte Diagoras mit heiserer Stimme, »warum scheiden sie dann nicht aus der Akademie aus?«

»Das weiß ich nicht.« Herakles zuckte mit den Achseln. »Vielleicht wollen sie vormittags denken wie Menschen und nächtens tierische Lust genießen. Ich habe diesbezüglich keinerlei Vorstellung. Aber das ist nicht das

---

14 *»Der größte Teil dieser Passage – die zweifellos das von Eumarkos beobachtete Fest des Menekmos mit den Jünglingen schilderte – ist verloren gegangen. Die Worte wurden mit leicht löslicher Tinte geschrieben, und viele verflüchtigten sich im Laufe der Zeit. Die leeren Stellen wirken wie kahle Zweige, auf denen zuvor die Wortvögel hockten«, erklärt Montalo zu diesem entstellten Fragment. Und er fragt sich: »Wie wird sich wohl aus den verbleibenden Worten jeder Leser seine eigene Orgie ausmalen?«* (Anm. d. Übers.)

Schwerwiegendste: Schlimmer ist, dass ihre Familien von ihrem Doppelleben bestimmt nichts wissen. Die verwitwete Etis beispielsweise ist stolz darauf, dass Tramakos seine Erziehung in der Akademie erhielt ... Gar nicht zu reden vom edlen Praxinoe, Antisos' Vater, dem Ratsmitglied der Volksversammlung, oder von Trisypos, Euneos' Vater, dem früheren ruhmreichen Strategen ... Was würde passieren, frage ich mich, wenn das nächtliche Treiben deiner Schüler ans Tageslicht käme?«

»Es wäre schrecklich für die Akademie ...«, murmelte Diagoras.

»Ja sicher, und für sie selbst? Umso mehr jetzt, da sie das Ephebenalter erreicht haben und vor dem Gesetz Bürgerrechte erlangen ... Was glaubst du, wie würden ihre vornehmen Väter reagieren, die so sehr wünschten, dass sie nach den Idealen von Meister Platon erzogen werden? Ich glaube, wer zuallerst daran interessiert sein muss, dass nichts davon bekannt wird, das sind deine Schüler ... Von Menekmos ganz zu schweigen.«

Und als habe er weiter nichts vorzubringen, setzte Herakles seinen Weg durch die einsame Gasse fort. Der andere folgte ihm stumm und beobachtete mit wachem Blick sein Gesicht.

»Diagoras, alles, was ich dir bislang erzählt habe, kommt der Wahrheit sehr nahe. Jetzt will ich dir meine Hypothese darlegen, ich halte sie für ziemlich wahrscheinlich. Meiner Meinung nach lief alles gut für sie, bis Tramakos sich entschloss, auszupacken ...«

»Was?«

»Möglich, dass ihn das Gewissen plagte, weil er wissentlich die Vorschriften der Akademie verletzte, wer weiß. Mag dem sein, wie es wolle, meine Theorie ist folgende: Tramakos entschloss sich zu reden. Alles zu erzählen.«

»So schrecklich wäre das doch nicht gewesen«, warf Diagoras eilig ein, »ich hätte es verstanden …«

Herakles unterbrach ihn. »Bedenke, wir wissen nicht, was *alles* heißt. Wir kennen den genauen Charakter der Beziehung nicht, die sie mit jenem Menekmos unterhielten und noch unterhalten …« Herakles legte eine vielsagende Pause ein.

Diagoras murmelte: »Willst du etwa sagen, dass seine Angst damals im Garten …?«

Herakles' Miene verriet, dass ihm dies nicht als das Wichtigste erschien. Doch er erwiderte: »Ja, vielleicht. Vergiss nicht, dass ich niemals nach der vermeintlichen Angst forschen wollte, die du in Tramakos' Augen zu sehen glaubtest, sondern …«

»… nach etwas, was du an seinem Leichnam sahst und mir nicht erzählen wolltest«, beendete Diagoras ungeduldig seinen Satz.

»Genau. Jetzt aber fügt sich alles zusammen. Ich verschwieg dir dieses Detail, Diagoras, weil die Schlüsse daraus so unangenehm sind, dass ich erst einmal eine Hypothese aufstellen wollte, die dafür eine Erklärung liefert. Aber ich glaube, jetzt ist der Moment gekommen, es dir zu enthüllen.«

Unversehens hob Herakles die Hand an den Mund. Diagoras kam es vor, als wollte der Rätsellöser sich selbst einen Knebel in den Mund stecken, um nicht zu reden.

Doch dann strich sich Herakles über den silbrigen Kinnbart und sprach: »Auf den ersten Blick ist die Sache sehr einfach. Tramakos' Körper war, wie du weißt, von Bissen übersät, aber … *nicht ganz und gar*. Seine Arme nämlich waren fast unversehrt geblieben. Und das war das Detail, das mich überraschte. Wenn wir von Wölfen angefallen werden, heben wir als Erstes die Arme und werden dort zuallererst gebissen. Wie erklärt es sich, dass ein ganzes Rudel Wölfe den armen Tramakos *anfiel*, ohne dass er an den Armen verwundet wurde? Es gibt nur eine mögliche Erklärung: Die Wölfe fanden Tramakos bewusstlos vor, *zumindest* bewusstlos, und zerfleischten ihn, ohne dass sie mit ihm kämpfen mussten ... Sie stürzten sich direkt auf ihn, rissen ihm sogar das Herz heraus ...«

»Erspar mir die Einzelheiten«, erwiderte Diagoras. »Ich begreife bloß nicht, wie das alles zusammenhängt mit ...« Er hielt plötzlich inne. Der Rätsellöser überwachte ihn mit festem Blick, als ob Diagoras' Augen seine Gedanken besser zum Ausdruck brächten als seine Worte. »Moment mal, du hast gesagt, die Wölfe hätten Tramakos *zumindest* bewusstlos vorgefunden ...«

»Tramakos ist nie auf die Jagd gegangen«, sprach Herakles ungerührt weiter. »Meine Hypothese ist, dass er alles erzählen wollte. Wahrscheinlich hat Menekmos – und mir würde der Gedanke gefallen, dass Menekmos es war – ihn an jenem Tag an einen Ort außerhalb der Stadt bestellt, um mit ihm eine Art Abmachung zu treffen. Es kam zum Streit ... und vielleicht zum Handgemenge. Es kann aber auch sein, dass Menekmos bereits vorhatte, Tramakos auf die schlimmstmögliche Weise zum Schweigen zu bringen. Dann beseitigten durch einen Zufall die Wölfe sämtliche Beweise. Nun ja, das alles ist nur eine Hypothese ...«

»Sicher, denn Tramakos konnte ja auch einfach nur geschlafen haben, als die Wölfe ihn fanden«, meinte Diagoras.

Herakles schüttelte den Kopf. »Ein schlafender Mann erwacht und wehrt sich ... Nein, das glaube ich nicht. Tramakos' Wunden weisen darauf hin, dass er sich eben *nicht wehrte*. Die Wölfe fanden einen regungslosen Körper vor.«

»Aber es kann doch sein ...«

»… dass er das Bewusstsein aus anderer Ursache verlor, nicht wahr? Das dachte ich zuerst auch, darum wollte ich dir meine Vermutungen nicht preisgeben. Wenn es aber so ist, weshalb wurden Antisos und Euneos nach dem Tod ihres Freundes von solcher Angst gepackt? Antisos entschloss sich sogar, aus Athen wegzugehen …«

»Vielleicht fürchten sie, dass wir ihr Doppelleben entdecken.«

Herakles' Antwort kam prompt, als wären ihm alle Vermutungen, die Diagoras vorbringen könnte, schon längst bekannt: »Du vergisst das letzte Detail: Wenn sie solche Angst hätten, dass man sie entdeckt, weshalb fahren sie dann mit ihrem Treiben fort? Ich leugne nicht, dass der Gedanke, sie könnten entdeckt werden, sie beunruhigt, ich glaube aber, noch *viel mehr* beunruhigt sie Menekmos … Ich sagte ja schon, ich habe Erkundigungen über ihn eingezogen. Er ist ein jähzorniger, gewalttätiger Kerl und trotz seiner Schlankheit von ungeahnter Körperkraft. Vielleicht wissen Antisos und Euneos jetzt, wozu er fähig ist, und haben Angst.«

Der Philosoph schloss die Augen und presste die Lippen zusammen. Der Zorn würgte ihm die Luft ab. »Dieser … verfluchte …«, stieß er hervor. »Was schlägst du vor? Ihn öffentlich zu beschuldigen?«

»Nicht so schnell. Zuerst müssen wir sicher sein, in welchem Maße jeder von ihnen schuldig ist. Sodann müssen wir genau wissen, was mit Tramakos passiert ist. Und als Letztes …« Herakles' Gesicht nahm einen sonderbaren Ausdruck an. »Als Letztes das Allerwichtigste: Ich muss die Gewähr haben, dass dieses Unbehagen, das in mir nistet, seit ich die Arbeit übernahm – ein Gefühl, als wache ein großes Auge über meine Gedanken –, dass dieses Gefühl trügt.«

»Was für ein Gefühl?«

Herakles' in die Nacht starrender Blick blieb unergründlich. Nach einer Pause sprach er mit äußerster Langsamkeit: »Dass ich mich, zum ersten Mal in meinem Leben, *vollständig* irre.«[15]

Da war es wieder, seine Augen konnten es in der Dunkelheit sehen: Zwischen den undurchdringlichen steinernen Windungen der Höhle hatte er unablässig wachsam danach ausgeschaut. Es war dasselbe, kein Zweifel. Er erkannte es, wie zuvor schon, am Geräusch: ein dumpfes Pochen, als hämmere ein Faustkämpfer mit der ledergepolsterten geballten Hand in gleich bleibendem Rhythmus auf sein Kopfinneres ein. Doch nicht das machte ihm zu schaffen: Das Widersinnige, das Unlogische, das, was sein vernünftiges Auge nicht akzeptieren wollte, das war jener schwebende Arm, dessen Hand das Herz fest umklammert hielt. Nach dort oben, oberhalb der Schulter, musste er schauen. Aber warum verdichteten sich die Schatten gerade an jener Stelle? Weiche, o Finsternis! Er

---

15 *»Auge« und »Wachen« sind zwei Wörter, die sich in diesem letzten Teil sehr oft wiederholen, sie passen zu den Versen, die der Autor dem Chor in den Mund legt: »Du wirst überwacht.« So gibt es in diesem Kapitel also eine doppelte Eidesis: Einerseits setzen sich die Arbeiten des Herkules mit dem Bild der Stymphalischen Vögel fort; andererseits wird von einem »Übersetzer« und von »wachenden Augen« gesprochen. Was mag das bedeuten? Soll der »Übersetzer« etwas »überwachen«? »Überwacht« jemand den »Übersetzer«? Morgen wird mich Aristides, Montalos gelehrter Freund, zu Hause empfangen.* (Anm. d. Übers.)

musste wissen, was sich in dieser tiefschwarzen Dunkelheit verbarg, was für ein Körper, was für ein Bild. Er näherte sich und streckte die Hand aus ... Das Pochen wurde lauter. Betäubt erwachte er plötzlich ... und stellte ungläubig fest, dass das Geräusch anhielt.

Jemand pochte laut an seine Haustür.

»Was ist los ...?«

Er träumte nicht: ein drängendes Pochen. Er tastete umher, bis er seinen Umhang fand, fein säuberlich zusammengefaltet auf einem Schemel neben dem Bett. Durch den kleinen Schlitz des winzigen Fensters in seinem Schlafraum drang der erste wachende Blick des Morgenlichts. Als er in den Flur hinaustrat, schwebte ihm ein ovales Gesicht entgegen, das nur aus schwarzen Augenschlitzen zu bestehen schien.

»Ponsika, mach die Tür auf!«, rief er.

Törichterweise verstörte es ihn zunächst, dass sie nicht antwortete. Bei Zeus, ich schlafe ja noch, gemahnte er sich, Ponsika kann doch nicht sprechen. Die Sklavin vollführte aufgeregte Bewegungen mit der rechten Hand; in der Linken hielt sie ein Öllämpchen.

»Was ist? ... Angst? ... Du hast Angst? ... Sei nicht blöde! ... Wir müssen die Tür aufmachen.«

Brummend schubste er das Mädchen beiseite und trottete in den Vorraum. Wieder ertönte das Pochen. Es gab kein Licht – ihm fiel ein, dass die einzige Lampe bei Ponsika war –, so dass der entsetzliche Traum, den er kurz zuvor geträumt hatte und der dem in der Nacht zuvor so genau glich, leise sein Gedächtnis streifte, wie ein Spinngewebe die unachtsamen Augen eines Mannes liebkost, der, ohne über seine Schritte zu wachen, sich durch das Halbdunkel eines alten Hauses tastet. Doch auf der Schwelle erwartete ihn keine Hand, die ein pochendes Herz umklammerte, sondern der Umriss eines Mannes.

Fast im selben Moment erschien Ponsika mit dem Licht und enthüllte sein Gesicht: mittleren Alters, triefäugig und dennoch wachsamen Blicks; er trug den grauen Umhang der Sklaven.

»Mein Herr Diagoras sendet mich mit einer Nachricht für Herakles von Pontor«, sagte er in stark böotisch klingender Sprechweise.

»Ich bin Herakles Pontor. Sprich.«

Der Sklave, durch Ponsikas verstörende Anwesenheit etwas eingeschüchtert, gehorchte der Aufforderung nur zögernd.

»Die Nachricht lautet: ›Komm schleunigst. Noch eine Leiche.‹«[16]

---

[16] *Hier endet das fünfte Kapitel. Ich habe die Übersetzung nach meinem Gespräch mit Professor Aristides abgeschlossen. Aristides ist ein umgänglicher, warmherziger Mann mit weit ausladenden Gebärden und einem schmalen Lächeln. Wie die Figur der Ponsika in diesem Buch scheint er mehr mit den Händen zu sprechen als mit dem Gesicht, dessen Mienenspiel er einer eisernen Disziplin unterwirft. Vielleicht sind seine – beinahe hätte ich gesagt »wachsamen« – Augen (die Eidesis hat sich schon in meine Gedanken eingeschlichen), vielleicht also sind seine Augen das einzige lebendige menschliche Element in dieser Brachfläche aus rundlichen Gesichtszügen und einem schwarzen Spitzbart im orientalischen Stil. Er empfing mich im geräumigen Wohnzimmer seines Hauses. »Willkommen«, sagte er mit seinem knappen Lächeln und wies auf einen der Stühle vor dem Tisch. Ich begann ihm von dem Werk zu erzählen. Aristides wusste nichts von der Existenz einer nach Ende des Pe-*

loponnesischen Kriegs geschriebenen RÄTSELS *aus der Feder eines anonymen Autors. Auch das Thema machte ihn stutzig. Aber mit einer unbestimmten Handbewegung schob er beide Fragen beiseite und gab mir zu verstehen, dass das Werk, wenn Montalo sich dafür interessiert habe, »der Mühe wert« gewesen sein müsse.*

Als ich die Eidesis erwähnte, wurde er hellhörig.

»Das ist merkwürdig«, sagte er, »weil Montalo seine letzten Lebensjahre dem Studium eidetischer Texte gewidmet hatte: Er hat eine ganze Anzahl davon übersetzt und die endgültige Fassung mehrerer Originalwerke erarbeitet. Ich würde sogar behaupten, er war am Ende von der Eidesis geradezu besessen. Und das sage ich mit gutem Grund: Ich kenne Kollegen, die ihr ganzes Leben darauf verwendet haben, bei einem eidetischen Werk den Schlüssel zum Ganzen herauszufinden. Ich versichere dir, das kann zum schlimmsten Gift werden, das die Literatur überhaupt zu bieten hat.« Er kratzte sich am Ohr: »Glaub nicht, dass ich übertreibe. Ich selbst kam, als ich einige solche Texte übersetzte, nicht darum herum, von den Bildern zu träumen, die ich nach und nach entdeckte. Und manchmal spielen sie dir böse Streiche. Ich erinnere mich an ein astronomisches Traktat des Alkaios von Chiridon, in dem sich das Wort ›rot‹ in allen Varianten wiederholte, stets gekoppelt mit zwei anderen Wörtern, ›Kopf‹ und ›Frau‹. Und ich begann von einer schönen rothaarigen Frau zu träumen … Ihr Antlitz … ich sah es schließlich vor mir … peinigte mich …« Er verzog das Gesicht. »Schließlich erfuhr ich aus einem anderen Text, der mir zufällig in die Hände kam, dass eine frühere Geliebte des Autors in einem ungerechten Prozess zum Tode verurteilt worden war: Der arme Mann hatte das Bild ihrer Enthauptung mittels Eidesis in seiner Abhandlung versteckt. Du kannst dir vorstellen, welch furchtbare Über-

raschung das für mich war … Jene schöne rothaarige Spukgestalt … plötzlich verwandelt in einen abgehackten Kopf, aus dem noch das Blut quillt …« Er sah mich mit hochgezogenen Augenbrauen an, als wollte er mich auffordern, seine Enttäuschung zu teilen. »Schreiben ist etwas Seltsames, mein Freund: Meiner Meinung nach kommt es unter all den sonderbaren und schrecklichen Tätigkeiten, die ein Mensch ausüben kann, an erster Stelle.« Und mit seinem sparsamen Lächeln setzte er hinzu: »An zweiter kommt das Lesen.«

»Aber um auf Montalo zurückzukommen …«

»Ja, ja. Er hatte sich in seiner Obsession von der Eidesis noch viel weiter treiben lassen. Er meinte, die eidetischen Texte könnten einen unwiderleglichen Beweis für Platons Ideenlehre darstellen. Ich nehme an, du kennst sie …«

»Natürlich«, antwortete ich, »wer kennt sie nicht? Platon behauptete, dass die Ideen unabhängig von unseren Gedanken existieren. Er erklärte, sie seien reale Wesenheiten, ja viel realere als die Lebewesen und die Dinge.«

Er wirkte nicht sonderlich zufrieden mit meinem Resümee von Platons Werk, doch sein kleiner dicklicher Kopf nickte zustimmend. »Nun ja«, sagte er zögernd. »Montalo glaubte, wenn irgendein eidetischer Text bei ALLEN *Lesern* DIESELBE *verborgene Idee heraufbeschwört, das heißt, wenn wir alle im Stande sind, denselben Schlüssel zum Ganzen zu finden, so würde dies* BEWEISEN, *dass die Ideen eine Eigenexistenz besitzen. Sein Gedankengang war, so naiv er uns auch anmuten mag, nicht ganz abwegig: Wenn jedermann in diesem Raum einen Tisch vorfindet, denselben Tisch, dann heißt das, dieser Tisch existiert. Außerdem – und dies ist der Punkt, der Montalo am meisten interessierte – würde, wenn die Leser zu einer solchen einhelligen Meinung kommen, dies auch beweisen, dass die Welt vernünftig und damit gut, schön und gerecht ist.«*

»Das Letzte habe ich nicht begriffen«, sagte ich.

»Es ist eine Folgerung, die sich aus dem Vorhergesagten ableitet: Wenn wir alle in einem eidetischen Werk dieselbe Idee auffinden, dann existieren die Ideen, und wenn die Ideen existieren, ist die Welt vernünftig, so wie Platon und die Mehrzahl der griechischen Denker sie auffassten; und eine vernünftige Welt, nach dem Maß unserer Gedanken und Ideale geschaffen, was ist sie anderes als eine gute, schöne und gerechte Welt?«

»Das heißt«, murmelte ich verwundert, »für Montalo war ein eidetischer Text ... der Schlüssel zur Existenz.«

»Etwas in der Art.« Aristides seufzte kurz auf und betrachtete seine gepflegten spitzen Fingernägel. »Es erübrigt sich zu sagen, dass er den gesuchten Beweis niemals fand. Vielleicht war diese Frustration die Hauptursache für seine Erkrankung ...«

»Erkrankung?«

Er zog, merkwürdig geschickt, eine einzige Augenbraue hoch. »Montalo ist geisteskrank geworden. Seine letzten Lebensjahre brachte er eingesperrt in seinem Hause zu. Wir wussten alle, dass er krank war und keine Besucher empfing, also ließen wir ihn ungestört dahinsiechen. Und eines Tages tauchte sein Leichnam auf, von Raubtieren zerfleischt ... in dem nahe gelegenen Gehölz ... Sicher war er während eines Wahnsinnsanfalls ziellos umhergewandert, schließlich ohnmächtig geworden und ...« Seine Stimme verebbte immer mehr, als wolle er mit dem Tonfall das traurige Ende seines Freundes (eidetisch?) darstellen. Am Ende schloss er mit einem einzigen Satz, an der Grenze des Hörbaren: »Was für ein grausiger Tod ...«

»Waren seine Arme unverletzt?«, fragte ich töricht. (Anm. d. Übers.)

VI[1]

Es war die Leiche eines Mädchens: das Gesicht von einem Schleier verhüllt, den Peplos bis über das Haar gezogen, die Arme mit einem Umhang bedeckt. Sie lag auf der Seite, ausgestreckt zwischen spitzigem Gesteinsschutt. Der Stellung der Beine nach zu urteilen – bis zu den Oberschenkeln nackt, boten sie einen selbst unter jenen Umständen unziemlichen Anblick –, konnte man meinen, der Tod habe das Mädchen überrascht, als es mit gerafftem Peplos lief oder hüpfte. Die linke Hand war zusammengeballt wie in den Kinderspielen, bei denen man etwas in der Faust verbirgt, die Rechte aber hielt einen Dolch, dessen spannenlange Klinge aussah wie aus Blut geschmiedet. Das Mädchen war barfuß. Zudem schien an dieser schlanken Gestalt vom Hals bis zu den Waden hinab keine einzige Stelle unversehrt. Alles war übersät von Schnittwunden: kurz und lang, gerade

---

[1] *»Schmutzig, entstellt von Korrekturen und Flecken, unleserliche oder verunstaltete Sätze«, beschreibt Montalo den Papyrus des sechsten Kapitels.* (Anm. d. Übers.)

und gekrümmt, dreieckig und quadratisch, tief und oberflächlich, leicht und schwer; die Risse im Peplos waren blutverkrustet. Dieser traurige Anblick aber ließ noch weitaus Schlimmeres ahnen: Entkleidet erst würde der Leib das ganze Ausmaß der entsetzlichen Zerfleischung offenbaren, die man durch die grotesken Stoffbäusche hindurch erahnen konnte. Unter dem Tuch sammelten sich – Wasserpflanzen ähnlich, die man in der Tiefe eines kristallklaren Sees erblickt – in schlierigen Wucherungen die Körpersäfte. Es sah nicht so aus, als könne jene Tote noch weitere Überraschungen bereithalten.

Und doch sollte es tatsächlich noch eine geben: Als nämlich der Schleier abgenommen wurde, erblickte Herakles das Antlitz eines jungen Mannes.

»Ach, du staunst, Rätsellöser!«, kreischte der *astynómos* weibisch vergnügt. »Bei Zeus, das kann ich dir nicht verdenken! Ich wollte es selbst nicht glauben, als meine Diener es mir erzählten ... Und jetzt erlaube mir eine Frage: Was tust du hier? Diese liebenswürdige Person« – er wies auf den Glatzkopf – »meinte, du würdest den Toten unbedingt sehen wollen. Ich verstehe allerdings nicht, weshalb. Ich glaube, es gibt hier kein Rätsel zu lösen. Höchstens das, welch dunkler Beweggrund diesen Epheben getrieben haben mag ...« Er wandte sich wieder dem Glatzkopf zu: »Was sagtest du, wie er hieß?«

»Euneos«, antwortete Diagoras wie im Traum. »... welch dunkler Beweggrund Euneos getrieben haben mag, in die Gewänder einer Hetäre zu schlüpfen, so über den Durst zu trinken und sich selbst diese schrecklichen Wunden zuzufügen ... Was suchst du?«

Herakles hatte behutsam einen Zipfel des Peplos gelüpft. »Ts, ts, ts, hm, hm, hm«, war er halblaut zu vernehmen.

Die Leiche wirkte angesichts einer so demütigenden Ausforschung erstaunt. Mit ihrem einzigen Auge (das andere war herausgerissen, es hing an einem klebrigen Faden herab und stierte in ein Ohr) erschaute sie den Morgenhimmel, den gespalteten Zungenmuskel hatte sie dabei spöttisch herausgestreckt.

»Darf man wissen, was du dir da so genau anguckst?«, rief der *astynómos* ungeduldig, denn er wollte mit seiner Arbeit fertig werden. Seine Aufgabe war es, die Stadt von Kot und Unrat zu reinigen und über das Schicksal der Toten zu wachen, die sie hervortrieb. Das morgendliche Auftauchen jener Leiche auf einem mit Schutt und Kehricht bedeckten Gelände im Inneren Kerameikos fiel in seine Zuständigkeit.

»Warum bist du dir so sicher, *astynómos*, dass Euneos das alles selbst getan hat?«, fragte Herakles, beschäftigt damit, dem Leichnam die linke Hand zu öffnen.

Der *astynómos* genoss seinen großen Augenblick. Sein kleines, glattes Gesicht beschmutzte sich mit einem fratzenhaften Lächeln.

»Um das zu wissen, musste ich keinen Rätsellöser in Dienst nehmen!«, kreischte er. »Hast du nicht seine ekelhaften Kleider gerochen? Sie stinken nach Wein! ... Und es gibt *Zeugen*, die gesehen haben, wie er sich selbst mit dem Dolch zerfleischte ...«

»Zeugen?« Herakles wirkte nicht sonderlich beeindruckt. Er hatte etwas gefunden (einen kleinen Gegenstand, den der Leichnam in der linken Hand barg) und in seinem Mantel verstaut.

»Und zwar sehr angesehene. Einer von ihnen ist hier anwesend ...«

Herakles hob den Blick.

Der *astynómos* wies auf Diagoras.[2]

Sie gingen zu Trisypos, Euneos' Vater, um ihm ihr Beileid auszusprechen. Die Nachricht hatte sich in Windeseile verbreitet, und als sie eintrafen, waren schon viele Leute da, vor allem Verwandte und Freunde, denn Trisypos war sehr angesehen: Unvergessen waren seine Ruhmestaten als Stratege auf Sizilien, und er war, wichtiger noch, einer der wenigen, die zurückgekehrt waren und davon berichten konnten. Falls jemand einen Zweifel hegen sollte, stand seine Geschichte in den schmutzigen Narben auf dem Friedhof seines Antlitzes geschrieben, »das sich vor Syrakus schwärzte«, wie er gern sagte. Auf eine der Narben war er besonders stolz, mehr als auf alle anderen in seinem Leben empfangenen Ehren: ein klaffender, auch den Augapfel streifender Spalt quer hinunter von der linken Stirnseite zur rechten Wange, Andenken an einen syrakusischen Schwerthieb. Mit dieser weißen Kluft in

---

[2] *»Die Sätze sollen offenbar bewusst vulgär sein. Die Prosa hat den lyrischen Ton der vorangegangenen Kapitel verloren: Zutage tritt die Satire, der hohle Spaß der Komödie, Bissigkeit und Widerwärtigkeit. Der Stil ist wie Abfall vom Original, in dieses Kapitel abgeladener Unrat«, bemerkt Montalo, und ich teile seine Meinung vollauf. Ich würde noch hinzufügen, dass die Bilder von »Schmutz« und »Schutt« auf eine weitere verborgene Arbeit, die Ställe des Augeias, verweisen könnten. Dabei muss Herkules für den König von Elis den Mist seines Viehs wegräumen, und eine ähnliche Aufgabe fiel auch Montalo zu: »Ich habe den Text von verdorbenen Sätzen gereinigt und an ein paar Ausdrücken gefeilt; das Ergebnis ist nicht glänzend, aber wenigstens hygienischer.«* (Anm. d. Übers.)

der sonnenverbrannten Haut und dem klaffenden Augapfel bot er keinen angenehmen, wohl aber einen ehrenhaften Anblick. Viele hübsche junge Männer beneideten ihn darum.

Im Hause von Trisypos herrschte ein reges Kommen und Gehen. Man hatte indes den Eindruck, dass dies immer so war, auch an nicht so außergewöhnlichen Tagen wie diesem: Als Diagoras und der *astynómos* eintrafen (der Rätsellöser würde später nachkommen, aus irgendeinem Grunde hatte er sich ihnen nicht anschließen wollen), versuchten ein paar Sklaven, Körbe mit überquellenden Abfällen hinauszutragen, Reste vielleicht von einem jener üppigen Festmahle, zu denen der Kriegsmann die angesehenen Persönlichkeiten der Stadt lud. Man kam kaum durch die Tür ob der zahlreichen vor ihnen abgesetzten Menschenhäufchen: Man fragte, verstand nichts, verkündete Meinungen, ohne Bescheid zu wissen, beobachtete, äußerte sein Bedauern, wenn das rituelle Klagegeschrei der Weiber die Gespräche stocken ließ. Bei jener lebhaften Versammlung stand noch etwas anderes als der Tod im Raum: Da war auch, und vor allem, der *Gestank*. Der Tod des Euneos *stank*. Als Hetäre gekleidet? Wie denn ... Betrunken? ... Wahnsinnig geworden? ... Trisypos' Ältester? ... Euneos, der Sohn des Strategen? ... Der Ephebe von der Akademie? ... Ein Messer? ... Wie ist denn ... Es war noch zu früh für Theorien, Erklärungen und Rätsel: Das allgemeine Interesse konzentrierte sich derzeit auf die Tatsachen. Die Tatsachen waren so etwas wie unter das Bett gekehrter Unrat: Niemand wusste genau, was da war, aber allen stach der üble Geruch in die Nase.

Trisypos, der im Speisesaal wie ein Patriarch auf einem Stuhl saß, umgeben von Familienangehörigen und Freunden, nahm die Beileidsbekundungen entgegen, ohne dass es ihn kümmerte, von wem sie kamen: Er reichte jedem die Hand, manchmal beide, reckte den Kopf, dankte und zeigte sich verwirrt – nicht traurig und auch nicht zornig, sondern verwirrt (des Mitgefühls würdig), als habe er durch das Kommen so vieler Menschen die Fassung verloren. Er schickte sich an, die Stimme zu erheben und eine Traueransprache zu halten. Der Schmerz hatte seine bronzene Gesichtshaut noch dunkler gefärbt, und ein grauer, zerzauster Bart betonte das schmutzige Weiß seiner Narbe und verlieh ihm das seltsame Aussehen eines aus Bruchstücken falsch zusammengeklebten Mannes. Schließlich fand er offenbar die geeigneten Worte, verschaffte sich mit schwacher Stimme Gehör und sprach: »Euch allen sei Dank. Besäße ich so viele Arme wie Briareos, ich gebrauchte sie gern, das sollt ihr wissen, um euch fest an meine Brust zu drücken. Nun kann ich mit Genugtuung feststellen, dass mein Sohn geliebt wurde. Erlaubt mir, dass ich euch mit einigen kurzen Lobesworten …«[3]

---

[3] *Von hier ab eine Lücke im Text. Montalo dazu: »Dreißig Zeilen sind wegen eines riesigen dunkelbraunen, unerwarteten Flecks in Form einer Ellipse vollständig ausgelöscht. Wie schade! Trisypos' Rede ist für die Nachwelt verloren!«*

Nach einem sonderbaren Zwischenfall kehre ich an meinen Schreibtisch zurück: Ich schrieb gerade diese Anmerkung, als ich im Garten hinter meinem Haus eine merkwürdige Bewegung wahrnahm. Es ist schönes Wetter, und das Fenster stand offen: Ich schaue auch gern bei Mondschein auf die Reihe von Apfelbäumen, die mein bescheidenes Anwesen umgrenzt. Da diese Bäume vom

»Ich glaubte, meinen Sohn zu kennen«, endete Trisypos seine Ansprache, »er verehrte die Heiligen Mysterien – in unserer Familie war er ihr einziger Anhänger – und zeichnete sich als guter Schüler in Platons Akademie aus. Sein Mentor weilt unter uns, er kann es bezeugen.«

Alle Blicke richteten sich auf Diagoras, der rot anlief. »So ist es«, stammelte er.

Trisypos machte eine Pause, zog geräuschvoll den Nasenschleim hoch und sammelte wieder schmierigen Speichel: Er hatte die Angewohnheit, ihn beim Sprechen jedesmal mit berechneter Präzision aus einem der Mundwinkel triefen zu lassen, und zwar dem müderen von beiden, obschon man nicht mit Bestimmtheit wissen

---

Nachbargrundstück ein ganzes Stück entfernt sind, bin ich es nicht gewohnt, von irgendjemandem gestört zu werden, schon gar nicht zu dieser nachtschlafenden Stunde. Jedenfalls war ich in Montalos Worte vertieft, als ich aus dem Augenwinkel einen Schatten bemerkte: eine undeutliche Gestalt, die zwischen den Apfelbäumen umherhuschte, als suche sie die beste Stelle, um mich auszuspionieren. Natürlich stand ich auf, ging ans Fenster und beobachtete in dem Moment, dass von den Bäumen rechts jemand fortlief; vergebens rief ich ihm hinterher, er solle stehen bleiben. Ich weiß nicht, wer es war; ich habe nur eine Silhouette gesehen. Ich mache mich nun mit einer gewissen Beklemmung wieder an die Arbeit, bin ich doch, da ich allein lebe, für Diebe eine leichte Beute. Jetzt ist das Fenster zu. Vermutlich wird die Sache letzten Endes nicht von Belang sein. Ich setze die Übersetzung fort mit der nächstfolgenden lesbaren Zeile: »Ich glaubte, meinen Sohn zu kennen …« (Anm. d. Übers.)

konnte, ob er nicht nach den Pausen in seinen langen Ansprachen den Mundwinkel wechseln würde. Weil er stets als Kriegsmann sprach, erwartete er nie eine Erwiderung; daher breitete er sich unnötig aus, auch wenn schon alles gesagt war. Zu diesem Zeitpunkt jedoch meinte auch der größte Freund von Kürze nicht, dass schon alles gesagt sei. Ganz im Gegenteil, alle lauschten seinen Worten mit fast krankhaftem Interesse.

»Man sagt mir, er wäre betrunken gewesen ... er hätte sich als Frau gekleidet und mit dem Dolch zerfleischt ...« Er spuckte winzige Speicheltröpfchen, als er fortfuhr: »Mein Sohn? Mein Euneos? ... Nein, nie hätte er etwas getan, das so ... *stinkt.* Ihr redet von jemand anderem, nicht von meinem Euneos! ... Er soll den Verstand verloren haben, wird erzählt. In einer einzigen Nacht soll er den Verstand verloren und auf diese Weise den heiligen Tempel seines tugendhaften Körpers entehrt haben ... Bei Zeus und der Schild tragenden Athene, das ist unwahr, oder ich müsste glauben, dass mein Sohn dem eigenen Vater ein Unbekannter war! Mehr noch: dass ihr alle für mich so rätselhaft seid wie die Ratschlüsse der Götter! Wenn all dieser Unrat wirklich wahr wäre, müsste ich von nun an glauben, dass eure Gesichter, eure Beileidsworte und mitleidvollen Blicke so unrein sind wie ein unbegrabenes Stück Aas!«

Geraune kam auf. Den gleichgültigen Mienen nach zu urteilen, konnte man glauben, fast alle Anwesenden seien einverstanden damit, »unbegrabenes Aas« genannt zu werden, ohne dass sie deshalb auch nur ein Jota von ihrer Meinung über das Geschehene abzurücken gedachten. Es gab höchst vertrauenswürdige Zeugen, darunter Diagoras, die – wenn auch ausweichend – bestätigten, dass sie Euneos gesehen hatten, wie er sich, betrunken und toll, in Peplos und Linnenumhang gekleidet, am ganzen Körper mehr oder oder weniger ernste Wunden zufügte. Diagoras erklärte, er habe Euneos rein zufällig getroffen: »Es war Nacht, und ich ging gerade nach Hause, da sah ich ihn. Erst dachte ich, es wäre eine Hetäre; er grüßte mich aber, und ich erkannte ihn. Ich habe gleich gemerkt, dass er betrunken war oder gar wahnsinnig. Er schnitt sich mit dem Dolch ins eigene Fleisch, lachte aber dabei, so dass mir zunächst nicht bewusst wurde, wie ernst es um ihn bestellt war. Als ich ihn festhalten wollte, war er schon geflüchtet, nach dem Inneren Kerameikos zu. Ich lief, um Hilfe zu holen, und traf Ypsilos, Deolpos und Archelaos, ehemalige Schüler von mir, und ... sie hatten Euneos auch gesehen ... Schließlich benachrichtigten wir die Soldaten, aber da war es schon zu spät ...«

Als Diagoras nicht mehr im Mittelpunkt der allgemeinen Aufmerksamkeit stand, hielt er Ausschau nach dem Rätsellöser und erblickte ihn nahe der Tür: Er war im Begriff, sich an den Leuten vorbei unauffällig davonzustehlen. Der Philosoph eilte ihm nach und erreichte ihn auf der Straße, Herakles aber tat, als bemerke er ihn nicht. Schließlich packte ihn Diagoras am Umhang.

»Warte! ... Wohin gehst du?«

Herakles' Blick ließ ihn zurückweichen. »Besorg dir einen anderen Rätsellöser, der mehr Lust hat, sich deine Lügen anzuhören, als ich, Diagoras von Medontes«, brach es eisig aus ihm heraus. »Die Hälfte der Summe, die du mir bis jetzt gezahlt hast, sehe ich als mein Honorar an; meine Sklavin wird dir den Rest bringen, wann immer du willst. Guten Tag!«

»Bitte!«, flehte Diagoras. »Warte! ... Ich ...«

Jene kalten, unbarmherzigen Augen ließen ihn wieder kleinmütig werden. Diagoras hatte den Rätsellöser noch nie derart außer sich gesehen. »Nicht die Täuschung an sich nehme ich dir so übel, sondern dass du glaubtest, du könntest *mich* täuschen ... Das, Diagoras, betrachte ich als unverzeihlich!«

»Ich wollte dich nicht täuschen!«

»Dann herzlichen Glückwunsch an Meister Platon, dass er dir die schwierige Kunst beigebracht hat, zu lügen, ohne es zu wollen.«

»Noch arbeitest du für *mich*«, rief Diagoras erbittert aus.

»Vergisst du schon wieder, dass es *meine* Arbeit ist?!«

»Herakles ...« Diagoras bemühte sich, leiser zu sprechen, bemerkte er doch, dass sich schon viel zu viele Neugierige wie Kehricht um die Streitenden häuften. »Herakles, lass mich jetzt nur nicht im Stich ... Nach allem, was geschehen ist, kann ich doch niemandem trauen außer dir!«

»Behaupte noch einmal, dass du den Epheben als Mädchen verkleidet gesehen hast, wie er sich vor deinen Augen das Fleisch in Scheiben schnitt, und ich schwöre dir beim Peplos der Athene Polias, du wirst nie wieder von mir hören!«

»Komm, ich bitte dich ... Lass uns einen Ort suchen, wo wir in Ruhe reden können ...«

Herakles aber fuhr fort: »Eine seltsame Art, wie du deinen Schülern hilfst, Mentor! Glaubst du, du trägst dazu bei, die Wahrheit aufzudecken, indem du sie mit Mist überhäufst?«

»Es geht mir nicht darum, den Schülern zu helfen, sondern der Akademie!« Diagoras' ganzer Kugelkopf war rot angelaufen; er ächzte; seine Augen waren feucht. Er hatte etwas Merkwürdiges geschafft: Er schrie, ohne dabei laut zu werden, er schändete seine eigene Stimme, bis sie ein nach innen gerichtetes Jaulen war, als wolle er Herakles (aber nur ihn) wissen lassen, dass er schrie. Und mit derselben Stimmmagie fügte er hinzu: »Die Akademie muss bei alldem außen vor bleiben! ... Schwör mir das!«

»Es ist nicht meine Art, Leuten, die mit solcher Leichtigkeit Lügen in die Welt setzen, etwas zu schwören!«

»Glaub mir, Herakles«, rief Diagoras auf dem Höhepunkt seines inwendigen Geheuls, seines Stentorgezischels, »ich würde töten, um der Akademie zu helfen!«

Herakles hätte wohl laut aufgelacht, wäre er nicht so wütend gewesen: Ihm schoss durch den Kopf, dass Diagoras soeben das Flüsterbrüllen erfunden hatte – eine Methode, jemanden mit krampfartigem Gemurmel zu betäuben. Sein ersticktes Greinen kam ihm vor wie das eines Kindes, das Angst hat, sein Kamerad könnte ihm das wundervolle Spielzeug der Akademie wegnehmen – bei dem Wort Akademie versagte seine Stimme fast völlig, so dass Herakles es nur noch auf seinen Lippen erahnen konnte –, woran es ihn um jeden Preis hindern will, und das mitten im Unterricht und ohne dass der Lehrer etwas merkt.

»Ich würde töten!«, zischte Diagoras noch einmal. »Was macht es mir aus zu lügen, wenn es darum geht, von der Akademie Schaden abzuwenden?! ... Das Schlechtere muss dem Besseren weichen. Was weniger wert ist, muss dem Wertvolleren geopfert werden!«

»Dann opfere dich, Diagoras, und sage mir die Wahrheit«, erwiderte Herakles voller Ruhe und Sarkasmus, »denn eines sollst du wissen: In meinen Augen warst du nie weniger wert als jetzt.«

Sie gingen durch die Stoa Poikile. Es war die Zeit des Saubermachens, und die Sklaven schwangen die Strohbesen und fegten den Unrat vom vergangenen Tag zusammen. Herakles wusste zwar nicht recht, warum, aber das vielstimmige, ordinäre Geräusch, das dabei entstand – ähnlich dem Geschwätz alter Weiber – verlieh dem leidenschaftlich-bedeutungsschweren Benehmen von Diagoras eine gewisse Komik. Schon immer unfähig, die Dinge leicht zu nehmen, mühte sich dieser gerade mehr denn je, den ganzen Ernst der Lage zu demonstrieren, wandte dabei all seine Reumütigkeit und rhetorischen Fähigkeiten auf und ließ manch tiefsinnigen Seufzer vernehmen.

»Ich ... eigentlich hatte ich Euneos seit gestern Abend, als wir ihn beim Theaterspielen verließen, nicht mehr gesehen ... Heute Morgen, kurz vor Sonnenaufgang, weckte mich einer meiner Sklaven und sagte mir, dass die Diener der *astynómoi* auf einem Gelände im Inneren Kerameikos zwischen Schutt seinen Leichnam gefunden hatten. Als er mir die Einzelheiten erzählte, schauderte mir ... Als erstes dachte ich: Ich muss die Ehre der Akademie schützen ...«

»Ist die Schande einer Familie der einer Anstalt vorzuziehen?«

»Glaubst du etwa, nicht? Wenn die Anstalt, wie in diesem Fall, zum Regieren und zum edlen Erziehen der Menschen weitaus befähigter ist als die Familie, soll da die Familie eher überleben als die Anstalt?«

»Und was hätte es der Akademie geschadet, wenn bekannt geworden wäre, dass Euneos womöglich ermordet wurde?«

»Wenn du in einer dieser Feigen etwas Ekelhaftes entdeckst«, Diagoras wies auf die Frucht, die Herakles gerade zum Mund führte, »und nicht weißt, woher es kommt, würdest du dann Vertrauen setzen in die übrigen Früchte desselben Feigenbaums?«

»Möglicherweise nicht.« Herakles hatte den Eindruck, einen Platoniker etwas zu fragen bedeute vor allem, auf dessen Fragen antworten zu müssen.

»Wenn du aber eine schmutzige Feige auf der Erde findest«, fuhr Diagoras fort, »glaubst du dann etwa, schuld am Schmutz wäre der Feigenbaum?«

»Natürlich nicht.«

»Nun, so dachte auch ich. Meine Überlegung war folgende: Wenn Euneos der Alleinschuldige an seinem Tod ist, wird der Akademie kein Schaden entstehen; die Leute werden sogar froh sein, dass die kranke Feige von den gesunden geschieden wurde. Wenn aber jemand anders hinter seinem Tod steckt, wie lassen sich da Chaos, Panik und Argwohn vermeiden? Mehr noch: Denk an die Möglichkeit, dass es irgendeinem unserer Verleumder (und derer haben wir genug) einfallen würde, gefährliche Parallelen zum Tod von Tramakos zu ziehen ... Kannst du dir vorstellen, was passieren würde, wenn sich die Nachricht verbreitete, jemand schlachte einen nach dem anderen unsere Schüler ab?«

»Du vergisst dabei bloß eine dumme Kleinigkeit.« Herakles lächelte. »Mit deiner Entscheidung trägst du dazu bei, dass Euneos' Tod ungesühnt bleibt.«

»Nein!«, rief Diagoras aus, zum ersten Mal triumphierend. »Da irrst du. Dir wollte ich die Wahrheit sagen. Auf diese Weise setzt du im Geheimen, ohne Gefahr für die Akademie, deine Nachforschungen fort und fasst den Täter.«

»Ein wahrlich meisterhafter Plan. Aber sag mir, Diagoras, wie hast du es angestellt? Ich meine, hast du ihm auch den Dolch in die Hand gedrückt?«

Errötend nahm der Philosoph wieder seine düsterbedeutungsschwere Haltung an. »Nein, bei Zeus, nie im Leben wäre mir eingefallen, den Leichnam anzurühren! Als der Sklave mich zu dem Ort führte, waren die Diener des *astynómos* und er selbst bereits anwesend. Ich legte ihnen die unterwegs erdachte Version dar und nannte die Namen ehemaliger Schüler, von denen ich wusste, dass sie gegebenenfalls alles bestätigen würden ... Eben weil ich den Dolch in seiner Hand sah und den starken Weindunst roch, hielt ich meine Version für plausibel ... Und tatsächlich, Herakles, warum soll nicht alles so gewesen sein? Der *astynómos*, der den Leichnam untersucht hatte, erklärte mir, dass alle Wunden in Reichweite seiner rechten Hand lagen ... Es gab zum Beispiel keinerlei Schnitte im Rücken ... Wie es aussieht, hat er wirklich selbst ...«

Diagoras verstummte, als er im kühlen Blick des Rätsellösers Ärger aufblitzen sah. »Bitte, Diagoras, beleidige nicht mein Denkvermögen, indem du die Meinung eines elenden Straßenputzers wie des *astynómos* ins Feld führst ... Ich bin Rätsellöser.«

»Und was veranlasst dich zu glauben, Euneos wäre ermordet worden? Er roch nach Wein, er hatte sich als Frau verkleidet, er hielt einen Dolch in seiner rechten Hand, und er konnte sich all die Wunden selbst zugefügt haben. Ich kenne etliche Fälle, in denen der unverdünnte Wein bei jungen Geistern Schreckliches angerichtet hat. Heute Morgen erst fiel mir wieder der Fall eines Epheben von meinem Demos ein, der sich bei einem Lenäenfest zum ersten Mal betrank und mit seinem Kopf so lange gegen eine Mauer schlug, bis er tot war ... Also dachte ich ...«

»Wie immer hast du wieder angefangen, Dinge zu denken«, unterbrach ihn Herakles sanft, »und ich habe mich darauf beschränkt, die Leiche zu untersuchen: Da hast du den großen Unterschied zwischen einem Philosophen und einem Rätsellöser.«

»Und was hast du herausgefunden?«

»Die Kleider. Der Peplos, den er trug und der von den Messerstichen zerfetzt war ...«

»Ja, und?«

»Die Löcher im Stoff stimmten nicht mit den Wunden darunter überein. Selbst ein Kind hätte merken müssen … Nun ja, ein Kind nicht unbedingt, ich aber schon. Ein einfacher Blick unter die Kleider genügte, um festzustellen, dass unter einem langen Riss im Stoff eine kreisrunde Wunde lag, unter einem schmalen Einstich dagegen die Haut ein ganzes Stück lang, aber nur oberflächlich geritzt war … Es ist nicht zu übersehen, dass ihn jemand als Frau verkleidet hat, *nachdem* ihm die Messerstiche zugefügt wurden … natürlich nicht ohne zuvor Löcher in die Kleider zu reißen und sie mit Blut zu beschmieren.«

»Unglaublich!«, rief Diagoras mit aufrichtiger Bewunderung aus.

»Man muss nur verstehen hinzusehen«, erwiderte der Rätsellöser ungerührt. »Damit nicht genug, hat unser Mörder auch bei einem anderen Detail einen Fehler begangen: Um den Leichnam herum war kein Blut. Hätte sich Euneos diese furchtbaren Schnittwunden selbst zugefügt, dann wären auf dem Schutt und Kehricht um ihn wenigstens Blutspritzer zu sehen gewesen. Das war aber nicht der Fall: Es war vielmehr, wenn man so sagen darf, sauberer Unrat. Das bedeutet, Euneos wurden die Messerstiche nicht dort, sondern irgendwo anders zugefügt, und erst danach wurde er in die Ruinengegend des Inneren Kerameikos gebracht.«

»Oh, bei Zeus …«

»Es gibt noch einen Fehler, und dieser letzte Fehler war vielleicht der entscheidende.« Herakles kniff die Augen zusammen und zupfte nachdenklich am silbernen Bart. »Jedenfalls verstehe ich noch nicht, warum Euneos als Frau verkleidet wurde und man ihm *das hier* in die Hand legte …«

Er holte etwas aus seinem Umhang. Beide schauten und schwiegen.

»Wieso glaubst du, sie ist von jemand anderem?«, fragte Diagoras. »Vielleicht hatte Euneos sie schon vorher!«

Ungeduldig schüttelte Herakles den Kopf. »Aus Euneos' Leichnam trat kein Blut mehr aus, und er war steif«, erklärte er. »Hätte Euneos sie in der Hand gehalten, als er starb, dann hätte die Leichenstarre verhindert, dass ich sie so leicht herausnehmen konnte. Nein, *jemand* hat ihn als Mädchen verkleidet und sie ihm in die Hand gelegt.«

»Aber, bei den heiligen Göttern, warum?«

»Ich weiß es nicht. Und das lässt mir keine Ruhe. Es ist der Teil des Textes, den ich noch nicht übersetzt habe, Diagoras ... Auch wenn ich dir in aller Bescheidenheit versichern kann, dass ich kein schlechter Übersetzer bin ...« Und unversehens machte Herakles kehrt und stieg die breiten Treppen der Stoa hinab. »Nun gut, es ist alles gesagt! Verlieren wir nicht noch mehr Zeit! Uns steht noch eine Herkulesarbeit bevor!«

»Wohin gehen wir?«

Diagoras musste seinen Schritt beschleunigen, um Herakles einzuholen, der ausrief: »Zu einer sehr gefährlichen Person, die uns vielleicht hilft! ... Wir gehen zur Werkstatt von Menekmos!«

Und während er voranschritt, verwahrte er in seinem Umhang wieder die welke weiße Lilie.«[4]

---

[4] *Ich könnte dir helfen, Herakles, aber wie soll ich dir sagen, was ich weiß? Wie sollst du wissen, und bist du noch so gescheit, dass dies nicht eine Spur für dich, sondern für mich ist, für den Leser eines eidetischen Werks, in dem du selbst als Figur nicht mehr bist als eine weitere Spur? Dein Dasein, jetzt weiß ich es, ist ebenfalls eidetisch. So wie die Lilie von dem mysteriösen Mörder in die Hand seines Opfers gelegt wurde, so hat dir der Autor deinen Platz zugewiesen, um dem Leser die Idee der*

In der Dunkelheit fragte eine Stimme: »Ist da jemand?«[5]

Der Ort war finster und staubig, der Boden voller Trümmer und vielleicht auch Schmutz – Dinge, auf denen man wie auf Steinen lief und die danach klangen, sowie Dinge, auf denen man wie auf weichem oder brüchigem Unrat lief und die danach klangen. Die Dunkelheit war vollkommen: Man wusste nicht, worauf man trat und wohin der Raum führte. Er konnte riesig sein oder ganz klein; vielleicht gab es noch einen anderen Ausgang als den Portikus, vielleicht auch nicht.

»Warte, Herakles«, flüsterte eine andere Stimme. »Ich sehe dich nicht.«

Die schwächere der beiden Stimmen verriet unbändigen Schrecken.

»Herakles?«

»Ich bin hier.«

»Wo?«

»Hier.«

»Arbeiten des Herkules« deutlicher zu machen, ein Leitmotiv im Buch. Die »Arbeiten des Herkules«, das »Mädchen mit der Lilie« (mit der Bitte um »Hilfe« und der Warnung vor »Gefahr«) sowie der »Übersetzer« – alle drei in diesen letzten Absätzen erwähnt – stellen bislang die zentralen eidetischen Bilder dar. Was mögen sie bedeuten? (Anm. d. Übers.)

[5] *Ich unterbreche das Übersetzen, aber ich schreibe weiter: So werde ich, mag geschehen, was will, meine Lage protokollieren. Ganz kurz:* JEMAND IST IN MEINEM HAUS. *Ich erzähle schnell, was bisher passiert ist – ich schreibe in aller Eile, womöglich nicht ganz geordnet: Es ist Nacht,*

ich wollte gerade den letzten Teil dieses Kapitels in Angriff nehmen, als ich ein schwaches Geräusch hörte, seltsam in der Einsamkeit meines Hauses. Ich maß ihm dennoch keine große Bedeutung bei und fing an zu übersetzen. Ich schrieb zwei Sätze, dann hörte ich mehrere Geräusche in gleichmäßigem Rhythmus, wie SCHRITTE. *Spontan ging ich erst einmal im Flur und in der Küche nachsehen, weil die Geräusche von dort kamen, dann dachte ich aber, ich sollte lieber alles aufschreiben, was passiert, weil*

Wieder ein Geräusch!

Ich bin gerade von meinem eigentümlichen Erkundungsgang zurück: Da war niemand, ich habe auch nichts Außergewöhnliches entdecken können. Ich glaube nicht, dass man mir etwas gestohlen hat. An der Haustür waren keine Spuren von Gewalt zu sehen. Die Küchentür, die auf einen Außenhof geht, stand zwar offen, aber womöglich habe ich sie selber offen gelassen, ich weiß nicht mehr. Sicher ist, dass ich in allen Ecken und Winkeln nachgeschaut habe. In der Dunkelheit konnte ich die vertrauten Umrisse meiner Möbel erkennen (ich wollte dem Besucher keine Möglichkeit verschaffen zu wissen, wo ich war, und hatte daher kein Licht gemacht). Ich war im Flur, in der Küche, in der Bibliothek und im Schlafzimmer und habe ein paar Mal laut gefragt: »Ist da jemand?«

Danach machte ich, nun etwas ruhiger, ein paar Lampen an und fand bestätigt, was ich eben berichtet habe: dass anscheinend alles falscher Alarm gewesen war. Jetzt sitze ich wieder an meinem Schreibtisch, und mein Herz beruhigt sich langsam. Ich denke: nur ein Zufall. Ich denke aber auch: Gestern Nacht hat jemand mich von den Bäumen im Garten aus beobachtet, und heute … Ein Dieb? Ich glaube nicht, obwohl alles möglich ist. Aber einem Dieb geht es vor allem ums Stehlen, nicht darum, seinem Opfer nachzuspionieren. Vielleicht bereitet er einen großen Coup vor. Er wird seine Überraschung erleben (ich muss lachen, wenn ich daran denke): Bis auf ein paar alte Manuskripte besitze ich in meinem Haus nichts von Wert. Darin ähnele ich, glaube ich, Montalo ... Darin und in vielen anderen Dingen ...

Ich denke jetzt oft an Montalo. In den letzten Tagen habe ich noch ein paar Nachforschungen angestellt. Alles in allem muss man sagen, dass seine erbitterte Einsamkeit gar nicht so seltsam war: Mit mir ist es nicht anders. Beide haben wir uns entschieden, auf dem Lande zu leben, in geräumigen Häusern mit rechteckigen Innen- und Außenhöfen, wie die alten griechischen Villen der Reichen von Olynthos und Threkenos. Und beide haben wir uns mit Leidenschaft dem Übersetzen von Texten verschrieben, die aus Hellas auf uns überkommen sind. Beide haben wir nicht die Liebe einer Frau genossen (oder erlitten), beide sind wir kinderlos geblieben, und als Freunde haben wir beide vor allem Kollegen (in seinem Fall zum Beispiel Aristides, in meinem – mit AUGENFÄLLIGEN *Unterschieden – Helena). Es stellen sich ein paar Fragen: Was ist mit Montalo in seinen letzten Lebensjahren geschehen? Aristides sagte mir, er sei davon besessen gewesen, mit einem eidetischen Text die Ideenlehre Platons zu beweisen ... Vielleicht enthält ja das* RÄTSEL DES PHILOSOPHEN *den Beweis, den er suchte, und er ist darum wahnsinnig geworden? Wenn er aber Experte für eidetische Werke war, warum weist er dann in seiner Ausgabe nicht auf die Eidesis hin?*

Ich weiß zwar nicht, wieso, aber ich bin mir immer sicherer, dass sich die Antwort auf diese Fragen IM TEXT VERBIRGT. *Ich muss weiterübersetzen.*

Ich bitte den Leser für die Unterbrechung um Nachsicht. Ich setze wieder ein bei dem Satz: »In der Dunkelheit fragte eine Stimme ...« (Anm. d. Übers.)

Die Entdeckung, dass da tatsächlich jemand war, ließ die schwächere Stimme fast aufschreien.

»Was hast du, Diagoras?«

»O ihr Götter ... Einen Moment lang dachte ich ... Es ist eine Statue.«

Herakles kam durch das Dunkel angetappt, streckte die Hand aus und berührte etwas: Wäre es das Gesicht eines lebendigen Menschen gewesen, so hätten ihm seine Finger direkt in die Augen gestoßen. Er betastete die Pupillen, erkannte die geometrisch strenge Linie der Nase, die Wellenkontur der Lippen, die zweigeteilte, kräftige Kinnpartie. Er lächelte und sagte: »Wirklich, eine Statue. Davon mag es hier allerdings etliche geben, es ist seine Werkstatt.«

»Ja, natürlich«, bemerkte Diagoras verlegen. »Ich kann sie auch fast schon sehen, meine Augen gewöhnen sich langsam an das Dunkel.«

In der Tat: Der Pinsel der Pupillen hatte begonnen, inmitten der Schwärze weiße Umrisse zu malen, er skizzierte Figuren und gut erkennbare Rohentwürfe. Herakles hustete – der Staub setzte ihm zu – und wühlte mit der Sandale im Unflat unter seinen Füßen. Ein Laut erklang, als habe er ein Kästchen mit Glasperlen geschüttelt. »Wo wird er stecken?«, fragte er.

»Wollen wir nicht lieber in der Vorhalle auf ihn warten?«, schlug Diagoras vor, dem ob des Zwielichts und der langsam aufscheinenden Skulpturen unwohl in seiner Haut war. »Ich glaube, er wird bald kommen ...«

»Er ist hier. Warum sonst sollte er die Tür offen lassen?«

»Ein merkwürdiger Ort ...«

»Eine Künstlerwerkstatt, mehr nicht. Merkwürdig ist nur, dass die Fenster verdunkelt sind. Komm mit.«

Sie liefen weiter. Das war inzwischen einfacher: Ihre

Blicke erreichten nach und nach die Inseln von Marmor, die auf hohen Holzständern ruhenden Büsten, die noch im Stein gefangenen Leiber und die rechtwinkligen Blöcke, aus denen Friese gemeißelt wurden. Auch der Raum selbst, in dem sie standen, wurde allmählich sichtbar: Es war eine weitläufige Werkstatt, mit der Vorhalle sowie dem Eingang an einem und, wie es aussah, schweren Wandteppichen und Behängen am anderen Ende. Eine Seite des Raums schien von Goldfäden durchzogen: schwach schimmernde Tupfen im Holz riesiger Fensterläden, die verschlossen waren. Die Skulpturen und die Steinquader, in die sie gehauen wurden, ragten unregelmäßig über den ganzen Raum verstreut aus den Abfällen der Kunst: Trümmerstücke, Splitter, Steinbrocken, Schleifsand, Werkzeuge, Schutt und Stofffetzen. Vor den Wandbehängen erhob sich ein ziemlich großes Holzpodest, zu dem seitlich zwei Treppen führten. Darauf ein Gebirge von weißen Tüchern, ihm vorgelagert ein Kasten mit Gesteinsbrocken. Es war kalt in diesen Mauern, und so seltsam es scheinen mag, es *roch* nach Stein: eine unerwartet schwere, unsaubere Ausdünstung, wie der Atem des Bodens, den man tief einsaugt, bis man auch die beißende Leichtigkeit des Staubs einfängt.

»Menekmos?«, fragte Herakles Pontor laut.

Das darauffolgende Geräusch – maßlos, jenem mineralischen Dämmer unangemessen – zerfetzte die Stille. Von einem der großen Fenster, gleich neben dem Podest, hatte jemand die Holzplatte abgenommen, mit der es verschlossen gewesen war, und hatte sie auf den Boden fallen lassen. Funkelndes, schneidendes Mittagslicht durchbrach wie ein Götterfluch den Saal, ohne auf ein Hindernis zu stoßen. In Kalkwolken wirbelte der Staub umher.

»Meine Werkstatt ist nachmittags geschlossen«, sagte der Mann.

Offenbar gab es hinter den Vorhängen eine geheime Tür, denn weder Herakles noch Diagoras hatten sein Kommen bemerkt.

Er war sehr schlank und bot einen Anblick von krankhafter Liederlichkeit. In seinem zerzausten Haarschopf hatte das Grau noch nicht die Oberhand gewonnen, nur vereinzelte Strähnen erblühten in schmutzigem Weiß. Die Augenringe in seinem blassem Gesicht waren dunkle Flecken. Es gab kein einziges Detail an seinem Äußeren, das ein Künstler nicht hätte nachbessern wollen – ob nun den dünnen, schütteren Bart, den unregelmäßigen Schnitt seines Umhangs oder die ausgetretenen Sandalen. Auf seinen sehnigen, dunklen Händen wie auch auf seinen Füßen hatte sich aller nur mögliche Schmutz abgelagert. Sein ganzer Körper war ein abgenutztes Werkzeug. Er hustete, strich sich – vergeblich – das Haar glatt und blinzelte mit den von Äderchen durchzogenen Augen. Dann drehte er dem Besuch den Rücken zu, schenkte ihm weiter keine Beachtung und ging zu einem mit Gerätschaften überhäuften Tisch neben dem Podest, wo er sich anscheinend – man konnte sich keine Gewissheit verschaffen – die für seine Arbeit am besten geeigneten heraussuchte. Es waren verschiedenerlei metallische Geräusche zu hören wie von einer verbeulten Zimbel.

»Das wussten wir, teurer Menekmos«, sagte Herakles sanft und aufgeräumt. »Wir sind nicht gekommen, um Statuen von dir zu kaufen …«

Menekmos wandte den Kopf und warf Herakles einen abfälligen Blick zu.«Was suchst du hier, Rätsellöser?«

»Ich suche das Gespräch mit einem Kollegen«, erwiderte Herakles. »Denn wir sind beide Künstler: Du suchst die Wahrheit herauszumeißeln, ich sie aufzudecken.«

Der Bildhauer setzte seine Arbeit am Tisch fort und verursachte dabei mit den Werkzeugen ein heilloses Geschepper, bevor er fragte: »Mit wem bist du da gekommen?«

»Ich bin …«, setzte der Philosoph würdevoll an.

»… ein Freund«, schnitt ihm Herakles das Wort ab. »Glaub mir, wenn ich dir versichere, dass er viel mit meinem Hiersein zu tun hat; aber verlieren wir nicht noch mehr Zeit …«

»Richtig, ich muss nämlich arbeiten. Ich habe einen Auftrag von einer Aristokratenfamilie aus dem Skambonidai, der muss in einem Monat fertig sein. Und noch vieles andere …« Er hustete wieder: ein Husten, das wie seine Worte abgebrochen und schmutzig klang.

Unversehens wandte er sich von seinen Verrichtungen am Tisch ab – die Bewegungen eckig und ungelenk – und stieg über eine der Treppen auf das Podest. Mit äußerster Liebenswürdigkeit erklärte Herakles: »Es sind nur ein paar Fragen, Freund Menekmos, und wenn du mir hilfst, ist es umso schneller erledigt. Wir möchten wissen, ob dir die Namen Tramakos, Sohn des Meragros, Antisos, Sohn des Praxinoe, und Euneos, Sohn des Trisypos, etwas sagen.«

Menekmos, der oben auf dem Podest damit beschäftigt war, die Tücher von der Skulptur abzunehmen, hielt inne. »Warum fragst du?«

»Ach, Menekmos: Wenn du auf meine Fragen mit Fragen antwortest, wie sollen wir da rasch fertig werden? Gehen wir der Reihe nach: Beantworte du jetzt meine Fragen, und ich werde danach deine beantworten.«

»Ja, ich kenne sie.«

»Beruflich?«

»Ich kenne viele Epheben in der Stadt …« Er brach ab, um ein widerspenstiges Tuch herunterzuziehen. Er hatte keine Geduld; seine Bewegungen waren die eines Kämpfers; die Gegenstände schienen ihn herauszufordern. Zweimal gab er dem Stoff kurz Gelegenheit herunterzufallen, fast wie eine Vorwarnung. Dann presste er die Zähne zusammen, stemmte die Füße gegen das Holzpodest und zog, ein schmutziges Knurren ausstoßend, mit beiden Händen. Das Tuch löste sich mit einem Geräusch, als wühlte jemand in Unrat, und wirbelte die unanrührbaren Staubschichten durcheinander.

Die Skulptur, endlich enthüllt, bestand aus zwei Teilen: Sie zeigte einen Mann, der an einem mit Papyrusrollen überhäuften Tisch saß. Der noch unfertige Sockel krümmte sich mit der gestaltlosen Keuschheit des vom Meißel unberührten Marmors. Vom Kopf der Figur, die Herakles und Diagoras den Rücken zuwandte, war nur der Haarwirbel zu sehen, so versunken schien sie in ihrem Tun.

»Hat einer der Jungen Modell gestanden?«, fragte Herakles.

»Gelegentlich«, war die lakonische Antwort.

»Ich glaube allerdings nicht, dass alle deine Modelle auch als Schauspieler in deinen Dramen auftreten …«

Menekmos war an den Tisch mit den Werkzeugen zurückgekehrt und stellte sich einen Satz von verschieden großen Meißeln zusammen. »Sie können selbst entscheiden«, sagte er, ohne Herakles anzuschauen. »Manche tun beides.«

»Wie Euneos?«

Der Bildhauer riss den Kopf herum: Diagoras durchzuckte der Gedanke, dass es ihm Spaß machen musste, die eigenen Muskeln zu misshandeln, so wie ein berauschter Vater die eigenen Söhne misshandelt.

»Die Sache mit Euneos habe ich eben erst erfahren, falls du das meinst.« Menekmos' Augen waren zwei auf

Herakles geheftete Schatten. »Ich hatte nichts zu tun mit seinem Anfall von Wahnsinn.«

»Niemand hat das Gegenteil behauptet.« Herakles hob die offenen Hände, als würde Menekmos ihn bedrohen. Als dieser sich wieder mit seinen Werkzeugen beschäftigte, sagte er: »Wusstest du eigentlich, dass es heimlich geschah, wenn Tramakos, Antisos und Euneos in deinen Stücken auftraten? Die Mentoren der Akademie hatten ihnen das Theaterspielen verboten …«

Der Bildhauer hob die knochigen Schultern. »Irgend so etwas mag ich gehört haben. Das ist das Törichtste, was mir je zu Ohren gekommen ist!« Und mit diesen Worten war er in zwei Sätzen wieder die Podesttreppe hinaufgestürmt. »Niemand hat das Recht, die Kunst zu verbieten!«, rief er aus und ließ auf eine Ecke des Marmortischs einen wütenden, geradezu gefährlichen Meißelhieb niedergehen, der als schwereloser musikalischer Klang widerhallte.

Diagoras tat den Mund zu einer Erwiderung auf, schien sich aber eines Besseren zu besinnen und schwieg. So war es Herakles, der fragte: »Hatten sie Angst, entdeckt zu werden?«

Mit erbitterter Miene lief Menekmos um die Statue herum, als suche er eine andere unfolgsame Ecke, die es zu züchtigen galt. »Ich nehme an. Allerdings interessierte mich nicht, was für ein Leben sie ansonsten führten. Ich bot ihnen die Möglichkeit, im Chor aufzutreten, das ist alles. Sie willigten ein, ohne zu mucksen, und die Götter wissen, wie dankbar ich war: Im Unterschied zu den Statuen bringen mir meine Tragödien weder Ruhm noch Geld, lediglich Genuss, und es ist nicht leicht, Leute zu finden, die mitspielen …«

»Wann hast du sie kennengelernt?«

Menekmos antwortete nicht gleich. »Bei einer Wallfahrt nach Eleusis. Ich verehre die Heiligen Mysterien.«

»Aber deine Beziehungen zu den Jungen beschränkten sich nicht auf den gemeinsamen religiösen Glauben, oder?« Herakles hatte begonnen, in der Werkstatt umherzuwandeln; vor dem einen oder anderen Werk blieb er stehen und betrachtete es mit dem begrenzten Interesse, das ein aristokratischer Mäzen dafür aufbringen könnte.

»Was willst du damit sagen?«

»Ich will damit sagen, o Menekmos, dass du sie liebtest.«

Der Rätsellöser stand vor der unvollendeten Figur eines Hermes mit Heroldstab, Reisehut und Flügelschuhen.

»Vor allem Antisos, wie ich sehe.«

Er wies auf das Antlitz des Gottes, in dessen Lächeln etwas anmutig Kokettes lag.

»Und dieser Kopf eines mit Weinreben gekränzten Bakchos? Und diese Athene-Büste?«

Er ging von einer Figur zur nächsten, wie ein Verkäufer, der sie wärmstens anempfehlen möchte.

»Ich würde meinen, ich sehe überall das schöne Antlitz von Antisos, verteilt auf die Göttinnen und Götter des heiligen Olymp …«

»Antisos wird von vielen geliebt.« Ungestüm nahm Menekmos seine Arbeit wieder auf.

»Und von dir verherrlicht. Ich frage mich nur, wie du mit all der Eifersucht fertig wirst. Ich kann mir vorstellen, dass Tramakos und Euneos deine unübersehbare Vorliebe für ihren Kameraden nicht sonderlich erfreut haben wird …«

Für einen Augenblick schien Menekmos zwischen den Meißelhieben aufzustöhnen; als er aber den Kopf umwandte, sahen Herakles und Diagoras ihn lächeln. »Bei Zeus, glaubst du, dass ich ihnen viel bedeutet habe?«

»Ja, immerhin waren sie bereit, für dich Modell zu stehen und in deinen Stücken aufzutreten und so die heiligen Gebote der Akademie zu missachten. Ich glaube, Menekmos, dass sie dich bewunderten: Nackt oder als Frauen gekleidet, posierten sie für dich, und wenn die Arbeit vorbei war, buhlten sie mit ihrer Nacktheit oder ihren androgynen Gewändern um deine Gunst ... und riskierten dabei, entdeckt zu werden und Schande über ihre Familien zu bringen ...«

Menekmos rief, immer noch lächelnd: »Bei Athene! Glaubst du wirklich, Herakles Pontor, dass ich als Künstler und Mann so viel wert bin?«

»Den jungen Geistern, die wie deine Skulpturen noch unfertig sind, taugt jede Erde, um Wurzeln zu schlagen. Und besser als jede andere eine mit viel Mist, Menekmos von Charisios.«

Menekmos schien ihm nicht zuzuhören. Er meißelte mit großer Hingabe an den Gewandfalten des Mannes. Bong! Bong! Plötzlich redete er wieder, aber so, als spräche er mit dem Marmor. Seine rauhe, schwankende Stimme besudelte die Wände mit Echos. »Ja, ich gebe vielen Epheben eine geistige Richtschnur ... Glaubst du nicht, Herakles, dass unsere Jugend eine Richtschnur braucht? Ist etwa die Welt ...« Es schien, als schlüge er, je wütender er wurde, desto härter auf den Meißel: Bong! »... ist die Welt, die sie erben werden, etwa lebenswert? Schau dich doch um! ... Unsere athenische Kunst ... Was für eine Kunst denn? ... Früher waren die Figuren voll Kraft: Wir taten es den Ägyptern gleich, die schon immer viel weiser waren als wir!« Bong! »Und was machen wir jetzt? Wir zeichnen geometrische Formen und Umrisse, die streng dem Kanon folgen! … Wir haben die Spontaneität verloren, die Kraft und die Schönheit!« Bong! Bong! »Du sagst, ich vollende meine Werke nicht, und das stimmt … Und weißt du, warum? … Weil ich es nicht fertig bringe, etwas nach dem Kanon herzustellen!«

Herakles wollte ihn unterbrechen, doch schon im reinen Beginnen versanken seine Worte im Morast von Menekmos' Gemeißel und Geschrei.

»Und das Theater! … Einst war das Theater eine Orgie, an der selbst die Götter teilhatten! … Aber was hat Euripides daraus gemacht? … Billige Dialektik nach dem Geschmack der edlen Denker von Athen!« Bong! »Ein Theater beschaulicher Nachdenklichkeit anstelle eines heiligen Festes! … Euripides selbst hat seinen Irrtum als alter Mann am Ende seiner Tage erkannt!« Er unterbrach seine Arbeit und blickte Herakles lächelnd an. »Er hat seine Meinung radikal geändert …«

Und als hätte allein dieser letzte Satz einer Pause bedurft, nahm er mit vermehrter Kraft sein Gemeißel wieder auf.

»Der alte Euripides ließ die Philosophie Philosophie sein und machte wirklich *Theater*!« Bong! »Erinnerst du dich, welches sein letztes Werk war?« Und er rief glückstrahlend, als wäre das Wort ein Edelstein, den er unversehens im Schutt gefunden hatte: *»Die Bakchen!«*

»Jawohl!«, überschrie ihn eine andere Stimme. »*Die Bakchen*, das Werk eines Wahnsinnigen!« Menekmos wandte sich Diagoras zu, der seine Worte mit einer Erregung ausstieß, als habe ihn sein Schweigen zuvor viel Kraft gekostet. »Euripides büßte seine Fähigkeiten ein, als er alt wurde, so wie es uns allen ergeht, und sein Theater verfiel in einem unvorstellbaren Grade! … Die edlen Fundamente seines reinen, logisch denkenden Geistes, der in seiner Reifezeit emsig nach der philosophischen Wahrheit suchte, kamen mit den Jahren ins Wanken ... und sein letztes Werk wurde wie die von Aischylos und Sophokles zu einer stinkenden Kloake, in der es von Krankheiten der Seele wimmelt und Ströme unschuldigen Blutes fließen!« Von der Wucht seiner Rede hochrot im Gesicht, schaute er Menekmos herausfordernd an.

Nach einem Augenblick der Stille fragte der Bildhauer den Rätsellöser leise: »Darf man wissen, wer dieser Idiot ist?«

Mit einer Gebärde schnitt Herakles die wütende Erwiderung seines Begleiters ab. »Entschuldige, lieber Menekmos, wir sind nicht gekommen, um von Euripides und seinem Theater zu sprechen ... Nein, lass mich reden, Diagoras!« Der Philosoph konnte kaum an sich halten. »Wir wollten dich fragen ...«

Tosende Echos unterbrachen ihn: Menekmos hatte zu brüllen begonnen, während er auf dem Podest hin und her lief. Bisweilen wies er mit dem kleinen Hammer in der Hand auf einen der Männer, als wäre er drauf und dran, ihn den beiden an den Kopf zu schleudern. »Und die Philosophie? Erinnert euch an Heraklit! ›Ohne Zwietracht gibt es kein Dasein‹! Das meinte der Philosoph Heraklit! Hat sich die Philosophie etwa nicht verändert? Früher war sie eine Kraft, ein Drang! Und jetzt, was ist sie jetzt? Reine Verstandessache! ... Früher! Was machte uns da neugierig? Die *Materie* der Dinge: Thales, Anaximandros, Empedokles! Früher dachten wir an die Materie! Und jetzt? Woran denken wir jetzt?« Und mit grotesk verstellter Stimme gab er sich selbst die Antwort: »An die Welt der Ideen! ... Die Ideen existieren, klar, aber sie leben woanders, weit weg von uns! Sie sind vollkommen, rein, gütig und nützlich!«

»Das sind sie!«, explodierte Diagoras. »Das sind sie,

und zwar genauso, wie du ein unvollkommener, vulgärer Lump bist und …«

»Bitte, Diagoras, lass mich sprechen!«, verschaffte sich Herakles Gehör.

»Wir sollen nicht die Epheben lieben, oh nein!«, spottete Menekmos. »Wir sollen die *Idee* vom Epheben lieben! … Gedankenlippen küssen, eine Schenkeldefinition streicheln! … Und erschaffen wir bloß keine Statuen, bei Zeus! Das wäre vulgäre Nachahmung! … Erschaffen wir *Ideen* von Statuen! … Das ist die Philosophie, die die Jungen erben werden! … Aristophanes tat recht daran, die Philosophie in die Wolken zu verbannen!«

Diagoras keuchte, außer sich vor Zorn. »Wie kannst du mit solcher Unverfrorenheit über etwas urteilen, von dem du nichts weißt? Du …«

»Diagoras!« Herakles' bestimmter Tonfall ließ plötzlich Stille eintreten. »Begreifst du nicht, dass Menekmos vom Thema ablenken will? Lass endlich mich sprechen!« Und mit überraschender Gelassenheit fuhr er, an den Bildhauer gewandt, fort: »Menekmos, wir sind gekommen, um dir Fragen zum Tod von Tramakos und Euneos zu stellen …« Er sagte es fast in entschuldigendem Ton, als bäte er um Nachsicht, dass er jemanden, den er für sehr bedeutend hielt, mit einer so trivialen Angelegenheit behelligte.

Menekmos schwieg kurz, spuckte dann aufs Podest, rieb sich die Nase und sagte: »Tramakos haben die Wölfe getötet, als er auf der Jagd war. Von Euneos habe ich gehört, dass er sich betrunken hat und dass sich die Krallen des Dionysos in sein Gehirn schlugen und ihn zwangen, sich mehrere Male einen Dolch ins Fleisch zu stoßen … Was habe ich damit zu tun?«

Herakles' Antwort kam prompt: »Die beiden haben zusammen mit Antisos nachts deine Werkstatt besucht und an deinen merkwürdigen Vergnügungen teilgenommen. Alle drei bewunderten sie dich und gehorchten deinen amourösen Ansprüchen, einer von ihnen ging dir allerdings vor. Vermutlich gab es auch Streit zwischen ihnen und womöglich Drohungen, denn die Lustbarkeiten, die du mit deinen Epheben veranstaltest, sind nicht eben gut beleumdet, und keiner von ihnen wollte, dass sie öffentlich würden ... Außerdem war Tramakos gar nicht auf die Jagd gegangen, an dem Tag aber, als er Athen verließ, blieb deine Werkstatt geschlossen, und niemand hat dich irgendwo gesehen ...«

Diagoras runzelte die Stirn und blickte Herakles an; von Letzterem wusste er nichts.

Herakles aber fuhr fort wie in einem rituellen Gesang: »Und außerdem wurde Tramakos in Wirklichkeit ermordet oder bewusstlos geschlagen und den Wölfen zum Fraß vorgeworfen ... Und außerdem sind Euneos und Antisos gestern Abend nach der Aufführung deines Stückes hierher gekommen. Und außerdem ist die Werkstatt der Stelle, wo heute Morgen Euneos gefunden wurde, näher als jedes andere Haus. Und außerdem weiß ich mit Sicherheit, dass auch Euneos ermordet wurde und dass sein Mörder das Verbrechen an einem anderen Ort begangen und erst dann die Leiche an die Fundstelle geschleppt hat. Und außerdem ist es logisch anzunehmen, dass beide Orte nicht allzu weit entfernt voneinander liegen können, weil niemand auf den Gedanken käme, mit einer Leiche auf der Schulter quer durch Athen zu laufen.« Er hielt inne und breitete die Arme in einer fast freundschaftlichen Gebärde aus. »Wie du siehst, lieber Menekmos, hast du ziemlich viel mit alldem zu tun.«

Menekmos' Miene war undurchdringlich. Man hätte glauben können, er lächele, doch seine Augen blickten finster. Ohne ein Wort wandte er sich wieder dem Marmor zu, zeigte Herakles den Rücken und meißelte mit abgemessenen Schlägen weiter. Dann sprach er, und seine Stimme klang belustigt: »Oh, deine logischen Schlüsse! Oh, wie wunderbar, wie erlesen sie sind, die logischen Schlüsse!« Er stieß ein unterdrücktes Lachen aus. »Ich bin schuldig wegen eines Syllogismus! Noch besser: wegen der Entfernung zwischen meinem Haus und dem Trümmergelände im Töpferviertel.« Ohne mit dem Meißeln innezuhalten, wandte er langsam den Kopf und lachte abermals, als wolle er sich über die Skulptur oder seine eigene Arbeit lustig machen. »So konstruieren wir Athener heutzutage die Wahrheiten: Wir reden von Entfernungen, berechnen Gefühle, erklären die Tatsachen mit Vernunftgründen!«

»Menekmos ...«, sagte Herakles mild.

Der Bildhauer aber redete unbeirrt weiter: »In kommenden Jahren wird man sagen können, Menekmos wurde wegen einer bestimmten Entfernung für schuldig befunden! ... Heutzutage folgt alles einem Kanon, habe ich das nicht schon so oft gesagt? Gerechtigkeit ist nur noch eine Frage der Entfernung ...«

»Menekmos«, drängte Herakles in unverändertem Ton, »woher weißt du, dass Euneos' Leiche auf einem Trümmergelände im Töpferviertel gefunden wurde? Das habe ich nicht gesagt.«

Diagoras überraschte die heftige Reaktion des Bildhauers: Er warf Herakles einen Blick aus seinen weit aufgerissenen Augen zu, als wäre dieser eine plötzlich zu Leben erweckte, dicke Galateia, brachte einen Moment lang kein Wort heraus und schrie dann mit dem bisschen Stimme, das ihm noch verblieben war: »Bist du übergeschnappt? Alle Welt spricht davon! ... Was willst du damit andeuten?«

Herakles schlug wieder seinen demütigst entschuldigenden Ton an. »Nichts, mach dir keine Sorgen. Es war nur Teil meiner Gedankengänge zur Entfernung.« Und dann, als hätte er etwas vergessen, kratzte er sich den kegelförmigen Schädel und fügte noch an: »Was ich nicht richtig verstehe, mein lieber Menekmos: Warum bewegt dich eigentlich nur, was ich zur Entfernung gesagt habe, und nicht die Möglichkeit, dass jemand Euneos *ermordet* haben könnte? Eine sehr viel seltsamere Idee, bei Zeus, von ihr redet zweifellos niemand weit und breit, und du hast sie, als ich dir davon erzählte, offenbar ohne Staunen aufgenommen. Du hast damit angefangen, meine Gedanken zur Entfernung zu tadeln, und hast mich nicht gefragt: ›Herakles, woher bist du dir so sicher, dass Euneos ermordet wurde?‹ Das verstehe ich wirklich nicht, Menekmos.«

Diagoras verspürte kein Mitleid mit Menekmos, obschon er beobachtet hatte, wie des Rätsellösers unbarmherzige Folgerungen diesen in immer tiefere Verwirrung stürzten und er in die Falle seiner eigenen heftigen Worte ging, ähnlich wie bei jenen sumpfigen Seen, die – verschiedene Reisende, mit denen er sprach, hatten es bezeugt – am raschesten die Menschen verschlucken, die sich mit Verrenkungen und Gestrampel aus ihnen zu retten suchen. In das angespannte Schweigen, das folgte, wollte er zum Spaß eine nichtssagende Bemerkung einstreuen, um so den Sieg, den sie über dieses Ungeziefer errungen hatten, auszukosten. Mit sarkastischem Lächeln sagte er: »Eine schöne Skulptur ist das, an der du da arbeitest, Menekmos. Wen stellt sie dar?«

Für einen Moment dachte er, er würde keine Antwort erhalten. Dann aber sah er, dass Menekmos lächelte, und das genügte, um ihn mit Unruhe zu erfüllen.

»Sie heißt *Der Übersetzer*. Der Mann, der es unternimmt, das Geheimnis eines in einer anderen Sprache geschriebenen Textes zu entschlüsseln, ohne zu merken, dass die enträtselten Worte nur wieder zu neuen Worten führen und die Gedanken zu neuen Gedanken, die Wahrheit aber unerreichbar bleibt. Ist es nicht ein gutes Gleichnis für das, was wir alle tun?«

Diagoras verstand nicht recht, was der Künstler sagen wollte. Da er sich aber keine Blöße geben mochte, bemerkte er: »Eine höchst merkwürdige Figur. Was für Kleider trägt sie? Keine griechischen, wie es aussieht …«

Menekmos erwiderte nichts. Er betrachtete sein Werk und lächelte.

»Darf ich sie von Nahem sehen?«

»Ja«, sagte Menekmos.

Der Philosoph ging zum Podest und stieg über eine der Treppen hinauf. Seine Schritte hallten auf dem schmutzstarrenden Holzgerüst wider. Er trat an die Skulptur und nahm sie in Augenschein.

Der über den Tisch gebeugte Mann aus Marmor hielt zwischen Zeigefinger und Daumen eine spitze Feder; um ihn herum türmten sich die Papyrusrollen. Was für Kleider trägt er?, fragte sich Diagoras. Eine Art sehr eng anliegender Umhang … Fremdländisches Zeug, ganz offensichtlich. Er nahm den gebeugten Nacken in Augenschein, die hervortretenden oberen Halswirbel – gut gemacht, das musste man Menekmos lassen –, die dicken Haarsträhnen auf beiden Seiten des Kopfes, die Ohren mit dicken, übergroßen Ohrläppchen …

Das Gesicht hatte er noch nicht sehen können: Die Figur hielt den Kopf zu tief gesenkt. Diagoras seinerseits beugte sich ein Stückchen vor und betrachtete die unübersehbaren Einbuchtungen am Haaransatz, die frühzeitig kahl gewordenen Stellen … Zugleich kam er nicht umhin, die Hände des Übersetzers zu bewundern: nervig und schmal. Die Rechte hielt den Federkiel, die Linke – mit einem dicken Ring am Mittelfinger, das Siegel ein gravierter Kreis – lag auf einer Ecke des Pergaments, das er beschrieb. Daneben ein aufgerollter Papyrus: Er sollte wohl das Original darstellen. Der Mann schrieb auf dem Pergament die Übersetzung nieder. Sogar die Buchstaben darauf waren mit äußerstem Geschick fein säuberlich eingemeißelt! Neugierig geworden, blickte Diagoras der Figur über die Schulter und las die Worte, die sie, wie zu vermuten war, gerade übersetzt hatte. Er wusste nicht, was sie bedeuten mochten. Sie lauteten:

Er wusste nicht, was sie bedeuten mochten. Sie lauteten

Noch aber hatte er nicht das Antlitz der Figur gesehen. Er beugte den Kopf ein Stück weiter vor und betrach[6]

---

[6] *Ich kann nicht weitermachen mit der Übersetzung. Mir zittern die Hände.*

Nach drei Tagen der Angst kehre ich an die Arbeit zurück. Ich weiß noch nicht, ob ich weitermache oder ob es vielleicht keinen Sinn hat. Wenigstens habe ich es geschafft, zu meinem Schreibtisch zurückzukehren, mich hinzusetzen und mir anzusehen, was ich geschrieben habe. Diesen Schritt hätte ich noch gestern Vormittag, als ich mit Helena sprach, nicht für möglich gehalten. Das mit Helena war zugegebenermaßen eine ziemlich spontane Idee: Ich hatte sie am Tag zuvor gebeten, mir Gesellschaft zu leisten – ich hatte nicht mehr die Kraft, die nächtliche Einsamkeit in meinem Haus zu ertragen –, und obwohl ich ihr zu jenem Zeitpunkt nicht die verborgenen Gründe meiner Bitte sagen wollte, muss sie etwas aus meinen Worten herausgehört haben, denn sie war sofort einverstanden. Ich versuchte, nicht von der Arbeit zu sprechen. Ich war liebenswürdig, höflich und schüchtern. Das war ich auch noch, als wir uns liebten. Ich liebte sie mit dem heimlichen Wunsch, mich von ihr lieben zu LASSEN. *Ich betastete ihren Körper unter den Betttüchern, sog den herben Duft der Lust ein und lauschte ihrem immer lauter werdenden Stöhnen, ohne dass mir das allzu sehr geholfen hätte: Ich suchte – ich glaube, dass ich es suchte – in* IHR *das Gefühl, das sie für* MICH *hegte. Ich wollte – ich sehnte mich danach –, dass ihre Hände mich erkunden, mich wahrnehmen, gegen mich stoßen, mir in der Dunkelheit Form geben würden … Aber nein,* FORM *nicht. Ich wollte mich einfach nur als Material fühlen, als greifbaren Rest von etwas, das da war, das einen Raum ausfüllte, nicht als Silhouette, sondern als Gestalt mit Gesicht und eigenem Ich. Ich wollte nicht, dass sie mit mir redet, ich verlangte nicht danach, Worte zu hören – am allerwenigsten meinen Namen –, keine hohlen Phrasen, die mir gelten könnten. Erst jetzt verstehe ich zum Teil, was mit mir passierte: Es war womöglich dem Druck geschuldet zu* ÜBERSETZEN, *diesem grauenhaften Gefühl der* DURCHLÄSSIGKEIT, *als hätte sich mir mein Dasein plötzlich als etwas weitaus Verletzlicheres offenbart als der Text, den ich übersetze und der sich durch mich auf dem oberen Teil dieser Seiten manifestiert. Ich dachte, ich müsse daher diese Randnotizen stärken, sie auf irgendeine Weise mit der Atlasbürde des über ihnen stehenden Textes ins Gleichgewicht bringen.* WENN ICH DOCH SCHREIBEN KÖNNTE, *dachte ich – nicht zum ersten Mal, aber sehnlicher denn je –,* WENN ICH DOCH ETWAS EIGENES ERSCHAFFEN KÖNNTE … *Meine Aktivität mit Helena – ihrem Körper, ihren festen Brüsten, ihren sanften Muskeln, ihrer Jugend – nutzte mir wenig: vielleicht einzig dazu, mich wiederzuerkennen (ich brauchte dringend ihren Körper als Spiegel, in dem ich mich sehen konnte,* OHNE MICH ANZUSCHAUEN*), doch jene kurze Begegnung, jene* ANAGNORISIS *mit mir selbst, half mir lediglich, Schlaf zu finden und also wieder zu entschwinden. Am Tag darauf, als zwischen den Hügeln die Sonne aufging, stand ich nackt vor dem Fenster meines Schlafzimmers und hörte die schlaftrunkene Stimme meiner Freundin, die sich, ebenfalls nackt, in den Betttüchern räkelte. Da beschloss ich, ihr alles zu erzählen. Ich sprach ruhig, ohne die Augen vom immer heftiger lodernden Horizont abzuwenden:*

»Ich komme IM TEXT *vor, Helena. Ich weiß nicht, wie, und auch nicht, warum, aber das bin* ICH. *Der Autor beschreibt mich als eine von einer Romanfigur gemeißelte Statue, die er ›Der Übersetzer‹ nennt, sie sitzt an einem Tisch und übersetzt dasselbe wie ich. Alles stimmt überein: die tiefen Einbuchtungen am Haaransatz, die beginnende Glatze, die kleinen Ohren mit den etwas zu groß geratenen Ohrläppchen, die schlanken, nervigen Hände … Das bin ich. Ich habe mich nicht getraut weiterzuübersetzen: Ich könnte es nicht ertragen, die Beschreibung meines eigenen Gesichts zu lesen …«*

Sie wollte mir nicht glauben. Richtete sich im Bett auf. Stellte mir viele Fragen, wurde ärgerlich. Ich verließ – noch nackt – das Schlafzimmer, ging in die große Stube und kehrte mit den Blättern meiner unterbrochenen Übersetzung zurück. Ich gab sie ihr. Ein witziger Anblick: wir beide nackt – sie saß, ich stand –, wieder zu Kollegen geworden. Sie: die Lehrerinnenstirn runzelnd, während ihre Brüste – rosig und bebend – sich mit jedem Atemzug hoben. Ich: stumm am Fenster wartend, mein absurdes Gemächte vor Kälte und Angst verschrumpelt.

»Es ist grotesk …«, sagte sie, nachdem sie mit dem Lesen fertig war. »Es ist völlig grotesk …«

Sie wollte mir immer noch nicht glauben. Sie wies mich scharf zurecht. Sagte, ich wäre besessen, die Beschreibung wäre sehr vage, sie könnte auf jeden zutreffen, und fügte hinzu:

»In das Siegel des Rings, den die Figur trägt, ist ein Kreis eingraviert. Ein Kreis! Kein Schwan, wie bei dir!«

Das war das grauenvollste Detail. Und es war ihr schon aufgefallen.

»Im Griechischen ist ›Kreis‹ KÝKLOS *und ›Schwan‹* KÝKNOS, *das weißt du doch«, erwiderte ich ruhig. »Nur ein Buchstabe, der anders ist. Wenn dieses ›l‹, dieses Lambda, ein ›n‹ ist, ein Ny, dann bleibt kein Zweifel mehr: Ich bin es.« Ich betrachtete an meinem linken Mittelfinger den Ring mit dem Umriss des Schwans, ein Geschenk meines Vaters, ich lege ihn nie ab.*

»Aber der Text sagt KÝKLOS *und nicht …«*

»Montalo weist in einer Anmerkung darauf hin, dass das Wort schlecht lesbar ist. Er tippt auf KÝKLOS, *bemerkt aber, dass der vierte Buchstabe undeutlich ist. Verstehst du, Helena? Der vierte Buchstabe.« Meine Stimme war normal, fast gleichgültig. »Es hängt schlicht von Montalos philologischem Urteil über einen Buchstaben ab, ob ich verrückt werden muss oder nicht …«*

»Aber das ist absurd!«, entgegnete sie ärgerlich. »Was hast du zu suchen … hier drin?« Sie schlug auf das Manuskript. »Das Werk wurde vor tausenden von Jahren geschrieben! Wie sollte …« Sie schob die Betttücher zurück, die ihre langen Beine bedeckten. Sie fuhr sich über ihre roten Haare, sprang aus dem Bett und lief, barfuß und nackt, zur Tür. »Komm mit. Ich will den Originaltext lesen.« Sie sprach jetzt in einem anderen Ton, mit Festigkeit und Entschlossenheit.

Erschrocken flehte ich sie an, es nicht zu tun.

»Wir lesen Montalos Text gemeinsam«, unterbrach sie

mich, schon an der Tür. »Es ist mir egal, ob du dich danach entschließt, mit der Übersetzung aufzuhören oder nicht. Ich will dir diese Wahnvorstellung austreiben.«

Wir gingen ins große Zimmer – barfuß und nackt. Ich weiß noch, dass ich etwas Absurdes dachte, als ich ihr hinterherging: Wir wollen uns vergewissern, dass wir menschliche Wesen sind, materielle Körper, aus Fleisch und Blut, und nicht nur Romanfiguren oder Leser. Wir wollen es wissen. Wir werden es wissen ... Im Zimmer war es kalt, aber das machte uns jetzt nichts aus. Helena kam vor mir an den Schreibtisch und beugte sich über den Text. Ich war außerstande näher zu treten: Ich wartete hinter ihr, betrachtete ihren gebeugten, glänzenden Rücken, die sanfte Wölbung ihrer Rückenwirbel, ihre weich geschwungenen Backen. Eine Weile sagte keiner etwas. Ich weiß noch, ich dachte: Sie liest mein Gesicht. Ich hörte sie stöhnen und schloss die Augen.

»Oh«, sagte sie.

Ich spürte, wie sie an mich herantrat und mich umarmte. Ihre Zärtlichkeit erfüllte mich mit Grauen.

»Oh ... oh ...«, sagte sie wieder.

Ich wollte sie nicht fragen, wollte es nicht wissen, presste mich stattdessen an ihren warmen Körper. Dann hörte ich ihr Lachen: sanft, lauter werdend, aus ihrem Bauch kommend wie das freudige Ereignis eines neuen Lebens.

»Oh ... oh ... oh ...«, sagte sie, ohne mit dem Lachen aufzuhören.

Später, sehr viel später, las ich, was sie gelesen hatte, und verstand, warum sie lachte.

Ich habe mich entschlossen, mit der Übersetzung weiterzumachen. Ich nehme den Text bei dem Satz wieder auf: »Noch aber hatte er nicht das Antlitz der Figur gesehen.« (Anm. d. Übers.)

Noch aber hatte er nicht das Antlitz der Figur gesehen. Er beugte den Kopf ein Stück weiter vor und betrachtete es. Die Gesichtszüge waren[7]

»Ein gerissener Kerl«, sagte Herakles, als sie aus der Werkstatt heraus waren. »Er lässt die Sätze unvollendet wie seine Skulpturen. Er legt ein widerwärtiges Benehmen an den Tag, damit wir mit zugehaltener Nase von ihm weichen, ich bin mir aber sicher, dass er zu seinen Schülern bezaubernd sein kann.«

»Glaubst du, *er* hat ...?«

»Überstürzen wir nichts. Die Wahrheit kann in weiter Ferne liegen, doch wartet sie auf uns mit unendlicher Geduld. Zunächst würde ich gern Gelegenheit haben, noch einmal mit Antisos zu sprechen ...«

»Wenn ich nicht irre, werden wir ihm in der Akademie begegnen: Heute Abend gibt es ein Essen zu Ehren eines Gastes von Platon, und Antisos wird einer der Mundschenke sein.«

»Sehr gut.« Herakles Pontor lächelte. »Ich glaube nämlich, Diagoras, es wird Zeit, dass ich deine Akademie kennen lerne.«[8]

---

[7] *Von hier ab Textlücke. Montalo erklärt, dass die nächsten fünf Zeilen unleserlich sind.* (Anm. d. Übers.)

[8] *Ich habe soeben eine erstaunliche Entdeckung gemacht! Wenn ich nicht irre – und das denke ich nicht –, bekommen die merkwürdigen Rätsel im Zusammenhang mit diesem Werk langsam einen Sinn ... obwohl der nicht weniger merkwürdig und, was mich betrifft, noch sehr viel beunruhigender ist. Mein Fund war, wie so oft in derartigen Fällen, völlig zufällig: Ich blätterte am heutigen Abend in Mon-*

talos Ausgabe den Rest von Kapitel sechs durch, den ich noch nicht übersetzt hatte, als mir auffiel, dass die Seitenränder mit irritierender Hartnäckigkeit aneinander klebten (das war mir auch schon früher passiert, ich hatte dem aber einfach keine Bedeutung beigemessen). Ich sah sie mir etwas genauer an: Alles sah ganz normal aus, nur: Der Klebstoff, der die Seiten zusammenhielt, war noch FRISCH. *Ich runzelte die Stirn und wurde immer unruhiger. Seite für Seite nahm ich das sechste Kapitel unter die Lupe und überzeugte mich, dass die letzten von ihnen zweifelsfrei erst* KÜRZLICH *in das Buch eingefügt worden waren. In meinem Schädel brach ein Sturm von Vermutungen los. Ich kehrte zum Text zurück und vergewisserte mich, dass die »neuen« Abschnitte übereinstimmten mit der detaillierten Beschreibung von Menekmos' Skulptur. Das Herz schlug mir im Halse. Was bedeutete diese Verrücktheit?*

Ich verschob meine Schlussfolgerungen auf später und übersetzte das Kapitel zu Ende. Da, plötzlich, als ich aus dem Fenster schaute und im Dämmerlicht (es war schon Abend) die Reihe der Apfelbäume am Grundstücksrand betrachtete, fiel mir der Mann ein, der mir offenbar nachspioniert hatte und flüchtete, als ich ihn entdeckte … Und ich musste auch wieder daran denken, dass ich in der Nacht darauf den Verdacht hatte, jemand sei in mein Haus eingedrungen. Mit einem Satz war ich auf den Beinen. Meine Stirn war schweißnass, und meine Schläfen pochten immer heftiger.

Die Schlussfolgerung schien mir auf der Hand zu liegen: JEMAND HAT, AN MEINEM EIGENEN SCHREIBTISCH, DIE SEITEN DES TEXTES VON MONTALO DURCH ANDERE, GLEICH AUSSEHENDE ERSETZT, *und er hat es* VOR KURZEM *getan. Ist es vielleicht jemand, der mich* KENNT, *zumindest, was mein Aussehen angeht, und der daher die erstaunlichen Details bei der Beschreibung der Skulptur hinzufügen konnte? Wer aber brächte es fertig, Seiten aus einem Originalwerk herauszutrennen und sie durch einen eigenen Text zu ersetzen, einzig und allein, um den Übersetzer zu peinigen?*

Sei es, wie es sei, offensichtlich werde ich von nun an nicht mehr in Ruhe schlafen können. Auch nicht in Ruhe arbeiten, denn wie soll ich wissen, VON WEM *das Werk* ist, *das ich übersetze? Schlimmer noch: Werde ich mich weiter Satz für Satz vorarbeiten können, ohne daran denken zu müssen, dass einer von ihnen – oder alle – vielleicht eine Nachricht des mysteriösen Unbekannten an mich ist? Jetzt, da sich der Zweifel in mir eingenistet hat – wie kann ich mir da sicher sein, dass andere Abschnitte, in vorangegangenen Kapiteln, nicht auch etwas mit mir zu tun haben? Die Phantasie der Literatur ist so vieldeutig, dass man nicht einmal ihre Spielregeln verletzen muss: Allein schon der* Verdacht, *dass jemand sie verletzt haben könnte, verändert alles, gibt allem eine schreckliche Wendung. Seien wir ehrlich, lieber Leser, hast du nicht auch manchmal das in den Wahnsinn treibende Gefühl, dass ein Text – zum Beispiel der, den du gerade liest –* AN DICH PERSÖNLICH GERICHTET IST? *Und wenn dich dieses Gefühl beherrscht, reibst du dir da nicht auch die Augen, schüttelst den Kopf und denkst: »So ein Humbug. Vergiss es lieber und lies weiter!«? Stell dir also vor, welches Entsetzen mich packte, als ich mit hundertprozentiger Gewissheit wusste, dass ein Teil dieses Buches ohne jeden Zweifel mich betrifft! … Und ich sage bewusst: »Entsetzen«. Denn wie sehr war ich es doch gewohnt, die Texte mit gewissem Abstand zu sehen … und plötzlich finde ich mich in einem Text eingeschlossen!*

Ich muss also etwas unternehmen.

Vorerst, bis die Angelegenheit geklärt ist, unterbreche ich meine Arbeit. Ich werde alles versuchen, meinen unbekannten Besucher zu fassen … (Anm. d. Übers.)

VII

Der Weg zur Akademie, der Philosophenschule, ist anfangs nur ein unscheinbarer Pfad, der kurz hinter dem Dipylon-Tor von der Heiligen Straße abzweigt. Demjenigen, der ihn einschlägt, bietet sich kein besonderes Bild: Der Fußweg führt in einen hohen Pinienhain, windet sich in die Höhe und läuft dabei spitz zu wie ein Zahn, wodurch der Eindruck entsteht, er könne schließlich in einem undurchdringlichen Dickicht enden, ohne dass man irgendwo ankäme. Hat man indes die ersten Biegungen hinter sich gelassen, so erblickt man auf einer Lichtung voller Steine und Pflanzen mit hauerartig gebogenen Blättern die helle Fassade des Hauptgebäudes – ein elfenbeinener, mit Sorgfalt auf eine kleine Anhöhe gesetzter Würfel. Kurz darauf geht der Weg mit gewissem Stolz in die Breite. Den Eingang bildet ein Portikus. Niemand weiß, wen genau der Bildhauer in den zwei elfenbeinweißen Gesichtern verewigen wollte, die nun den Ankömmling in symmetrischem Schweigen aus ihren Seitennischen anschauen: das Wahre und das Falsche, meinen die einen, das Gute und das Schöne, die anderen, und die wenigsten – vielleicht die Weisesten – sehen überhaupt niemanden darin, sondern einfach nur Zierrat (irgendetwas habe man schließlich in jene Nischen stellen müssen). In der Mitte eine in Bogenlinien gemeißelte Inschrift: »Trete niemand ein, der die Geometrie nicht versteht.« Ein Stück weiter die schönen Gärten des Akademos, durch die sich geschlungene Pfade ziehen. Die Statue des Heros in der Mitte des Rondells scheint vom Besucher den gebührenden Respekt einzufordern: die linke Hand ausgestreckt, mit herabweisendem Zeigefinger, in der Rechten der Speer, strenger Blick durch den Sehschlitz eines Helms mit borstigem, in haueräh nliche Spitzen auslaufendem Kamm. Neben dem Hain die marmorne Nüchternheit der Architektur. Die Schule besitzt für den Sommerunterricht Freiflächen mit rötlichen, gezackten Dächern, die auf weißen Säulen ruhen, sowie einen geschlossenen Raum, der den Schülern und Mentoren als Zuflucht dient, wenn die Kälte ihre Hauer zeigt. Das *gymnásion* verfügt über alle nötigen Einrichtungen, ist aber nicht so groß wie die Schule selbst. In den bescheideneren Häusern befinden sich die Wohnunterkunft einiger Lehrer und der Arbeitsplatz Platons.

Als Herakles und Diagoras eintrafen, hatte die Abenddämmerung einen rauen Boreas entfesselt, der die krumm gewachsenen Äste der höchsten Bäume schüttelte. Kaum hatten sie den weißen Portikus durchschritten, bemerkte der Rätsellöser, dass sich Stimmung und Verhalten seines Begleiters vollständig veränderten. Er glich einem Jagdhund, der Beute wittert: Er reckte den Kopf und leckte sich immer wieder mit der Zunge über die Lippen; sein sonst gepflegter Bart sträubte sich, er hörte kaum, was Herakles zu ihm sagte (obwohl der, seiner Art gemäß, wenig sprach), und beschränkte sich darauf, seinen kurzen Bemerkungen blicklos beizupflichten und ein »Ja« zu murmeln oder auf Fragen »Einen Augenblick, bitte« zu antworten. Herakles spürte, wie begierig er war, ihm zu beweisen, dass jener Ort der allervortrefflichste sei, und mit welch heilloser Angst ihn allein schon der Gedanke erfüllte, es könnte irgendetwas schief gehen.

Das Rondell lag verlassen da, und auch im Schulgebäude schien niemand zu sein, was Diagoras indes in keiner Weise beunruhigte. »Vor dem Abendessen pflegen sie einen kurzen Spaziergang im Garten zu machen«, sagte er.

Und plötzlich spürte Herakles, wie jemand verdreht an seinem Umhang zog.

»Sie kommen.« Der Philosoph wies auf den dunklen Park und fügte mit schwärmerischer Emphase hinzu: »Da ist Platon.«

Auf den gewundenen Pfaden näherte sich eine Gruppe von Männern. Alle trugen sie einen beide Schultern bedeckenden mantelartigen Überwurf, ein dunkles Himation, ohne Leibrock oder Chiton darunter. Die Art, wie sie hintereinander hergingen, schienen sie von den Enten gelernt zu haben: der Größe nach in einer Reihe, der Kleinste am Schluss. Sie redeten. Es war ein wundervoller Anblick, wie sie einer hinter dem anderen liefen und dabei miteinander sprachen. Herakles vermutete, dass sie eine Art Zahlenschlüssel besaßen, um genau zu wissen, wer mit dem Reden dran war und wer mit dem Antworten. Niemals fielen sie sich ins Wort: Nummer zwei verstummte, im selben Augenblick hob Nummer vier zu einer Erwiderung an, und Nummer fünf schien schon im Voraus zu wissen, wann die Rede von Nummer vier enden würde, und schaltete sich just in diesem Moment ein. Das Lachen erscholl im Chor. Er bemerkte auch noch etwas anderes: Obwohl die Nummer eins – Platon – nicht den Mund auftat und sich niemand direkt an ihn wandte, schienen die Ausführungen doch nur ihm zu gelten. Der Ton stieg dabei von der tiefsten

Stimme, Nummer zwei, bis zur höchsten, Nummer sechs, immer weiter an. Letzterer war nicht nur von kleinster Statur, sondern artikulierte sich zudem mit durchdringendem Kreischen, wie um sicherzugehen, dass Nummer eins ihn hörte. Das Ganze machte den Eindruck einer wandelnden Lyra.

Die Gruppe schlängelte sich durch den Garten und kam mit jeder Biegung näher. In merkwürdiger Übereinstimmung damit traten aus dem *gymnásion* einige Jünglinge hervor, vollständig nackt oder mit knappen Gewändern bekleidet, hielten jedoch, als sie des Philosophenzugs ansichtig wurden, augenblicklich in ihrem wilden Krakeelen inne. Beiden Gruppen vereinten sich auf dem Rondell. Herakles fragte sich einen Augenblick lang, was ein hypothetischer Beobachter vom Himmel aus sehen würde: zwei Linien, die der Jünglinge und die der Philosophen, die aufeinander zuliefen, bis sie sich am Scheitelpunkt trafen … die Gerade der Gartenhecke noch einbezogen, womöglich ein perfekter Buchstabe Delta?

Diagoras winkte ihm, näher zu kommen. »Meister Platon«, sagte er ehrerbietig und wich beiseite, damit Herakles an den großen Philosophen herantreten konnte. »Meister Platon, dies ist Herakles vom Demos Pontor. Er wünschte, die Schule kennen zu lernen, und mir schien der heutige Abend geeignet, ihn einzuladen …«

»Wenn es auch Herakles recht ist, so gibt es daran nichts auszusetzen, Diagoras«, erwiderte Platon umgänglich mit schöner, schwerer Stimme, wandte sich dem Rätsellöser zu und erhob zum Gruß die Hand. »Sei willkommen, Herakles Pontor.«

»Ich danke dir, Platon.«

Gleich vielen anderen musste Herakles, wollte er das Wort an ihn richten, zu Platon aufschauen, war dieser doch ein Riese von Gestalt, ummauert von breiten Schultern und ausgestattet mit einem mächtigen Brustkorb, aus dem der Silberstrom seiner Stimme quoll. Dennoch lag etwas in der Natur des hochgerühmten Philosophen, das ihn als ein in eine Festung eingesperrtes Kind erscheinen ließ: Vielleicht war es dieser Ausdruck wohlwollenden Staunens, der fast nie aus seinem Gesicht verschwand – denn wenn jemand zu ihm sprach oder er selbst sich an jemanden wandte oder wenn er einfach nur nachdachte, pflegte Platon seine riesigen grauen Augen mit den gebogenen Wimpern weit aufzureißen und die Brauen fast schon komisch in die Höhe zu ziehen oder sie im Gegenteil zum finsteren Blick eines Satyrs zu runzeln. Das verlieh ihm die Miene eines Mannes, der sich unversehens in die Wade gebissen findet. Wer ihn kannte, versicherte, dass dieses Erstaunen nicht echt war: Je mehr er über etwas zu staunen schien, desto weniger Bedeutung maß er ihm bei.

Herakles Pontor gegenüber war Platons Staunen schier unermesslich.

Die Philosophen hatten begonnen, geordnet in die Schule einzutreten. Die Schüler warteten, bis die Reihe an ihnen war. Diagoras nahm Herakles beiseite und sagte:

»Ich sehe Antisos nicht. Er ist wohl noch im *gymnásion* ...« Und plötzlich, fast übergangslos, murmelte er: »O Zeus ...«

Der Rätsellöser folgte seinem Blick.

Vom Eingang her näherte sich ein Mann. Sein Aussehen war nicht weniger imposant als das Platons, doch kam bei ihm eine gewisse Wildheit hinzu. In seinen mächtigen Armen wiegte er einen weißen Hund mit unförmigem Kopf.

»Ich habe mich nun doch entschlossen, deine Einladung anzunehmen, Diagoras«, sagte Krantor mit zwanglosem Lächeln. »Ich glaube, wir werden einen vergnüglichen Abend miteinander verbringen.«[1]

»Philotextos entbietet dir seinen Gruß, Meister Platon, und steht dir zu Diensten«, sagte Eudoxos. »Er ist so viel gereist wie du, und ich versichere dir, das Gespräch mit ihm ist nicht zu verachten ...«

»Wie das Fleisch, das wir heute genossen haben«, bemerkte Polykleitos.

Man lachte, aber alle wussten, dass die banalen oder persönlichen Kommentare, die bis dahin das Gastmahl bestimmten, wie bei jedem solchen *sympósion* dem gedankenvollen Gespräch und dem fruchtbaren Meinungsaustausch quer durch den Saal weichen sollten. Die Tischgenossen hatten sich im Kreis verteilt, und die Schüler bedienten sie wie vollendete Sklaven. Niemand interes-

---

[1] *Während der letzten Stunden habe ich die Kontrolle über meine Nerven wiedergewonnen. Dies ist mir vor allem dadurch gelungen, dass ich meine Erholungsphasen planvoll zwischen einzelne Absätze einschiebe: Ich vertrete mir die Beine, gehe in der Zelle umher. Dank dieser Übung ist es mir gelungen, die reduzierte Welt, in der ich mich befinde, genauer wahrzunehmen: ein Rechteck von vier mal drei Schritten mit einer Pritsche in einer Ecke sowie einem Tisch mit einem Stuhl an der Seite gegenüber; auf dem Tisch meine Arbeitspapiere und Montalos Text von* DAS RÄTSEL DES PHILOSOPHEN. *Ich verfüge auch – oh, verschwenderischer Luxus! – über ein kleines, in den Boden gegrabenes Loch, um meine Notdurft zu verrichten. Eine mit Bandeisen beschlagene massive Holztür verwehrt mir die Freiheit. Sowohl das Bett*

sierte sich sonderlich für die schweigende – wenn auch unübersehbare – Gegenwart des Rätsellösers: Über seinen Beruf wurde viel geredet, doch die meisten hielten ihn für vulgär. Ganz Auge und Ohr dagegen war man für Philotextos von Chersonesos, ein mysteriöses altes Männlein, dessen Gesicht vom Dämmerlicht der spärlichen Lampen im Saal kaum beleuchtet wurde, ein Freund des Mentors Eudoxos, sowie für den Philosophen Krantor vom Demos Pontor, nach eigener Aussage »Freund des Mentors Diagoras«, der nach langer Reise, worüber Bericht zu hören alle begierig waren, soeben in Athen eingetroffen war. Nun, während die Zungen in unermüdlichem Kreisen die spitzen Zähne von den Fleischresten zu befreien suchten – Reste, die man anschließend in gewürztem, den Gaumen wie mit kleinen Stacheln reizenden Wein auflösen würde –, war der Moment gekommen, die von den zwei Besuchern erweckte Neugier zu befriedigen.

---

als auch die Tür – von dem Erdloch ganz zu schweigen – sind äußerst primitiv. Tisch und Stuhl jedoch scheinen teure Stücke zu sein. Zudem habe ich Schreibmaterial in Hülle und Fülle. All das ist für mich ein gutes Lockmittel, damit ich weiterarbeite. Das einzige Licht, das mir mein Gefängniswärter zugesteht, ist die elende, launische Lampe auf dem Tisch, auf der mein Blick jetzt ruht. Daher setze ich mich schließlich auch, so sehr ich zu widerstehen suche, immer wieder an die Übersetzung und mache weiter – schon um nicht verrückt zu werden. Ich weiß, dass es genau das ist, was Wer-auch-immer will. »Übersetze!«, befahl er mir durch die Tür hindurch vor … wie lange ist das eigentlich schon her? Ah, ich höre ein Geräusch. Bestimmt das Essen. Endlich. (Anm. d. Übers.)

»Philotextos ist Schriftsteller«, fuhr Eudoxos fort, »er kennt deine *Dialoge* und bewundert sie. Zudem scheint ihm Apollon die Fähigkeit des Orakels von Delphi verliehen zu haben: Er hat Visionen ... Er hat, wie er versichert, die Welt der Zukunft gesehen, und diese bestätige in mancher Hinsicht deine Theorien. Zum Beispiel die Gleichheit von Arbeiten von Männern und Frauen, für die du eintrittst ...«

»Bei Zeus dem Kroniden«, schaltete sich von neuem Polykleitos ein und tat, als packe ihn das blanke Entsetzen, »lass mich noch ordentlich ein paar Gläser leeren, Eudoxos, ehe die Weiber das Kriegshandwerk erlernen ...«

Diagoras war der Einzige, der nicht an der allgemeinen Ausgelassenheit teilhatte, rechnete er doch jeden Augenblick mit einem Ausbruch Krantors. Er wollte sich leise darüber mit Herakles austauschen, sah aber, dass dieser sich auf seine Art ebenso wenig in die Umgebung einfügte: Er saß regungslos auf dem Sofa, hielt den Weinbecher in seiner fleischigen Linken, ohne sich zu entscheiden, ob er ihn auf dem Tisch absetzen oder an die Lippen führen sollte. Er wirkte wie die Skulptur eines alten, dicken Tyrannen. Seine grauen Augen indes huschten lebhaft hin und her. Wohin schaute er?

Diagoras stellte fest, dass die Aufmerksamkeit des Rätsellösers dem Kommen und Gehen von Antisos galt.

Der Jüngling, der aufreizend einen an den Seiten offenen blauen Chiton trug, war zum obersten Mundschenk ernannt worden – dem Brauche gemäß geschmückt mit einer Efeukrone, unter der seine blonden Locken hervorquollen, und einer Blumengirlande, der *hypothymídes*, über den elfenbeinfarbenen Schultern. Er war gerade dabei, Eudoxos zu bedienen, sodann würde Harpokrates an der Reihe sein und schließlich, streng nach der Rangfolge, die übrigen Tischgenossen.

»Und was schreibst du, Philotextos?«, fragte Platon.

»Alles Mögliche ...«, erwiderte das Männlein aus dem Schatten heraus. »Poesie, Tragödie, Komödie, Werke in Prosa, Epik und sonstige Texte verschiedenster Art. Die Musen waren freundlich zu mir und haben mir nicht allzu viele Fesseln angelegt. Allerdings, auch wenn Eudoxos über meine vermeintlichen ›Visionen‹ sprach und mich sogar mit dem Orakel von Delphi verglich, muss ich sagen, Platon, dass ich die Zukunft nicht ›sehe‹, sondern sie mir erfinde: Ich schreibe sie, was für mich dasselbe ist, wie sie erfinden. Ich denke mir aus reinem Spaß Welten aus, die anders sind als diese, und Stimmen, die aus anderen Zeiten zu uns sprechen, vergangenen oder kommenden; und wenn ich meine Geschichten fertig habe, lese ich sie und sehe, ob sie etwas taugen. Sind sie schlecht, was zuweilen auch passiert, dann werfe ich sie in den Papyruskorb und schreibe andere.« Und nach kurzem Gelächter, das seine letzten Sätze belohnte, fügte er hinzu: »Es stimmt schon, dass Apollon mir gelegentlich erlaubt hat, zu *schlussfolgern*, wie die Zukunft aussehen *könnte*, und tatsächlich habe ich den Eindruck, dass Männer und Frauen zu guter Letzt denselben Beschäftigungen nachgehen werden – so wie du es in deinen *Dialogen* anrätst. Dagegen glaube ich nicht, dass es wunderbare Regierungen geben wird und auch keine ›goldenen‹ Herrscher, die zum Wohle der Stadt arbeiten werden ...«

»Warum?«, fragte Platon mit echter Neugier. »Heutzutage ist es schwer vorstellbar, dass es solche Regierungen geben könnte. In ferner Zukunft jedoch, wenn hunderte oder tausende von Jahren vergangen sind – warum nicht?«

»Weil der Mensch sich noch nie geändert hat und sich auch niemals ändern wird, Platon«, entgegnete Philotextos. »So schwer es uns auch fällt, es einzugestehen: Der Mensch lässt sich nicht von unsichtbaren, vollkommenen

Ideen leiten, nicht einmal von logischer Vernunft, sondern von Trieben, von irrationalen Begierden …«

Augenblicklich brach ein Streitgespräch aus. Einige der Anwesenden fielen sich im Eifer, ihre Meinung kundzutun, gegenseitig ins Wort. Eine Stimme jedoch – in borstigem, rauem Tonfall – übertönte die übrigen: »Ich stimme dem zu.«

Alle schauten auf Krantor.

»Was meinst du, Krantor?«, fragte Speusippos, einer der am höchsten geachteten Mentoren, gingen doch alle davon aus, dass nach Platons Tod die Leitung der Akademie auf ihn übergehen würde.

»Dass ich damit einverstanden bin.«

»Womit? Mit dem, was Philotextos sagte?«

»Jawohl.«

Diagoras schloss die Augen und sprach im Stillen ein Stoßgebet.

»Du glaubst also, die Menschen lassen sich nicht von der evidenten Gegenwart der Ideen, sondern von irrationalen Trieben lenken?«

Statt einer Antwort entgegnete Krantor: »Da du sokratische Fragen so magst, Speusippos, will ich dir eine stellen. Wenn du über die Kunst der Bildhauerei sprechen müsstest, würdest du da die wunderschöne Gestalt eines Jünglings auf einer Amphore als Beispiel nehmen oder die scheußliche, abgewetzte Darstellung eines sterbenden Bettlers in Ton?«

»Bei dieser Alternative, Krantor«, erwiderte Speusippos, ohne groß zu verbergen, wie sehr ihm die Frage missfiel, »lässt du mir keine andere Wahl als die Tonfigur, weil das andere keine Skulptur, sondern Malerei ist.«

»Reden wir also von Tonfiguren und nicht von schönen Malereien.« Krantor lächelte.

Der hünenhafte Philosoph schien sich gar nicht um die

Erwartung zu kümmern, die er geweckt hatte, er war einzig damit beschäftigt, in großen Zügen dem Wein zuzusprechen. Zu Füßen seines Sofas hörte man Kerberos, den unförmigen weißen Hund, unermüdlich an den Essensresten seines Herren nagen.

»Ich habe nicht richtig verstanden, was du sagen wolltest«, meinte Speusippos.

»Ich wollte nichts sagen.«

Diagoras biss sich auf die Lippe, um nicht dazwischenzureden: Er wusste, dass, wenn er spräche, die Harmonie des *sympósion* zerbräche wie Honiggebäck zwischen spitzen Hauern.

»Ich glaube, Krantor will sagen, wir Menschen seien lediglich Tonfiguren«, schaltete sich der Mentor Harpokrates ein.

»Glaubst du das wirklich?« fragte Speusippos.

Krantor machte eine vieldeutige Geste.

»Es ist merkwürdig«, sagte Speusippos, »da hast du so viele Jahre ferne Länder bereist und bist noch immer in deiner Höhle eingesperrt. Ich nehme doch an, du kennst unser Höhlengleichnis, oder? Der Gefangene, der sein Leben lang in einer Höhle gelebt hat, Schatten von Gegenständen und wirklichen Wesen betrachtend, und der plötzlich freikommt und in das Licht der Sonne tritt ... dabei bemerkt, dass er bloße Schattenrisse gesehen hat und dass die Wirklichkeit sehr viel schöner und vielgestaltiger ist als das, was er sich vorgestellt hat ... Oh, Krantor, du tust mir Leid, bist du doch noch immer ein Gefangener und hast nicht die lichte Welt der Ideen erschaut!«[2]

---

[2] *Auch ich nehme Schatten in meiner Höhlenzelle wahr: Die hellenischen Wörter tanzen mir vor den Augen. Wie*

Wie von der Tarantel gestochen sprang Krantor auf, als habe er irgendetwas satt: das Sitzen, die Tischgenossen oder das Gespräch. Seine Bewegung war so jäh, dass Hypsippolos, der ob seiner Fettrundungen Herakles am stärksten ähnelnde Mentor, aus dem tiefen Schlaf erwachte, gegen den er seit Beginn der Trankopfer vergeblich angekämpft hatte, und beinahe hätte er dabei über den untadeligen Speusippos seinen Weinbecher ausgeschüttet.

Wo ist eigentlich, schoss es Diagoras durch den Kopf, dieser Herakles Pontor abgeblieben? Sein Speisesofa war verlassen, allerdings hatte Diagoras ihn nicht aufstehen sehen.

---

lange schon sehe ich nicht das Licht der Sonne, das Licht des Guten, von dem alles ausgeht? Zwei Tage? Drei? Doch jenseits dieses wilden Tanzes von Schriftzeichen erahne ich die »krummen Hauer« und das »borstige«, »raue« Fell der Idee vom Eber, die mit der vierten Arbeit des Herkules zusammenhängt, dem Einfangen des erymanthischen Ebers. Auch wenn an keiner Stelle das Wort »Eber« fällt, SEHE *ich dennoch einen vor mir – ich glaube sogar, ihn zu hören: sein dumpfes Schnauben, sein grollendes Stampfen, das beunruhigende Knacken des Geästs unter seinen Klauen –, und damit* EXISTIERT *die Idee vom Eber, ist so real wie ich selbst. War Montalo an diesem Werk interessiert, weil er der Meinung war, dass es Platons Theorie von den Ideen endgültig* bewies? *Und »Wer-auch-immer«? Warum hat er sich mit mir erst einen Spaß gemacht, indem er in das Original eine Fälschung einfügte, und mich dann eingesperrt? Ich möchte schreien, glaube aber, dass mir die Idee des Schreiens größere Linderung verschaffen würde.* (Anm. d. Übers.)

»Im Reden seid ihr tüchtig«, sagte Krantor und straffte mit einem krummen Lächeln seinen sich sträubenden schwarzen Bart.

Sodann fing er an, den Kreis der Tischgenossen zu umwandern. Hin und wieder wiegte er den Kopf und stieß ein kurzes Lachen aus, als fände er die ganze Situation sehr amüsant. Dann sagte er: »Eure Worte sind im Unterschied zu dem köstlichen Fleisch, das ihr heute aufgetischt habt, unerschöpflich ... Ich habe an Orten gelebt, wo es der Kunst der Rede nicht bedurfte, und habe sie verlernt. Ich schloss Bekanntschaft mit vielen Philosophen, die ein Gefühl mehr überzeugte als Reden – und mit anderen, die nicht überzeugt werden konnten, weil sie nichts vertraten, was sich mit Worten ausdrücken, verstehen, beweisen oder widerlegen ließe, sie begnügten sich, den Finger zum Nachthimmel zu erheben, und gaben so zu verstehen, dass sie nicht stumm geworden waren, sondern Zwiesprache hielten, wie es die Sterne über unseren Häuptern tun ...«

Er setzte seine langsame Wanderung um den Tisch fort und sprach in noch düstererem Ton weiter.

»Worte ... Ihr redet. Ich rede. Wir lesen. Wir entziffern das Alphabet. Und zugleich kaut unser Mund ... Wir haben Hunger, nicht wahr?[3] Unser Magen bekommt seine Nahrung ... Wir schnauben und grunzen ... Wir schlagen unsere Hauer in die krummen Fleischstücke ...«

---

[3] *Jawohl, und zwar gewaltigen, Krantor. Ich übersetze dich, während ich in dem Schweinefraß herumstochere, den Wer-auch-immer mir heute liebenswürdigerweise hingestellt hat, im Blechnapf. Hast du Appetit, willst du einen Happen probieren?* (Anm. d. Übers.)

Plötzlich hielt er inne und sagte mit Nachdruck: »Hörst du, ich habe ›Hauer‹ und ›krumm‹ gesagt!«[4]

Niemand verstand so recht, an welchen der Anwesenden sich Krantor mit dieser Bemerkung wandte. Nach einer Pause setzte er sich wieder in Bewegung und fuhr fort: »Wir schlagen, ich sage es noch einmal, unsere Hauer in die krummen Fleischstücke, und unsere Hände regen sich, um den Weinbecher an die Lippen zu führen, und unsere Haut sträubt sich, wenn der Wind pfeift, und unser Glied richtet sich auf, wenn es Schönheit wittert, und unser Darm zeigt sich manchmal träge … was ein Problem ist, oder? Gib es zu …«[5]

»Wem sagst du das!«, fühlte sich Hypsippolos angesprochen. »Ich habe schon seit den Thesmophorien keinen Stuhlgang mehr gehabt.«

Indigniert hießen ihn andere Mentoren schweigen. Krantor fuhr fort: »Wir haben Empfindungen … Empfindungen, die sich manchmal nicht definieren lassen. Aber wie viele Worte werden um sie gemacht! Und wie oft tauschen wir diese Worte gegen Bilder, Gefühle und Tatsachen! Oh, welch reißender Strom von Worten ist diese Welt, wie treiben wir auf ihnen dahin! Eure Höhle, euer vortreffliches Gleichnis … Worte, nichts als Worte … Ich werde euch etwas sagen, und sage es mit Worten, danach aber will ich wieder schweigen: Alles, was wir ge-

---

[4] *Die eidetischen Wörter des Kapitels, jawohl, ich hatte es schon gemerkt. Trotzdem schönen Dank, Krantor.* (Anm. d. Übers.)

[5] *Ja, auch das. Du errätst alles, Krantor. Seit ich hier eingesperrt bin, ist eines meiner Hauptprobleme die Verstopfung.* (Anm. d. Übers.)

dacht haben, was wir denken werden, was wir schon wissen und was wir in der Zukunft wissen werden, ganz und gar alles bildet ein schönes *Buch*, das wir gemeinsam schreiben und lesen! Und während wir uns anstrengen, den Text dieses Buches zu entziffern und weiterzuschreiben, was macht da der Körper? Er begehrt, wird müde, trocknet aus … und schließlich zerfällt er.«

Er verstummte. Sein breites Gesicht entspannte sich zu einem Lächeln wie auf einer aristophanischen Maske. »Doch was für ein fesselndes Buch das ist! Wie unterhaltsam es ist, und wie viele Worte in ihm stehen! Nicht wahr?«

Tiefe Stille trat ein, als Krantor schwieg.[6]

Kerberos, der seinem Herren bei Fuß zugehört hatte, sträubte die Schwanzspitze, bellte wütend und zeigte die

---

[6] *Ich muss verrückt geworden sein. Ich habe mich mit einer Romanfigur* UNTERHALTEN! *Plötzlich kam es mir vor, als spreche sie zu mir, und ich* ANTWORTETE *ihr mit meinen Anmerkungen. Vielleicht ist das alles der langen Zeit zuzuschreiben, die ich nun schon in dieser Zelle sitze, ohne mit jemandem zu reden. Wahr ist aber auch, dass sich Krantor stets auf der Scheidelinie zwischen Fiktion und Realität bewegt … besser gesagt: auf der Scheidelinie zwischen dem Literarischen und dem Nichtliterarischen. Krantor kümmert es nicht, ob es glaubwürdig ist: Es macht ihm sogar Spaß, das Gekünstelte der Sprache um ihn herum aufzudecken, zum Beispiel, als er die eidetischen Wörter hervorhob. Der unerwartete Übergang zur zweiten Person (»hörst du« … »gib es zu«) ist ein geschicktes Mittel, um den Leser einzubeziehen. Ich jedenfalls fühle mich einbezogen.* (Anm. d. Übers.)

scharfen Zähne, als frage er ihn, was er als Nächstes zu tun gedenke. Krantor beugte sich zu ihm hinab wie ein liebevoller Vater, der, abgelenkt durch die Unterhaltung mit anderen Erwachsenen, seinem Kind nicht böse ist, wenn es dazwischenredet; er nahm ihn in seine riesigen Hände und trug ihn wie einen kleinen, weißlichen Quersack, übervoll auf der einen Seite und fast leer auf der anderen, zum Sofa. Von nun an war ihm offenbar alles ringsum gleichgültig, und er spielte nur noch mit dem Hund.

»Krantor bedient sich der Worte, um sie zu kritisieren«, sagte Speusippos. »Wie ihr seht, widerlegt er sich, indem er spricht, selbst.«

»Mir hat das mit dem Buch gefallen, das all unsere Gedanken vereint«, bemerkte Philotextos aus dem Schatten. »Könnte es ein solches Buch geben?«

Platon stieß ein kurzes Lachen aus. »Man merkt gleich, dass du Schriftsteller bist und nicht Philosoph! Auch ich habe einmal geschrieben ... Daher unterscheide ich klar das eine vom anderen.«

»Vielleicht ist beides das Gleiche«, erwiderte Philotextos, »ich erfinde Figuren und du Wahrheiten. Aber ich will nicht vom Thema abkommen. Ich sprach von einem Buch, das unsere Art zu denken widerspiegelt – oder unser Wissen von allen Dingen und Geschöpfen dieser Erde. Wäre es möglich, es zu schreiben?«

Kallikles, ein junger Geometer, dessen einziger – allerdings unübersehbarer – Fehler darin bestand, dass er sich so schlaksig bewegte, als hätte er sich die Gelenke ausgekugelt, entschuldigte sich an dieser Stelle, stand auf und verlegte das Spiel seiner Knochen in den Schatten. Diagoras vermisste Antisos, den obersten Mundschenk. Wo er wohl steckte? Auch Herakles war nicht zurückgekehrt.

Nach einer Pause verneinte Platon die Frage: »Das

Buch, von dem du sprichst, Philotextos, kann nicht geschrieben werden.«

»Warum nicht?«

»Weil das nicht möglich ist«, beharrte Platon ruhig.

»Erkläre dich bitte«, drängte Philotextos.

Platon strich sich gemächlich den grauen Bart und sagte: »Seit einiger Zeit schon wissen wir Mitglieder dieser Akademie, dass die Erkenntnis eines beliebigen Gegenstandes fünf Ebenen oder Elemente kennt: den Namen des Objekts, die Definition, das Abbild, die geistige Erörterung sowie das Objekt an sich, welches das wahre Ziel der Erkenntnis ist, die Idee an sich. Die Schrift jedoch erreicht nur die beiden ersteren: den Namen und die Definition. Das geschriebene Wort ist kein Abbild und daher unfähig, bis zum dritten Element vorzudringen. Das geschriebene Wort denkt auch nicht und kann darum ebenso wenig die Stufe der geistigen Erörterung erreichen. Und es wäre natürlich erst recht nicht möglich, mit ihm zum letzten Element zu gelangen, der Idee an sich. Daher wäre es unmöglich, ein Buch zu verfassen, das unsere Erkenntnis der Dinge beschriebe.«

Nachdenklich schwieg Philotextos einen Augenblick, dann sagte er: »Wenn es dir nichts ausmacht, gib mir bitte für jedes dieser Elemente ein Beispiel, damit auch ich es verstehe.«

Sofort hob Speusippos zu sprechen an, als wäre es nicht Platons Sache, Beispiele zu geben. »Ganz einfach, Philotextos. Das erste Element ist der ›Name‹, und das kann irgendeiner sein, zum Beispiel: ›Buch‹, ›Haus‹ oder ›Speisesaal‹. Das zweite Element ist die ›Definition‹; das sind die Sätze, die von diesen Namen sprechen. Bei dem Beispiel ›Buch‹ wäre eine Definition: ›Das Buch ist ein beschriebener Papyrus, der einen vollständigen Text bildet.‹ Es leuchtet ein, dass die Literatur nur Namen und Definitionen umfassen kann. Das dritte Element ist das ›Abbild‹, die Anschauung, die jeder in seinem Kopf hat, wenn er an etwas denkt. Wenn ich zum Beispiel an ein Buch denke, habe ich eine auf dem Tisch ausgebreitete Papyrusrolle vor Augen ... Das vierte Element, die ›geistige Erörterung‹, ist eben das, was wir gerade tun: irgendein Thema unter Zuhilfenahme der Intelligenz abhandeln. In unserem Beispiel würde dies darin bestehen, vom Buch zu sprechen, seinem Ursprung, seiner Aufgabe usw. ... Das fünfte und letzte Element ist die ›Idee an sich‹, dies ist der wahre Gegenstand der Erkenntnis. Bei dem Beispiel des Buches wäre dies das Buch an sich, das ideale Buch, das über allen Büchern der Welt steht ...«

»Eben darum sehen wir das geschriebene Wort als etwas sehr Unvollkommenes an, Philotextos«, sagte Platon, »ohne dass wir deshalb die Schriftsteller herabwürdigen wollten ...« Verhaltenes Lachen war zu vernehmen. »Jedenfalls glaube ich, dass du schon verstehst, weshalb ein Buch mit solchen Eigenschaften nicht zu schreiben wäre ...«

Philotextos wirkte nachdenklich. Nach einer Pause sagte er mit seinem zittrigen Stimmchen: »Wollen wir wetten?«

Nun erscholl allgemeines Gelächter.

Diagoras, dem die Diskussion langsam zu dumm wurde, rutschte auf seinem Sofa unruhig hin und her. Wo konnten Herakles und Antisos nur hingegangen sein? Schließlich gewahrte er mit großer Erleichterung die rundliche Silhouette des Rätsellösers, der aus der Dunkelheit der Küche zurückkam. Seine Miene verriet wie gewöhnlich gar nichts. Was wohl geschehen war?

Herakles kehrte nicht einmal zu seinem Speisesofa zurück. Er bedankte sich für das Abendessen, das man ihm geboten hatte, erklärte indes, dringende Geschäfte riefen ihn zurück nach Athen. Die Mentoren verabschiedeten ihn rasch und herzlich, und Diagoras brachte ihn zum Ausgang.

»Wo warst du?«, fragte er, als er sicher war, dass niemand sie hören konnte.

»Meine Nachforschungen stehen kurz vor dem Abschluss. Es fehlt nur noch ein letzter Schritt. Aber wir haben ihn schon.«

»Menekmos?« Diagoras stellte nervös fest, dass er noch immer den Weinbecher in der Hand hielt. »Ist es Menekmos? Kann ich gegen ihn öffentlich Anklage erheben?«

»Noch nicht. Morgen wird sich alles entscheiden.«

»Und Antisos?«

»Ist fortgegangen. Aber mach dir keine Sorgen: Er bleibt die ganze Nacht unter Beobachtung.« Herakles lächelte. »Ich muss jetzt auch fort. Und beruhige dich, mein guter Diagoras: Morgen wirst du die Wahrheit wissen.«[7]

---

[7] *Mir ist aufgefallen, dass ich noch gar nicht erzählt habe, wie ich in diese Zelle gekommen bin. So wahr es ist, dass mir die Anmerkungen helfen sollen, nicht den Verstand zu verlieren, so ist es doch vielleicht nützlich, alles, woran ich mich erinnere, zu erzählen, als spräche ich zu einem künftigen, eher unwahrscheinlichen Leser. Bitte erlaube mir, lieber Leser, diese neuerliche Unterbrechung. Ich weiß, dass dich sehr viel mehr interessiert weiterzulesen, als von meinem Unglück zu hören. Aber so nebensächlich ich hier unten auch bin: Vergiss nicht, dass du mir zum Dank für meine fruchtbare Arbeit ein wenig Aufmerksamkeit schuldest. Ohne meine Arbeit könntest*

du dir das Werk, das dir so gefällt, nicht zu Gemüte führen. Lies mich also bitte mit Geduld.

Wie vielleicht erinnerlich, wollte ich in der Nacht, als ich das vorige Kapitel beendete, meinen unbekannten Besucher, den mysteriösen Fälscher des Textes, an dem ich arbeite, auf frischer Tat ertappen. Mit diesem Vorsatz löschte ich in meiner Wohnung das Licht und tat, als ob ich zu Bett ginge. In Wirklichkeit aber versteckte ich mich im Wohnzimmer hinter einer Tür und lauerte auf seinen »Besuch«. Als ich mir fast sicher war, dass er in jener Nacht nicht mehr kommen würde, hörte ich ein Geräusch. Ich steckte den Kopf aus der halb offenen Tür und vermochte nur noch einen Schatten wahrzunehmen, der sich auf mich stürzte. Als ich aufwachte, hatte ich starke Kopfschmerzen und sah mich in diese vier Wände gesperrt. Was die Zelle angeht, so habe ich sie ja schon beschrieben, und ich verweise den interessierten Leser auf eine frühere Anmerkung. Auf dem Tisch lagen Montalos Text und meine bis zum sechsten Kapitel gediehene Übersetzung. Auf ihr ein gesondertes Blatt mit den in feiner Schrift gezirkelten Worten: ES BRAUCHT DICH NICHT ZU INTERESSIEREN, WER ICH BIN. NENNE MICH WER-AUCH-IMMER. WENN DIR ALLERDINGS DARAN GELEGEN IST, HIER HERAUSZUKOMMEN, ÜBERSETZE WEITER. SOBALD DU FERTIG BIST, WARTET AUF DICH DIE FREIHEIT. Bislang ist dies der einzige Kontakt, den ich zu meinem anonymen Entführer hatte. Nun ja, diesen und den mit seiner geschlechtslosen Stimme, die ich hin und wieder durch die Zellentür höre, wenn sie mir befiehlt: »Übersetze!« Und genau das tue ich. (Anm. d. Übers.)

VIII

Ich war am Tisch eingeschlafen (nicht das erste Mal, seit ich hier bin), wachte aber sofort auf, als ich jenes Geräusch hörte. Langsam und beklommen richtete ich mich auf und betastete meine rechte Wange, die das ganze Gewicht des auf die Arme gesunkenen Kopfes getragen hatte. Ich bewegte die Gesichtsmuskeln. Wischte mir einen dünnen Speichelfaden ab. Als ich die Ellenbogen vom Tisch nahm, riss ich ein paar Blätter mit den letzten Seiten der Übersetzung des siebten Kapitels herunter. Ich rieb mir die Augen und blickte mich um: Nichts schien sich verändert zu haben. Ich befand mich im selben rechteckigen Raum, vor mir der Schreibtisch im fahlen Licht der Lampe. Ich verspürte Hunger, aber das war ebenfalls nichts Neues. Dann durchforschte ich die Finsternis und wusste, dass in Wirklichkeit doch etwas anders war.

Im Schatten stand Herakles Pontor und sah mich aus seinen sanftmütigen grauen Augen an. Ich murmelte: »Was machst du hier?«

»Du steckst ja in einer schönen Geschichte«, sagte er. Seine Stimme war genau so, wie ich sie mir beim Lesen vorgestellt hatte. Aber das dachte ich erst später.

»Du bist eine Gestalt aus dem Werk«, protestierte ich.

»Und dieses *ist* das literarische Werk«, entgegnete der Rätsellöser. »Auch du bist natürlich Teil von ihm. Du brauchst jedoch Hilfe, und darum bin ich gekommen. Überlegen wir einmal: Du bist entführt worden, damit du dies hier übersetzt, obwohl dir niemand die Gewähr gibt, dass du die Freiheit wiedererlangst, wenn du fertig bist. Wie auch immer, dein Kerkermeister ist sehr an der Übersetzung interessiert, vergiss das nicht. Du musst lediglich sein Motiv herausfinden. Bringe in Erfahrung, warum er will, dass du DAS RÄTSEL DES PHILOSOPHEN übersetzt. Wenn du es weißt, kannst du einen Handel eingehen: Du willst die Freiheit, und auch er will etwas. Euch beiden kann geholfen werden, glaubst du nicht?«

»Der mich entführt hat, will überhaupt nichts!«, stöhnte ich. »Er ist verrückt!«

Herakles wiegte seinen kantigen Schädel. »Und wennschon, zerbrich dir jetzt nicht den Kopf über seine Zurechnungsfähigkeit, sondern über seine Interessen. Warum ist es für ihn derart wichtig, dass du dieses Buch übersetzt?«

Ich überlegte einen Augenblick. »Weil es ein Geheimnis enthält.«

Aus seinem Gesichtsausdruck schloss ich, dass dies nicht die Antwort war, die er hören wollte.

Trotzdem sagte er: »Sehr gut! Das ist ein einleuchtender Grund. Auf jede einleuchtende Frage muss es eine einleuchtende Antwort geben. *Weil es ein Geheimnis enthält.* Wenn du also dahinter kämst, *welches* Geheimnis es enthält, wärst du in der Lage, ihm ein Geschäft vorzuschlagen, oder? ›Ich kenne das Geheimnis‹, würdest du ihm sagen, ›ich rede aber erst, wenn du mich hier herauslässt.‹ Das ist eine gute Idee.«

Die letzten Worte hatte er in aufmunterndem Ton gesprochen, als sei er sich selbst nicht so sicher, ob es eine gute Idee sei, mir aber Mut zusprechen wolle.

»Ich habe tatsächlich etwas entdeckt«, sagte ich, »die Arbeiten des Herkules, ein Mädchen mit einer Lilie, das ...«

»Das bedeutet gar nichts«, unterbrach er mich mit ungeduldiger Gebärde. »Das sind nur Bilder! Für dich können es die Arbeiten des Herkules oder ein Mädchen mit einer Lilie sein, für einen anderen Leser irgendetwas anderes, verstehst du nicht? Die Bilder wandeln sich, sie sind unvollkommen! Du musst eine übergreifende Idee finden, die für alle Leser *gleich* ist! Du solltest dich fragen: Welches ist der *Schlüssel*? Es muss einen versteckten Sinn geben!«

Ich stotterte nur sinnlose Worte. Herakles betrachtete mich mit eisiger Neugier. Dann sagte er: »He, warum heulst du? Es ist nicht der Moment, den Mut zu verlieren, sondern zu arbeiten! Suche die Hauptidee. Bediene dich meiner Logik: Du kennst mich doch inzwischen, und auch meine Art zu denken. Untersuche jedes einzelne Wort! Es muss etwas geben! ... *Irgendetwas!*«

Mit noch feuchten Augen beugte ich mich über die Papiere. Plötzlich aber war es mir sehr viel wichtiger, ihn zu fragen, wie er denn aus dem Buch herauskommen und in meiner Zelle auftauchen konnte. Mit energischer Gebärde schnitt er mir das Wort ab. »Schluss des Kapitels«, sagte er.[1]

---

[1] *Ich habe der mächtigen Versuchung widerstanden, dieses falsche achte Kapitel, das zweifellos mein Entführer in das Buch hineingeschmuggelt hat, zu vernichten. Das Einzige, womit dieser Hundesohn Recht hat, sind die Trä-*

nen: In letzter Zeit weine ich häufig. Es ist eine meiner Methoden, die Zeit zu messen. Wenn Wer-auch-immer allerdings glaubt, er kann mich mit diesen untergeschobenen Seiten in den Wahnsinn treiben, dann hat er sich gründlich getäuscht. Inzwischen weiß ich, wozu er sie benutzt: Es sind Botschaften, Anweisungen, Befehle, Drohungen ... Er macht sich nicht einmal die Mühe, ihren gefälschten Ursprung zu vertuschen. Das Gefühl, mich selbst in der ersten Person zu LESEN, *war schwindelerregend. Um mich davon zu befreien, habe ich versucht, an die Dinge zu denken, die* ICH *in Wirklichkeit gesagt haben könnte. Ich glaube nicht, dass ich, wie es der Text behauptet, »gestöhnt« habe. Vermutlich hätte ich sehr viel mehr Fragen stellen können, als diese lächerliche Kreatur, mit der er mich nachzuäffen sucht. Nun gut, bei den Tränen, da hat er ins Schwarze getroffen. Ich fange jetzt mit der Übersetzung dessen an, was ich für das wahre achte Kapitel halte.* (Anm. d. Übers.)

VIII[1]

Die letzten Festtage der Lenäen verlangsamten den normalen Rhythmus der Stadt.

An jenem sonnigen Morgen blockierte eine dichte Reihe von Händlerkarren das Dipylon-Tor; Beschimpfungen und Befehle waren zu hören, aber nicht darum bewegte sich alles nur plump und schwerfällig. Am Piräus-Tor ging es noch saumseliger voran, und bis man endlich einen Karren um die eigene Achse gedreht hatte, konnte es eine halbe Ewigkeit dauern. Die Sklaven mit ihren Amphoren, Papyrusrollen, Reisigbündeln oder Getreidesäcken bahnten sich mit Geschrei einen Weg durch die Straßen. Die Leute standen spät auf, und die Versammlung in der Halle des Zeus Eleutherios verzögerte sich. Da noch nicht alle Ratsmitglieder erschienen waren, die Prytanen, konnte man nicht zur Abstimmung kommen. Die Reden zogen sich hin, und das spärliche Publikum

---

[1] *Ich komme nur langsam voran! Sehr langsam! Im Schneckentempo! Ich muss schneller übersetzen, wenn ich hier raus will.* (Anm. d. Übers.)

schlief auf den Stufensitzen. Hören wir nun Xanokrates. Xanokrates – Besitzer bedeutender Ländereien in der Umgebung der Stadt – verlagerte krummen Schritts seine mächtige Anatomie zum Rednerpodium und hob zu einem schleppenden Vortrag an, der niemanden interessierte. In den Tempeln gerieten die Opferungen ins Stocken, weil es an Priestern fehlte, waren diese doch damit beschäftigt, die letzten Prozessionen vorzubereiten. Am Denkmal für die Helden der Stadt senkten sich missmutig die Köpfe, um die Bekanntmachungen und neuen Anordnungen zu lesen. Die Lage in Theben war unverändert. Man erwartete die Rückkehr von Pelopidas, dem vertriebenen thebanischen General. Agesilaos, der König von Sparta, wurde von beinahe ganz Hellas abgelehnt. »Mitbürger, unsere politische Unterstützung für Theben ist eine Schicksalsfrage für die Stabilität des …« Nach der Müdigkeit in den Gesichtern derer zu urteilen, die das lasen, schien niemand daran zu glauben, dass es in jenem Moment eine »Schicksalsfrage« zu entscheiden gab.

Zwei Männer, die in die Lektüre einer der Tafeln vertieft waren, wechselten hin und wieder ein Wort miteinander.

»Sieh mal, Amphikos, hier steht, der Trupp, der die Wölfe auf dem Lykabettos ausrotten soll, ist noch nicht vollzählig: Es werden noch Freiwillige gesucht …«

»Wir sind träger und schwerfälliger als die Spartaner …«

»Das ist die Verweichlichung in Friedenszeiten: Wir haben nicht einmal Lust, uns zum Wölfejagen zu melden …«

Ein anderer Mann, mit einem runden Glatzkopf, betrachtete die Tafeln mit demselben abgestumpften Interesse wie die übrigen. Seinem ausdruckslosen Gesicht nach zu urteilen, hätte man meinen mögen, er sei in seinem Denken behäbig und plump. Tatsächlich aber hatte er die ganze Nacht kaum ein Auge zugetan. Es ist Zeit, dass ich zum Rätsellöser gehe, dachte er. Er entfernte sich von dem Monument und schlug langsam den Weg zum Skambonidai-Viertel ein.

Was würde der Tag bringen, fragte sich Diagoras. Warum schien sich alles um ihn herum mit schwerfälliger, honigsämiger Langsamkeit dahinzuschleppen?[2] Der Sonnenkarren steckte im Himmelsacker fest; die Zeit glich dickem Honigwasser; es war, als weigerten sich die Göttinnen der Nacht, des Tagesanbruchs und des Morgens zu vergehen und als verweilten sie in stiller Gemeinsamkeit – Dunkel und Licht zu zähem Grau verschmelzend. Diagoras fühlte sich träge und verwirrt, doch die innere Unruhe trieb ihn voran. Die Beklemmung lag ihm wie Blei im Magen, sie zeigte sich im trägen Schweiß seiner Hände, zwackte ihn wie die Zecke das Vieh, zwang ihn, gedankenleer weiterzulaufen.

Der Weg zu Herakles Pontors Haus kam ihm so unendlich lang vor wie die Strecke nach Marathon. Der Garten war verstummt: Nur der träge Ruf des Kuckucks schmückte die Stille. Diagoras klopfte mit kräftigen Schlägen an die Tür, wartete, hörte Schritte, und als die Tür aufging, sagte er: »Ich möchte zu Herakles Pon…«

Das Mädchen war nicht Ponsika. Wirre Locken umwogten ihren Kopf. Sie war nicht schön, nicht eigentlich schön, aber doch außergewöhnlich, geheimnisvoll, he-

---

[2] *Das ist die Eidesis, Idiot, die Eidesis, die EIDESIS! Die Eidesis verändert alles, durchdringt alles, beeinflusst alles: Jetzt ist es die Idee der »Langsamkeit«, die ihrerseits eine andere Idee verbirgt …* (Anm. d. Übers.)

rausfordernd wie eine Hieroglyphe in einem Stein: Augen, klar wie Quarz, ohne einen Lidschlag, volle Lippen, ein schmaler Hals. Der Peplos schlug über ihrem vollen Busen kaum eine Falte und ... Bei Zeus, jetzt wusste er wieder, wer sie war!

»Tritt ein, Diagoras!« Herakles Pontor schaute dem Mädchen über die Schulter. »Ich erwartete jemand anders, und daher ...«

»Ich will dich nicht weiter stören ... du scheinst beschäftigt zu sein.« Diagoras' Blick wanderte abwechselnd von Herakles zu dem Mädchen, als erwarte er von beiden eine Antwort.

»Du störst nicht. Komm nur herein!« Einen Augenblick lief alles langsam und schwerfällig ab. Das Mädchen trat schweigend zur Seite, Herakles wies auf sie und sagte: »Jasintra kennst du ja ... Komm. Lass uns lieber auf der Gartenterrasse reden.«

Diagoras folgte dem Rätsellöser durch die dunklen Gänge; er *spürte* – den Kopf mochte er nicht wenden –, dass Jasintra ihm nicht folgte, und atmete erleichtert auf. Draußen kehrte das Licht des Tages mit gleißender Gewalt zurück. Es war heiß, aber nicht schwül. Zwischen den Apfelbäumen, über einen Brunnenrand aus weißem Stein gelehnt, mühte sich Ponsika ab, mit einem schweren Eimer Wasser zu schöpfen; ihr angestrengtes Stöhnen wurde durch die Maske gedämpft. Herakles ging mit Diagoras bis an den Mauersaum der Vorhalle und hieß ihn Platz nehmen. Der Rätsellöser machte einen zufriedenen, ja schwärmerischen Eindruck: Er rieb sich die fleischigen Hände, lächelte, seine Pausbacken röteten sich – sie röteten sich! –, und in seinem Blick lag ein ungekanntes schelmisches Funkeln, das den Philosophen erstaunte.

»Oh, dieses Mädchen hat mir sehr geholfen, du magst es glauben oder nicht!«

»Natürlich glaube ich es.«

Herakles wirkte überrascht, als er Diagoras' Hintergedanken begriff. »Nicht, was du denkst, mein lieber Diagoras, ich bitte dich ... Erlaube mir zu erzählen, was gestern Abend passiert ist, nachdem ich all meine Arbeit zu voller Zufriedenheit erledigt hatte ...«

Selenes dunkle Sandalen hatten die Göttin schon halb über die von ihr allnächtlich gezogene Himmelsfurche getragen, als Herakles zu seinem Haus kam und unter dem schweren Laub der sich still wiegenden, vom kalten Schein des Mondes versilberten Bäume in die vertraute Dunkelheit seines Gartens eintrat, ohne den zarten Schlaf der kältestarren Vöglein im schweren Gezweig zu stören, die sich in den engen Nestern zusammendrängten ...[3]

Da erblickte er plötzlich einen Schatten, hoch aufgerichtet zwischen den Bäumen, vom Mond zum Relief geschmiedet. Er blieb jäh stehen und bedauerte, dass er nicht die Gewohnheit hatte (in seinem Beruf war es manchmal notwendig), unter dem Mantel einen Dolch zu tragen.

---

[3] *Tut mir Leid, aber ich halte es nicht mehr aus. Die Eidesis ist auch in die Beschreibungen eingesickert: Die Begegnung zwischen Herakles und Jasintra ist mit zermürbender Langsamkeit erzählt. Ich nehme mir das Vorrecht des Übersetzers heraus und versuche, alles ein wenig zu straffen, um schneller voranzukommen, ich werde mich beim Erzählen auf das Wesentliche beschränken.* (Anm. d. Übers.)

Doch die Silhouette regte sich nicht: Es war ein pyramidenförmiger dunkler Umriss, an der Basis breit und regungslos, die abgerundete Spitze üppig geschmückt mit grau schillerndem Haar.

»Wer bist du?«, fragte er.

»Ich.«

Die Stimme eines jungen Mannes, vielleicht eines Epheben, mit einem Beiklang jedoch ... Er hatte sie früher schon gehört, dessen war er sich sicher. Die Silhouette trat einen Schritt auf ihn zu.

»Wer ist ›ich‹?«

»Ich.«

»Wen suchst du?«

»Dich.«

»Komm näher heran, damit ich dich sehen kann.«

»Nein.«

Ihm war unbehaglich zumute. Es schien ihm, der Unbekannte habe Angst und doch keine Angst, er sei gefährlich und doch harmlos. Ein so widersprüchliches Wesen, schoss es ihm durch den Kopf, kann nur einer Frau eigen sein. Aber welcher? Aus dem Augenwinkel heraus beobachtete er, dass sich auf der Straße eine Schar mit Fackeln näherte, Leute, die falsch durcheinander sangen. Vielleicht waren es Nachzügler einer der letzten Lenäen-Umzüge, waren jene doch auf dem Heimweg bisweilen angesteckt von den beim Ritual gehörten oder gesungenen Liedern, befeuert vom anarchischen Willen des Weins.

»Kenne ich dich?«

»Ja. Nein«, sagte die Silhouette.

Jene rätselhafte Antwort war es, die ihm paradoxerweise schließlich verriet, wer sie war.

»Jasintra?«

Die Silhouette zögerte einen Moment mit der Antwort. Zwar kamen die Fackeln tatsächlich näher, schienen sich aber in der gesamten Zwischenzeit nicht von der Stelle bewegt zu haben.

»Ja.«

»Was willst du?«

»Hilfe.«

Herakles beschloss, näher an sie heranzutreten, und sein rechter Fuß machte einen Schritt vorwärts. Das Zirpen der Grillen schien zu ersterben. Die Fackeln flackerten träge wie von der zittrigen Hand eines Greises bewegte schwere Vorhänge. Herakles' linker Fuß legte ein weiteres eleatisches Segment zurück. Die Grillen nahmen ihren Gesang wieder auf. Die Flammen der Fackeln wechselten unmerklich ihre Gestalt, wie Wolken. Herakles hob den rechten Fuß. Die Grillen verstummten. Die Flammen sprangen hoch und erstarrten. Der Fuß senkte sich. Kein Geräusch war mehr zu hören. Die Flammen regten sich nicht. Der Fuß hielt im Gras inne …[4]

---

[4] *Hier mache ich halt. Der Rest des endlos langen Absatzes ist eine ermüdende Beschreibung jedes einzelnen Schritts, der Herakles Jasintra näher bringt, wobei der Rätsellöser sie paradoxerweise jedoch nie erreicht – was an den Achilleus des Zenon von Elea erinnert, der nie die Schildkröte einholen kann (daher der Ausdruck »eleatisches Segment«). All dies verweist, neben den häufig verwendeten Begriffen »langsam«, »schwerfällig« und »plump« sowie den Metaphern für das Furchenziehen, auf Herkules' Arbeit: die Ochsen des Geryon, das träge Vieh, das er besagtem Ungeheuer rauben soll. Der manchmal erwähnte »krumme Schritt« stammt von Homer, denn für den Autor der* ILIAS *sind die Ochsen Tiere mit »krummem Schritt«. Und da ich gerade von Schwere und Lang-*

Diagoras kam es vor, als höre er Herakles schon lange zu.

»Ich habe ihr meine Gastfreundschaft angeboten und ihr Hilfe versprochen«, erklärte Herakles. »Sie war verängstigt, da man sie kürzlich bedroht hatte, und wusste nicht, an wen sie sich wenden sollte – du kennst ja unsere Gesetze, sie sind nicht gerade wohlwollend gegenüber Frauen ihres Gewerbes.«

»Wer hat sie bedroht?«

»Dieselben Leute, die ihr drohten, bevor wir mit ihr sprachen; sie war ihretwegen geflohen, als sie uns sah. Aber mach dir keine Sorgen, ich erkläre dir alles. Ich glaube, wir haben etwas Zeit; jetzt heißt es, Nachricht abzuwarten ... Ah, diese letzten Augenblicke vor der Lösung des Rätsels sind mir ein besonderes Vergnügen! Möchtest du einen Becher unverdünnten Wein?«

»Diesmal ja«, murmelte Diagoras.

Nachdem Ponsika auf der Brüstung der Vorhalle ein schweres Tablett mit zwei Bechern und einem Krug voll unverdünntem Wein abgesetzt und sich sodann entfernt hatte, sagte Herakles: »Hör mir zu, Diagoras, und unterbrich mich nicht: Die Erklärungen dauern länger, wenn ich abgelenkt werde.«

Und er hob zu sprechen an, während er langsamen, krummen Schritts von einem Ende der Säulenhalle zum anderen wandelte, sich mal den Mauern zuwandte, mal dem flirrenden Garten, als studiere er eine Rede vor der

---

samkeit rede, muss ich hier anmerken, dass ich endlich mein großes Geschäft verrichten konnte, was mich in gute Stimmung versetzt hat. Vielleicht ist ja das Ende meiner Verstopfung ein gutes Vorzeichen für Schnelligkeit und das Erreichen von Zielen. (Anm. d. Übers.)

Volksversammlung ein. Seine fleischigen Hände umhüllten die Worte mit zögernden Gebärden.[5]

Tramakos, Antisos und Euneos lernen Menekmos kennen. Wann? Wo? Man weiß es nicht, es ist auch nicht wichtig. Sicher ist, dass Menekmos ihnen anbietet, für seine Skulpturen Modell zu stehen und in seinen Theaterstücken aufzutreten. Außerdem aber verliebt er sich in sie und lädt sie zu seinen ausschweifenden Festen mit anderen Epheben ein.[6] Antisos jedoch überhäuft er mit mehr Aufmerksamkeiten als die beiden anderen. Diese werden eifersüchtig, und Tramakos droht Menekmos, alles zu erzählen, sollte er seine Zuneigung nicht gleichmäßiger verteilen.[7] Menekmos ist beunruhigt und verabredet ein Tref-

---

[5] *Die Beredsamkeit, mit der Herakles Pontor das Geheimnis ausbreitet, verstärkt die Eidesis noch, denn der gewöhnlich so wortkarge Rätsellöser verliert sich hier in schier uferlosen Abschweifungen, die nur mit der Langsamkeit der Ochsen des Geryon vorankommen. Ich habe mich entschlossen, eine Zusammenfassung herzustellen. Wenn es mir angezeigt scheint, werde ich einige Kommentare von Herakles im Wortlaut wiedergeben.* (Anm. d. Übers.)

[6] *»Wir können uns ihr nächtliches Lachen vorstellen«, sagt Herakles, »das verführerische Wiegen der Hüften vor dem trägen Meißel des Menekmos, die nicht endenden Zügellosigkeiten der Liebe, die mannbaren Leiber im roten Licht der Fackeln …«* (Anm. d. Übers.)

[7] *»Und nach dem verzaubernden Schluck vom Wein der Lust – der bittere Bodensatz der Streitereien«, sagt Herakles.* (Anm. d. Übers.)

fen mit Tramakos im Wald. Tramakos tut, als ginge er auf die Jagd, begibt sich in Wahrheit aber an den vereinbarten Ort, und er gerät mit dem Bildhauer in Streit. Sei es vorsätzlich oder in einem Moment der Vernunfttrübung – Menekmos schlägt auf ihn ein, bis er tot oder bewusstlos liegen bleibt, und überlässt ihn den wilden Tieren zum Fraß. Antisos und Euneos erschrecken, als sie die Nachricht hören, und eines Nachts stellen sie Menekmos zur Rede. Kaltblütig gesteht dieser – womöglich um sie einzuschüchtern – die Tat ein, und Antisos beschließt, unter dem Vorwand des Militärdienstes aus Athen zu flüchten. Euneos, der sich Menekmos' Herrschaft nicht zu entziehen vermag, gerät in Panik und will ihn verraten, der Bildhauer aber erschlägt ihn. Antisos ist Augenzeuge von allem. Danach fällt Menekmos über Euneos mit dem Dolch her, begießt ihn mit Wein und zieht ihm Mädchenkleider an, damit es aussieht, als handele es sich um eine Wahnsinnstat des betrunkenen Jünglings.[8] Und das ist alles.[9]

---

[8] *»Achte auf Menekmos' Durchtriebenheit!«, bemerkt Herakles. »Nicht umsonst ist er ein Künstler: Er weiß, dass der Augenschein, die äußere Erscheinung von mächtiger, zu Herzen gehender Wirkung ist. Beim Anblick des nach Wein stinkenden, als Frau verkleideten Euneos war unser erster Gedanke: ›Ein junger Mann, der sich betrinkt und sich so verkleidet, ist zu allem fähig.‹ Und schon sind wir in die Falle gegangen: Die Gewohnheiten unseres moralischen Urteils setzen sich völlig über die Erkenntnisse unserer Vernunft hinweg!«* (Anm. d. Übers.)

[9] *»Und die Lilie?«, wendet da Diagoras ein. Verärgert über die Unterbrechung erklärt Herakles: »Ein poetisches Detail, mehr nicht. Menekmos ist Künstler.« Herakles weiß*

»Was ich dir bisher erzählt habe, mein lieber Diagoras, waren meine Schlussfolgerungen unmittelbar nach unserer Begegnung mit Menekmos. Ich war mir seiner Schuld fast sicher – aber wie mir Gewissheit verschaffen? Dann dachte ich an Antisos: Er war der Schwachpunkt in diesem Geflecht, anfällig genug, beim geringsten Druck zu zerbrechen ... Ich entwarf einen einfachen Plan: Beim Gastmahl in der Akademie, während ihr alle die Zeit damit verschwendet habt, von poetischer Philosophie zu reden, spähte ich unseren schönen Mundschenk aus. Wie du weißt, bedienen die Mundschenken jeden Gast nach einer festgelegten Rangfolge. Als Antisos an mein Speisesofa trat, um mich zu bedienen, holte ich ein Stückchen Papyrus aus dem Umhang und reichte es ihm wortlos, aber mit vielsagender Geste. Darauf hatte ich geschrieben: »Ich weiß alles über Euneos' Tod. Wenn du nicht willst, dass ich rede, bleib, bevor du den nächsten Tischgast bedienst, einen Augenblick in der Küche und warte dort auf mich, allein.«

»Wieso warst du dir so sicher, dass Antisos Augenzeuge von Euneos' Tod war?«

Herakles machte plötzlich einen sehr zufriedenen Eindruck, als habe er auf ebendiese Frage gewartet. Halb die Augen schließend, lächelte er und sagte:

»Ich war mir nicht sicher! Es war ein Köder, und Antisos biss an. Als ich sah, dass er nicht gleich den näch-

---

allerdings nicht, dass die Lilie nicht ein »poetisches«, sondern ein eidetisches Detail und daher ihm und seinem Denken als literarische Figur unzugänglich ist. Die Lilie ist eine für den Leser, nicht für Herakles gelegte Spur. Ich fahre jetzt im normalen Dialog fort. (Anm. d. Übers.)

sten bediente … diesen Kollegen von dir, der sich bewegt, als wären seine Knochen Binsen im Fluss …«

»Kallikles«, fiel Diagoras ein. »Ja, jetzt entsinne ich mich, er war eine Weile fort …«

»So ist es. Er kam in die Küche, um nachzuschauen, warum Antisos ihn nicht bediente. Er hätte uns beinahe überrascht, zum Glück war unser Gespräch aber schon beendet. Wie ich dir schon sagte, stand ich also, nachdem ich mir sicher war, dass Antisos nicht zurückkehrte, vom Tisch auf und ging in die Küche …«

Herakles rieb sich mit geruhsamem Vergnügen die Hände und zog eine seiner grauen Augenbrauen hoch.

»Ach, Diagoras! Was soll ich dir über dieses kluge und schöne Geschöpf erzählen? Ich versichere dir, von deinem Schüler könnten wir beide in mancherlei Hinsicht lernen! Er wartete auf mich in einer Ecke, bebend, mit großen, glänzenden Augen. Die Blumengirlande auf seiner Brust erzitterte bei jedem Atemstoß. Eilig bedeutete er mir, ihm zu folgen, und führte mich in eine kleine Kammer, damit wir ungestört sprechen konnten. Als Allererstes sagte er: ›Ich war es nicht, ich schwöre es Euch bei den heiligen Göttern von Heim und Herd! Ich habe Euneos nicht getötet! Er war es!‹ Ich brachte ihn dazu zu erzählen, indem ich ihn glauben machte, ich wüsste schon alles, und so war es ja auch, denn seine Antworten bestätigten Punkt für Punkt meine Theorien. Am Ende bat er mich, flehte mich mit Tränen in den Augen an, nichts zu verraten. Ihn kümmere nicht, was mit Menekmos passieren würde, er selbst aber wolle in die Sache nicht hineingezogen werden: Er müsse an seine Familie denken … an die Akademie … Mit einem Wort, es wäre schrecklich für ihn. Ich sagte ihm, ich wisse nicht, wie weit ich seinem Wunsch entsprechen könne. Da trat er mit aufreizendem Keuchen an mich heran, schlug die Augen nieder, flüsterte. Er sprach betont langsam, dehnte jedes Wort, jeden Satz. Er versprach mir mancherlei Gunst, denn er verstehe es, wie er sagte, zu den Männern sehr lieb zu sein. Ich lächelte ruhig und erwiderte: ›Antisos, so weit muss es nicht kommen.‹ Seine ganze Antwort waren zwei rasche Bewegungen, mit denen er die Spangen seines Chitons löste und seine Kleider auf die Fußknöchel herabfallen ließ … Ich sagte ›rasch‹, mir kam es jedoch wie eine Ewigkeit vor … Plötzlich verstand ich, wie dieser Junge Leidenschaften zu entfachen und den besonnensten Männern den Verstand zu rauben weiß. Ich spürte seinen duftenden Atem in meinem Gesicht und trat einen Schritt zurück. Ich sagte: ›Antisos, ich sehe hier zwei sehr verschiedene Probleme: zum einen deine unglaubliche Schönheit, zum anderen meine Pflicht, die Wahrheit aufzudecken. Die Vernunft gebietet uns, erstere zu bewundern und letzterer zu gehorchen, und nicht umgekehrt. Vermenge also nicht deine bewunderungswürdige Schönheit mit der Erfüllung meiner Pflicht.‹ Er sagte nichts, tat nichts, schaute mich nur an. Ich weiß nicht, wie lange er mich so anblickte, bekleidet einzig mit der Efeukrone und der von seinen Schultern herabhängenden Blumengirlande, regungslos, schweigend. Es war kaum Licht in der Kammer, doch ich konnte in seinem wunderschönen Gesicht einen Ausdruck von Spott entdecken. Ich glaube, er wollte mir beweisen, wie sehr er sich der Macht bewusst war, die er über mich besaß, trotz meiner Zurückweisung … Dieser Junge beherrscht die Männer als ein furchtbarer Tyrann, und er weiß es. Dann hörten wir beide, wie ihn jemand rief: Es war dein Kollege. Antisos zog sich ohne Eile an, als koste er die Möglichkeit aus, in diesem Zustand überrascht zu werden, und verließ die Kammer. Ich kehrte erst später zurück.«

Herakles trank einen Schluck Wein. Sein Antlitz hatte

sich leicht gerötet. Diagoras' Gesicht hingegen war bleich geworden wie Quarz. Der Rätsellöser machte eine vieldeutige Geste und sagte: »Gib nicht dir die Schuld. Es war zweifellos Menekmos, der den Jungen verdorben hat.«

Diagoras erwiderte mit unbewegter Stimme: »Ich finde nicht verwerflich, dass sich Antisos dir oder Menekmos oder irgendeinem anderen Mann auf diese Weise hingibt. Denn was auf der Welt könnte beglückender sein als die Liebe eines Epheben? Das Schreckliche ist nie die Liebe, sondern es sind ihre Triebfedern. Lieben um der schlichten physischen Lust willen ist verabscheuungswürdig, und lieben, um dein Schweigen zu einem Verbrechen zu erkaufen, ist es ebenso.« Die Augen wurden ihm feucht, die Stimme dämmermatt, als er hinzufügte: »Der wahrhaft Liebende muss den Geliebten nicht einmal berühren: Sein Anblick genügt ihm, um glücklich zu sein, und lässt ihn zu Weisheit und Vollendung der Seele gelangen. Antisos und Menekmos tun mir Leid, denn sie kennen nicht die unvergleichliche Schönheit der wahren Liebe.« Er stieß einen Seufzer aus und sagte: »Doch lassen wir das Thema. Was wollen wir nun tun?«

Herakles, der den Philosophen interessiert beobachtet hatte, antwortete nicht sofort.

»Wie sagen die Schafsknöchelspieler: ›Von jetzt an nur noch gute Würfe.‹ Die Schuldigen kennen wir bereits, Diagoras, doch jede Überstürzung wäre ein Fehler; denn woher wissen wir, dass uns Antisos die ganze Wahrheit gesagt hat? Du kannst sicher sein, dieses zauberische Bürschchen ist so gerissen wie Menekmos selbst, wenn nicht mehr noch. Andererseits fehlt uns weiterhin ein öffentliches Geständnis oder ein Beweis, um Menekmos – oder beide – direkt anzuklagen. Aber etwas Wichtiges haben wir erreicht: Antisos ist in großer Furcht, und das kommt uns gelegen. Was wird er tun? Zweifellos das Logischste von der Welt:

seinen Freund warnen, damit er flieht. Wenn Menekmos die Stadt verlässt, nützt es uns gar nichts, Antisos öffentlich anzuklagen. Und ich bin mir sicher, dass Menekmos das Exil der Verurteilung zum Tode vorzieht …«

»Aber dann wird Menekmos ja entkommen!«

Herakles schüttelte bedächtig den Kopf und lächelte durchtrieben. »Nein, mein lieber Diagoras, über Antisos wird gewacht. Eumarkos, sein ehemaliger Pädagoge, bleibt ihm auf meinen Befehl hin jede Nacht auf den Fersen. Gestern Abend bin ich, als ich von der Akademie kam, zu Eumarkos gegangen und habe ihn eingewiesen. Falls Antisos Menekmos aufsucht, werden wir es erfahren. Und wenn nötig, sorge ich dafür, dass ein anderer Sklave die Werkstatt beobachtet. Weder Menekmos noch Antisos können die geringste Bewegung machen, ohne dass wir davon erfahren. Ich lasse ihnen Zeit, bis sie den Mut verlieren und sich umzingelt fühlen. Sollte einer der beiden versuchen, die eigene Haut zu retten, und sich entschließen, den anderen öffentlich anzuklagen, wäre das Problem auf die bequemste Weise gelöst. Wenn nicht …«

Er hob einen seiner dicken Zeigefinger und deutete mit langsamer Gebärde auf die vier Wände seines Hauses.

»Wenn sie sich nicht gegenseitig verraten, bringen wir die Hetäre zum Einsatz.«

»Jasintra? Wie das?«

Herakles reckte den Zeigefinger weiter nach oben und verlieh so seinen Worten Nachdruck. »Die Hetäre war Menekmos' zweiter großer Fehler! Tramakos verliebte sich in sie und erzählte ihr in allen Einzelheiten von den Beziehungen, die er zu dem Bildhauer unterhielt. Er gestand ihr, dass Menekmos in ihm Gefühle gleichzeitig der Liebe und der Angst weckte. Und kurz vor seinem Tod vertraute er ihr an, er sei zu allem bereit – auch dazu, seiner Familie und seinen Mentoren von den nächtlichen Lustbarkeiten zu erzählen –, nur um sich von Menekmos' verderblichem Einfluss zu befreien. Er sagte ihr allerdings auch, er fürchte sich vor der Rache des Bildhauers; dieser habe ihm angedroht, wenn er auch nur ein Sterbenswort sage, würde er ihn *töten*. Wir wissen nicht, wie Menekmos von Jasintras Existenz erfuhr, können aber vermuten, dass Tramakos sie in einem Moment der Verzweiflung preisgab. Der Bildhauer begriff sofort, dass sie zum Problem werden könnte, und schickte zwei Sklaven nach Piräus, um ihr zu drohen: Sie solle ja nicht auf den Gedanken kommen zu plaudern. Nach unserem Gespräch mit ihm glaubte Menekmos jedoch, die Hetäre hätte ihn verraten, wurde nervös und bedrohte sie aufs Neue mit dem Tod. Dadurch erfuhr Jasintra, wer ich bin, und gestern Abend kam sie völlig verängstigt zu mir und bat um Hilfe.«

»Dann ist sie jetzt also unser einziger Beweis …«

Herakles riss zur Bestätigung weit die Augen auf, als hätte Diagoras etwas ganz und gar Erstaunliches gesagt. »So ist es. Wenn unsere beiden gerissenen Verbrecher nicht reden wollen, werden wir sie auf der Grundlage von Jasintras Zeugnis öffentlich anklagen. Ich weiß zwar, dass das Wort einer Kurtisane gegenüber dem eines freien Bürgers nichts gilt, doch die Anklage wird vermutlich Antisos die Zunge lösen, vielleicht auch Menekmos selbst.«

Diagoras musste blinzeln, als er den Blick auf den sonnenüberfluteten Garten richtete. Nahe dem Brunnen weidete mit zahmer Trägheit eine riesige weiße Kuh.[10] Vergnügt fuhr Herakles fort: »Eumarkos muss jeden Moment

---

[10] *Eine Verstärkung der Eidesis, wie in früheren Kapiteln, um das Bild von Geryons Vieh hervorzuheben.* (Anm. d. Übers.)

mit Nachricht kommen. Dann werden wir wissen, was diese Missetäter vorhaben, und können dementsprechend handeln …«

Er trank einen weiteren Schluck Wein und ließ ihn langsam und zufrieden auf dem Gaumen zergehen. Plötzlich jedoch änderte er den Ton – vielleicht war ihm unbehaglich zumute, weil er ahnte, wie wenig Diagoras seinen Optimismus teilte – und stieß mit gewisser Abruptheit hervor: »Na, wie findest du das? Dein Rätsellöser hat das Rätsel gelöst!«

Diagoras war weiter in die Betrachtung des Gartens jenseits der friedlich wiederkäuenden Kuh versunken und erwiderte:

»Nein.«

»Was, nein?«

Diagoras schüttelte den Kopf und blickte dabei in den Garten, und es mochte so aussehen, als richte er sich an die Kuh. »Nein, Rätsellöser, nein. Ich weiß es noch genau, ich habe es in seinen Augen gesehen: Tramakos war nicht einfach besorgt, sondern von unendlichem *Schrecken* ergriffen. Du willst mich glauben machen, er wollte mir seine zügellosen Spiele mit Menekmos gestehen, aber … Nein. Sein Geheimnis war noch viel grauenhafter.«

Herakles schüttelte bedächtig den Kopf, als nähme er all seine Geduld zusammen, um mit einem kleinen Kind zu reden. »Tramakos hatte Angst vor Menekmos. Er glaubte, wenn er ihn verriete, würde der Bildhauer ihn töten. Das war es, was du in seinen Augen gesehen hast!«

»Nein«, erwiderte Diagoras mit unendlicher Ruhe, als hätten ihn der Wein und die Mattigkeit des Mittags schläfrig gemacht.

Und mit einer Langsamkeit, als entstammten seine Worte einer fremden Sprache und als müsse er sie überdeutlich aussprechen, damit sie übersetzt werden könnten, fügte er hinzu:

»Tramakos war von *Schrecken* ergriffen ... Doch sein Schrecken lag jenseits des Begreifbaren ... Es war der Schrecken an sich, die Idee des Schreckens: etwas, das deine Vorstellungskraft übersteigt, Herakles, weil du ihm nicht wie ich in die Augen geblickt hast. Tramakos hatte keine Angst vor dem, was Menekmos ihm antun könnte, sondern vor ... vor etwas viel Entsetzlicherem. Ich weiß es.« Und er beharrte: »Ich weiß nicht, warum, warum ich es weiß. Aber ich weiß es.«

Herablassend fragte Herakles: »Willst du mir sagen, meine Erklärung wäre nicht richtig?«

»Die Erklärung, die du mir gegeben hast, ist vernünftig. Sehr vernünftig.« Diagoras' Blick ruhte weiter auf dem Garten, in dem die Kuh wiederkäute. Er holte tief Luft. »Aber ich glaube nicht, dass sie der Wahrheit entspricht.«

»Sie ist vernünftig, aber nicht wahr? Womit kommst du mir jetzt, Diagoras von Medontes?«

»Ich weiß nicht. Meine Logik sagt mir: ›Herakles hat Recht.‹ Aber ... Vielleicht könnte es dein Freund Krantor besser erklären als ich. Gestern Abend haben wir in der Akademie lange darüber gestritten. Es ist möglich, dass die Wahrheit nicht der Vernunft gehorcht ... Ich meine ... Wenn ich jetzt etwas Widersinniges zu dir sagen würde, zum Beispiel: ›Herakles, in deinem Garten weidet eine Kuh‹, würdest du mich für verrückt halten. Aber wäre nicht denkbar, dass für irgendjemand, der nicht wir sind, nicht du und nicht ich, eine solche Behauptung *wahr* wäre?« Diagoras gab Herakles keine Möglichkeit zur Erwiderung. »Ich weiß ja, dass es nicht *vernünftig* ist zu sagen, in deinem Garten stünde eine Kuh, weil es sie dort nicht gibt und auch nicht geben kann. Aber warum soll die *Wahrheit vernünftig* sein, Herakles? Gibt es nicht die Möglichkeit, dass unvernünftige, irrationale Wahrheiten existieren?«[11]

»Und das hat Krantor euch gestern erzählt?« Herakles vermochte seinen Zorn kaum zu unterdrücken. »Die Philosophie wird dich noch um den Verstand bringen, Diagoras! Ich spreche zu dir von schlüssigen, logischen Dingen, und du ... Das Rätsel um deinen Schüler ist keine philosophische Theorie: Es ist eine Kette von rationalen Ereignissen, die ...«

Er sprach nicht weiter, als er sah, wie Diagoras, ohne ihn anzusehen, wieder den Kopf schüttelte, immer noch in die Betrachtung des leeren Gartens versunken.[12] »Ich muss an einen Satz von dir denken: ›Das Leben kennt seltsame Stätten, die weder du noch ich jemals besucht haben.‹ Das stimmt ... Wir leben in einer seltsamen Welt, Herakles. Einer Welt, in der nichts vollkommen rational gedacht und begriffen werden kann. Eine Welt, die zuweilen nicht den Gesetzen der Logik, sondern des Traums

---

[11] *Natürlich ist die »Kuh im Garten« – wie die Angriffe des »Tiers« im vierten Kapitel oder die Schlangen im zweiten – von ausschließlich eidetischer Existenz und mithin für die handelnden Figuren unsichtbar. Der Autor benutzt sie jedoch als Argument, um Diagoras' Zweifel zu untermauern: Tatsächlich ist die Behauptung für den Leser* WAHR. *Mein Puls schlägt unregelmäßig. Womöglich vor Müdigkeit.* (Anm. d. Übers.)

[12] *Nachdem es seine eidetische Funktion erfüllt hat, verschwindet das Bild der Kuh sogar für den Leser, und der Garten ist »leer«. Das ist keine Zauberei, es ist schlicht Literatur.* (Anm. d. Übers.)

oder der Literatur folgt … Sokrates, der ein großer Mann der Vernunft war, pflegte zu behaupten, dass ihm ein *daímon*, ein Geist, die tiefsten Wahrheiten eingebe. Und Platon meint, dass der Wahnsinn in gewisser Weise nur eine geheimnisvolle Form sei, um zur Erkenntnis zu gelangen. Und ebendas geht jetzt mit mir vor: Mein *daímon*, oder mein Wahnsinn, sagt mir, dass deine Erklärung falsch ist.«

»Meine Erklärung ist logisch!«

»Aber falsch.«

»Wenn meine Erklärung falsch ist, dann ist *alles falsch*!«

»Das kann sein«, räumte Diagoras voll Bitterkeit ein. »Ja, wer weiß.«

»Meinetwegen!«, brummte Herakles. »Von mir aus kannst du langsam im Sumpf deiner pessimistischen Philosophie versinken, Diagoras. Ich werde dir beweisen, dass … Ah, es klopft an der Tür. Das ist sicherlich Eumarkos. Bleibe du bei der Betrachtung der Welt der Ideen, guter Diagoras. Ich werde dir Menekmos' Kopf auf dem silbernen Tablett servieren, und du wirst mich für meine Arbeit bezahlen … Ponsika, mach auf!«

Doch Ponsika hatte schon geöffnet, und der Besucher trat im selben Moment in die Vorhalle.

Es war Krantor.

»O Herakles Pontor, Rätsellöser! Und du, Diagoras vom Demos Medontes: Athen ist in seinen Grundfesten erschüttert, und alle Bürger mit einem Rest von Stimme rufen nach Eurem Erscheinen …«

Lächelnd versuchte er, Kerberos, der in seinen Armen wütend strampelte, mit einer Handbewegung zu beruhigen. Und immerfort lächelnd, fügte er hinzu, als bringe er gute Nachricht: »Es ist etwas Schreckliches passiert.«

Praxinoes Gestalt, imposant und würdevoll, schien das gleißende Licht, das durch die ladenlosen Fenster der Werkstatt hereinbrach, zurückzuwerfen. Sanft schob er einen der ihn begleitenden Männer zur Seite und bat mit einer Gebärde zugleich um die Hilfe eines anderen. Er kniete nieder, verharrte so eine Ewigkeit lang in Erwartung. Die Schaulustigen malten sich auf seinem Antlitz Gefühlsregungen aus: Kummer, Schmerz, Rachegelüste, Wut. Doch Praxinoe enttäuschte sie und blieb ruhig. Sein Gesichtsausdruck war erfüllt von Erinnerungen, fast alle angenehmer Art; die symmetrischen schwarzen Augenbrauen standen in Kontrast zum schneeweißen Bart. Nichts schien darauf hinzudeuten, dass er in jenem Augenblick den verstümmelten Körper seines Sohnes vor sich hatte. Eine Winzigkeit gab es: Er blinzelte, wenn auch mit unglaublicher Mattigkeit; sein Blick starrte auf einen Punkt zwischen den beiden Toten, und auf seine Pupillen senkte sich die nicht enden wollende Dämmerung unter den Wimpern und ließ die Augäpfel in der Tiefe verschwinden, bis sie zu zwei dünnen Mondsicheln wurden. Dann taten sich die Augenlider wieder auf. Das war alles. Mit der Hilfe der Umstehenden erhob er sich und sprach: »Die Götter haben dich vor mir abberufen, mein Sohn. Begierig nach deiner Schönheit, wollten sie dich mit niemandem teilen und machten dich unsterblich.«

Seine edlen, wohlgesetzten Worte ernteten ein Raunen der Bewunderung. Weitere Männer trafen ein: mehrere Soldaten sowie jemand, der wohl ein Arzt war. Praxinoe hob den Blick, und die Zeit, die respektvoll innegehalten hatte, fing von neuem an zu vergehen.

»Wer hat das getan?« Seine Stimme war nun nicht mehr so fest. Später, wenn niemand es sähe, würde er vielleicht in Tränen ausbrechen. Das Gefühl brauchte lange, ehe es in seinem Antlitz zu lesen war.

Einen Moment lang herrschte Schweigen, doch es war ein Schweigen, in dem sich die Blicke darüber verständigen, wer als Erster das Wort ergreifen soll. Einer der Männer, die Praxinoe begleiteten, sagte: »Die Nachbarn hörten in den frühen Morgenstunden aus der Werkstatt Schreie, sie dachten aber, es wäre wieder so ein Fest dieses Menekmos …«

»Wir haben Menekmos von hier fortlaufen sehen!«, warf jemand ein. Seine Stimme und das vernachlässigte Äußere standen in auffälligem Widerspruch zur achtunggebietenden Würde der Männer um Praxinoe.

»Du hast ihn gesehen?«, fragte Praxinoe.

»Ja, und andere auch! Dann haben wir die Diener der *astynómoi* gerufen.«

Der Mann schien auf irgendeine Art Belohnung für seine Aussagen zu warten. Praxinoe ließ ihn jedoch unbeachtet. Er erhob noch einmal die Stimme, um zu fragen: »Kann jemand sagen, wer das hier getan hat?«

Und er sagte »das hier« in einer Weise, als handele es sich um eine gottlose Tat, die es verdiene, von den Furien bestraft zu werden, ein unfassbares Sakrileg. Alle rings um ihn schlugen die Augen nieder. In der Werkstatt war nicht einmal das Summen einer Fliege zu hören, obwohl zwei oder drei nahe der offenen Fenster langsam ihre Kreise drehten. Die Skulpturen, fast sämtlich unvollendet, schienen Praxinoe mit strengem Mitleid zu betrachten.

Der Arzt – eine hagere, schlottrige Gestalt, viel bleicher noch als die beiden Leichen – kniete neben den Toten und ließ seinen Blick immer wieder von dem einen zum anderen wandern. Er berührte den Alten und sofort darauf den Jungen, als wolle er sie miteinander vergleichen, und murmelte seine Erkennntnisse mit der unbeirrbaren Langsamkeit eines Kindes, das bei einer Prüfung das Alphabet aufsagen muss. Ein *astynómos* bückte sich zu ihm hinab, lauschte seinen Worten und stimmte ihm ehrfurchtsvoll zu.

Die Toten lagen sich auf dem Fußboden der Werkstatt gegenüber, das Gesicht in einer stattlichen Blutlache. Sie wirkten wie auf ein Gefäß gemalte Tänzer: der Alte, mit einem schäbigen Umhang bekleidet, hielt den rechten Arm angewinkelt, den linken ausgestreckt über dem Kopf. Der Junge lag spiegelverkehrt zu dem Alten, war aber völlig nackt. Überdies waren der Alte und der Junge, der Sklave und der Freie, in ähnlich grauenvoller Weise verunstaltet: Ihre Augenhöhlen waren leer, das Gesicht entstellt, in der Haut klafften tiefe Schnittwunden, und sie waren gleichermaßen zwischen den Beinen verstümmelt. Einen Unterschied gab es: Der Alte hielt in seiner verkrampften rechten Hand zwei Augäpfel.

»Blaue Augen«, erklärte der Arzt, als nähme er eine Bestandsaufnahme vor. Nach diesen Worten nieste er absurderweise und sagte dann: »Sie gehören dem Jungen.«

»Der Diener der Elf!«, verkündete jemand, das entsetzte Schweigen zerreißend.

Aber obwohl alle Blicke die Gruppe der Schaulustigen durchforschten, die sich am Eingang der Vorhalle drängten, konnte niemand feststellen, wer da soeben eingetroffen war. Dann zog plötzlich eine Stimme mit dem aufrichtigen Klang ihrer Worte aller Aufmerksamkeit auf sich.

»O Praxinoe, Edler unter den Edlen!«

Es war Diagoras von Medontes. Er und ein untersetzter, beleibter Mann waren kurz vor Praxinoe in die Werkstatt gekommen, mit einem Hünen von sonderbarem Aussehen im Gefolge, der einen kleinen Hund in den Armen trug. Der dicke Mann schien sich in Luft aufgelöst zu haben, Diagoras dagegen hatte eine ganze Weile Aufmerksamkeit erregt, denn alle hatten ihn, vor den Toten knieend, bitterlich weinen sehen. Jetzt allerdings zeigte er sich energisch und entschlossen. Seine Kräfte schienen sich auf eine bestimmte Stelle in seiner Brust zu konzentrieren, zweifellos in der Absicht, seinen Sätzen den nötigen Harnisch zu verleihen. Seine Augen waren gerötet, das Gesicht totenbleich. Er sagte: »Ich bin Diagoras von Medontes, Antisos' Mentor an der …«

»Ich weiß, wer du bist«, schnitt ihm Praxinoe ohne Milde das Wort ab. »Sprich.«

Diagoras fuhr sich mit der Zunge über die ausgedörrten Lippen und holte Luft. »Ich will als Sykophant öffentlich den Bildhauer Menekmos dieser Verbrechen anklagen.«

Träges Geraune war zu hören. Nach langem Kampf hatte in Praxinoes Antlitz das Gefühl Oberhand gewonnen. Das Gesicht war gerötet, eine der schwarzen Augenbrauen war hochgezogen und zerrte in aller Langsamkeit an Auge und Wimpern. Schwer atmend sagte er: »Du scheinst dir dessen sicher zu sein, was du behauptest, Diagoras.«

»Ich bin es, edler Praxinoe.«

Eine andere Stimme erscholl, mit fremdem Zungenschlag. »Was ist hier geschehen?«

Da war endlich (es konnte kein anderer sein) der Diener der Elf, der Gehilfe der elf Richter, die bei Verbrechen die oberste Autorität darstellten: ein riesiger, nach Art der Barbaren mit Tierfellen bekleideter Mann. Um seine Hüfte hatte er sich einen Ochsenziemer geschlungen. Sein Äußeres wirkte furchteinflößend, doch machte er einen einfältigen Eindruck. Er keuchte stark, als wäre er gerannt, und schien, nach seinem Gesichtsausdruck zu urteilen, enttäuscht zu sein, dass das Interessanteste in seiner Abwesenheit geschehen war. Ein paar Männer, wie sie sich bei solchen Anlässen immer finden, traten zu ihm und erzählten, was sie wussten oder zu wissen glaubten. Die Mehrheit indes hing an den Lippen Praxinoes.

»Und warum glaubst du, Diagoras, dass Menekmos … dies hier … meinem Sohn und seinem Pädagogen Eumarkos angetan hat?«

Diagoras fuhr sich aufs Neue mit der Zunge über die Lippen. »Er selbst wird es uns sagen, edler Praxinoe, wenn nötig, unter der Folter. Aber zweifle nicht an seiner Schuld: Es hieße, am Licht der Sonne zu zweifeln.«

Menekmos' Name ging von Mund zu Mund, verschieden ausgesprochen, in verschiedenem Tonfall. Man rief sich sein Gesicht und seine Gestalt in Erinnerung. Jemand schrie etwas, ihm wurde aber unverzüglich Schweigen geboten. Schließlich befahl Praxinoe in die ehrfürchtige Stille hinein: »Sucht Menekmos!«

Als wäre dies das erwartete Losungswort, erhob der Zorn seine Häupter und Arme. Etliche forderten Rache, andere schworen bei den Göttern. Manche, die Menekmos nicht einmal vom Sehen kannten, verkündeten, er habe schreckliche Folter verdient; die ihn dagegen kannten, schüttelten den Kopf, strichen sich den Bart und sagten sich vielleicht: »Wer hätte das gedacht!« Der Diener der Elf hatte offenbar als Einziger noch nicht begriffen, was vor sich ging, und fragte diesen und jenen, wovon die Rede sei und wer der verstümmelte alte Mann sei, der neben dem jungen Antisos lag, und wer den Bildhauer Menekmos angeklagt habe und was sie alle schrien, und wer und was und wie.

»Wo ist Herakles?«, fragte Diagoras, an Krantor gewandt, und zog ihn dabei am Umhang. Das Durcheinander war riesig.

»Ich weiß nicht.« Krantor zuckte mit seinen gewaltigen Schultern. »Vor einem Augenblick noch schnüffelte er wie ein Hund an den Leichen herum. Jetzt allerdings …«

Für Diagoras gab es zwei Sorten von Statuen in der Werkstatt: Die einen bewegten sich gar nicht, die anderen kaum. Ihnen allen suchte er ungelenk auszuweichen, er steckte Knüffe ein, hörte, wie jemand aus dem Getümmel ihn rief, wurde aus der entgegengesetzten Richtung am Umhang gezogen, drehte sich um: Das Gesicht eines der Männer Praxinoes näherte sich ihm und bewegte dabei die Lippen. »Du musst mit dem Archon sprechen, wenn du Anklage erheben willst …«

»Ja, ich spreche mit ihm«, erwiderte Diagoras, ohne recht zu verstehen, was der Mann sagte.

Er machte sich von allen Hindernissen frei, löste sich aus der Menge und bahnte sich einen Weg zum Ausgang. Draußen war ein schöner Tag. Sklaven und Freie erstarrten vor dem Portikus zu Stein, offenbar voll des Neides auf die Skulpturen im Innern. Die Gegenwart der Menschen hatte wie eine schwere Steinplatte auf Diagoras' Brust gelegen, außerhalb des Gebäudes konnte er frei atmen. Er blieb stehen, sah nach rechts und links. Verzweifelt schlug er eine Straße ein, die bergauf führte. Schließlich gewahrte er mit grenzenloser Erleichterung in der Ferne die krummen Schritte und den plumpen, langsamen und grüblerischen Gang des Rätsellösers. Er rief ihn.

»Ich wollte mich bei dir bedanken«, sagte er, als er Herakles erreichte. In seiner Stimme war eine seltsame Bedrückung zu hören. Er sprach im Ton eines Karrentreibers, der seine Ochsen ohne Schreien zu schnellerem Gang antreiben will. »Du hast deine Arbeit gut gemacht. Ich brauche dich nicht mehr. Heute Nachmittag bekommst du die vereinbarte Summe.« Und als könne er nicht die Stille ertragen, fügte er hinzu: »Alles war letzten Endes so, wie du mir erklärtest. Du hattest Recht, und ich habe mich geirrt.«

Herakles brummte etwas in seinen Bart. Diagoras

musste sich fast zu ihm hinabbeugen, um ihn zu verstehen, obwohl er bedächtig jedes Wort einzeln aussprach: »Warum hat dieser Dummkopf das getan? Er hat sich von Angst oder Wahnsinn leiten lassen, das ist klar ... Aber die beiden zu verstümmeln ... Es ist absurd!«

Mit seltsamer, grausamer Genugtuung erwiderte Diagoras: »Er wird uns seine Gründe selbst sagen, mein lieber Herakles. Die Folter wird ihm die Zunge schon lösen!«

Schweigend liefen sie durch die sonnenüberflutete Straße. Herakles kratzte sich den kegelförmigen Kopf.

»Es tut mir Leid, Diagoras. Ich habe mich bei Menekmos geirrt. Ich war mir sicher, er würde zu fliehen versuchen, nicht aber ...«

»Das spielt jetzt keine Rolle mehr.« Diagoras sprach wie ein Mann, der nach weitem, langwierigem Weg an einem menschenleeren Ort ans Ziel gelangt ist und ausruht. »Ich war es, der sich geirrt hatte, und ich verstehe es jetzt. Mir war die Ehre der Akademie wichtiger als das Leben dieser armen Jungen. Das spielt jetzt keine Rolle mehr. Ich werde sprechen und anklagen! Auch mich selbst als Mentor werde ich anklagen ...« Er rieb sich die Schläfen, als wälze er ein kompliziertes mathematisches Problem, und fuhr fort: »Denn wenn es etwas gegeben hat, das sie diesem Verbrecher in die Arme trieb, muss ich dafür die Verantwortung übernehmen.«

Herakles wollte ihn unterbrechen, besann sich aber und wartete ab.

»Ich muss die Verantwortung übernehmen ...«, wiederholte Diagoras, als wolle er die Worte auswendig lernen. »Ich muss die Verantwortung übernehmen! Menekmos ist nur ein rasender Wahnsinniger, ich aber ... Wer bin ich?«

Es geschah etwas Seltsames, obwohl es zunächst keiner der beiden zu bemerken schien: Sie fingen gleichzeitig an zu sprechen, redeten miteinander, ohne einander zuzuhören, sprachen schleppend Satz für Satz, der eine leidenschaftlich, der andere kühl:

»Ich trage die Verantwortung, die wahre Verantwortung!«

»Menekmos überrascht Eumarkos, erschrickt und …«

»Denn was bedeutet es, Lehrer zu sein? Sag!«

»Eumarkos droht ihm. So weit, so gut. Dann aber …«

»Es bedeutet zu lehren, und Lehren ist eine heilige Pflicht!«

»… schlagen sie sich, Eumarkos geht natürlich zu Boden …«

»… Lehren bedeutet, Seelen zu formen!«

»… und Antisos versucht vielleicht, Eumarkos zu schützen …«

»… Ein guter Mentor kennt seine Schüler!«

»… Gut, warum sie dann aber so verstümmeln?«

»… Wenn nicht, wozu dann lehren?«

»Ich habe mich geirrt.«

»Ich habe mich geirrt!«

Sie blieben stehen. Einen Moment lang sahen sie sich verlegen und beklommen an, als wäre jeder das, was der andere gerade am dringlichsten brauche. Herakles' Gesicht wirkte gealtert. Mit unglaublicher Langsamkeit sagte er: »Diagoras … ich gestehe, ich bin in dieser ganzen Angelegenheit mit der Plumpheit einer Kuh vorgegangen. Mein Denken war nie so schwerfällig und plump wie jetzt. Am meisten überrascht mich, dass den Ereignissen eine gewisse Logik innewohnt, und meine Erklärung ist im Allgemeinen befriedigend, doch es gibt ein paar Details … eigentlich nur wenige, aber … Ich hätte gern noch etwas Zeit zum Nachdenken. Ich werde dir diese zusätzliche Zeit nicht in Rechnung stellen.«

Diagoras legte beide Hände auf die stämmigen Schultern des Rätsellösers, sah ihm gerade in die Augen und sagte: »Herakles, wir sind am Ende angelangt.«

Er machte eine Pause und wiederholte langsam, als rede er einem Kind gut zu: »Wir sind am Ende angelangt. Es war ein langer und schwieriger Weg. Aber wir sind da. Gönne deinem Gehirn eine Ruhepause. Ich für meinen Teil werde versuchen, auch meine Seele zur Ruhe kommen zu lassen.«

Plötzlich riss sich der Rätsellöser jäh von Diagoras los und lief weiter bergauf. Dann schien ihm ein Gedanke zu kommen, und er wandte sich zum Philosophen. »Ich werde mich zu Hause einschließen und nachdenken«, sagte er. »Wenn es etwas Neues gibt, lasse ich dich es wissen.«

Und ehe sich Diagoras versah, tauchte er ein in die träge, schwerfällige Menschenmenge, die sich, bewegt von der Tragödie, die Straße hinabwälzte und tiefe Furchen zog.

Manche sagten, es sei zu schnell geschehen. Die meisten aber meinten, alles sei sehr langsam vor sich gegangen. Vielleicht war es die Langsamkeit des Schnellen, die eintritt, wenn man nach etwas mit großer Inbrunst verlangt; aber das sagte niemand.

Was geschah, das geschah, noch ehe sich die Schatten des Spätnachmittags zeigten, lange bevor die metökischen Händler ihre Geschäfte schlossen und die Priester die Messer zu den letzten Opferungen erhoben: Niemand maß die Zeit, doch der allgemeinen Meinung zufolge war es in den Stunden nach dem Mittag, wenn die Sonne, schwer von Licht, gerade erst zu sinken beginnt. Die Soldaten bewachten die Tore, doch nicht an den Toren geschah es. Auch nicht in den Lagerschuppen, in die manche sich vorwagten, weil sie glaubten, er würde wie eine hungrige Ratte zitternd in einer Ecke hocken. In Wirklichkeit lief alles ganz einfach ab, in einer der volkreichen Gassen des neuen Töpferviertels.

In jenem Moment ging eine Frage, schwerfällig, aber unausweichlich, mit langsamer Entschlossenheit von Mund zu Mund: »Hast du Menekmos gesehen, den Bildhauer aus dem Kerameikos?«

Wie eine für den Augenblick gestiftete Religion zog die Frage Männer an. Konvertiert, wurden die Männer zu flammenden Überbringern der Frage. Einige blieben auf dem Weg zurück: Es waren jene, die eine Vermutung hegten, wo die Antwort zu finden sei ... Moment, wir haben noch nicht in dieses Haus geschaut! Wartet, fragen wir diesen Alten! Gleich werde ich euch beweisen, dass meine Theorie stimmt ... Andere, Zweifler, schlossen sich dem neuen Glauben nicht an, weil sie meinten, die Frage lasse sich besser so formulieren: »Hast du den gesehen, den du noch nie gesehen hast und nie sehen wirst, weil er, während ich dich frage, schon über alle Berge ist?« ... Und sie wiegten langsam die Köpfe und lächelten bei dem Gedanken: Du bist dumm, wenn du glaubst, Menekmos würde darauf warten, dass ...

Trotzdem lief die Frage immer weiter um.

In jenem Moment erreichte ihr bezwingender Schritt das winzige Lädchen eines metökischen Töpfers.

»Natürlich habe ich Menekmos gesehen«, sagte einer der Männer, die sich in dem Laden zerstreut die Waren anschauten.

Der die Frage gestellt hatte, wollte schon – gewohnt an die ewig gleiche Antwort – weitergehen, stieß aber gleichsam gegen eine unsichtbare Wand. Er drehte sich um und betrachtete ein von ruhigen Furchen zerschnittenes Gesicht, einen ungepflegten, dünn wachsenden Bart und ein paar Strähnen grauen Haars.

»Du sagst, du hast Menekmos gesehen?«, fragte er begierig. »Wo?«

Der Mann antwortete: »Ich bin Menekmos.«

Es heißt, er habe gelächelt. Nein, er hat nicht gelächelt. Er hat gelächelt, Harpalos, ich schwöre es bei den Augen der Eule von Athen! Und ich beim schwarzen Flusse Styx: Er hat nicht gelächelt! Warst du denn in seiner Nähe? So nah wie jetzt bei dir, und er hat nicht gelächelt: Er schnitt eine Grimasse, aber es war kein Lächeln! Er hat gelächelt, ich habe es auch gesehen: Als ihr ihn gepackt habt, lächelte er, ich schwöre es bei ... Es war eine Grimasse, du Dummkopf! Als wenn ich mit dem Mund so mache ... Meinst du, dass ich jetzt lächle? Was bist du töricht. Aber beim Gott der Wahrheit, wie hätte er lächeln sollen, wo er doch wusste, was ihn erwartet? Und wenn er weiß, was ihn erwartet, warum hat er sich dann gestellt, anstatt aus der Stadt zu fliehen?

Die Frage hatte mannigfaltige Sprösslinge hervorgebracht, alle ungestalt, sterbenssiech, tot bei Anbruch der Nacht ...

Der Rätsellöser saß vor dem Schreibtisch, die dicke Wange auf eine Hand gestützt; er dachte nach.[13]

---

[13] *Das ist meine Lieblingshaltung. Ich habe sie gerade aufgeben, um weiterzuübersetzen. Die Parallelität scheint mir passend, denn in diesem Kapitel geschieht anscheinend alles doppelt: bei den einen zur gleichen Zeit wie bei den anderen. Es handelt sich zweifellos um eine subtile Verstärkung der Eidesis: Gemeinsam schreiten die Ochsen vorwärts, ins selbe Joch gespannt.* (Anm. d. Übers.)

Geräuschlos trat Jasintra ins Zimmer, und als er den Blick hob, sah er sie auf der Türschwelle stehen, das Gesicht von Schatten gezeichnet. Sie trug einen langen Peplos, der über der rechten Schulter von einer Spange zusammengehalten wurde. Die linke Brust, kaum von einem Zipfel Tuch umfasst, zeigte sich fast nackt.[14]

»Arbeite weiter, ich will nicht stören«, sagte Jasintra mit ihrer Männerstimme.

Herakles wirkte nicht, als fühle er sich gestört.

»Was willst du?«, fragte er.[15]

»Setze dein Werk fort. Offenbar ist es so wichtig …«

Herakles wusste nicht, ob sie sich lustig machte (es war schwer zu wissen; seiner Überzeugung nach waren alle Frauen Masken). Er sah sie langsam näher kommen, eingetaucht in die Dunkelheit.

---

[14] *Jetzt weiß ich, dass der Mann, der mich hier eingesperrt hat, völlig verrückt ist. Ich machte mich gerade daran, diesen Absatz zu übersetzen, als ich den Blick hob und ihn vor mir sah, so wie Herakles die Hetäre. Geräuschlos war er in meine Zelle getreten. Er sah grotesk aus: Er war in einen langen schwarzen Umhang gehüllt und trug eine Maske sowie eine zerzauste Perücke. Die Maske stellte das Gesicht einer Frau dar, seine Stimme und seine Hände aber waren die eines alten Mannes. Seine Worte und Bewegungen (jetzt, beim Weiterübersetzen, begriff ich es) waren mit denen Jasintras in diesem Dialog* IDENTISCH *(er sprach zwar nicht ihre Sprache, aber die Übersetzung war genau). Darum notiere ich meine eigenen Antworten lediglich als Fußnoten zu denen von Herakles.* (Anm. d. Übers.)

[15] *»Wer bist du?«, fragte ich.* (Anm. d. Übers.)

»Was willst du?« wiederholte er.[16]

Sie zuckte die Schultern. Langsam, fast widerwillig näherte sie ihren Körper dem seinen.

»Wie kannst du hier so lange im Dunkeln sitzen?«, fragte sie voll Neugier.

»Ich denke nach«, sagte Herakles. »Die Dunkelheit hilft mir beim Denken.«[17]

»Möchtest du gern, dass ich dich massiere?«, flüsterte sie.

Herakles sah sie an und antwortete nicht.[18]

Sie streckte ihm die Hände entgegen.

»Lass mich«, sagte Herakles.[19]

»Ich möchte dich nur massieren«, raunte sie schalkhaft.

»Nein, lass mich.«[20]

Jasintra blieb stehen. »Ich möchte gern, dass du es schön hast mit mir«, wisperte sie.

»Weshalb?«[21]

»Ich schulde dir einen Gefallen«, sagte sie. »Ich will mich erkenntlich zeigen.«

---

[16] *Ich glaube, an dieser Stelle sagte ich gar nichts.* (Anm. d. Übers.)

[17] *»Im Dunkeln? Ich will nicht im Dunkeln sein!«, rief ich aus. »Du bist es, der mich hier eingesperrt hat!«* (Anm. d. Übers.)

[18] *»Massieren? Bist du verrückt?!«* (Anm. d. Übers.)

[19] *»Verschwinde!«, schrie ich und war mit einem Satz auf den Beinen.* (Anm. d. Übers.)

[20] *»Rühr mich nicht an!!«, habe ich wohl an dieser Stelle gesagt, bin mir aber nicht sicher.* (Anm. d. Übers.)

[21] *»Du bist … du bist völlig verrückt …« Ich war entsetzt.* (Anm. d. Übers.)

»Das ist nicht nötig.«[22]

»Ich bin so allein wie du. Doch ich kann dich glücklich machen, glaub mir.«

Herakles beobachtete sie. Ihr Gesicht zeigte keinerlei Gefühlsregung. »Wenn du mich glücklich machen willst, lass mich einen Moment allein«, sagte er.[23]

Sie seufzte und zuckte wieder die Schultern. »Hast du Appetit auf irgendetwas? Oder möchtest du einen Schluck trinken?«, fragte sie.

»Ich will nichts.«[24]

Jasintra drehte sich halb um und blieb in der Tür stehen. »Ruf mich, wenn du etwas brauchst«, sagte sie.

»Das werde ich tun. Jetzt geh.«[25]

»Du musst mich nur rufen, und ich komme.«

»Geh schon!«[26]

Die Tür schloss sich. Das Zimmer lag wieder im Dunkeln.[27]

---

[22] *»Einen Gefallen? Wofür denn einen Gefallen? … Weil ich das Werk übersetze?«* (Anm. d. Übers.)

[23] *»Lass mich hier raus, und ich bin glücklich!«* (Anm. d. Übers.)

[24] *»Jawohl! Ich habe Hunger. Und Durst …«* (Anm. d. Übers.)

[25] *»Warte, bitte, geh nicht fort!« Ich bekam plötzlich Angst.* (Anm. d. Übers.)

[26] *»Geh nicht fort!!«* (Anm. d. Übers.)

[27] *»Nein!«, schrie ich und brach in Tränen aus.*

Jetzt, nachdem ich wieder zur Ruhe gekommen bin, frage ich mich: Was hat mein Entführer mit dieser absurden Pantomime erreichen wollen? Mir beweisen, dass er das Werk vollkommen kennt? Mir zu verstehen geben, dass er zu jeder Zeit weiß, an welcher Stelle ich mit meiner Übersetzung bin? … Sicher bin ich mir nur in Einem: Ich bin – o Götter der Griechen, steht mir bei! – einem alten Irren in die Hände gefallen! (Anm. d. Übers.)

IX

Die Menekmos, Sohn des Lakos, vom Demos Charisios, zur Last gelegten Verbrechen waren Bluttaten – »Fleischtaten«, wie einige meinten –, weshalb der Prozess im Areopag stattfand, dem Gerichtshof auf dem Areshügel, einer der altehrwürdigsten Einrichtungen der Stadt. Auf seinen Marmorsteinen wurden einst die erhabensten Regierungsentscheidungen besiegelt, doch nach den Reformen Solons und Kleisthenes' oblag ihm nur noch die Gerichtsbarkeit eines einfachen Tribunals für Mordtaten, das über die schuldig Gesprochenen entweder die Todesstrafe, die Entziehung des Bürgerrechts oder die Verbannung verhängte. Daher fand kein Athener groß Gefallen am Anblick der weißen Stufensitze, der strengen Säulen und des hohen Archontenpodiums gegenüber einer tellerrunden Räucherpfanne, in der zu Ehren Athenes wohlriechende Kräuter verbrannt wurden; in ihrem Duft lag – wie die Kenner behaupteten – ein Hauch von geröstetem Menschenfleisch. Dennoch feierte man hier bei Gelegenheit auf Kosten eines bedeutenden Angeklagten ein kleines Festmahl.

Der Prozess gegen Menekmos, Sohn des Lakos, vom Demos Charisios, weckte vor allem wegen der Vornehmheit der Opfer und der Widerwärtigkeit der Verbrechen große Erwartungen, weniger wegen des Täters – der war lediglich einer der vielen Erben des Phidias und des Praxiteles, die davon lebten, ihre Werke an aristokratische Mäzene zu verschachern, als wären es ein paar Stücke Fleisch.

Schon bald nach der gellenden Ankündigung durch den Herold war auf den geschichtsträchtigen Stufensitzen kein einziger Platz mehr frei. Die Mehrheit des begierigen Publikums bildeten zur Zunft der Bildhauer und Keramiker gehörende Metöken und Athener sowie Dichter und Kriegsleute, doch fehlte es auch nicht an einfachen schaulustigen Bürgern.

Die Augen wurden groß wie Kredenzteller, und ein befriedigtes Raunen erhob sich, als die Soldaten den Angeklagten vorführten: mit gefesselten Händen, hager, aber kräftig und zäh. Menekmos, Sohn des Lakos, vom Demos Charisios, streckte die Brust heraus und trug den grau gesträhnten Kopf sehr hoch, so als stünde ihm statt der Verurteilung eine militärische Ehrung bevor. Er hörte sich ruhig die lange Liste der Anklagen an und hüllte sich, wie es das Gesetz erlaubte, in Schweigen, als ihn der wortführende Archon aufforderte alles zu berichtigen, was ihm als unzutreffende Anschuldigung erschiene. Wirst du reden, Menekmos? Nichts: weder ein Ja noch ein Nein. Mit dem trotzigen Stolz eines Pfaus streckte er weiter die Brust heraus. Würde er sich für unschuldig erklären? Für schuldig? Verbarg er ein schreckliches Geheimnis, das er am Ende zu offenbaren gedachte?

Einer nach dem anderen traten die Zeugen auf: Menekmos' Nachbarn würzten den einleitenden Teil mit Berichten über die jungen Leute – zumeist Vagabunden oder Sklaven –, die seine Werkstatt unter dem Vorwand aufsuchten, für seine Werke Modell zu stehen. Man beschrieb seine nächtlichen Lustbarkeiten: die prickelnden Schreie, das gierige Grunzen, den bittersüßen Geruch der Orgien, das tägliche halbe Dutzend nackter Epheben, weiß wie Sahnetörtchen. Vielen zog sich bei diesen Aussagen der Magen zusammen. Sodann behaupteten etliche Dichter, Menekmos wäre ein guter Bürger und noch besserer Autor und er bemühe sich eifrig, die Kunst des Athener Theaters von einst zu neuem Leben zu erwecken. Da es aber ebensolche Künstlerlinge waren wie jener, den sie zu rühmen suchten, schenkten die Archonten ihrem Zeugnis keine Beachtung.

Nun waren die Gräuel der Verbrechen an der Reihe: Man hob die blutigen Exzesse hervor, das zerfetzte Fleisch, die herausgerissenen Eingeweide, die grausam ausgeweideten Körper. Es sprach der Hauptmann der Grenzwache, der Tramakos gefunden hatte; es sagten die *astynómoi* aus, die man zu Euneos und Antisos gerufen hatte; die Fragen zogen immer neue schaurige Ausschmückungen nach sich; die Phantasie richtete einen Leichnam in Stücken von Beinen, Gesichtern, Händen, Zungen, Lenden und Bäuchen zu. Am Mittag schließlich erstieg unter der Glutherrschaft der Sonnenrösser die dunkle Gestalt des Diagoras, Sohn des Champsakos, vom Demos Medontes, die Podiumsstufen. Es wurde mucksmäuschenstill: Alle erwarteten mit verzehrender Ungeduld die Aussage des Mannes, der, wie man wusste, wichtigster Zeuge der Anklage war. Diagoras, Sohn des Champsakos, vom Demos Medontes, enttäuschte sie nicht: Unbeirrt in seinen Antworten, tadellos im klaren Aussprechen der Sätze, redlich in der Darlegung der Geschehnisse und behutsam bei ihrer Bewertung, war er in manchen Dingen etwas hart. Seine Aussage hinterließ am Ende einen bitteren Nachgeschmack, war aber im Großen und Ganzen befriedigend. Beim Sprechen blickte er nicht zu den Stufensitzen hinüber, wo Platon und einige seiner Kollegen saßen, sondern zum Podium der Archonten, obwohl diese seinen Worten offenbar nicht die geringste Aufmerksamkeit beimaßen, so als seien sie sich ihres Urteils schon sicher und sähen in seiner Aussage bloße Beikost.

Zu der Stunde, da der Hunger in den Bäuchen zu rumoren beginnt, entschied der oberste Archon, dass das Gericht genug Zeugen angehört habe. Mit der höflichen Gleichgültigkeit eines Pferdes wandten sich seine hellen blauen Augen dem Angeklagten zu.

»Menekmos, Sohn des Lakos, vom Demos Charisios, dieses Gericht gewährt dir, wenn du es wünschst, das Recht, dich zu verteidigen.«

Und plötzlich blieb vom feierlichen Rund des Areopags mit seinen Säulen, seiner wohlriechenden Räucherpfanne und seinem Podium nur ein einziger Punkt, auf den sich die gierigen Blicke des Publikums richteten: das wenig hergerichtete Gesicht des Bildhauers, sein dunkles, von den Jahren mit schneidender Schärfe zerfurchtes Fleisch, seine lidschlaggeschmückten Augen und sein mit grauen Haaren überstäubtes Haupt.

In angespannter Stille, als brächte er vor einem Essgelage ein Trankopfer dar, tat Menekmos, Sohn des Lakos, vom Demos Charisios, langsam den Mund auf und fuhr sich mit der Zungenspitze über die ausgedörrten Lippen.

Und er lächelte.[1]

---

[1] *Und das Publikum hätte ihn am liebsten gefressen. Die Beschreibung des Prozesses gegen Menekmos liest sich wie die eidetische Verkleidung eines Festessens, bei dem der Bildhauer das Hauptgericht ist. Ich weiß noch nicht,*

Es war der Mund einer Frau: ihre Zähne, ihr sengender Atem. Er wusste, dass der Mund zubeißen konnte, ihn fressen, verschlingen, doch wichtiger noch in jenem Augenblick war ihm das schlagende Herz, das eine unbekannte Hand umschloss. Ihn kümmerte nicht, dass die Lippen des Weibes (denn ein Weib war es, viel mehr als eine Frau) langsam über seine Haut wanderten und dass behaglich die Zähne darüber strichen, waren ihm doch derlei Liebkosungen teilweise (aber nur teilweise) angenehm. Das Herz aber ... das pochende, feuchte Fleisch, das die starken Finger umklammerten ... Er musste herausfinden, was dahinter lag, wem der riesige Schatten gehörte, der da auf ihn lauerte. Denn der Arm schwebte nicht einfach so in der Luft, und jetzt wusste er es: Der Arm gehörte zu einer Gestalt, die sich entblößte und sich verbarg wie allmonatlich der nächtliche Mondleib. Jetzt ... ein bisschen ... fast schon konnte er die ganze Schulter erkennen ... Ein Soldat, in der Ferne, befahl oder sagte oder erläuterte etwas. Seine Stimme kam ihm vertraut vor, doch er konnte seine Worte nicht recht verstehen. Und sie waren so wichtig! Etwas anderes störte ihn noch: Das Fliegen erzeugte einen gewissen Druck in seiner Brust; er musste sich diese Erfahrung in Hinblick auf künftige Nachforschungen merken. Einen Druck, jawohl, und auch einen Rest von Lust in den empfindlichsten Körperzonen. Fliegen war angenehm, trotz des Mundes, der leichten Bisse, der gedehnten Glieder ...

Er wachte auf, sah den Schatten rittlings auf sich und

---

auf welche Arbeit angespielt wird, ahne es aber schon. Auf alle Fälle hat mir die Eidesis das Wasser im Munde zusammenlaufen lassen. (Anm. d. Übers.)

stieß ihn mit beiden Armen wie rasend beiseite. Er dachte daran, dass nach mancher Überlieferung der Albtraum ein Ungeheuer mit dem Kopf einer Stute und dem Körper einer Frau ist, die sich mit nackten Backen auf die Brust des Schlafenden setzt und ihm bittere Worte einflüstert, bevor sie ihn verschlingt. Decken und angespannte Muskeln, ineinander verschlungene Beine und Stöhnen bildeten ein heilloses Durcheinander. Diese Dunkelheit! Oh, diese Dunkelheit!

»Nein, nein, sei still.«

»Was? ... Wer?«

»Sei still. Es war ein Traum.«

»Hagesikora?«

»Nein, nein ...«

Er zitterte, er erkannte seinen eigenen Körper: Er lag auf dem Rücken auf seinem eigenen Bett, und zwar in einem Zimmer, das zweifelsfrei (jetzt war er sicher) sein eigener Schlafraum war. Alles war so wie immer, bis auf jenes erhitzte nackte Fleisch, das sich neben ihm tollte wie ein kräftiges, nerviges Fohlen. Sein Verstand erwachte, als habe jemand in seinem Kopf einen Kerzenstummel angezündet, und mit einem Gähnen begann er den neuen Tag, nicht ohne gewisse Bestürzung.

»Jasintra?«, dämmerte es ihm.

»Ja.«

Herakles richtete sich auf, spannte unter Mühen die Fassreifen seines Bauchs, als habe er gerade erst gegessen, und rieb sich die Augen. »Was tust du hier?«

Er erhielt keine Antwort. Er spürte, wie sie sich heiß und feucht neben ihm wand, als schwitze ihr Fleisch Säfte aus. Das Bett sank an mehreren Stellen ein, er spürte die Bewegung und schwankte leicht. Plötzlich war ein gedämpfter Aufschlag zu hören und das unverwechselbare Tapsen bloßer Füße auf dem Boden.

»Wo gehst du hin?«, fragte er.

»Soll ich nicht Licht machen?«

Er hörte das Kratzen des Feuersteins, den sie rieb. Sie weiß schon, wo ich in der Nacht die Lampe lasse und wo sie den Zunderschwamm findet, dachte er und vermerkte diese Beobachtung irgendwo in der umfangreichen Bibliothek seines Kopfes. Kurz darauf erschien ihr Körper vor seinen Augen, die Hälfte des Fleisches vom Lampenlicht mit Honig bestrichen. Herakles zögerte, ihren Zustand als »Nacktheit« zu bezeichnen. In Wirklichkeit hatte er noch nie eine Frau gesehen, die so über alle Maßen nackt war: ohne Schminke, ohne Schmuck, ohne den Schutz einer Frisur, entblößt sogar des hauchdünnen – doch wirksamen – Gewandes der Scham. Vollständig nackt. Roh, ging es ihm durch den Kopf, wie ein schlichtes, auf den Boden geworfenes Stück Fleisch.

»Ich bitte dich, verzeih mir«, sagte Jasintra. In ihrer Knabenstimme konnte er nicht einen Schimmer von Besorgnis entdecken, er würde ihr womöglich nicht verzeihen. »Ich habe dich von meinem Zimmer aus stöhnen hören. Du schienst dich zu quälen, und ich wollte dich wecken.«

»Es war ein Traum«, sagte Herakles. »Ein Albtraum, der mich neuerdings verfolgt.«

»Durch die Träume, die immer wiederkehren, pflegen die Götter zu uns zu sprechen.«

»Daran glaube ich nicht. Es ist nicht logisch. Für Träume gibt es keine Erklärung: Sie sind nur Bilder, die wir aufs Geratewohl erzeugen.«

Sie erwiderte nichts.

Herakles wollte Ponsika rufen, doch ihm fiel ein, dass seine Sklavin ihn am Abend zuvor gebeten hatte, in Eleusis einer Versammlung von Anhängern der Heiligen Mysterien beiwohnen zu dürfen. So war er also mit der Hetäre allein im Haus.

»Willst du dich waschen?«, fragte sie. »Ich bringe dir eine Schüssel.«

»Nein.«

Dann fragte Jasintra übergangslos: »Wer ist Hagesikora?«

Herakles sah sie zunächst an, ohne zu verstehen. Dann fragte er: »Habe ich diesen Namen im Schlaf gesagt?«

»Ja. Und den einer Etis. Du glaubtest, ich sei die beiden.«

»Hagesikora war meine Frau. Sie wurde krank und ist vor langem schon gestorben. Wir hatten keine Kinder.« Er hielt kurz inne und fügte im selben schulmeisterlichen Ton hinzu, als erkläre er dem Mädchen eine langweilige Lektion: »Etis ist eine alte Freundin … Merkwürdig, dass ich von beiden gesprochen habe. Aber ich sagte dir ja schon, für mich haben Träume nichts zu bedeuten.«

Es entstand eine Pause. Das Licht der Lampe fiel von unten auf das Mädchen und verhüllte so ihre Nacktheit: Ein zitternder schwarzer Harnisch umschloss Brüste und Scham; schmale Riemen umgürteten Lippen, Brauen und Lider. Einen Augenblick lang musterte Herakles sie durchdringend und suchte zu erfahren, was sich außer Blut und Muskeln hinter ihren Formen verbarg. Wie anders war diese Hetäre als seine beweinte Hagesikora!

Jasintra sagte: »Wenn du nichts mehr wünschst, gehe ich.«

»Ist es noch lange hin bis zum Morgen?«, fragte er.

»Nein. Die Farbe der Nacht ist grau.«

Die Farbe der Nacht ist grau, dachte Herakles. Eine Beobachtung, die dieses Geschöpfes würdig ist. »Dann lass das Licht brennen«, gebot er ihr.

»Gut. Mögen dir die Götter Ruhe schenken.«

Gestern sagte sie mir: *Ich schulde dir einen Gefallen*, dachte er. Aber wieso will sie mich unbedingt dazu bringen, dass ich diese Art von Bezahlung annehme? Habe ich wirklich ihren *Mund* auf meinem gespürt? Oder war es vielleicht nur Teil des Traums?

»Jasintra.«

»Ja?«

Er hörte nicht die leiseste Spur von Verlangen oder Hoffnung in jener Stimme, und das – o verzehrender Männerstolz! – tat ihm weh. Und ihm tat weh, dass es ihm wehtat. Sie war einfach nur stehen geblieben, hatte sich umgedreht und ihm das Gesicht zugewandt, um ihm beim Klang des »Ja?« ihren nackten Blick zu zeigen.

»Menekmos wurde nach dem Mord an einem weiteren Epheben festgenommen. Heute wird im Areopag das Urteil gesprochen. Du hast von ihm nichts mehr zu befürchten.« Und nach einer Pause fügte er hinzu: »Ich dachte, es würde dich freuen, das zu hören.«

»Ja«, sagte sie.

Und als sie beim Hinausgehen die Tür hinter sich schloss, knarrte die Tür ebenso: »Ja.«

Er blieb den ganzen Morgen im Bett. Nach dem Mittag stand er auf, zog sich an, verschlang eine ganze Schüssel süßer Feigen und beschloss, einen Spaziergang zu machen. Er kümmerte sich nicht einmal darum zu wissen, ob Jasintra noch in dem kleinen Gästeraum war, den er ihr zugewiesen hatte, oder ob sie fortgegangen war, ohne Abschied zu nehmen: Die Tür war verschlossen, und sollte sie noch da sein, so störte es Herakles nicht, sie allein im Haus zu lassen, da er sie nicht für eine Diebin und eigentlich auch nicht für ein schlechtes Frauenzimmer hielt. Ruhig lenkte er seine Schritte zur Agora, und auf dem Platz angekommen, traf er etliche Männer, die er kannte, und noch sehr viel mehr Unbekannte. Er zog es vor, letztere zu fragen.

»Das Urteil gegen den Bildhauer?«, erwiderte ein Kerl

mit sonnenverbrannter Haut und dem Gesicht eines Nymphen ausspäenden Satyrs. »Bei Zeus, das weißt du nicht? Die ganze Stadt spricht von nichts anderem!«

Herakles zuckte mit den Schultern, als wolle er sich für seine Unwissenheit entschuldigen.

Der Mann bleckte seine riesigen Zähne und sprach weiter: »Er wurde dazu verurteilt, vom Baratros gestoßen zu werden. Er hat sich schuldig bekannt.«

»Er hat sich schuldig bekannt?«, echote Herakles.

»So ist es.«

»Aller Verbrechen?«

»Ja. So, wie ihn der edle Diagoras angeklagt hat: schuldig des Mordes an den drei Jünglingen und dem alten Pädagogen. Und allen ins Gesicht hat er mit einem Lächeln gesagt: ›Ich bin schuldig!‹, oder etwas Ähnliches. Die Leute waren sprachlos ob seiner Dreistigkeit, und mit gutem Grund!« Das Faungesicht verdunkelte sich noch mehr, als der Mann fortfuhr: »Bei Apollon, der Baratros ist zu wenig für diesen Elenden! Zumindest diesmal bin ich damit einverstanden, was die Frauen wollen!«

»Was wollen sie denn?«

»Eine Abordnung von Prytanengattinnen hat den Archon gebeten, Menekmos solle, bevor er stirbt, gefoltert werden …«

»Fleisch. Sie wollen Fleisch«, sagte der Mann, der mit dem Faun gesprochen hatte, bevor Herakles sie unterbrach. Er war kräftig, breitschultrig und von untersetzter Statur, Kopf und Bart mit einzelnen blonden Haaren gewürzt.[2]

---

[2] *Die häufigen kulinarischen Metaphern wie auch die Metaphern rund um den Begriff »Pferde« beschreiben auf ei-*

Der Faun pflichtete ihm bei und zeigte wieder sein Pferdegebiss. »Ich würde ihnen den Wunsch erfüllen, und wäre es nur dieses eine Mal! ... Diese unschuldigen Epheben ... Findest du nicht auch, dass ...« Er drehte sich zu Herakles um, doch da war niemand mehr.

Der Rätsellöser entfernte sich, wich ungelenk den Leuten aus, die auf dem Platz schwatzten. Er war benommen, wie betäubt, so als hätte er lange Zeit geträumt und wäre in einer ihm unbekannten Stadt aufgewacht. Doch der Wagenlenker seines Gehirns hatte die Zügel beim Galopp seiner Gedanken noch fest im Griff. Was ging hier vor? Irgendetwas fing an, unlogisch zu werden. Oder aber, etwas war nie logisch gewesen, und jetzt wurde der Fehler deutlich ...

Er dachte an Menekmos. Er sah ihn im Wald auf Tramakos einprügeln, bis er tot oder bewusstlos liegen blieb, und wie er ihn danach den wilden Tieren zum Fraß überließ. Er sah ihn Euneos ermorden, sah, wie er aus Vorsicht oder Angst den Leichnam zerschlitzte und ihn verkleidete, um das Verbrechen zu vertuschen. Er sah ihn voll Rohheit Antisos und, damit nicht genug, den Sklaven Eumarkos verstümmeln, den er sicherlich dabei ertappt hatte, wie er ihnen nachspionierte. Er sah Menekmos beim Prozess, lächelnd und sich schuldig bekennend

---

detische Weise eine weitere Arbeit des Herkules: die Zähmung der Mähren des Diomedes, die bekanntlich Menschenfleisch fraßen und am Ende ihren eigenen Herrn verschlangen. Ich weiß nicht, wie weit die »Abordnung von Prytanengattinnen« – sie »wollen Fleisch« – mit den Mähren identisch ist. Wäre dem so, dann wäre das ein respektloser Scherz. (Anm. d. Übers.)

aller Morde: Hier stehe ich, ich bin es, Menekmos von Charisios, und ich sage euch, ich habe Unmögliches vollbracht, damit ihr mich nicht fasst, aber nun ... Was schert es mich! Ich bin schuldig. Ich habe Tramakos, Euneos, Antisos und Eumarkos getötet, ich bin geflohen, und danach habe ich mich gestellt. Verurteilt mich. Ich bin schuldig.

Antisos und Jasintra klagten Menekmos an ... Aber sogar Menekmos selbst überantwortete Menekmos dem Tode! Er hatte den Verstand verloren, kein Zweifel ... Trotzdem – wenn er wahnsinnig geworden war, dann erst vor kurzem. Er hatte sich nicht wie ein Wahnsinniger benommen, als er so vorsichtig war, sich mit Tramakos im Wald zu verabreden, weitab von der Stadt. Er hatte sich nicht wie ein Wahnsinniger benommen, als er in aller Eile das Nötige tat, um bei Euneos den Anschein eines Selbstmords zu erwecken. In beiden Fällen war er äußerst gerissen vorgegangen, ein Gegenspieler, dessen Scharfsinn dem eines Rätsellösers ebenbürtig war, jetzt aber ... Jetzt sah es so aus, als ob ihm alles gleich wäre! Warum?

Etwas stimmte nicht in seiner ausgetüftelten Theorie. Und dieses Etwas war ... alles. Sein großartiges Gedankengebäude, das Gefüge seiner Schlussfolgerungen, das harmonische Gerüst von Ursachen und Wirkungen ... Er irrte, er hatte von Anfang an geirrt, und am meisten beunruhigte ihn die Gewissheit, dass er *richtig* kombiniert, kein wichtiges Detail übergangen hatte, dass er jedem einzelnen Fingerzeig des Rätsels nachgegangen war ... Und darin lag der Grund der Angst, die ihn quälte. Wenn er *richtig* überlegt hatte, warum irrte er dann? Gab es tatsächlich, wie sein Klient Diagoras behauptete, *irrationale* Wahrheiten?

Jener letzte Gedanke setzte ihm mehr zu als die vorangegangenen. Er blieb stehen und hob den Blick zu den alles überragenden klaren geometrischen Linien der im Nachmittagslicht weiß leuchtenden Akropolis. Er betrachtete das Wunder des Parthenons, die schlanke, präzise Anatomie seines Marmors, die schöne Exaktheit seiner Formen – Tribut eines ganzen Volkes an die Gesetze der Logik. War es möglich, dass Wahrheiten existierten, die im Widerspruch standen zu jener strengen, endgültigen Schönheit? Regellose, ungestalte, widersinnige Wahrheiten mit eigener Leuchtkraft? Wahrheiten, dunkel wie Höhlen, jäh wie Blitze, unbeugsam wie wilde Pferde? Wahrheiten, die dem Auge verwehrt, die weder geschriebene Worte noch Bilder waren? Die sich nicht begreifen, ausdrücken, übersetzen, ja nicht einmal ahnen ließen, es sei denn in Traum oder Wahnsinn? Ein kalter Schauder überlief ihn; mitten auf dem Platz taumelte er, geworfen in ein unglaubliches Gefühl von Fremdheit, wie jemand, der plötzlich bemerkt, dass er seine Heimatsprache nicht mehr versteht. Einen schrecklichen Moment lang fühlte er sich zu einem inneren Exil verdammt. Dann riss er die Zügel seines Verstands wieder an sich, der Schweiß auf der Haut trocknete, das Pochen des Herzens ließ nach, und er war wieder ganz Grieche: Er war wieder Herakles Pontor, der Rätsellöser.

Ein Getümmel auf dem Platz weckte seine Aufmerksamkeit. Mehrere Männer schrien durcheinander, wurden aber leiser, als einer von ihnen, auf einem Steinhaufen stehend, verkündete, genug jetzt, so gehe es nicht mehr weiter, es sei nicht länger zu ertragen.

»Der Archon wird den Bauern helfen, wenn es die Volksversammlung nicht tut!«, sagte der Mann.

»Was ist los?«, fragte Herakles den Nächststehenden, einen in graues Tuch und Fell gekleideten alten Mann, der nach Pferd roch und dessen nachlässiges Äußeres durch ein weißliches Auge und große, unregelmäßige Zahnlücken vervollständigt wurde.

»Was los ist?«, raunzte ihn der Alte an. »Wenn nicht der Archon Attikas Bauern schützt, wird es niemand tun!«

»Das Volk von Athen jedenfalls nicht!«, mischte sich ein Jüngerer von ähnlicher Erscheinung ein.

»Die Wölfe bringen die Bauern um!«, erklärte der Alte und durchbohrte Herakles mit seinem einen gesunden Auge. »In diesem Mond sind es schon vier! Und die Soldaten tun nichts dagegen ... Wir sind in die Stadt gekommen, um mit dem Archon zu sprechen und ihn um Schutz zu bitten.«

»Einer war mein Freund ...«, sagte ein Dritter, der dünn und von Krätze zerfressen war. »Er hieß Mopsis. Ich habe seine Leiche gefunden ... Die Wölfe haben sein Herz gefressen!«

Die drei Männer schrien weiter auf Herakles ein, als sähen sie in ihm den Schuldigen an ihrem Unglück, doch er hörte ihnen schon nicht mehr zu.

Etwas Federleichtes – eine Idee – nahm auf einmal in ihm Gestalt an.

Und plötzlich schien sich ihm endlich die ganze Wahrheit zu offenbaren. Und ihn packte das Grauen.[3]

---

[3] *Die Wahrheit? Und was ist die Wahrheit? O Herakles Pontor, Rätsellöser, sage sie mir! Vom Enträtseln deiner Gedanken werde ich langsam blind, ich versuche, irgendeine Wahrheit zu finden, so klein sie auch sei, und finde nichts als eidetische Bilder: Pferde, die Menschenfleisch fressen, Ochsen mit krummem Schritt, ein armes Mädchen mit einer Lilie, das vor vielen Seiten schon ver-*

Kurz vor der Abenddämmerung entschied sich Diagoras, zur Akademie zu gehen. Obwohl der Unterricht ausgesetzt war, verspürte er das Bedürfnis, sich in die zuverlässige Ruhe seiner geliebten Schule zu flüchten. Er wollte mit sich ins Reine kommen, und außerdem wusste er, dass er in der Stadt zur Zielscheibe vieler Fragen und nicht weniger unnützer Bemerkungen werden würde, und das wünschte er sich derzeit am allerwenigsten. Kaum auf dem Weg, freute er sich über seinen Entschluss, denn bereits die einfache Tatsache, Athen den Rücken zu kehren, tat ihm umgehend wohl. Der Abend war herrlich: Mit dem winterlichen Sonnenuntergang ließ die Wärme nach, und die Vögel schenkten ihm ihre Lieder, ohne dass er ihretwegen auch nur einmal innehalten musste. Als er den Wald erreichte, füllte er seine Lungen mit Luft und schaffte es sogar zu lächeln ... trotz alledem.

Er konnte seine Gedanken nicht von der harten Prüfung losreißen, die ihm an jenem Tag auferlegt worden war. Das Publikum hatte sich bei seiner Aussage nachsichtig gezeigt, aber was dachten Platon und seine Ge-

---

schwunden ist, und einen Übersetzer, der kommt und geht, unbegreiflich und rätselhaft wie der Wahnsinnige, der mich hier eingesperrt hält. Du wenigstens, Herakles, hast etwas entdeckt, ich aber ... Was habe ich entdeckt? Warum starb Montalo? Warum hat man mich entführt? Welches Geheimnis birgt dieses Werk? Nichts habe ich herausgefunden! Alles, was ich tue – außer übersetzen –, ist um meine Freiheit trauern, ich sehne sie innigst herbei, denke an Essen ... und an Stuhlgang. Wobei es in diesem Punkt besser geworden ist. Das macht mich optimistisch. (Anm. d. Übers.)

fährten? Er hatte sie nicht gefragt. Tatsächlich hatte er nach dem Prozess kaum mit ihnen gesprochen: Er hatte sich eilig zurückgezogen und sich nicht einmal getraut, ihre Blicke zu befragen. Warum auch sollte er es tun? Im Grunde wusste er doch, was sie dachten. Er war seinem Amt als Lehrer nicht gerecht geworden, hatte es zugelassen, dass drei junge Fohlen die Zügel abgeschüttelt hatten und durchgegangen waren. Damit nicht genug, hatte er auf eigene Rechnung einen Rätsellöser in Dienst genommen, peinlich darauf bedacht, dass niemand von den Ergebnissen dieser Nachforschungen erfuhr. Und das Schlimmste: Er hatte gelogen! Um die Akademie zu schützen, hatte er es gewagt, die Ehre einer Familie ernsthaft in Mitleidenschaft zu ziehen. Bei Zeus! Wie war das möglich gewesen? Was hatte ihn eigentlich dazu gebracht, dreist zu behaupten, der arme Euneos hätte sich selbst verstümmelt? Die Erinnerung an jene blindwütige Verleumdung fraß an seiner Ruhe.

Er blieb stehen, als er am weißen Portikus mit den zwei Nischen und den unbekannten Gesichtern anlangte. »Trete niemand ein, der die Geometrie nicht versteht«, verkündete die in Stein gehauene Inschrift. »Trete niemand ein, der die Wahrheit nicht liebt«, dachte Diagoras bestürzt. »Trete niemand ein, der es fertigbringt, gemein zu lügen und anderen mit seinen Lügen zu schaden.« Konnte er es wagen einzutreten, oder musste er zurückweichen? War er würdig, diese Schwelle zu überschreiten? Ein warmes Nass rann seine gerötete Wange hinab. Er schloss die Augen und presste erbittert die Zähne zusammen, wie das Pferd in den vom Wagenlenker gehaltenen Zaum beißt. Nein, ich bin nicht würdig, dachte er.

Plötzlich hörte er, dass ihn jemand rief.

»Diagoras, warte!«

Es war Platon, der sich dem Portikus näherte. Offenbar war er den ganzen Weg lang hinter ihm hergegangen. Der Leiter der Schule kam mit weit ausholendem Schritt auf Diagoras zu und umfasste mit starkem Arm seine Schultern. Gemeinsam traten sie durch den Portikus in den Garten. Zwischen den Olivenbäumen machten sich eine Rappenstute und zwei Dutzend smaragdgrüne Fliegen ekelerregende Fleischstücke streitig.[4]

---

[4] *Mit diesem absurden Bild wird die Eidesis noch verstärkt: eine Stute, die fauliges Fleisch frisst, und zwar im Garten der Akademie! Ich habe darüber dermaßen lachen müssen, dass ich mich selbst erschreckt habe, und über diese Angst musste ich von neuem lachen. Ich habe das Papier vom Tisch gerissen, habe mir mit beiden Händen den Bauch gehalten, und mein Gelächter wurde immer lauter, während ich vor meinem geistigen Auge das Bild eines reifen Mannes mit schwarzem Haar und Geheimratsecken sah, wie er sich in der Einsamkeit eines Zimmers, eingesperrt und in fast völliger Finsternis, kaputtlacht. Über dieses Bild musste ich dann nicht lachen, sondern weinen, doch es gibt einen merkwürdigen Extremzustand, wo beide Gefühle ineinander verschmelzen. Eine fleischfressende Stute in Platons Akademie! Ist das nicht drollig? Und* gesehen *wird sie natürlich weder von Platon noch von Diagoras! In dieser Eidesis liegt so etwas wie eine perverse Gotteslästerung … Montalo sagt: »Die Existenz dieses Tieres verwirrt uns. Die historischen Quellen über die Akademie erwähnen keine fleischfressenden Stuten in ihren Gärten. Ein Fehler wie so viele, die Herodot unterlaufen?« Herodot … Dass ich nicht lache! … Aber ich muss aufhören damit: Es heißt, der Wahnsinn beginnt mit Gelächter.* (Anm. d. Übers.)

»Ist der Prozess zu Ende?«, fragte Platon sogleich.

Diagoras glaubte, er wolle sich über ihn lustig machen.

»Du warst doch im Publikum und weißt, dass er zu Ende ist.«

Platon lachte in sich hinein, doch selbst ein solches Lachen hallte aus seinem riesigen Brustkorb wie offenes Gelächter wider.

»Ich meine nicht den Prozess gegen Menekmos, sondern den gegen Diagoras. Ist er zu Ende?«

Diagoras begriff und pries die scharfsichtige Metapher. Er versuchte zu lächeln. »Ich glaube, ja, Platon, und ich vermute, die Richter neigen zu einem Schuldspruch.«

»Sie sollen nicht so hart sein. Du hast getan, was du für richtig hieltst, und mehr kann ein weiser Mann nicht tun.«

»Ich habe aber viel zu lange verheimlicht, was ich wusste ... Dafür hat Antisos bezahlt. Und Euneos' Familie wird mir nie verzeihen: Ich habe die *areté* ihres Sohnes, seine Tugend, mit Verleumdungen befleckt ...«

Platon kniff die großen grauen Augen zusammen. »Ein Übel bringt manchmal ein nützliches, zuträgliches Gutes mit sich, Diagoras. Ich bin überzeugt davon, Menekmos wäre nicht entdeckt worden, hätte er nicht dieses letzte grauenhafte Verbrechen begangen ... Andererseits haben Euneos und seine Familie ihre ganze *areté* wiedererlangt und sind in der Achtung der Leute sogar noch gestiegen, weil wir jetzt wissen, dass unser Schüler nicht Täter, sondern einzig Opfer war.« Er holte tief Luft, als wolle er gleich losschreien. Den goldenen, wolkenlosen Himmel des Sonnenuntergangs betrachtend, fügte er hinzu: »Dennoch ist es gut, Diagoras, dass du den Klagen deiner Seele lauschst, denn letztendlich hast du Wahrheiten unterdrückt und gelogen. Beides hat sich im Endergebnis als nützlich erwiesen, wir dürfen aber nicht vergessen, dass es für sich genommen schlecht ist, schlecht an sich.«

»Ich weiß, Platon. Das ist auch der Grund, weshalb ich mich nicht mehr berufen fühle, weiter an diesem heiligen Ort die Tugend zu suchen.«

»Im Gegenteil: Du kannst sie jetzt besser suchen als irgendwer sonst von uns, denn du kennst neue Wege, um zu ihr zu gelangen. Der Fehler, Diagoras, ist eine Form der Weisheit. Die unrichtigen Entscheidungen sind strenge Lehrmeister, sie lehren uns, in Zukunft das Richtige zu tun. Vor dem zu warnen, was man *nicht* tun soll, ist wichtiger, als in dürren Worten das Richtige zu raten: Und wer könnte besser wissen, was man nicht tun soll, als jener, der es getan hat und so von den bitteren Früchten der Folgen seines Handelns gekostet hat?«

Diagoras blieb stehen und füllte seine Lungen mit der duftenden Frische des Gartens. Er fühlte sich nun ruhiger, weniger schuldig, denn die Worte des Akademiegründers wirkten wie Balsam, der seinen schmerzenden Wunden Linderung verschaffte. Die Stute zwei Schritte vor ihm schien ihn mit ihrem schwärzlichen Gebiss anzulächeln, während sie blutgierig die Fleischbrocken zerriss.

Er wusste nicht, warum, aber ihm fiel plötzlich das erschütternde Lächeln ein, das Menekmos' Lippen umspielte, als er sich beim Prozess für schuldig erklärte.[5] Und aus bloßer Neugier, wie auch aus dem Wunsch heraus,

---

[5] *Er wusste nicht, warum? Ich muss schon wieder lachen! Es ist nicht zu übersehen, dass sich die eidetischen Bilder häufig in das Bewusstsein von Diagoras einschleichen (merkwürdigerweise nie in das von Herakles, der nicht mehr sieht, als seine Augen sehen). Aus dem »Lächeln der Stute« ist die Erinnerung an das Lächeln Menekmos' geworden.* (Anm. d. Übers.)

das Thema zu wechseln, fragte er: »Was kann den Menschen dazu bringen, wie Menekmos zu handeln? Was ist es, Platon, das uns auf eine Stufe mit den wilden Tieren sinken lässt?«

Die Stute schnaubte, während sie die letzten bluttriefenden Fleischstücke in Angriff nahm.

»Die Leidenschaften rauben uns die Besinnung«, sagte Platon nach einem Moment des Nachdenkens. »Die Tugend ist eine Anstrengung, die auf lange Sicht ergötzlich und lohnend ist, die Leidenschaften aber sind die unmittelbaren Begierden: Sie machen uns blind, hindern uns am Denken ... Wer sich wie Menekmos von der Lust des Augenblicks hinreißen lässt, versteht nicht, dass die Tugend ein viel beständigerer und wohltuenderer Genuss ist. Das Böse ist Unwissenheit: schlicht und einfach Unwissenheit. Würden wir jeder die Vorzüge der Tugend kennen und wüssten wir beizeiten nachzudenken, dann wählte niemand freiwillig das Böse.«

Die Stute schnaubte erneut und verspritzte dabei durch die Zähne Blut. Es sah aus, als ob sie mit ihren rötlichen Lefzen lache.

Diagoras bemerkte nachdenklich: »Manchmal denke ich, Platon, das Böse macht sich über uns lustig. Manchmal verliere ich die Hoffnung und glaube schließlich, die Schlechtigkeit wird uns bezwingen, sie lacht nur über unser Trachten und Streben, und am Ende wartet sie schon auf uns und wird das letzte Wort haben ...«

Huiii, huiii, machte die Stute.

»Was war das für ein Geräusch?«, fragte Platon.

»Dort«, Diagoras deutete nach oben, »eine Amsel.«

Huiii, huiii, machte die Amsel noch einmal und flog weiter.[6]

Diagoras wechselte noch ein paar Worte mehr mit Platon, dann verabschiedeten sie sich freundschaftlich. Platon wandte sich seiner bescheidenen Wohnstatt in der Nähe des *gymnásion* zu, Diagoras dem Schulgebäude. Er fühlte sich befriedigt und zugleich unruhig, wie stets, wenn er mit Platon gesprochen hatte, und er brannte vor Verlangen, alles, was er gelernt zu haben glaubte, in die Praxis umzusetzen. Am nächsten Tag würde das Leben neu beginnen. Jene Erfahrung würde ihn lehren, die Erziehung eines Schülers nicht zu vernachlässigen, nicht zu schweigen, wenn reden nötig ist, den Epheben als Vertrauter beizustehen, aber eben auch als Lehrer und Ratgeber ... Tramakos, Euneos und Antisos waren drei schwere Fehler gewesen, die er nicht noch einmal begehen würde!

Als er ins kühle Dunkel des Vorraums eintrat, hörte er in der Bibliothek ein Geräusch. Er runzelte die Stirn.

Die Bibliothek der Akademie war ein großfenstriger Saal, den man über einen kurzen Gang rechts vom Haupteingang erreichte. In jenem Moment stand die Tür offen, was seltsam war, da doch eigentlich kein Unterricht stattfand, und die Schüler pflegten nicht, sich an freien Tagen mit Texten zu beschäftigen. Vielleicht dass irgendein Mentor ...

Guten Mutes ging Diagoras zur Bibliothek und steckte seinen runden Kopf zur Tür hinein.

Durch die ladenlosen Fenster fielen die letzten Licht-

---

[6] *Die Metamorphose der eidetischen Stute in die reale Amsel (das heißt, in eine Amsel, die zur Realität der Fiktion gehört) hebt die geheimnisvolle Botschaft dieser Szene noch hervor: Macht sich das Böse über die Philosophen lustig? Man bedenke auch, dass Amseln schwarz sind ...* (Anm. d. Übers.)

strahlen wie Brosamen vom Bankett des Sonnenuntergangs. Die vorderen Tische waren leer, die folgenden ebenfalls, und hinten ... hinten entdeckte er einen mit Papyri überhäuften Tisch, doch saß an ihm niemand. Die Wandgestelle mit den sorgfältig verwahrten philosophischen Texten (darunter mehr als nur eine Abschrift von Platons *Dialogen*) sowie poetischen und dramatischen Werken schienen unberührt zu sein. Aber halt, dort in der linken Ecke ...

In der Ecke kauerte mit dem Rücken zu Diagoras ein Mann und suchte etwas im unteren Teil des Regals, weshalb Diagoras ihn nicht gleich gesehen hatte. Mit einem Papyrus in den Händen richtete sich der Mann jäh auf, und Diagoras brauchte nicht sein Gesicht zu sehen, um zu erkennen, wer es war.

»Herakles!«

Mit ungewohnter Schnelligkeit, wie ein von der Peitsche getroffenes Pferd, wandte sich der Rätsellöser halb um. »Ach, du bist es, Diagoras ... Als du mich in die Akademie einludst, lernte ich ein paar Sklaven kennen, sie waren mir heute behilflich, in die Bibliothek zu gelangen. Ärgere dich nicht über sie ... und natürlich auch nicht über mich ...«

Der Philosoph dachte zunächst, Herakles sei krank, so blass und bleich war sein blutleeres Gesicht. »Aber was ...«

»Beim heiligen Schutzschild des Zeus«, schnitt ihm Herakles bebend das Wort ab, »das Böse, dem wir gegenüberstehen, Diagoras, ist mächtig und seltsam. Wie die Abgründe im Schwarzen Meer scheint es unauslotbar zu sein und wird umso dunkler, je tiefer wir hinabtauchen. Man hat uns getäuscht!«

Er sprach sehr schnell, steuerte unbeirrt auf sein Ziel zu, wie die Wagenlenker mit ihren Pferden beim Wettkampf: Er entrollte Papyri, rollte sie wieder zusammen, legte sie zurück in die Schrankfächer ... Seine dicken Hände und seine Stimme zitterten gleichermaßen. In zornigem Ton fuhr er fort: »Man hat uns benutzt, Diagoras, dich und mich, um eine grauenhafte Posse aufzuführen. Eine Lenäenkomödie, aber mit tragischem Ausgang!«

»Wovon sprichst du?«

»Von Menekmos und Tramakos' Tod und von den Wölfen des Lykabettos ... Davon spreche ich!«

»Was soll das heißen? Ist Menekmos etwa unschuldig?«

»Oh, nein, nein: Er ist schuldig, schuldiger als die verderblichste Begierde! Aber ...« Er sprach den Satz nicht zu Ende, hob die Faust vor den Mund und sagte noch: »Wenn es so weit ist, werde ich dir alles erklären. Heute Nacht muss ich mir etwas anschauen ... Es wäre schön, wenn du mitkämst, aber ich warne dich: Was wir dort sehen werden, wird nicht sehr angenehm sein!«

»Wenn du glaubst, dass wir damit der Täuschung auf die Spur kommen, von der du sprichst, dann komme ich mit, Herakles, und müssten wir den Styx überqueren. Sag mir nur eins: Es geht doch um Menekmos, nicht wahr? Er lächelte, als er sich schuldig bekannte ... und das bedeutet zweifellos, dass er zu fliehen beabsichtigt!«

»Nein«, erwiderte Herakles. »Menekmos lächelte, weil er eben nicht beabsichtigt zu fliehen.«

Und angesichts von Diagoras' erstaunter Miene fügte er hinzu:

»Darum sind wir ja getäuscht worden!«[7]

---

[7] *Vermummt mit einer anderen Maske (diesmal das Gesicht eines lachenden Mannes) betrat er meine Zelle. Ich stand vom Schreibtisch auf.*

»Hast du jetzt den Schlüssel gefunden?« Seine Stimme

klang gedämpft durch die spöttischen Gesichtszüge hindurch.

»Wer bist du?«

»Ich bin die Frage«, antwortete mein Gefängniswärter. Und er sagte noch einmal: »Hast du jetzt den Schlüssel gefunden?«

»Lass mich hier raus …«

»Erst wenn du ihn gefunden hast. Hast du jetzt den Schlüssel gefunden?«

»Nein«, rief ich aus und verlor die Steigbügel, die eidetischen Zügel meiner Seelenruhe. »Das Werk erwähnt in Eidesis die Arbeiten des Herkules … und ein Mädchen mit einer Lilie und einen Übersetzer. Aber ich weiß nicht, was das alles bedeuten soll! Ich …«

Mit spöttischem Ernst schnitt er mir das Wort ab. »Womöglich sind die eidetischen Bilder nur Teil des Schlüssels. Was ist das Thema?«

»Die Untersuchung mehrerer Morde«, stammelte ich. »Die Hauptfigur hatte den Schuldigen scheinbar schon gefunden, doch nun … nun sind neue Probleme aufgetaucht … Ich weiß bloß noch nicht, was für welche.«

Mein Entführer schien ein Kichern auszustoßen. Ich sage »schien«, weil die Maske seine Gefühlsäußerungen verzerrte. Dann sagte er: »Es ist auch möglich, dass es gar keinen Schlüssel gibt, nicht wahr?«

»Ich glaube nicht«, erwiderte ich schnell.

»Wieso?«

»Wenn es keinen gäbe, wäre ich hier nicht eingesperrt.«

»Oh, sehr gut!« Er wirkte amüsiert. »Dann bin ich also in deinen Augen ein Beweis für die Existenz eines Schlüssels! Besser gesagt: der wichtigste Beweis.«

Ich schlug mit der Faust auf den Tisch und schrie: »Genug jetzt! Du kennst das Werk. Du hast es sogar verändert: hast falsche Seiten geschrieben und sie dem Original untergeschoben. Du beherrschst die Sprache und den Stil bestens. Wozu brauchst du mich?«

Auch wenn die Maske weiter lachte, wirkte Wer-auch-immer einen Moment lang nachdenklich. Dann sagte er: »Ich habe den Text nicht im Geringsten verändert. Es gibt keine falschen Seiten. Du hast lediglich auf einen eidetischen Köder angebissen.«

»Was willst du damit sagen?«

»Wenn ein Text wie im vorliegenden Fall eine sehr starke Eidesis aufweist, beherrschen die Bilder den Leser schließlich derart, dass sie ihn auf irgendeine Weise in das Werk mit hineinziehen. Wir können nicht von etwas besessen sein, ohne zugleich zu spüren, dass wir Teil von diesem Etwas sind. Im Blick des Menschen, den du liebst, glaubst du, seine Liebe zu dir zu erspähen, und in den Worten eines eidetischen Buches glaubst du, dich selbst zu entdecken ...«

Gereizt wühlte ich in meinen Seiten. »Auch hier?« Ich zeigte ihm ein Blatt. »Auch, wenn Herakles Pontor mit einem entführten Übersetzer spricht, im falschen Kapitel VIII? Habe ich hier auch auf einen ›eidetischen Köder‹ angebissen?«

»So ist es«, antwortete er ruhig. »Im Laufe des Werkes wird ein Übersetzer erwähnt, den Krantor manchmal in der zweiten Person anspricht und mit dem Herakles in dem ›falschen‹ Kapitel spricht ... Doch das heißt noch längst nicht, dass du das bist!«

Ich wusste nicht, was ich darauf sagen sollte: Seine Logik war erdrückend. Da hörte ich hinter der Maske sein Kichern.

»Ach, die Literatur!«, ließ er sich vernehmen, »Lesen heißt nicht, einsame Reflexionen anzustellen, mein Freund, Lesen bedeutet, einen Dialog zu führen. Doch der Dialog der Lektüre ist ein platonischer Dialog: Dein

Gesprächspartner ist eine Idee. Trotzdem, es ist keine unwandelbare Idee: Im Dialog mit ihr veränderst du sie, eignest sie dir an, glaubst schließlich an ihre selbständige Existenz. Die eidetischen Bücher nutzen diese Eigenart aus, um raffinierte Fallen zu stellen. Sie können dich … um den Verstand bringen.« Er hielt einen Augenblick lang inne. »… Wie es Montalo passiert ist, deinem Vorgänger …«

»Montalo?« Mich überlief es kalt. »Montalo war hier?«

Einen Moment lang war es still. Dann brach die Maske in schallendes Gelächter aus. »Das ist lange her … Tatsächlich habe ich dieses Werk durch seine Ausgabe kennen gelernt, genau wie du. Aber ich WUSSTE, *dass* DAS RÄTSEL DES PHILOSOPHEN *einen Schlüssel enthält. Darum habe ich ihn eingesperrt und gezwungen, den Schlüssel zu suchen. Er ist gescheitert.«*

Das Letzte sagte er, als wäre Scheitern genau das, was er von seinen Opfern erwartete. Er schwieg kurz, das Lächeln der Maske schien noch breiter zu werden, dann fuhr er fort: »Ich hatte ihn satt, und meine Hunde stillten ihren Appetit an ihm … Danach habe ich seine Leiche in den Wald geschleppt. Die Behörden glaubten, die Wölfe hätten ihn gefressen.« Und nach neuerlicher Pause: »Aber beruhige dich: Dich habe ich noch lange nicht satt.«

Meine Angst schlug in Wut um.

»Du bist ein … ein grauenhafter und unbarmherziger …« Ich suchte nach dem passenden Wort: Mörder? Verbrecher? Schlächter? Schließlich, als ich begriff, dass meine Abneigung gegen ihn unübersetzbar war, rief ich aus: »… Schmonzes!« Und herausfordernd setzte ich hinzu: »Glaubst du, du kannst mir Angst machen? Du bist es, der Angst hat, und darum verbirgst du dein Gesicht!«

»Willst du mir die Maske abnehmen?«, fiel er mir ins Wort.

Einen Moment lang herrschte vollkommene Stille. Dann antwortete ich:

»Nein.«

»Weshalb?«

»Weil ich weiß: Wenn ich dein Gesicht sehe, komme ich hier niemals lebend heraus.«

Wieder hörte ich sein verhasstes Gekicher.

»Dann brauchst du also meine Maske für deine Sicherheit, und ich brauche deine Gegenwart für meine Sicherheit. Das heißt, wir können nicht voneinander lassen.« Er ging zur Tür und schloss sie hinter sich, bevor ich mich auf ihn stürzen konnte. Durch die Spalte im Holz drang seine Stimme zu mir: »Übersetze weiter. Und denk daran: Wenn es einen Schlüssel gibt und du ihn findest, bist du frei. Wenn nicht, dann kommst du hier nie heraus. Du bist es also, der am meisten daran interessiert sein müsste, dass es einen gibt, oder?« (Anm. d. Übers.)

X[1]

»Willst du mir die Maske abnehmen?«

»Nein, ich käme hier sonst nicht lebend heraus.«[2]

Der Ort glich einem in den Stein gehauenen dunklen Mund. Der Fries über dem Eingang sowie die Türschwelle waren leicht geschwungen wie die übergroßen Lippen einer Frau. Dennoch hatte ein unbekannter Bildhauer auf den Fries einen androgynen Marmorschnurrbart gemeißelt und mit nackten Kriegermännern verziert. Es war

---

[1] *»Ein durchdringender Duft nach Frau. Und es fasst sich an … oh, so glatt und fest! Etwa so wie eine zarte Mädchenbrust oder ein muskelbepackter Athletenarm.« Diese absurde Beschreibung von der Beschaffenheit des Papyrus gibt Montalo im zehnten Kapitel.* (Anm. d. Übers.)

[2] *Diese Losung (wir werden gleich erfahren, dass es eine ist) reproduziert mit erstaunlicher Genauigkeit einen Moment des Gesprächs, das ich vor wenigen Stunden erst mit meinem Entführer hatte. Ein weiterer »eidetischer Köder«?* (Anm. d. Übers.)

ein kleiner Tempel zu Ehren Aphrodites auf der Nordseite des Pnyx-Hügels, doch wenn man in sein Inneres trat, konnte man sich nicht des Gefühls erwehren, in einen Abgrund hinabzusteigen, eine Höhle im Reich des Hephaistos.

»In bestimmten Nächten jedes Mondes«, hatte Herakles unterwegs Diagoras erklärt, »öffnen sich im Innern des Tempels verborgene Türen zu einem Gewirr von unterirdischen Gängen, die diese Seite des Hügels durchziehen. Am Eingang steht eine Wache; sie trägt eine Maske und einen dunklen Umhang und kann ein Mann oder eine Frau sein. Wichtig ist nur, richtig auf ihre Frage zu antworten, denn tun wir das nicht, lässt sie uns nicht hinein. Zufällig kenne ich die Losung für heute Nacht …«

Die Treppen waren breit. In regelmäßigen Abständen brannten Fackeln, was den Abstieg zusätzlich erleichterte. Ein durchdringender Geruch nach Rauch und Gewürzen verstärkte sich mit jeder Stufe. Leicht verzerrt durch mannigfache Echos waren die honigsüße Frage eines Aulos und die mannhafte Antwort einer Zymbel sowie die Stimme eines Rhapsoden von ungewissem Geschlecht zu hören. Am Ende der Treppe lag nach einer Biegung ein kleiner Raum mit zwei sichtbaren Ausgängen: ein schmaler, düsterer Tunnel zur Linken sowie ein paar am Gestein befestigte Vorhänge zur Rechten. Die Luft war kaum zu atmen. Neben den Vorhängen stand eine Gestalt. Ihre Maske war eine Grimasse des Schreckens; sie trug einen knappen, fast anstößigen Chiton, ein Großteil ihrer Nacktheit war jedoch von Schatten geschwärzt, und man konnte nicht wissen, war es ein besonders schlanker junger Mann oder ein Mädchen mit kleinen Brüsten. Als das Geschöpf die Neuankömmlinge erblickte, drehte es sich um, nahm etwas von einem Sims an der Wand herunter und bot es als Begrüßungsgabe dar.

Und mit einer jungen Stimme zweideutigen Geschlechts sagte es: »Eure Masken. Heiliger Dionysos Bromios. Heiliger Dionysos Bromios.«

Diagoras hatte nicht viel Zeit, sich die Gabe anzuschauen. Die Maske ähnelte stark denen des Chors in den Tragödien: unten ein Griff, aus demselben Ton gefertigt wie das Oberteil, das einen Ausdruck von Freude oder von Wahnsinn zeigte. Er wusste nicht, ob es das Antlitz eines Mannes oder einer Frau war. Die Maske wog schwer. Er hielt sie am Griff, hob sie empor und betrachtete alles durch die geheimnisvollen Augenöffnungen. Sein dampfender Atem trübte ihm den Blick.

Jenes Etwas (das Geschöpf, das ihnen die Masken ausgehändigt hatte und dessen Geschlecht Diagoras nicht zu bestimmen vermochte; beunruhigend schwankte es mit jeder Geste und jedem Wort) schob die Vorhänge beiseite und ließ sie ein.

»Vorsicht, noch eine Stufe«, sagte Herakles.

Die Grotte war ein Kellergewölbe, so eng wie die erste mütterliche Heimstatt des Lebens. Die Wände menstruierten rote Perlen, und der stechende Geruch nach Rauch und Gewürzen stöpselte die Nase zu. Im Hintergrund erhob sich eine nicht allzu große Holzbühne, auf der der Rhapsode und die Musiker saßen. Das Publikum drängte sich in einer finsteren Ecke: Es waren undeutliche Schatten, sie wiegten die Köpfe, und mit der freien Hand – der ohne die Maske – umfassten sie ihre Begleitung. In der Mitte des Raums stand auf einem Dreifuß ein goldenes Becken. Herakles und Diagoras stellten sich in die hinterste Reihe und warteten. Der Philosoph vermutete, dass die Fackelköpfe und die Asche der von der Decke hängenden Räucherpfannen färbende Kräuter enthielten, erzeugten sie doch ungewöhnliche Zungen in glühendem Rot.

»Was ist das?«, fragte er. »Wieder ein verbotenes Theater?«

»Nein. Das sind Rituale«, antwortete Herakles unter seiner Maske. »Aber nicht die Heiligen Mysterien, sondern andere. Athen ist voll davon.«

Im Blickfeld von Diagoras' Sehschlitzen tauchte plötzlich eine Hand auf: Sie bot ihm ein Schälchen mit einer dunklen Flüssigkeit dar. Er schwenkte seine Maske so weit, bis er vor sich eine andere Larve wahrnahm. Der rötliche Schimmer der Luft ließ ihn nicht ihre Farbe erkennen, doch ihr Anblick mit der tief herabgebogenen Nase einer alten Hexe war Grauen erregend. Unter den Maskenrändern quoll glänzendes Haar hervor. Die Gestalt – ob nun Mann oder Frau – trug ein hauchzartes Gewand, wie das der Hetären bei ausschweifenden Gelagen, wenn sie die Gäste zu erregen trachten, doch wieder versteckte sich das Geschlecht mit unerhörtem Geschick im zweideutigen Körperbau.

Diagoras spürte, wie ihn Herakles in die Seite stieß. »Nimm, was man dir anbietet.«

Er ergriff das Schälchen, und die Gestalt entschwand durch den Eingang. Für einen Augenblick schien ihre wahre Natur aufzublitzen, denn das Gewand war an den Seiten nicht geschlossen. Das blutrote Licht aber erlaubte keine klare Antwort auf die Frage: Was hing da eigentlich an ihr herab? Ein hoch ansetzender Bauch? Tief herabhängende Brüste?

Der Rätsellöser hatte ebenfalls ein Schälchen ergriffen. »Wenn es so weit ist«, erklärte er, »erwecke den Anschein, als ob du daraus trinken würdest, aber lass dir ja nicht einfallen, es wirklich zu tun.«

Die Musik brach jäh ab, und das Publikum teilte sich in zwei Gruppen, es nahm an den Seitenwänden Aufstellung und ließ in der Mitte einen Gang frei. Gehüstel war zu hören, kehliges Lachen und leise Wortfetzen. Auf der Bühne verblieb nur die rötliche Silhouette des Rhapsoden, die Musiker hatten sich zurückgezogen. Gleichzeitig erhob sich wie ein durch Hexerei wiederauferstandener Leichnam eine übelriechende Dunstwolke, und Diagoras musste gegen den plötzlichen Wunsch ankämpfen, jenem Kellerloch zu entfliehen, um sich im Freien die Lungen mit frischer Luft zu füllen. Der üble Geruch entströmte offenbar dem Becken in der Mitte des Raums, genauer gesagt, dem undefinierbaren Gebräu darin. Vermutlich konnte sich der faulige Dunst, nachdem die Umstehenden von dem Becken zurückgetreten waren, nun ungehindert ausbreiten.

Kurz darauf stürzte durch die Vorhänge am Eingang ein Haufe aberwitziger Gestalten herein.

Als Erstes fiel ihre vollständige Nacktheit auf. Sodann ließen die gebückten Schattenrisse an Frauen denken. Sie krochen auf Händen und Füßen, und ihre Köpfe steckten in exotischen Masken. Einige schaukelten mit ihren lockeren Brüsten, andere Leiber wollten eher in den Ephebenkanon passen. Die einen wirkten beim Kriechen geschmeidig, kraftvoll und anmutig, andere wieder fett und plump. Lenden und Backen, die auffälligsten Körperteile, verrieten unterschiedliche Nuancen von Schönheit, Alter und Saftigkeit. Allesamt aber liefen sie splitterfasernackt auf allen vieren und schnaubten und grunzten wie brünstige Drachenweiber. Mit derbem Geschrei stachelte das Publikum sie an. Wo mögen sie hergekommen sein, fragte sich Diagoras. Ihm fiel der Tunnel ein, der in dem kleinen Vorraum nach links abgezweigt war.

Der Haufe wurde mit jeder nachfolgenden Reihe breiter: eine der Gestalten vorneweg, zwei dahinter, dann drei und dann jeweils vier nebeneinander – mehr passten nicht durch den Gang –, so dass das merkwürdige Rudel vorne einer lebenden Speerspitze glich. Auf der Höhe des Beckens beruhigte sich der nackte Sturzbach und floss um den Dreifuß herum.

Die Spitze des Zugs erreichte die Bühne und fiel in Raserei über den Rhapsoden her. Vom Eingang her rückten immer neue Gestalten nach, bis die letzten schließlich zum Stehen kamen. Beim Warten bedrängten sie einander, indem sie mit den Masken in die Hintern und Schenkel vor sich stießen. Am Ziel angekommen, löste sich alles unter tollwütigem Gestöhn in ein höllisches Durcheinander auf und bildete einen Knäuel von ruhelosen Leibern, ein zügelloses Gemenge von mannbarem Fleisch.

Wieder spürte Diagoras, fassungslos hin- und hergerissen zwischen Staunen und Ekel, Herakles' Ellbogen in seiner Seite.

»Tu so, als ob du trinkst!«

Er betrachtete das Publikum um sich herum: Die Köpfe wurden zurückgeworfen, und die Gewänder bedeckten sich mit dunklen Flecken. Er nahm seine Maske ab und hob das Schälchen an den Mund. Der Geruch der Flüssigkeit glich nichts, was Diagoras je gerochen hatte: ein schweres Gemisch von Tinte und Gewürzen.

Der Mittelgang leerte sich wieder, die Bühne aber barst unter dem Gewicht der Leiber. Was ging dort vor? Was taten sie? Der ächzende, sich ständig verformende Berg von nackten Körpern verhinderte, dass man es sah.

Dann flog etwas von der Bühne und landete neben dem Becken. Es war der rechte Arm des Rhapsoden, leicht zu erkennen an dem schwarzen Fetzen von seinem Gewand, der noch an der Schulter hing. Das Schauspiel wurde mit freudigen Ausrufen aufgenommen. Dasselbe geschah mit dem linken Arm, der wie ein trockener Ast auf den Boden krachte, vor Diagoras' Füße, die Hand geöffnet wie eine Blume mit fünf weißen Blütenblättern.

Der Philosoph stieß einen Schrei aus, den zum Glück niemand hörte. Als wäre diese Zerstückelung das vereinbarte Zeichen, stürzte das Publikum jubelnd wie unter der Sonne tollende Mädchen zu dem Becken in der Mitte.[3]

»Es ist eine Puppe«, sagte Herakles angesichts des lähmenden Entsetzens seines Begleiters.

Ein Bein traf, bevor es zu Boden fiel, mit Wucht einen Zuschauer, das andere – mit zu viel Schwung geworfen – prallte an die Wand gegenüber. Die Frauen stritten sich jetzt darum, vom zerstümmelten Körper der Gliederpuppe den Kopf abzureißen: Die einen zogen in die eine Richtung, die anderen in die andere, manche mit dem Mund, andere mit den Händen. Die Siegerin schob sich in die Bühnenmitte und hielt mit Geheul die Trophäe in die Luft; sie spreizte schamlos die Beine, stellte so ihre für eine junge Athenerin ungebührlichen athletischen Muskeln zur Schau und reckte provozierend die Brüste. Im roten Licht der Fackeln leuchteten ihre Rippen wie glühende Eisen. Sie stampfte mit den nackten Füßen auf den Holzboden und wirbelte Gespenster von Staub auf. Die Frauen um sie herum, keuchend, friedlicher jetzt, betrachteten sie ehrerbietig.

Im Publikum herrschte das Chaos. Was ging da vor? Alles ballte sich um das Becken. Betäubt, gestoßen von

---

[3] *»Mädchen« und »weiße Blütenblätter« lassen mich aufs Neue an das Bild meines Lilienmädchens denken: Ich sehe, wie sie unter der heißen Sonne Griechenlands dahinschwirrt, mit einer Lilie in der Hand, fröhlich, vertrauensvoll … Und das in diesem schauerlichen Abschnitt! Oh, vermaledeite Eidesis!* (Anm. d. Übers.)

dem Menschengewühl, kam Diagoras näher. Vor ihm schüttelte ein Greis sein volles Grauhaar, wie versunken in der Ekstase eines einsamen Tanzes, und hielt dabei etwas mit dem Mund fest. Er sah aus, als habe ihm jemand so lange ins Gesicht geschlagen, bis die Lippen zerfetzten. Die von seinen Mundwinkeln herabhängenden Fleischzipfel jedoch waren nicht von ihm.

»Ich muss hier raus«, stöhnte Diagoras.

Die Frauen hatten aus voller Kehle einen Gesang angestimmt: *»Ia, Ia, Bromios, evohe, evohe …!«*

»Bei den Göttern der Freundschaft, Herakles, was war das? Doch nicht Athen!«

Sie fanden sich keuchend in der friedlichen Kühle einer menschenleeren Straße wieder, saßen auf der Erde, angelehnt an einer Hauswand – Diagoras wieder in besserem Zustand, nachdem er seinen Magen gewaltsam entleert hatte. Mit finsterem Blick erwiderte Herakles: »Ich fürchte, dies ist viel mehr Athen als deine Akademie, Diagoras. Es handelt sich um ein dionysisches Ritual. Davon werden allmondlich in der Stadt und ihrer Umgebung Dutzende gefeiert: Im Detail unterscheiden sie sich, sind sich im Großen und Ganzen aber ähnlich. Ich wusste natürlich von der Existenz solcher Riten, habe aber bisher noch nie an einem teilgenommen. Und ich wollte es endlich einmal tun.«

»Weshalb?«

Der Rätsellöser kratzte sich einen Augenblick den Silberbart. »Der Sage nach wurde der Körper des Dionysos von den Titanen zerrissen, so wie Orpheus von den thrakischen Frauen, und Zeus gab ihm das Leben wieder, zuerst das Herz. Das Herz herausreißen und es verspeisen ist einer der wichtigsten Akte des dionysischen Ritus …«

»Das Goldbecken …«, murmelte Diagoras.

Herakles nickte. »Bestimmt enthielt es verfaulte Stücken von herausgerissenen Tierherzen.«

»Und diese Weiber …«

»Frauen und Männer, Sklaven und Freie, Athener und Metöken … Die Rituale lassen keine Unterschiede zu. Wahnsinn und Zügellosigkeit machen alle zu Brüdern und Schwestern. Eine dieser nackten Frauen, die du auf allen Vieren laufen sahst, war vielleicht die Tochter eines Archons, und neben ihr kroch womöglich eine Sklavin aus Korinth oder eine Hetäre aus Argos. So ist der Wahnsinn, Diagoras: Wir können ihn nicht mit Vernunftgründen erklären.«

Diagoras schüttelte verwirrt den Kopf. »Aber was hat das alles zu tun mit …?« Plötzlich riss er die Augen auf und rief: »Das herausgerissene Herz! Tramakos!«

Wieder nickte Herakles. »Die Sekte von heute Abend ist bekannt und halbwegs gesetzlich, sie wird von den Archonten geduldet; es gibt aber auch andere, die sich wegen des Charakters ihrer Riten im Untergrund bewegen müssen … Während deines Besuchs bei mir hast du das Problem richtig dargestellt, entsinnst du dich? Wir können nicht mit der Vernunft zur Wahrheit gelangen. Damals glaubte ich dir nicht, jetzt aber gebe ich zu, du warst im Recht: Was ich heute Mittag auf der Agora fühlte, als ich die attischen Bauern den Tod ihrer von Wölfen angegriffenen Freunde beklagen hörte, war nicht die logische Folgerung eines … sagen wir: Vernunfturteils … sondern etwas, das ich nicht genau erklären kann. Vielleicht eine Eingebung meines sokratischen *daímon*, oder eine geheime Ahnung, wie man sie den Frauen zuschreibt. Es geschah, als einer der Bauern vom Herz seines Freundes sprach, das herausgerissen worden sei. Da ging mir durch den Kopf: Es war ein Ritual. An so etwas hatten wir nie gedacht. Seine Opfer sind vor allem Leute vom Lande, deshalb hat man bis jetzt nicht darauf geachtet. Ich bin mir aber sicher, es gibt diese Sekte in Attika schon seit Jahren.«

Erschöpft stand der Rätsellöser auf, Diagoras tat es ihm gleich und murmelte mit Beklommenheit in der Stimme:

»Moment mal: Euneos und Antisos sind nicht so gestorben! Sie ... sie haben ihr Herz behalten!«

»Verstehst du immer noch nicht? Euneos und Antisos wurden ermordet, um uns zu täuschen. Es war Tramakos' Tod, dessen Geheimnis gewahrt werden sollte. Als sie erfuhren, dass du einen Rätsellöser verpflichtet hattest, um Nachforschungen über Tramakos anstellen zu lassen, bekamen sie es so mit der Angst zu tun, dass sie diese grauenvolle Komödie inszenierten ...«

Diagoras fuhr sich mit der Hand über das Gesicht, als wolle er die ungläubige Miene abstreifen.

»Das ist nicht möglich ... Man hat Tramakos' Herz ... verspeist? Wann? Vor oder nachdem die Wölfe ...?«

Er verstummte, als er den Rätsellöser anschaute, der seinen Blick mit gleichmütiger Festigkeit erwiderte.

»Es hat nie Wölfe gegeben, Diagoras. Ebendas versuchten sie mit aller Macht vor uns zu verbergen. Diese Klauenhiebe, die Bisse ... Das waren keine Wölfe. Es gibt Sekten, die ...«

Schatten und Geräusch folgten unmittelbar aufeinander: der Schatten nur ein längliches unregelmäßiges Vieleck, das sich von der nächsten Häuserecke löste und sich im Widerschein des Mondes rasch entfernte, das Geräusch erst ein Keuchen, dann eilige Schritte.

»Wer ...?«, fragte Diagoras.

Herakles reagierte zuerst. »Jemand hat uns belauscht!«, rief er.

Er brachte seinen massigen Körper auf die Beine und zwang sich loszurennen. Diagoras überholte ihn im Nu. Die Silhouette – Mann oder Frau – stürzte die Straße hinab, bis sie sich in der Dunkelheit verlor. Schnaubend und prustend blieb der Rätsellöser stehen.

»Ach, es ist sinnlos!«

Auch Diagoras hielt inne und kehrte um. Seine Wangen glühten hochrot, und seine Mädchenlippen wirkten wie geschminkt; mit zarter Gebärde ordnete er sich das Haar, er reckte die rundliche Brust, um nach Luft zu schnappen, und sagte mit süßer Nymphenstimme:[4] »Entkommen … Wer mag das gewesen sein?«

Herakles antwortete nachdenklich: »Wenn es einer von ihnen war, und das glaube ich, dann ist unser Leben bei Tagesanbruch keinen Obolus mehr wert. Die Mitglieder dieser Sekte kennen nicht die geringsten Skrupel, und sie sind erschreckend gerissen. Ich habe dir ja gesagt: Sie zögerten auch nicht, Antisos und Euneos zu benutzen, um uns auf eine falsche Fährte zu locken … Mit Sicherheit

---

[4] *Ich möchte den Leser bitten, auf diesen plötzlichen Hermaphroditismus bei Diagoras nichts zu geben, da er eidetisch ist. Von der sexuellen Zweideutigkeit, mit der die Nebenfiguren in diesem Kapitel geschildert wurden, wird nun auch eine Hauptgestalt angesteckt. Das scheint auf die neunte Arbeit zu verweisen: der Gürtel der Hippolyte. Hier muss der Heros gegen die Amazonen antreten (die Kriegerjungfrauen oder auch Mannweiber), um der Königin Hippolyte den Gürtel zu rauben. Dennoch will mir scheinen, dass sich der Autor damit einen giftigen Scherz auf Kosten eines der ernstesten Charaktere des Werks leistet (als ich mir Diagoras dergestalt vorstellte, musste ich wieder lachen). Dieser groteske Humor unterscheidet sich nicht allzu sehr von dem meines maskierten Gefängniswärters …* (Anm. d. Übers.)

gehörten sie beide der Sekte an, genauso wie Tramakos. Jetzt verstehe ich: Die Angst, die ich bei Antisos bemerkte, galt nicht Menekmos, sondern uns. Zweifellos haben ihm seine Oberen geraten, er solle sich von Athen fortschicken lassen, damit wir ihn nicht verhören können. Unsere Nachforschungen gingen aber weiter, und darum beschloss die Sekte, ihn ebenfalls zu opfern – mit dem Ziel, unsere Aufmerksamkeit auf Menekmos zu lenken ... Ich weiß noch, wie mich Antisos an dem Abend neulich angesehen hat, nackt in der Kammer. Was hat mich dieser verdammte Junge hinters Licht geführt! Bei Eumarkos glaube ich nicht, dass er dazugehörte: Vielleicht war er zugegen, als Antisos starb, er wollte es verhindern und wurde ebenfalls ermordet.«

»Aber dann ist Menekmos ...«

»... ein ziemlich wichtiges Sektenmitglied: Als wir ihn aufsuchten, hat er seine zweideutige Rolle als Schuldiger prächtig gespielt.« Herakles verzog das Gesicht. »Und wahrscheinlich war er es, der deine Schüler anwarb.«

»Aber Menekmos wurde zum Tode verurteilt! Man wird ihn vom Baratros-Felsen hinunterstürzen!«

Herakles nickte düster. »Ich weiß, und das ist es, wonach er *begehrte*. Oh, verlange nicht von mir, dass ich es begreife, Diagoras! Du solltest die Texte lesen, die ich in deiner Bibliothek gefunden habe ... Die Mitglieder bestimmter dionysischer Sekten sehnen sich danach, zerrissen oder gefoltert zu werden; sie eilen der Opferung entgegen wie eine Braut den Armen ihres Bräutigams in der Hochzeitsnacht. Erinnerst du dich, was ich dir über Tramakos sagte? Seine Arme waren unversehrt! Er hat sich nicht gewehrt! Wahrscheinlich war es das, was du an jenem Abend in seinen Augen gesehen hast: Du glaubtest Todesangst zu sehen, es war aber reine Lust! Die Angst war nur in *deinen* Augen, Diagoras!«

»Nein!«, schrie Diagoras, kreischte es fast. »So sieht keine Lust aus!«

»Diese Art von Lust vielleicht doch. Woher willst du es wissen? Hast du sie schon erlebt? … Mach nicht so ein Gesicht, ich kann es mir auch nicht erklären. Weshalb verzehren die Teilnehmer des Rituals von heute Nacht verfaulte Eingeweide? Ich weiß es nicht, Diagoras, verlange nicht von mir, dass ich es verstehe. Vielleicht ist die ganze Stadt verrückt geworden, und wir wissen es nur nicht.«

Herakles erschrak fast vor dem plötzlichen Gesichtsausdruck des Philosophen: gleichsam eine groteske Anstrengung der Muskeln, das Grauen mit Widerwillen und Scham zu verbinden. Das hatte der Rätsellöser noch nie gesehen. Als Diagoras sprach, passte seine Stimme ganz zu jener Maske. »Herakles Pontor, du redest von einem Schüler der Akademie! Von *meinen* Schülern! Ich konnte in ihren Seelen lesen. Ich …«

Herakles, der für gewöhnlich die Ruhe zu bewahren wusste, spürte plötzlich, wie ihn Jähzorn übermannte. »Was bedeutet jetzt noch deine verdammte Akademie! Was hat sie überhaupt einmal bedeutet!« Er milderte den Ton, als er den bitteren Blick sah, den Diagoras auf ihn richtete. In gewohnter Gelassenheit fuhr er fort: »Du musst wohl oder übel anerkennen, Diagoras, deine Akademie langweilt die Leute. Sie kommen zwar und hören sich deinen Unterricht an, danach aber … danach fressen sie sich gegenseitig auf. So ist es nun mal.«

Er wird sich irgendwann damit abfinden, dachte Herakles mitleidvoll, als er das verzerrte, abgemagerte Antlitz des Mentors im Mondlicht sah. Nach einem Augenblick verlegenen Schweigens sagte Diagoras: »Es muss eine Erklärung geben. Einen Schlüssel. Wenn das stimmt, was du behauptest, muss es einen Schlüssel für das Ganze geben, den wir noch nicht gefunden haben …«

»Vielleicht findet sich in diesem seltsamen Text ein Schlüssel«, stimmte ihm Herakles zu, »ich bin aber dafür nicht der richtige Übersetzer ... Womöglich muss man die Dinge mit Abstand sehen, um sie besser zu verstehen.[5] Auf jeden Fall sollten wir Vorsicht walten lassen. Wenn sie uns beobachtet haben, und das vermute ich, dann wissen sie, dass wir sie durchschaut haben. Und das mögen sie am allerwenigsten. Wir müssen schnell handeln ...«

»Was sollen wir tun?«

»Wir brauchen einen Beweis. Alle uns bekannten Sektenmitglieder sind entweder tot oder werden es bald sein: Tramakos, Euneos, Antisos, Menekmos. Ein geschickter Plan. Aber eine Möglichkeit haben wir vielleicht ... Wenn wir erreichen, dass Menekmos ein Geständnis ablegt!«

»Ich kann versuchen, mit ihm zu sprechen«, bot sich Diagoras an.

Herakles überlegte einen Moment. »Gut, du sprichst morgen mit Menekmos. Ich werde mein Glück bei einer anderen Person versuchen ...«

»Bei wem?«

»Bei der Person, mit der sie vielleicht den einzigen Fehler begangen haben. Wir sehen uns morgen, mein lieber Diagoras. Sei vorsichtig!«

Der Mond war eine Frauenbrust; der Finger einer Wolke näherte sich der Brustwarze. Der Mond war eine Vulva; die Wolke begehrte, spitz in sie einzudringen.[6]

Herakles Pontor, dem solch himmlisches Treiben ganz

---

[5] *Mit was für einem Abstand? Von hier unten aus?* (Anm. d. Übers.)

[6] *Ich bin schon zu lange eingesperrt. Mir schien, diese*

und gar fremd war, wachte nicht über den Mond, er durchquerte den unter Selenes Wacht liegenden Garten vor seinem Haus und öffnete die Tür. Das dunkle, stille Loch des Eingangs glich einem wachenden Auge. Herakles wachte darüber, ob seine Sklavin Ponsika vielleicht eine Wachlampe auf dem Tragstein gleich neben der Tür hinterlassen hatte, doch Ponsika hatte über einen solchen Fall offenbar nicht gewacht.[7] So dass er in die Finsternis des Hauses eindrang wie ein Messer ins Fleisch und die Tür hinter sich schloss.

---

beiden Sätze könnte man weniger grob übersetzen, vielleicht: »Der Mond war ein Busen, den sacht der Finger einer Wolke streifte. Der Mond war eine Höhlung, in der sich die spitzen Umrisse der Wolke einschließen wollten«, oder etwas in der Art. Auf jeden Fall sehr viel poetischer, als es bei mir herausgekommen ist. Aber da … Ach, Helena, wie sehr denke ich an dich und brauche ich dich! Ich habe immer geglaubt, die körperlichen Begierden wären bloße Diener edlen Geistesschaffens … und jetzt … Was gäbe ich für eine ordentliche Nummer! (Ich schreibe das hier so ohne Umschweife, weil, seien wir ehrlich: Wer wird das schon lesen?) *Oh, übersetzen, übersetzen: eine törichte Herkulesarbeit, befohlen von einem hirnverbrannten Eurystheus! Sei's drum! Bin ich nicht in diesem dunklen Loch Herr dessen, was ich schreibe? Denn dies ist meine Übersetzung, so schockierend sie auch geraten mag!* (Anm. d. Übers.)

[7] *Was ist das denn? Es geht unübersehbar um das eidetisch plötzlich erblühende Wort »wachen«. Aber was hat es zu bedeuten? Wacht etwa jemand über Herakles? Überwacht ihn?* (Anm. d. Übers.)

»Jasintra?«, rief er. Er bekam keine Antwort.

Mit messerscharfem Auge durchschnitt er die Dunkelheit, doch vergeblich. Langsam wandte er sich den inneren Räumen zu. Seine Füße schienen auf Messerspitzen zu laufen. Die eisige Kälte des im Dunkel liegenden Hauses drang wie ein Messer in seinen Umhang ein.

»Jasintra?«, rief er abermals.

»Hier«, hörte er. Das Wort zerschnitt die Stille gleich einem Messer.[8]

Er näherte sich dem Schlafraum. Sie stand mit dem Rücken zu ihm im Dunkeln, drehte sich zu ihm um.

»Was machst du hier, ohne Licht?«, fragte Herakles.

»Auf dich warten.«

Jasintra eilte zum Tisch und entzündete die Lampe. Dabei beobachtete er ihren Rücken. Unentschlossen erglimmte das Licht und breitete sich über den Rücken der Zimmerdecke aus. Jasintra drehte sich nicht sofort um, sie ließ sich Zeit, und Herakles beobachtete weiter die kräftigen Linien ihres Rückens: Sie trug einen langen, weichen Peplos, der bis zu den Füßen hinabreichte und an jeder Schulter mit zwei Spangen festgesteckt war. Das Tuch hatte sich auf ihrem Rücken in Falten gelegt.

»Und meine Sklavin?«

»Sie ist noch nicht von Eleusis zurück«, sagte Jasintra, noch immer mit dem Rücken zu ihm.[9]

Dann wandte sie sich um. Sie war schön geschminkt:

---

[8] *Messer! Die Eidesis wuchert plötzlich wie giftiger Efeu. Um welches Bild geht es? »Wachen« … »Messer« … Oh, Herakles, Herakles, Vorsicht: Du bist in Gefahr!* (Anm. d. Übers.)

[9] *Und nun »Rücken«! Das ist eine Warnung! Vielleicht:*

die Lider mit Tusche vergrößert, die Wangen schneeig von Bleiweiß und der ebenmäßige Fleck der Lippen tiefrot. Frei bebten die Brüste unter dem bläulichen Peplos; ein Gürtel aus goldenen Ringen umschloss eng den schmalhüftigen Leib; die Nägel ihrer nackten Füße zeigten wie bei den Ägypterinnen zweierlei Farben. Als sie sich umwandte, verbreitete sie in der Luft einen zarten Hauch von Parfüm.

»Warum hast du dich so gekleidet?«, fragte Herakles.

»Ich dachte, es würde dir gefallen«, sagte sie mit wachem Blick. An den Läppchen ihrer kleinen Ohren zeigte das Gehänge jeweils eine metallene nackte Frau, scharf wie ein Messer, mit dem Rücken zum Betrachter.[10]

Der Rätsellöser schwieg. Jasintra blieb regungslos stehen, golden umschimmert von der Lampe hinter ihr. Die Schatten zeichneten auf ihrem Leib eine gewundene Säule, die von der Stirn bis zu den über der Scham zusammenfließenden Falten des Peplos ragte und ihren Körper in zwei vollendete Hälften teilte.

»Ich habe Essen für dich zubereitet.«

»Ich will nicht essen.«

»Gehst du schlafen?«

»Ja.« Herakles rieb sich die Augen. »Ich bin erschöpft.«

Sie wandte sich zur Tür. Ihre zahlreichen Armreife klirrten bei jeder Bewegung. Herakles beobachtete sie.

»Wache über deinen Rücken, denn … da ist ein Messer.« Oh, Herakles, Herakles! Wie kann ich dich bloß warnen? Wie? Komme ihr nicht näher! (Anm. d. Übers.)

[10] *Die Wiederholung der drei eidetischen Wörter in diesem Absatz verstärkt das Bild noch. Wache über deinen Rücken, Herakles: Sie hat ein Messer!* (Anm. d. Übers.)

»Jasintra.« Sie blieb stehen und drehte sich um. »Ich will mit dir reden.« Sie nickte stumm, kam zurück, bis sie reglos vor ihm stehen blieb. »Du sagtest, zwei Sklaven haben dich mit dem Tode bedroht, sie behaupteten, dass Menekmos sie schickte.« Sie nickte wieder, stärker jetzt. »Hast du sie danach noch einmal gesehen?«

»Nein.«

»Wie sahen sie aus?«

Jasintra zögerte einen Augenblick.

»Sie waren sehr groß. Gesprochen haben sie wie Athener.«

»Was genau haben sie zu dir gesagt?«

»Das habe ich dir doch erzählt.«

»Erzähl es mir noch einmal.«

Jasintra blinzelte. Ihre wasserklaren, fast durchsichtigen Augen wichen Herakles' Blick aus. Die rosige Zungenspitze befeuchtete langsam die roten Lippen. »Ich sollte zu niemandem etwas von meinem Verhältnis mit Tramakos sagen, oder ich würde es bereuen. Sie schworen es beim Styx und bei den Göttern.«

»Ich verstehe.« Herakles strich sich den silbernen Bart. Er begann, vor Jasintra in kurzen Schritten auf und ab zu laufen: nach links, nach rechts, nach links, nach rechts ...[11] Dann murmelte er, als wenn er laut nachdachte:

»Kein Zweifel: Es sind bestimmt auch Mitglieder von ...«

Er machte plötzlich kehrt und wandte dem Mädchen den Rücken zu.[12] Jasintras Schatten auf der Mauer vor

---

11 *Dreh ihr nicht den Rücken zu!* (Anm. d. Übers.)
12 *Nein, verdammt!!* (Anm. d. Übers.)

ihm wurde größer. Herakles kam plötzlich ein Gedanke, und er drehte sich zu der Hetäre um. Ihm war, als habe sie sich ihm unterdessen um einige Schritte genähert, er schenkte dem aber keine Beachtung.

»Warte, entsinnst du dich, ob sie etwas an sich hatten, das du wiedererkennen würdest? Ich meine Tätowierungen, Armreife ...«

Jasintra runzelte die Stirn und wandte wieder den Blick ab. »Nein.«

»Jedenfalls waren es keine Jünglinge, sondern erwachsene Männer. Da bist du dir sicher ...«

Sie nickte. »Herakles, was ist los? Du hast mir versichert, dass Menekmos mir nichts mehr zu Leide tun kann ...«

»Das stimmt auch«, beruhigte er sie. »Ich möchte aber diese beiden Männer gern fassen. Würdest du sie wiedererkennen?«

»Ich glaube, ja.«

»Gut.« Herakles fühlte sich plötzlich todmüde. Er blickte auf sein verführerisch einladendes Bett und seufzte. »Ich lege mich jetzt hin. Der Tag war sehr anstrengend. Wenn du kannst, wecke mich, sobald es Tag wird.«

»Das werde ich tun.«

Mit gleichgültiger Gebärde verabschiedete er sie und legte sich mit seinem breiten Rücken auf das Bett. Nach und nach schloss sein wacher Verstand die Augen. Der Schlaf brach sich Bahn wie ein Messer und durchschnitt sein Bewusstsein.[13]

---

[13] *Die Gefahr ist nicht vorüber: Die drei eidetischen Wörter bleiben weiterhin Warnzeichen!* (Anm. d. Übers.)

Das Herz schlug, von den Fingern fest umschlossen. Um das Herz herum waren Schatten, man hörte eine Stimme. Herakles blickte zu dem Soldaten hinüber: Er sprach in jenem Moment. Was sagte er? Es zu wissen war wichtig! Eingeschlossen in eine zitternde graue Lagune, bewegte der Soldat den Mund, doch das starke Pochen des Herzens hinderte Herakles, seine Worte zu hören. Trotzdem nahm er deutlich seine Rüstung wahr: Brustpanzer, Polsterung, Beinschienen und Helm mit prächtigem Federbusch. Er erkannte seinen Rang, glaubte, etwas zu verstehen. Plötzlich schlug das Herz stärker: Schritte näherten sich. Am Ende des Tunnels, aus dem die nackten Frauen hervorkrochen, lächelte Menekmos, wer sonst. Am wichtigsten aber war, sich daran zu erinnern, was er vergessen hatte. Nur dann …

»Nein!«, stöhnte er.

»War es wieder der gleiche Traum?«, fragte der über ihn gebeugte Schatten.

Noch immer war der Schlafraum nur schwach beleuchtet. Jasintra, geschminkt und bekleidet, lag neben ihm und beobachtete ihn mit angespanntem Ausdruck.

»Ja«, sagte Herakles. Er wischte sich über die feuchte Stirn. »Was tust du hier?«

»Ich habe dich gehört, so wie letztens: Du hast laut gesprochen und gestöhnt … Ich hielt es nicht aus und habe dich geweckt. Es ist ein Traum, den dir die Götter schicken, ich bin mir sicher.«

»Ich weiß nicht …« Herakles fuhr sich mit der Zunge über die ausgedörrten Lippen. »Ich glaube, es ist eine Botschaft.«

»Eine Weissagung.«

»Nein: eine Botschaft aus der Vergangenheit. Etwas, an das ich mich erinnern soll.«

Ihre Männerstimme klang unversehens weicher, als sie

erwiderte: »Du hast keinen Frieden gefunden. Du quälst dich mit deinen Gedanken, überlässt dich nicht den Gefühlen. Als mir meine Mutter das Tanzen beibrachte, sagte sie: ›Jasintra, denke nicht. Benutze nicht du deinen Körper – er soll dich benutzen. Dein Körper gehört nicht dir, er gehört den Göttern. Sie zeigen sich in deinen Bewegungen. Lass deinen Körper befehlen. Seine Stimme ist das Begehren, und er spricht durch die Gebärde. Übersetze nicht seine Sprache. Höre ihr zu. Übersetze nicht. Übersetze nicht. Übersetze nicht ...«[14]

»Deine Mutter hatte vielleicht Recht«, räumte Herakles ein. »Aber ich fühle mich außerstande, nicht zu denken.« Und voll Stolz fügte er hinzu: »Ich bin ein Rätsellöser, wie er im Buche steht.«

»Vielleicht kann ich dir helfen.«

Ohne Umstände schob sie die Decke beiseite, neigte sanftmütig den Kopf und legte den Mund auf die Stelle des Untergewands, die Herakles' schlaffes Glied beschirmte.

Die Überraschung machte ihn sprachlos. Jäh richtete er sich auf. Jasintra flüsterte, ohne dabei ihre vollen Lippen zu heben: »Lass mich.«

Sie küsste und rieb den weichen, länglichen Wulst, den Herakles seit Hagesikoras Tod wenig bemüht hatte, dieses schmiegsame, dehnbare Ding unter seinem Leibrock. Ihr Mund erkundete seinen Körper, und plötzlich stieß er auf eine fast unmerkliche Kontur. Für ihn war es ein Schrei, eine unverhoffte, gellende Wahrnehmung des Fleisches. Er stöhnte vor Wollust, ließ sich auf das Bett zurückfallen und schloss die Augen.

---

[14] *Bei diesen einschläfernden Worten fallen mir die Augen zu.* (Anm. d. Übers.)

Das Gefühl schwoll immer mehr an, bis es unterhalb seines Bauchs Form annahm und die Haut sich spannte. Es gewann Dicke, Fülle und Festigkeit. Es war kein Ort mehr, es war ein Aufstand. Herakles hätte nicht einmal sagen können, wo genau sich dieser Aufstand im dienstbaren Mysterium seiner Männlichkeit erhob. Er war ein stillschweigender Ungehorsam gegen ihn, machte sich selbständig, gewann Form und Wille. Und dabei hatte sie nur ihren Mund benutzt! Er stöhnte.

Unvermittelt schwand das Gefühl. In seinem Körper blieb ein leeres Brennen zurück wie nach einem Schlag ins Gesicht. Er begriff, dass das Mädchen ihre Liebkosungen unterbrochen hatte. Er schlug die Augen auf und sah, wie sie den Saum des Peplos hochhob und sich rittlings auf seine Beine setzte. Ihr fester Tänzerinnenbauch presste sich gegen die harte Skulptur, an der sie gemeißelt hatte und die sich nun drängend emporrichtete. Stöhnend ergründete Herakles sie. Jasintra begann sich zu wiegen. Nein, es war nicht eigentlich ein Wiegen, sondern ein Tänzeln, ein allein ihre Hüften erfassender Tanz: Ihre Schenkel umklammerten Herakles' dicke Beine, die Hände stemmten sich in das Bett, doch die Hüften bewegten sich anmutig im Takt ihrer Erregung.

Kaum merklich neigte sich eine Schulter, und mit kalkulierter Langsamkeit rutschte das Tuch, das auf jener Seite den Peplos hielt, den Arm hinunter. Jasintra schwenkte den Kopf zur anderen Schulter. Dort widerstand der Tuchstreifen am entscheidenden Punkt etwas länger, Herakles glaubte sogar, die Schwierigkeit sei beabsichtigt. Dann beugte die Hetäre mit einer überraschenden Bewegung die Arme und befreite sie ohne die leiseste Ungeschicklichkeit von den Verschnürungen des Tuches. Die Kleidung rutschte hinunter, bis sie an den emporgerichteten Brüsten hängen blieb.

Es ist schwierig, sich ohne Hilfe der Hände auszuziehen, dachte Herakles, und in jener Umständlichkeit lag die eine Lust, die sie ihm schenkte; die andere, verzögerte, weniger gefügige Lust bestand im fortgesetzten, wachsenden Druck ihrer Scham auf die gerötete Rute, die er ihr entgegenreckte.

Mit einem geschickten Schlenk des Oberkörpers erreichte Jasintra, dass das Tuch über die Rundung der einen Brust sanft herabglitt, einen Augenblick lang an der spitzen Brustwarze hängen blieb und dann wie eine Feder auf den Bauch schwebte. Herakles betrachtete die jetzt entblößte Brust: Sie war ein rundes, braunes Stück Fleisch in Reichweite seiner Hand. Er spürte das Verlangen, die dunkle, hart gewordene Zierde zu drücken, die auf jener Halbkugel erzitterte, doch er hielt sich zurück. Der Peplos sank langsam über die andere Brust nach unten.

Herakles' schlanker Körper spannte sich; auf seiner Stirn mit den tiefen Einbuchtungen am Haaransatz standen Schweißperlen; die schwarzen Augen blinzelten; dem Mund, eingefasst vom gepflegten schwarzen Bart, entwich ein Stöhnen; das ganze Gesicht war gerötet; sogar die kleine Narbe auf dem kantigen linken Wangenbein (ein Andenken an eine Prügelei als Kind) wirkte dunkler als sonst.[15]

In der Taille hielten die Metallringe den Peplos zurück und wollten die Ekstase hinausschieben. Zum ersten Mal benutzte Jasintra ihre Finger, und mit leisem Klirren gab

---

[15] *Das bin ich. Das ist nicht die Beschreibung von Herakles' Körper, sondern von meinem. Ich bin es, der mit Jasintra schläft!* (Anm. d. Übers.)

der Gürtel nach. Ihr Körper zeigte sich nun in voller Nacktheit. Endlich unbehindert, offenbarte ihr Fleisch vor Herakles' Augen eine muskulöse Schönheit – jedes Stück Haut eine Bewegung, der ganze Körper eine Aufforderung.

Mit einem Brummen richtete sich Herakles mühsam auf. Sie überließ ihm die Initiative, und er schob sie von sich, bis sie neben ihm zu liegen kam. Er wollte nicht ihr Gesicht sehen und wälzte sich auf sie. Er fühlte sich imstande, ihr wehzutun: Er spreizte ihr die Beine und tauchte mit sanfter Rauheit in sie ein. Er wollte glauben, er habe sie zum Stöhnen gebracht. Mit der linken Hand tastete er ihr Gesicht ab, und Jasintra wimmerte leise, als sie den Biss des Rings empfing, den er am Mittelfinger trug. Beider Bewegungen wurden zu Frage und Antwort, Befehl und Gehorsam, zum eingeborenen Ritual.[16] Jasintra liebkoste seinen fülligen Rücken mit Fingernägeln, scharf wie Messer, und er schloss die wachenden Augen.[17]

Er küsste sie weiter in den sanften Rundungen von Hals

---

[16] *Es ist schrecklich, mich darin wiederzuerkennen, beschrieben in meiner eigenen Sexualität. Vielleicht sieht sich jeder Leser in so einer Szene selbst als Protagonisten: Jeder Mann glaubt, »er« sei er selbst, und jede Frau, »sie« sei sie. Obwohl ich es nicht will – ich bin erregt: Ich lese und schreibe und spüre zugleich in mir eine* MERKWÜRDIGE, ÜBERWÄLTIGENDE LUST AUFBRECHEN … (Anm. d. Übers.)

[17] *Die drei warnenden eidetischen Wörter: »Rücken«, »Messer« und »wachen«! Das ist eine Falle! Ich muss … ich meine, Herakles muss …* (Anm. d. Übers.)

und Schulter, biss sie sanft, begrub hier und da ein verhaltenes Brüllen, bis er in sich *eine merkwürdige, überwältigende Lust aufbrechen* spürte.[18] Er brüllte ein letztes Mal auf, hörte seine schwere Stimme sturzbachähnlich in ihr widerhallen.

Gleichzeitig erhob die Hetäre die rechte Hand mit einer Langsamkeit, die ihre scheinbare Ekstase Lügen strafte, sie umklammerte einen zuvor ergriffenen Gegenstand – Herakles sah es, konnte sich aber nicht rühren, nicht in *diesem* Augenblick – und bohrte ihn in seinen Rücken.[19]

Er verspürte einen Stich im Rückgrat.

Im selben Moment rückte er mit einem Satz von ihr ab, erhob die Hand und hieb sie ihr wie einen Schwertknauf gegen das Kinn. Er sah, wie sie herumgeschleudert wurde, doch ihr Körpergewicht bewahrte sie davor, aus

---

[18] *Meine eigenen Worte! Ich habe sie gerade erst in einer Anmerkung geschrieben! (Ich habe sie in Text und Anmerkung hervorgehoben, damit der Leser es sieht.) Natürlich habe ich sie geschrieben, bevor ich den Satz übersetzt habe. Ist es nicht fast eine Verschmelzung? Ist es nicht ein Liebesakt? Was sonst heißt es zu lieben, wenn nicht, Phantasie und Wirklichkeit zu vereinigen? O herrliche Texteslust: den Text liebkosen, zärtlich über den Text streichen, meine Feder am Text reiben! Mag auch meine Entdeckung zufällig sein: Es besteht kein Zweifel: Ich bin er; ich liege dort, bei ihr …* (Anm. d. Übers.)

[19] *Herakles vermochte nicht zu reagieren. Ich auch nicht. Er hat weitergemacht. Ich habe weitergemacht. So bis zum Höhepunkt. Beide haben wir uns entschieden, nicht aufzuhören.* (Anm. d. Übers.)

dem Bett zu fallen. Da richtete er sich noch weiter auf und stieß sie von sich: Das Mädchen rollte wie ein Stück abgehäutetes Schlachtvieh fort und schlug mit eigenartigem, geheimnisvoll sanftem Geräusch auf den Boden. Das lange, scharfe Messer, das sie in der Hand gehalten hatte, verursachte beim Aufprall dennoch ein schwaches metallisches Klirren – widersinnig zwischen so vielen zarten Lauten. Schwerfällig und erschöpft stieg Herakles aus dem Bett, er packte Jasintra bei den Haaren, schleifte sie zur nächst gelegenen Wand und schlug sie mit dem Kopf dagegen.

Erst da konnte er wieder einen Gedanken fassen, und als Erstes dachte er: Sie hat mir nichts zu Leide getan. Sie hätte mich abstechen können, hat es aber nicht getan. Trotzdem versiegte seine Wut nicht. Er packte sie abermals beim krausen Haar und hämmerte ihren Kopf gegen die widerhallende Ziegelmauer.

»Was solltest du noch tun, außer mich töten?«, fragte er mit heiserer Stimme.

Als sie sprach, rannen von ihrer Nase zwei rote Ornamente herab, vorbei an ihren vollen Lippen. »Man hat mir nicht befohlen, dich zu töten. Ich hätte es tun können, wenn ich gewollt hätte. Sie sagten mir nur, wenn deine Lust käme – in diesem Augenblick, nicht früher und nicht später –, sollte ich die Dolchspitze auf dein Fleisch setzen, ohne dich dabei zu verletzen.«

Herakles hielt sie am Schopf fest. Ihre nackten Brüste wurden gegen sein Untergewand gepresst. Beide rangen sie nach Luft. Zitternd vor Wut, wechselte der Rätsellöser die Hand und ergriff ihren Kopf mit der Linken, während er mit der Rechten ausholte und ihr zweimal mit äußerster Härte ins Gesicht schlug. Als er innehielt, fuhr sich das Mädchen lediglich mit der Zunge über die aufgeschlagenen Lippen und schaute ihn ohne ein Anzeichen von Schmerz oder Furcht an. Herakles sagte: »Die ›großen Männer, die wie Athener sprachen‹, hat es nie gegeben, nicht wahr?«

»Doch. Sie waren bei mir. Aber sie trugen Masken. Das erste Mal bedrohten sie mich nach Tramakos' Tod. Und nachdem ihr mit mir gesprochen hattet, kamen sie wieder. Ihre Drohungen waren schrecklich. Sie befahlen mir, was ich zu tun hatte: Ich sollte dir sagen, dass es Menekmos war, der mich bedrohte. Ich sollte zu dir gehen und dich um Unterschlupf bitten. Und dich verführen und mit dir schlafen.« Herakles hob wieder die rechte Hand. Sie sagte: »Schlag mich tot, wenn du willst. Ich habe keine Angst vor dem Tod, Rätsellöser.«

»Aber vor ihnen«, murmelte Herakles und schlug sie nicht.

»Sie sind sehr mächtig.« Jasintra lächelte mit den zersprungenen Lippen. »Du kannst dir nicht vorstellen, was sie nach ihren eigenen Worten mit mir angestellt hätten, wenn ich nicht gehorcht hätte. Es gibt Tode, die eine Erleichterung sind; diese Leute aber verheißen nicht den Tod, sondern unendlichen Schmerz. Sie überzeugen einen schnell, wenn sie wollen. Du und dein Freund, ihr könnt nicht das Geringste gegen sie ausrichten.«

»Sagst du mir das auch, weil sie es dir befohlen haben?«

»Nein; das weiß ich.«

»Wie setzt du dich mit ihnen in Verbindung? Wo kannst du sie treffen?«

»*Sie* treffen *dich*.«

»Waren sie hier?«

»Ja.«

Herakles bemerkte, dass sie ins Stottern geriet. Er presste sie noch härter mit dem *Rücken* an die Mauer, bohrte ihr den linken Ellbogen wie ein *Messer* in die Schulter und *wachte* dabei über jede Bewegung, die sie machen könnte.[20]

»Sie *sind* hier«, sagte Jasintra noch.

»Hier? Was willst du damit sagen?«[21]

Jasintra verstummte. Ihr Blick irrte hin und her, als wolle er das ganze Zimmer in sich aufnehmen. Mit seltsamer Langsamkeit fügte sie hinzu: »Sie befahlen mir auch ... ich soll ... wenn ich mit dir geschlafen habe ... versuchen mit dir zu reden ... und dich ablenken ...«

Herakles beobachtete den ruhelosen Blick des Mädchens.[22]

Plötzlich glaubte er, gleichsam eine innere Stimme zu hören, die ihm zurief: ›Dreh dich um!‹ Und er tat es im letzten Augenblick.

Die maskierte, mit einem schweren schwarzen Umhang bekleidete Gestalt wollte gerade mit dem rechten Arm den lautlosen, todbringenden Bogen vollenden, doch da fälschte unerwartet Herakles' Unterarm den Hieb ab und ließ die Klinge ins Leere gehen. Einem weiteren Dolchstoß des Angreifers vermochte Herakles auszuweichen, indem er ihn mit einer schnellen Bewegung am Handgelenk packte. Sie rangen miteinander. Herakles warf einen Blick auf das maskierte Antlitz – und da spürte er, wie ihm mit einem Mal die Kräfte verließen. Jene ausdrucks-

---

[20] *Weshalb tauchen hier aufs Neue die drei eidetischen Wörter auf (ich habe sie hervorgehoben), wenn doch die Gefahr für Herakles augenscheinlich vorüber ist? Was geht da vor?* (Anm. d. Übers.)

[21] *Jetzt verstehe ich! Vorsicht, Herakles, in deinem Rücken!!* (Anm. d. Übers.)

[22] *Dreh dich um!!* (Anm. d. Übers.)

lose Maske, die falschen, künstlichen Gesichtszüge und die dunkle Unruhe hinter den symmetrischen Sehschlitzen, aus denen jetzt Hass sprühte, kannte er nur zu gut. Ponsika nutzte den Moment der Verwirrung, um die Dolchspitze dem weichen Fleisch seines Halses zu nähern. Herakles wankte, wich zurück und prallte gegen die Wand. Er klammerte sich an den Gedanken (eine plötzliche Erkenntnis, so flüchtig wie ein Blick aus dem Augenwinkel), dass wenigstens Jasintra ihn offenbar nicht angriff, obwohl er nicht wusste, was sie gerade tat. So hatte er also nur einen einzigen Gegner vor sich, eine Frau (wenn auch eine sehr kräftige, wie er im selben Augenblick feststellen musste). Er beschloss, das Risiko einzugehen, dass die scharf geschliffene Klinge sich noch etwas mehr ihrem Ziel näherte, um dafür Kraft in seiner rechten Hand zu sammeln: Er hob die Faust und hieb sie gegen die Maske. Er vernahm ein Stöhnen, so tief wie aus einem Brunnen. Er schlug noch einmal zu. Neuerliches Stöhnen, sonst aber nichts. Schlimmer noch: Die Konzentration auf seinen rechten Arm hatte ihn den Dolch vergessen lassen, der sich immer weiter auf seinen pochenden Hals, das schwache Gezweig der Adern und die zitternde, nachgiebige Muskulatur zubewegte. Da ließ er ab vom Schlagen und tat etwas, das seine rasende Widersacherin zweifellos überraschte: Seine Finger streckten sich zärtlich nach der Maske aus und begannen, sie zu streicheln – ihre Konturen, die Ausbuchtung der Nase, den Wulst der Wangenknochen … wie ein Blinder, der mit dem Tastsinn das Antlitz eines alten Freundes wiederzuerkennen sucht.

Ponsika begriff seine Absicht zu spät.

Zwei dicke Rammsporne, zwei riesige Kolben stießen ohne Vorwarnung in die Augenöffnungen und tauchten, ohne Widerstand zu finden, in eine durch dünne Häutchen geschützte, merkwürdig klebrige Masse. Im Nu ließ die Klinge ab von Herakles' Hals, und unter dem gleichgültigen Ausdruck der Maske ertönte ein Brüllen und Stöhnen. Der Rätsellöser zog die beiden bis zum zweiten Glied feuchten Finger heraus und tat einen Schritt zurück. Ponsika heulte auf, die Maske blieb duldsam und unbewegt. Sie wich zurück, verlor das Gleichgewicht.

Als sie zu Boden ging, stürzte sich Herakles auf sie.

Nur mühsam bremste er den fast unwiderstehlichen Drang, zu seinem eigenen Dolch zu greifen. Stattdessen trat er ihr, nachdem er sie entwaffnet hatte, mit den nackten Füßen in verschiedene verletzliche Körperregionen, die ob ihrer Blindheit schutzlos waren. Er benutzte dabei den Hacken: Ihm war, als zertrete er ein riesiges Insekt.

Als alles zu Ende war, blickte er verwirrt und keuchend auf Jasintra, die nackt an der Wand lehnte, regungslos, so wie er sie zurückgelassen hatte; nur das Blut hatte sie sich offenbar ein wenig aus dem Gesicht gewischt. Herakles hätte fast gewollt, dass auch sie ihn angriff. Er hätte die eine Raserei mit der anderen gern eins werden lassen, den einen Kampf mit dem anderen verkettet, den Schlag bis in alle Ewigkeit geführt. Nun blieben ihm nur noch die Luft und die Gegenstände um sich herum, um zu zerstören, herauszureißen, zu vernichten. Als er die Stimme wiedergefunden hatte, fragte er: »Wann hat man sie angeworben?«

»Ich weiß nicht. Als sie mich hierher schickten, hieß es, ich soll Ponsikas Anweisungen gehorchen. Sie spricht nicht, aber ihre Gebärden sind einfach zu verstehen. Und ich kannte die Befehle ja schon.«

»Die Heiligen Mysterien!«, murmelte Herakles verächtlich. Jasintra blickte ihn verständnislos an. »Ponsika sagte mir, sie wäre Anhängerin der Heiligen Mysterien, wie Menekmos. Beide haben gelogen.«

»Vielleicht auch nicht.« Die Tänzerin lächelte. »Sie haben schließlich nicht gesagt, welche Art von Heiligen Mysterien sie verehren.«

Herakles zog eine Augenbraue hoch, schaute sie an und sagte:

»Geh. Verschwinde von hier.«

Sie hob ihren Peplos und den Gürtel auf und durchquerte gehorsam das Zimmer. In der Tür drehte sie sich zu ihm um. »Den Auftrag, dich zu töten, hatte die Sklavin, nicht ich. Sie tun die Dinge auf ihre Weise, Rätsellöser: Weder du noch ich können sie begreifen. Darum sind sie so gefährlich.«

»Geh«, sagte er keuchend noch einmal, die Luft blieb ihm fast ganz weg.

»Flieh aus der Stadt, Herakles«, riet sie ihm noch, bevor sie ging, »du wirst sonst den Morgen nicht erleben.«

Als Jasintra fort war, spürte er schließlich seine ganze Müdigkeit. Er lehnte sich an die Wand und rieb sich die Augen. Er musste wieder Ordnung in seinem Kopf schaffen, das geistige Rüstzeug seiner Arbeit sortieren und in Ruhe noch einmal von vorne anfangen ...

Ein Geräusch schreckte ihn auf. Ponsika versuchte, sich auf dem Boden aufzurichten. Als sie sich zur Seite drehte, quollen aus den Sehschlitzen der Maske zwei dicke Streifen Blut. Der Anblick jenes weißen, falschen Gesichts, zerschnitten von zwei rötlichen Säulen, war grauenhaft. Das ist nicht möglich, dachte Herakles. Ich habe ihr mehrere Rippen gebrochen. Sie muss schon dem Tode nahe sein. Sie kann sich nicht bewegen. Ihm fiel die Sage von den beiden unbeirrbaren Maschinenmenschen ein, die der weise Daidalos gebaut hatte; Ponsikas Bewegungen ließen an einen übel zugerichteten Mechanismus denken: Mit ruckartigen Pantomimengebärden stützte sie sich auf eine Hand, richtete sich empor, sackte zurück, stützte sich wieder auf. Schließlich, weil ihr vielleicht die Aussichtslosigkeit ihres Versuchs klar wurde, ergriff sie den Dolch und schleppte sich mit unerschrockener Beharrlichkeit zu Herakles. Aus ihren Augen flossen zwei gleichmäßige Rinnsale.

»Ponsika, warum hasst du mich so?«, fragte Herakles.

Er sah sie zu seinen Füßen innehalten, der Atem siedete ihr in der Brust, zitternd erhob sie den Dolch und bedrohte ihn mit kläglicher Gebärde. Doch die Kräfte ließen sie im Stich, und das Messer fiel klirrend zu Boden. Da entfuhr ihr ein tiefer Seufzer, aus dem ganz am Ende ein Wutschnauben zu werden schien; sie rührte sich nicht mehr, aber noch ihr Atem schien ihre Raserei zu bezeugen, als weigere sie sich aufzugeben, bevor das Ziel erreicht war. Herakles betrachtete sie ungläubig. Schließlich näherte er sich ihr mit der Vorsicht des Jägers, der dem Sterben der eben zur Strecke gebrachten Beute misstraut. Er wollte ihr Verhalten verstehen, bevor er ihr den Todesstoß versetzte. Er beugte sich über sie und riss ihr die Maske herunter. Er betrachtete das über und über von Narben entstellte Gesicht und das in den Augenhöhlen lodernde Zerstörungswerk. Sie schnappte nach Luft wie ein Fisch.

»Wann, Ponsika? Wann hast du angefangen, mich zu hassen?«

Es war, als hätte er sie gefragt, wann sie angefangen habe, ein Mensch zu werden, eine freie Frau; denn plötzlich begriff er, dass ihr dieser Hass – dem Willen eines mächtigen Königs gleich – die Freiheit gebracht hatte. Er dachte an den Tag zurück, da er sie auf dem Markt gesehen hatte: abgesondert und von der Kundschaft wenig beachtet; er dachte an die Jahre treuen Dienens zurück, ihre stummen Gebärden, ihr demütiges Verhalten, ihre Fügsamkeit, als er sie bat (ihr befahl?), eine Maske zu tragen … In all jenen Jahre konnte er keine Anzeichen für das Geschehene entdecken, keinerlei Verdachtsmomente, keinerlei Erklärung.

»Ponsika«, raunte er ihr ins Ohr, »sag mir, warum. Auch wenn du nur die Hände bewegen kannst …«

Sie atmete angestrengt. Ihr verwüstetes Gesicht, mit Augen wie in ihren Eierschalen zerquetschte Vogel- oder Schlangenjunge, war entsetzlich anzuschauen. Herakles hielt dem Anblick stand, weil ihn nach einer Antwort verlangte. Seine Sorge war, sie könnte sterben, ohne ihm zu antworten. Mit ihrer Linken kratzte sie über den Boden. Worte vermochte er nicht zu erkennen. Er wandte den Blick zu ihrer Rechten, die nicht mehr den Dolch hielt. Kein Wort.

Im Angesicht dieses furchtbaren Schweigens dachte er: Wann war es? Wann haben sie dir die Freiheit geschenkt, oder wann hast du sie entdeckt? Vielleicht bist du ja wirklich nach Eleusis geeilt, wie so viele andere, und hast sie bei ihnen gefunden … Er beugte sich noch etwas dichter über sie und nahm ihren Geruch wahr: Es war der gleiche, den er auch an den Leichen von Eumarkos und Antisos bemerkt hatte. An Euneos nicht. Aber klar, sagte er sich, Euneos stank ja nach Wein.

Und plötzlich hörte er das Pochen eines Herzens. Seines? Ihres? Vielleicht ihres, denn es schlug immer schwächer. Sie muss unsagbare Schmerzen leiden, dachte er, aber es scheint ihr gleich zu sein. Er wich zurück vor jenem Pochen. Und wieder überkam ihn die Erinnerung an den Albtraum, der ihn verfolgte. Sein Geist war ermattet, doch diesmal wollte er bei Bewusstsein bleiben, so als ob der Zustand des Wachseins das Licht sei, das jener dichte Nebel brauchte, um sich aufzulösen. Er sah das frisch herausgerissene Herz, die Hand, die es umklammerte; er erblickte den Soldaten und hörte schließlich seine klaren Worte.

Und da erinnerte er sich an etwas, das er vergessen hatte, an jene kleine Einzelheit, die ihm der Traum mit wildem Krakeel von Anfang an zugeschrien hatte.

Obwohl Ponsikas Todeskampf noch lange dauerte, blieb Herakles regungslos neben ihr stehen, den Blick ins Leere gerichtet. Als sie starb, war draußen schon Tag, und die Strahlen der Sonne fielen in den schwach erleuchteten Schlafraum.

Herakles aber stand noch immer regungslos.[23]

---

[23] *Ich habe dir das Leben gerettet, Herakles Pontor, alter Freund! Es ist unglaublich, aber ich denke, ich habe dir das Leben gerettet! Mir kommen die Tränen bei dem Gedanken, dass es stimmen könnte. Beim Übersetzen schrieb ich meinen eigenen Schrei auf, und du hast ihn gehört. Natürlich könnte man annehmen, ich hätte den Text vorher gelesen und anschließend beim Erarbeiten meiner Übersetzung diese Worte eine Zeile früher geschrieben, als sie dann im Manuskript auftauchen, aber ich schwöre, es war nicht so; jedenfalls nicht bewusst … Und jetzt, woran hast du dich erinnert? Warum erinnere nicht auch ich mich daran? Ich hätte es merken müssen, genau wie du, aber …*

Es sind wichtige Dinge geschehen. Mein Gefängniswärter ist vor ein paar Minuten wieder gegangen. Er trat wie stets jäh und unvorhergesehen ein, als ich gerade am vorigen Absatz schrieb, mit derselben Maske eines lächelnden Mannes und demselben schwarzen Umhang wie letztes Mal. Er lief meine winzige Zelle einmal auf und ab, bevor er mich fragte: »Wie geht's?«

»Ich bin mit der Übersetzung des zehnten Kapitels fertig. Die Eidesis betrifft hier den Gürtel der Hippolyte. Die

Kriegerinnen, die Amazonen. Aber auch ich komme darin vor.«

»Wirklich?«

»Das weißt du besser als jeder andere.«

Seine Maske betrachtete mich mit immerwährendem Lächeln. »Ich habe dem Text nichts hinzugefügt«, erwiderte er. »Das habe ich dir schon gesagt.«

Ich holte tief Luft und blätterte in meinen Anmerkungen. »Als Herakles mit der Tänzerin Jasintra schläft, wird sein Körper als ›schlank‹ beschrieben. Herakles aber ist dick; das weiß der Leser schon.«

»Und?«

»Ich bin schlank.«

Sein Lachen unter der Maske klang bemüht. Als er damit aufhörte, erklärte er: »Du weißt ja, das griechische Wort LEPTÓS bedeutet ›schlank‹, aber auch ›scharfsinnig‹. Und jeder Leser würde verstehen, dass es an dieser Stelle eher um Herakles Pontors Scharfsinn geht als um seine Körperfülle ... Ich weiß noch, wie der Satz lautet. Wörtlich heißt es: ›Der scharfsinnige Herakles spannte seinen Körper.‹ Er wird ›scharfsinniger Herakles‹ genannt, so wie Homer Odysseus als ›listenreich‹ charakterisiert ...« Er lachte abermals. »Natürlich warst DU daran interessiert LEPTÓS als ›schlank‹ zu lesen, und ich kann mir schon vorstellen, weshalb! Da bist du aber nicht der Einzige, keine Sorge: Jeder liest, was zu lesen er sich wünscht. Die Wörter sind nur ein Ensemble von Symbolen, die sich stets unserem Geschmack anpassen.«

Auch über die übrigen vermeintlichen Beweise machte er sich lustig: Herakles könne ebenso gut wie ich Geheimratsecken haben, und der erwähnte »schwarze Bart« – so wie meiner, während Herakles' Bart silbergrau ist – gehe auf einen Fehler des Kopisten zurück. Die Narbe auf dem linken Wangenbein, Andenken an eine »Prüge-

lei als Kind« – ganz so, wie ich sie nach einer Prügelei mit einem Klassenkameraden davontrug –, sei zweifellos eine »zufällige Übereinstimmung«, und dasselbe lasse sich über den Ring am Mittelfinger der linken Hand sagen.

»Tausende Leute haben Narben und tragen Ringe«, sagte er. »Die Sache ist nur die, dass du den Romanhelden bewunderst und ihm um jeden Preis gleichen willst … vor allem in den spannendsten Momenten. Das ist die Anmaßung aller Leser: Ihr glaubt, man hätte an euch gedacht, als der Text geschrieben wurde, und wenn ihr ihn lest, stellt ihr euch die Szene auf eure Weise vor!« In seiner Stimme lag plötzlich ein ganz ähnlicher Spott wie auf dem Antlitz der Maske. »Hat es dich etwa nicht … BEFRIEDIGT, *diese Stelle zu lesen, he? Schau mich nicht so an, das kommt oft vor!«*

Er nutzte mein verlegenes Schweigen, trat heran und las die Anmerkung, an der ich geschrieben hatte, bevor er mich unterbrach.

»Was? Du hast dem Helden ›das Leben gerettet‹?«, hörte ich ihn hinter mir in ungläubigem Ton sagen. »O was für eine Kraft doch eidetische Bücher besitzen! … Es ist merkwürdig, ein Buch, vor so langer Zeit geschrieben … und löst noch solche Reaktionen aus!«

Sein neuerliches Lachen verstummte allerdings sofort, als ich erwiderte: »Vielleicht wurde es ja gar nicht vor so LANGER Zeit *geschrieben.«*

Wie gern gab ich ihm den Schlag zurück! Seine undurchdringlichen Augen blickten mich einen Moment lang durch die Sehschlitze in der Maske an. Dann erwiderte er erregt:

»Was willst du damit sagen?«

»Montalo behauptet, der Papyrus dieses Kapitels rieche nach Frau und er fühle sich an wie eine ›Mädchenbrust‹ oder ein ›Athletenarm‹. Auf ihre Art ist diese ab-

geschmackte Anmerkung eidetisch: Sie verweist auf das ›Mannweib‹ oder die ›Kriegerin‹, die Amazonenkönigin Hippolyte. Wenn man zurückblättert, kann man ähnliche Beispiele bei der Beschreibung des Papyrus in jedem Kapitel finden …«

»Und was schlussfolgerst du daraus?«

»Dass Montalos Einmischung Teil des Textes ist.« Ich lächelte, als er schwieg. »Seine knappen Randbemerkungen sind eidetischer, nicht linguistischer Natur, sie verstärken die Bilder des Buches. Ich habe mich immer gewundert, weshalb der belesene Montalo nicht gemerkt haben will, dass DAS RÄTSEL DES PHILOSOPHEN ein eidetischer Text ist. Jetzt aber bin ich mir sicher, dass er es wusste, und dass er mit der Eidesis in der gleichen Weise spielte, wie es der Autor in dem Werk tut …«

»Ich sehe, du hast nachgedacht«, räumte er ein. »Und weiter?«

»DAS RÄTSEL DES PHILOSOPHEN, so wie wir den Roman kennen, ist eine FÄLSCHUNG. Inzwischen verstehe ich, weshalb nie jemand etwas davon gehört hat … Wir besitzen lediglich die Ausgabe Montalos und kennen nicht das Original. Das Werk wurde aber mit dem Gedanken an einen möglichen Übersetzer geschrieben und steckt voller Kunstgriffe und Fallen, die nur ein Kollege von ähnlichem oder sogar größerem Kaliber meistern könnte … Die einzige Erklärung, die mir plausibel erscheint, ist … dass Montalo das Buch SELBER geschrieben hat!« Die Maske schwieg. Unerbittlich fuhr ich fort: »Das Original des Texts ist nicht verschollen: Montalos Ausgabe ist das Original!«

»Und warum hätte Montalo so etwas schreiben sollen?«, fragte mein Gefängniswärter in sachlichem Ton.

»Weil er den Verstand verloren hat«, erwiderte ich. »Montalo war von eidetischen Büchern besessen. Er *glaubte, sie könnten die Richtigkeit der Platon'schen Ideenlehre beweisen und zeigen, dass die Welt, das Leben, das Universum vernünftig und gerecht sind. Das hat er aber nicht geschafft. Darüber verlor er den Verstand, und mithilfe seiner enormen Kenntnisse des Griechischen und der Eidesis schrieb er selber ein eidetisches Buch. Das Buch sollte für seine eigenen Kollegen bestimmt sein. Es wäre eine Form, ihnen zu sagen: ›Schaut her! Die Ideen existieren! Hier sind sie! Los! Entdeckt den Schlüssel dazu!‹«*

»Aber Montalo kannte den Schlüssel nicht«, entgegnete mein Gefängniswärter. »Ich hatte ihn eingesperrt …«

Ich bohrte meinen Blick in die schwarzen Öffnungen der Maske und sagte: »Genug jetzt mit der Räuberpistole, Montalo …«

Herakles Pontor hätte es nicht besser sagen können!

»Trotzdem …«, machte ich mir sein Schweigen zunutze, »dein Spiel war intelligent eingefädelt, wahrscheinlich hast du dich dabei eines Landstreichers bedient … Ich will lieber glauben, du hast ihn schon tot gefunden und ihm dann deine zerfetzten Sachen angezogen; so konntest du den gleichen Betrug vortäuschen, den du dir auch für den Mord an Euneos ausgedacht hattest … Danach, offiziell ›verstorben‹, hast du im Hintergrund gewirkt … Du schriebst dieses Werk mit dem Gedanken an einen möglichen Übersetzer. Nachdem du herausgefunden hattest, dass mit der Übersetzung ich betraut wurde, hast du mich überwacht. Du hast falsche Seiten eingefügt, um mich zu verwirren, um mich von diesem Text besessen zu machen, denn du sagst ja selber, ›wir können nicht von etwas besessen sein, ohne zu glauben, dass wir Teil von diesem Etwas sind‹. Schließlich hast du mich dann entführt und hier eingesperrt … Womöglich ist es der Keller deines Hauses … oder das Versteck, in dem du ge-

wohnt hast, seit du deinen Tod vorgetäuscht hast … Und was du von mir willst? Dasselbe, was du immer wolltest: Die Existenz der Ideen beweisen! Wenn ich *in* deinem *Buch die Bilder entdecke, die* DU *darin verborgen hast, dann bedeutet das, dass die Ideen unabhängig von dem existieren, der sie denkt, das stimmt doch, oder?«*

Nach sehr langer Stille, in der mein Gesicht so wie seines eine lächelnde Maske war, hörte ich ihn, jedes einzelne Wort betonend, sagen: »Übersetzer: BEGNÜGE *dich damit, weiter in deinen Fußnoten das* RÄTSEL *zu lösen. Begehre nicht, dieses Gehege zu verlassen und* aufzusteigen *in die Höhen des* TEXTES. *Du bist kein Rätsellöser, so sehr du es auch sein möchtest … Du bist ein simpler Übersetzer. Also* ÜBERSETZE *weiter!«*

»Warum soll ich mich damit begnügen, ein simpler Übersetzer zu sein, wenn du dich nicht damit begnügst, ein simpler Leser zu sein?«, erwiderte ich trotzig. »Da du schon der Autor des Werkes bist, lass mich seine Gestalten nachahmen!«

»Ich bin nicht der Autor DES RÄTSELS DES PHILOSOPHEN«, *erwiderte die Maske, stöhnte es fast, ging hinaus und schlug die Tür hinter sich zu.*

Jetzt fühle ich mich besser. Ich denke, diese Schlacht habe ich gewonnen. (Anm. d. Übers.)

XI[1]

Der Mann stieg die hohen Steinstufen hinab zu dem Ort, wo der Tod wartete. Es war ein von Öllampen beleuchteter unterirdischer Saal mit einem kleinen Vorraum und einem Mittelgang, von dem Zellen abgingen. Doch der Geruch, den der Ort verströmte, war nicht der von Tod, sondern von dem Augenblick davor, dem des Sterbens.

---

[1] *Ich bin durch wütendes Gebell geweckt worden. Die Hunde sind noch zu hören, sie sind offenbar nicht allzu weit von meiner Zelle entfernt. Wer weiß, ob mich mein Wärter damit einschüchtern will oder ob es einfach nur ein Zufall ist (eines jedenfalls ist sicher: Er hat mich nicht belogen, als er sagte, er habe Hunde – er besitzt tatsächlich welche). Es bleibt aber noch eine dritte, ziemlich merkwürdige Möglichkeit: Zwei Kapitel müssen noch übersetzt werden, und da zu jedem eine Arbeit des Herkules gehört, müsste dieses, das elfte, wenn die Reihenfolge richtig ist, dem Hund Kerberos gewidmet sein und das letzte den Äpfeln der Hesperiden. Bei der elften Arbeit, den Hund Kerberos aus dem Tartaros zu holen,*

Zwar ist der Unterschied zwischen beiden Ausdünstungen nur äußerst gering, dachte der Mann, aber jeder Hund könnte ihn wahrnehmen. Es erschien ihm zudem logisch, dass es so roch, handelte es sich doch um den Kerker, in dem die zum Tode Verurteilten darauf warteten, dass ihre Strafe vollstreckt wird.

Seit Solons Zeiten war an ihm nichts verändert oder in irgendeiner Weise erneuert worden, als hätten die später Regierenden Angst gehabt, diesem Ort nahe zu kommen. Im Vorraum pflegten die Wärter bei der Nachtwache Würfel zu spielen und stießen bei spielentscheidenden Würfen Flüche aus: »Ein Hund, Eumolpos! Du musst zahlen, bei Zeus!«[2] Ein Stück weiter führten kurze Treppchen in das Düster der Zellen, wo die Verurteilten schmachteten und die Stunden bis zur Herankunft der endgültigen Finsternis zählten. Obschon diese Behausungen, wie man sich denken kann, nicht über den elementarsten Komfort verfügten, hatte man in einigen Fällen bemerkenswerte Ausnahmen gemacht: Sokrates zum Beispiel, der in der vorletzten Zelle rechts gesessen hatte –

---

steigt Herkules in die Unterwelt hinab. Er muss das gefährliche vielköpfige Tier, das grimmig an den Pforten wacht, in seine Gewalt bekommen. Will nun etwa mein maskierter Wächter eine Eidesis in der Wirklichkeit vornehmen? So bemerkt auch Montalo zum Papyrus: »Brüchig, schmutzig, mit einem Geruch nach totem Hund.« (Anm. d. Übers.)

[2] *Der »Hundewurf« war an sich der niedrigste: drei Einser. Dennoch benutzt ihn der Autor, um die Eidesis zu betonen. Draußen bellen die Hunde übrigens immer noch.* (Anm. d. Übers.)

einige Wärter behaupteten, in der letzten links –, besaß eine Pritsche, eine Lampe, einen kleinen Tisch und mehrere Stühle, die wegen der zahlreichen Besucher, die er empfing, stets gebraucht wurden. »Das kam aber daher«, erklärten die Wärter, »dass es so lange dauerte, bis die Strafe vollstreckt wurde; das Ende des Prozesses fiel nämlich mit den Heiligen Tagen zusammen, wenn das Schiff mit den Pilgern nach Delos fährt und Hinrichtungen bekanntlich verboten sind … Dabei hat er sich über die Verzögerung nicht beklagt! Eine Geduld hatte der Arme …« Sei es wie es sei, solche Fälle kamen nicht häufig vor, und natürlich hatte man keinerlei Ausnahme zugelassen beim einzigen Verurteilten, der gerade seiner Schicksalsstunde entgegensah: Er würde noch am selben Tag hingerichtet werden.

Diensthabender Wärter war Amphios, ein junger Sklave, der von der Insel Melos stammte. Nicht zum ersten Mal dachte der Mann, Amphios könnte gut als hübscher Kerl gelten, denn sein Körper war schlank, und er hatte sehr viel bessere Manieren als die anderen seines Standes, hätte da nicht irgendein mutwilliger Gott, oder vielleicht eine Göttin, sein Gesicht – auf dem durch einen merkwürdigen Grind der Bart nur fleckenweise spross – in ein beunruhigendes Rätsel verwandelt, als er bei Amphios' Geburt das linke Auge seine eigenen Wege gehen ließ. Mit welchem Auge blickte Amphios tatsächlich? Mit dem rechten? Dem linken? Dem Mann war es lästig, sich das jedes Mal fragen zu müssen, wenn er ihn ansah.

Sie begrüßten sich. »Was macht er?«, wollte der Mann wissen. »Er klagt nicht«, antwortete Amphios, »ich glaube, er redet mit den Göttern, ich höre ihn manchmal laut sprechen.« Der Mann – ein Diener der Elf, mit Namen Trypthemes – erklärte: »Ich will ihn sehen.« »Und was trägst du da bei dir, Trypthemes?« Der Mann zeigte den kleinen verkorkten Krug. »Als wir ihn einsperrten, bat er, ihm ein wenig Wein von Lesbos zu besorgen.« »Warte, Trypthemes, du weißt doch, dass die Verurteilten nichts von draußen bekommen dürfen.« Der Mann seufzte und entgegnete: »Ach, Amphios, tu du deine Arbeit und lass mich die meine tun. Was befürchtest du? Dass er sich am Tag seines Todes betrinkt?« Sie lachten. »Wenn er sich betrinkt, Amphios, umso besser. Er wird den Baratros hinuntertorkeln und dabei denken, er käme von einem Gastmahl bei einem Freund und stolpere eben mal ... ›Oh, bei der blauäugigen Athene, was hat diese Stadt doch für schlechte Straßen!‹« Sie lachten noch lauter. Amphios lief rot an, wie aus Scham, sich so argwöhnisch gezeigt zu haben. »Geh zu ihm, Trypthemes, und gib ihm den Wein, aber lass es die Aufseher nicht wissen.« »Keiner wird davon erfahren.«

Er schaut mit dem rechten Auge, jetzt bin ich mir sicher, dachte er, während er sich eine Fackel nahm und in das Dunkel der Zellen hinabstieg.[3]

Wir kommen vom Himmel herab, neben uns die waffenklirrende Gefolgschaft der Blitze, und im Gefieder einer Bö entfernen wir uns von der Geometrie der Tempel, hin zum vornehmen Viertel Skambonidai. Unter uns

---

[3] *Die merkwürdige Unentschiedenheit zwischen rechts und links in diesen Absätzen – die Zelle des Sokrates, das Auge des Wärtersklaven – wollen womöglich eidetisch den labyrinthischen Abstieg des Herakles ins Totenreich versinnbildlichen.* (Anm. d. Übers.)

erkennen wir eine graue Zickzacklinie, die sich quer durch die Vorstadt zieht: die Hauptstraße. Ja, der Fleck, der jetzt auf ihr in behutsamem Tempo einem der Hausgärten zustrebt, ist ein Mann, der aus dieser Höhe winzig erscheint. Ein Sklave, dem Umhang nach zu urteilen. Jung, der Flinkheit nach zu urteilen. Ein anderer Mann wartet unter den Bäumen auf ihn. Trotz des schirmenden Gezweigs zeigt sein Umhang den Glanz durchnässter Kleider. Der Regen wird stärker. Unser Blick wird schärfer. Wir stoßen auf das Gesicht des wartenden Mannes herab: groß, fett, mit feinem Silberbärtchen und grauen Augen, deren Pupillen wie Ebenholzspangen erscheinen. Seine Ungeduld ist offenkundig: Er schaut nach rechts, er schaut nach links, schließlich entdeckt er den Sklaven, und seine Miene wird noch angespannter. Was mag er denken? ... Ach, hinab in seinen Kopf gelangen wir nicht! ... Wir stoßen an das Gewirr seiner grauen Haare, und dort endet für uns arme Wassertropfen alles.[4]

»Herr! Herr!«, rief der junge Sklave. »Ich war bei Diagoras, wie du befohlen hast, habe aber niemanden angetroffen!«

»Bist du sicher?«

---

[4] *Die schon zu Beginn des Kapitels einsetzende Bewegung des »Hinabsteigens« und »Herabkommens« spielt, zusammen mit dem Schwanken zwischen rechts und links, auf Herkules' Reise ins Totenreich an. In diesem letzten Absatz wird das Bild noch verstärkt, indem der Leser in einen Regentropfen hineinversetzt wird, der einen langen Weg zurücklegt, bis er auf Herakles Pontors Kopf fällt.* (Anm. d. Übers.)

»Sicher, Herr! Ich habe mehrere Male an seiner Tür geklopft!«

»Gut, dann sage ich dir, was du jetzt tun musst: Geh in mein Haus und warte auf mich bis zum Mittag. Sollte ich bis dahin nicht zurückgekehrt sein, gib den Dienern der Elf Bescheid. Sag ihnen, dass meine Sklavin letzte Nacht versucht hat, mich zu töten, und dass ich mich ihrer erwehren musste. Wenn sie erfahren, dass eine Leiche im Spiel ist, werden sie schneller handeln. Überreiche ihnen auch diesen Papyrus und bitte sie, dass ihre Oberen ihn lesen. Schwöre bei der Ehre deines Herrn, dass dem Frieden der Stadt große Gefahr droht. Es ist zwar nicht ganz sicher, aber wenn du es schaffst, ihnen etwas Furcht einzuflößen, werden sie deinen Anweisungen aufs Wort gehorchen. Hast du verstanden?«

Der Sklave nickte erschrocken. »Ja, Herr, ich will alles so tun! Aber wohin gehst du? Bei deinen Worten schaudert mir!«

»Tu, was ich dir sage.« Herakles sprach lauter, da der Regen immer mehr zunahm. »Wenn alles gut geht, werde ich zur Mittagsstunde zurück sein.«

»O Herr, hüte dich! Dieses Gewitter ist voller verderblicher Vorzeichen!«

»Befolge genau, was ich dir aufgetragen habe, und du wirst nichts zu fürchten haben!«

Herakles entfernte sich, er lief die abschüssige Straße zum tödlichen Abgrund der Stadt hinab.[5]

---

[5] *Es setzt sich die Erzählbewegung des »Stürzens« und »Fallens« fort, vom Himmel bis in Herakles Pontors sorgenvolle Gedanken.* (Anm. d. Übers.)

Die toten Finger des Regens hatten Diagoras in aller Frühe geweckt: Sie betasteten die Mauern des Schlafraums, kratzten an den Fensterläden, pochten unermüdlich an seiner Tür. Er erhob sich vom Bett und zog sich rasch an. Mit über den Kopf gezogenem Umhang verließ er das Haus.

Kollytos, das Viertel, in dem er wohnte, lag da wie ausgestorben; einige Läden hatten sogar wie an einem Festtag geschlossen. Auf den sonst so belebten Straßen irrten nur ein oder zwei Gestalten umher, während in den dunklen Seitengassen der Regen allein regierte. Diagoras glaubte, er müsse sich beeilen, wenn er Menekmos an jenem Morgen noch einmal sehen wollte. Genau genommen hatte er das Gefühl, es sei Eile vonnöten, wenn er überhaupt jemanden treffen wollte, wen auch immer und wo auch immer, denn ganz Athen war in seinen Augen zu einem verregneten Friedhof geworden.

Er lief eine holprige Straße hinunter, bis er an einen kleinen Platz kam, von wo aus es auf einer anderen Straße weiter abwärts ging. Da bemerkte er den Schatten eines Greises, der unter einem Gesims Zuflucht gesucht hatte und wohl darauf wartete, dass das Unwetter nachließ, doch ihn überraschte der Kontrast zwischen seinem abgezehrten Gesicht und dem Dämmer, der seine Lider umsäumte. Dann wieder dünkten ihn die Wangen eines Sklaven, der zwei Amphoren schleppte, totenbleich. Aus einer Ecke lächelte ihm eine Hetäre wie ein ausgehungerter Hund zu, doch die zerlaufene Schminke auf ihrem Gesicht gemahnte ihn an die Falten eines Leichentuchs. Beim Gott der Güte, dachte er, seit ich aus dem Haus bin, sehe ich nur noch Todesgesichter. Vielleicht ist es der Regen, der solche Vorahnungen erzeugt, oder es kommt daher, dass die Farbe des Lebens sich im Wasser auf unseren Wangen auflöst.[6]

In solcherart Grübeleien versunken, erblickte er zwei vermummte Gestalten, die sich aus einer Seitengasse näherten. Bei Zeus, schoss es ihm durch den Kopf, noch zwei Gespenster.

Die Gestalten blieben vor ihm stehen, und eine sagte liebenswürdig: »O Diagoras von Medontes, kommt schnell mit uns, denn es wird etwas Furchtbares geschehen.«

Sie versperrten ihm den Weg. Aus der Finsternis ihrer Kapuzen schimmerte das Weiß ihrer sich geheimnisvoll ähnelnden Gesichter.

»Wieso kennt ihr mich?«, fragte er. »Wer seid ihr?«

Die Vermummten blickten sich an. »Wir? Wir sind jenes Schreckliche, das geschehen wird, wenn du nicht mit uns kommst«, sagte die andere Gestalt.

Diagoras begriff plötzlich, dass seine Augen ihn diesmal getäuscht hatten: Das Weiß jener Gesichter war falsch.

Sie trugen Masken.

Womöglich haben sie auch schon den obersten Archon auf ihrer Seite, dachte Herakles beunruhigt, letzten Endes kann *jeder* zu ihnen gehören ... Dann aber, mit mehr Ruhe, dachte er: Rein logisch gesehen, müssten sie sich, wenn sie bis in diese Höhe vorgedrungen sind, sicherer fühlen; sie haben jedoch große Angst, entdeckt zu werden. Und er schlussfolgerte. Vielleicht sind sie mächtig

---

[6] *Natürlich weder das eine noch das andere: Wie stets »wittert« Diagoras lediglich von fern die Eidesis. Athen ist in diesem Kapitel zum Totenreich geworden.* (Anm. d. Übers.)

wie Götter, aber es schreckt sie die Rechtsordnung der Menschen. Mit Nachdruck klopfte er noch einmal an die Tür. In der Düsternis des Eingangs erschien der Sklavenjunge.

»Ach, du wieder!« Er lächelte. »Gut, dass du uns so oft besuchst. Bei dir gibt es immer eine Belohnung.«

Herakles hielt schon zwei Münzen bereit.

»Es ist düster in diesem Haus, und ohne einen Führer wie mich könntest du dich verlaufen«, erklärte der Junge, als er Herakles durch die dunklen Flure geleitete. »Weißt du, was mein Freund, der alte Iphimakos sagt?«

»Was sagt er?«

Der kleine Führer blieb stehen und flüsterte: »Dass sich hier jemand vor langer Zeit verlaufen hat und dass er gestorben ist, ohne den Ausgang zu finden. Und manchmal begegnet man ihm nachts in den Gängen, weißer und kälter als der Marmor von Chalkidike, und er fragt sehr höflich, wo es hinausgeht.«

»Hast du ihn schon einmal gesehen?«

»Nein, aber Iphimakos sagt, er hat ihn gesehen.«

Sie liefen weiter, während Herakles erwiderte: »Glaub es erst, wenn du es mit eigenen Augen gesehen hast. Alles, was man nicht sehen kann, ist lediglich Meinungssache.«

»Ehrlich gesagt, tue ich nur so, als ob ich mich fürchte, wenn Iphimakos mir das erzählt«, erklärte der Junge fröhlich. »Er hat es nämlich gern, wenn ich mich fürchte. Eigentlich habe ich gar keine Angst. Und sollte mir der Tote irgendwann über den Weg laufen, werde ich ihm sagen: ›Zum Ausgang zweite Ecke rechts!‹«

Herakles lachte herzhaft. »Da tust du Recht daran, keine Angst zu haben. Du bist ja schon fast ein Ephebe.«

»Ja, das bin ich«, verkündete der Junge stolz.

Entgegen kam ihnen der mit Würmern gespickte Mann.

Er schaute sie nicht an, weil seine Augenhöhlen leer gefressen waren. Schweigend lief er an ihnen vorbei und zog den Gestank von tausend Tagen Friedhof hinter sich her.[7] Als sie am Speisegemach anlangten, sagte der Junge: »Gut, warte hier. Ich werde der Herrin Bescheid sagen.«

»Ich danke dir.«

Sie trennten sich mit vergnügter Verschwörermiene, und Herakles ging plötzlich durch den Kopf, dass er sich damit für immer verabschiedete, nicht nur von dem Jungen, sondern von diesem unheimlichen Haus und allen seinen Bewohnern, sogar von seinen eigenen Erinnerungen. Es kam ihm vor, als sei diese Welt gestorben und er der Einzige, der es wüsste. Dennoch schmerzte ihn aus irgendeinem seltsamen Grund nichts stärker, als dass er den Jungen verlassen musste: Nicht einmal seine Erinnerungen, ob schwach oder bleibend, ob kostbar oder flüchtig, erschienen ihm bedeutsamer als jenes schöne und verständige Geschöpf, jener kleine Mann, von dem er – wer weiß, durch welch geheimnisvollen Zufall oder welch spaßhaftes, wiederkehrendes Zusammentreffen von Umständen – noch immer nicht den Namen wusste.

Etis' Gegenwart machte sich wie stets durch ihre Stimme bemerkbar.

»Du besuchst mich allzu oft, Herakles Pontor, als dass es sich um reine Höflichkeit handeln könnte.«

---

[7] *Ich muss wohl nicht darauf hinweisen, dass diese wandelnde Leiche rein eidetisch und nicht gespenstisch ist: Der Junge und Herakles können sie genauso wenig sehen wie die Interpunktionszeichen des Textes, in dem ihr Gespräch wiedergegeben ist.* (Anm. d. Übers.)

Herakles, der sie nicht hatte eintreten sehen, verbeugte sich zum Gruß und entgegnete: »Es ist keine Höflichkeit. Ich versprach dir, ich würde wiederkommen und dir von meinen Nachforschungen berichten, was mit deinem Sohn geschehen ist.«

Nach winzigem Zögern gab Etis den Sklavinnen ein Zeichen, und geräuschlos verließen sie das Speisegemach. Mit der allen ihren Handlungen eigenen Würde bot sie Herakles Platz auf einem Sofa, ließ sich selbst auf einem anderen nieder und lehnte sich zurück. Sie war ... vornehm? Wohlgestalt? Herakles hätte es nicht zu benennen vermocht. Ihm war, als erwüchse ein Großteil jener reifen Schönheit aus dem sanften Hauch von Puder auf ihren Wangen, der Schminke auf den Augenlidern, dem Funkeln der Broschen und Armreife und der Harmonie des dunklen Peplos. Doch auch ganz ohne solche Hilfe würden das strenge Antlitz und die geschwungenen Formen ihre ganze Macht bewahren ... oder vielleicht eine neue dazugewinnen.

»Haben dir meine Sklaven nicht einmal einen trockenen Umhang angeboten?«, fragte sie. »Sie werden die Peitsche zu spüren bekommen.«

»Es macht mir nichts aus. Ich hatte es sehr eilig.«

»Dir ist wichtig, mir zu erzählen, was du weißt.«

»So ist es.«

Er wandte die Augen von Etis' dunklem Blick ab und hörte sie sagen: »Dann sprich.«

Seine auf dem Sofa ineinander gelegten dicken Hände betrachtend, hob Herakles an: »Als ich das letzte Mal hier war, erwähnte ich, dass Tramakos ein Problem hatte, und ich habe mich nicht getäuscht. In seinem Alter wird natürlich alles schnell zum Problem. Die Seelen der jungen Menschen sind aus Ton, und wir formen sie nach unserem Gutdünken. Nie aber sind sie vor Widersprüchen, vor Zweifeln gefeit … Sie bedürfen der straffen Erziehung.«

»Die genoss Tramakos.«

»Daran hege ich nicht den geringsten Zweifel, aber er war noch sehr jung.«

»Er war ein Mann.«

»Nein, Etis: Er hätte es werden können, doch die Schicksalsgöttin gönnte es ihm nicht. Er war noch ein Kind, als er starb.« Herakles schwieg und strich sich langsam über den silbernen Bart. »Und vielleicht war das sein Problem: dass ihn niemand ein Mann werden ließ.«

»Ich verstehe.« Etis stieß einen kurzen Seufzer aus. »Du sprichst von diesem Bildhauer … Menekmos. Ich weiß alles, was zwischen ihnen war, obwohl ich zum Glück nicht bei dem Prozess erscheinen musste. Nun gut. Tramakos konnte wählen, und er hat *ihn* gewählt. Dies ist eine Frage der Verantwortung, oder?«

»Vielleicht«, räumte Herakles ein.

»Außerdem bin ich mir sicher, dass er niemals Angst hatte.«

»Glaubst du?« Herakles hob die Augenbrauen. »Ich weiß nicht. Womöglich hat er vor dir seine Todesangst verborgen, damit du nicht seinetwegen leidest …«

»Was willst du damit sagen?«

Er antwortete nicht. Er sprach weiter, ohne Etis anzuschauen, als rede er mit sich selbst. »Obwohl … wer weiß? Womöglich war dir seine Todesangst nicht so unbekannt. Als Meragros starb, musstest du viel Einsamkeit erleiden, nicht wahr? Die beschwerliche Last zweier vaterloser Kinder, das Leben in einer Stadt, die euch ihre Türen verschlossen hatte, eingesperrt in diesem düsteren Haus. Denn dein Haus ist sehr düster, Etis. Die Sklaven sagen, dass Geister in ihm wohnen … Ich frage mich, wie viele Geister haben deine Kinder und du gesehen in all den Jahren? Wie viel Einsamkeit braucht es dazu? Bei wie viel Dunkelheit wird aus einem Menschen ein anderer? Früher warst du …«

Mit unerwarteter Sanftmut unterbrach ihn Etis. »Du denkst nicht an früher zurück, du nicht, Herakles.«

»Nicht willentlich, das gebe ich zu, aber du irrst, wenn du glaubst, dass mir das Vergangene nichts bedeutet hat …«

Er senkte die Stimme, sprach, als denke er laut nach, und fuhr mit derselben Gleichgültigkeit fort: »Die Vergangenheit hatte deine Gestalt. Jetzt weiß ich es und kann es dir sagen. Die Vergangenheit lächelte mich mit deinem Mädchengesicht an. Lange Zeit war meine Vergangenheit dein Lächeln … Auch nicht willentlich, das stimmt, aber es ist, wie es ist, und vielleicht ist der Augenblick gekommen, den Dingen ins Gesicht zu schauen … ich meine: sie mir selbst einzugestehen, auch wenn weder du noch ich etwas daran ändern können …«

Er sprach in einem raschen Gemurmel, mit gesenktem Blick, ohne dem Schweigen Raum zu lassen.

»Jetzt aber, jetzt schaue ich dich an und kann nicht sagen, was von dieser Vergangenheit in deinem Gesicht noch übrig ist … Glaub nicht, dass ich ihr nachhänge. Ich habe dir ja schon gesagt: Es ist, wie es ist, wie die Götter es wollen, da hilft kein Wehklagen. Zudem bin ich nicht der Mensch großer Gefühle, das weißt du … Plötzlich aber habe ich entdeckt, dass ich nicht völlig frei bin von Gefühlen, auch wenn sie mich nur kurz und selten überkommen … Das ist alles.«

Er verstummte und schluckte. Ein Anflug von Röte überzog kaum merklich seine fleischigen Wangen. Sie wird sich fragen, was diese Erklärung soll, dachte er. Dann fuhr er etwas lauter in beiläufigem Ton fort: »Trotzdem, eines wüsste ich gern, bevor ich gehe … Es ist sehr wichtig für mich, Etis. Es hat nichts mit meiner Arbeit als Rätsellöser zu tun, das versichere ich dir; es ist eine rein persönliche Frage …«

»Was möchtest du wissen?«

Herakles hob eine Hand an den Mund, als habe er dort plötzlich einen starken Schmerz verspürt. Dann sagte er, noch immer ohne Etis dabei anzuschauen: »Zuvor muss ich dir etwas erklären. Seit ich Tramakos' Tod untersuchte, verfolgte ein schrecklicher Traum meine Nächte: Ich sah eine Hand, die ein lebendig herausgerissenes Herz umklammert hielt, und einen Soldaten, der in der Ferne etwas sagte, das ich nicht verstehen konnte. Ich habe nie viel auf Träume gegeben, weil sie mir immer widersinnig und vernunftwidrig erschienen, den Gesetzen der Logik widersprechend. Durch diesen aber habe ich begriffen … Nun, ich habe eingesehen: Die Wahrheit wählt manchmal seltsame Formen, um sich zu äußern. Denn dieser Traum warnte mich, dass ich eine Einzelheit, eine winzige Kleinigkeit, vergessen hatte, dass mein Gehirn während dieser ganzen Zeit die Erinnerung daran verweigerte.«

Er fuhr sich mit der Zunge über die ausgedörrten Lippen. »In der Nacht, als man Tramakos' Leichnam brachte, versicherte mir der Hauptmann der Grenzwache, er habe dir nur gesagt, dass dein Sohn tot sei. Sonst nichts weiter … Das waren ein ums andere Mal die Worte des Soldaten in meinem Traum: ›Wir haben ihr nur gesagt, dass ihr Sohn tot ist.‹ Als ich dich gleich danach aufsuchte, um dir mein Beileid auszusprechen, bemerktest du etwas in der Art: ›Die Götter lächelten, als sie *das Herz meines Sohnes herausrissen und es verschlangen.*‹ Nun denn, Tramakos wurde tatsächlich das Herz herausgerissen: Aschylos hatte es erst kurz zuvor am Leichnam festgestellt … Aber woher wusstest du es, Etis?«

Zum ersten Mal hob Herakles den Blick und schaute

ins ausdruckslose Gesicht der Frau. Ohne jede Regung, als wäre er zu Tode ermattet, sprach er weiter.

»Ein einfacher Satz, nicht mehr … Nur Worte. Alle Vernunft sagt, es gibt keinerlei Grund zu denken, sie könnten etwas anderes bedeuten als eine Klage, eine Metapher, eine sprachliche Übertreibung … Es ist aber nicht meine Vernunft, die hier spricht, es ist der Traum. Der Traum ist es, der mir sagt, mit diesem Satz hast du einen Fehler gemacht, habe ich Recht? … Du wolltest mich mit deinem falschen Wehgeschrei täuschen, mit deinen Verwünschungen der Götter, und du begingst dabei einen Fehler. Und dein einfacher Satz blieb in mir wie ein Samenkorn zurück und keimte dann zu einem grauenhaften Traum. Der Traum sagte mir die Wahrheit, nur dass ich nicht erkennen konnte, wem die Hand gehörte, die das Herz umklammert hielt, diese Hand, die mich Nacht für Nacht erzittern und stöhnen ließ, diese schmale Hand, Etis …«

Für einen Augenblick brach seine Stimme. Er verstummte, senkte wieder den Blick und sprach dann ruhig weiter.

»Alles andere war simpel: Du erklärtest, du würdest die Heiligen Mysterien verehren, genauso wie dein Sohn und wie Antisos, Euneos und Menekmos … genauso auch wie meine Sklavin, die heute Nacht versuchte, mich zu töten … Doch diese Heiligen Mysterien sind nicht die von Eleusis, nicht wahr?« Er hob rasch die Hand, wie wenn er eine Antwort fürchtete. »Oh, es ist mir gleich, das schwöre ich dir! Ich möchte mich nicht in deine religiösen Überzeugungen einmischen … Ich sagte dir ja, ich bin nur gekommen, um eines von dir zu wissen, und danach gehe ich …«

Er blickte auf und wandte die Augen nicht vom Antlitz der Frau ab. Sanft, fast zärtlich fügte er hinzu: »Sprich, Etis, denn dieser Zweifel drückt mir das Herz ab … Wenn es, wie ich glaube, stimmt, dass du zu *ihnen* gehörst, sprich … Hast du dich darauf beschränkt zuzuschauen, oder hast du etwa …« Er hob schnell wieder die Hand, als wolle er ihre Antwort noch hinauszögern, obschon sie regungslos geblieben war, nicht die Lippen bewegt, nicht geblinzelt hatte und sich auch in keiner anderen Weise anmerken ließ, dass sie sprechen wolle. Sein Ton wurde nun drängend. »Bei den Göttern, Etis, antworte mir, dass du deinem eigenen Kind nichts angetan hast … Wenn nötig, belüge mich, bitte. Sag mir: ›Nein, Herakles, ich war nicht beteiligt.‹ Nur das. Es ist nicht schwer, mit Worten zu lügen. Ich brauche noch einen zweiten Satz von dir, damit ich die Angst loswerde, die du mir mit dem ersten eingeflößt hast. Ich schwöre dir bei Zeus, dass es mir gleich sein wird, welcher von beiden die Wahrheit ist. Antworte mir, dass du nicht beteiligt warst, und ich gebe dir mein Wort, dass ich durch diese Tür hinausgehen und dich nicht wieder behelligen werde …«

Ein kurzes Schweigen trat ein.

»Ich war nicht beteiligt, Herakles, ich versichere es dir«, beteuerte Etis bewegt. »Ich wäre nicht imstande gewesen, meinem eigenen Kind etwas anzutun.«

Herakles wollte etwas erwidern, doch seltsamerweise erreichten die im Kopf deutlich gebildeten Worte nicht seine Lippen. Er blinzelte, verwirrt und überrascht durch dieses unerwartete[8]

---

[8] *Tut mir Leid, Herakles, mein Freund. Was kann ich tun, um es dir leichter zu machen? Du brauchtest einen Satz, und ich, als allmächtiger Übersetzer, vermochte, ihn dir zu schenken … Aber ich darf es nicht tun! Der Text ist*

»Ich brauche noch einen zweiten Satz von dir, damit ich die Angst loswerde, die du mir mit dem ersten eingeflößt hast. Ich schwöre dir bei Zeus, dass es mir gleich sein wird, welcher von beiden die Wahrheit ist. Antworte mir, dass du nicht beteiligt warst, und ich gebe dir mein Wort, dass ich durch diese Tür hinausgehen und dich nicht wieder behelligen werde ...«

Ein kurzes Schweigen trat ein.

»Ich war die Erste, die ihm die Nägel in die Brust schlug«, sagte Etis mit tonloser Stimme.

Herakles wollte etwas erwidern, doch seltsamerweise erreichten die im Kopf deutlich gebildeten Worte nicht seine Lippen. Er blinzelte, verwirrt und überrascht durch dieses unerwartete Versagen der Stimme. Etis' Worte drangen schwach und schrecklich wie eine schmerzhafte Erinnerung zu ihm.

»Es ist mir gleich, dass du es nicht zu begreifen vermagst. Was begreifst du schon, Herakles Pontor? Du hast den Gesetzen gehorcht, seit du geboren wurdest. Was weißt du von der Freiheit, den Trieben, der ... Wut? Wie sagtest du? ›Du musstest viel Einsamkeit erleiden.‹ Was

---

heilig, Herakles. Meine Arbeit ist heilig. Du flehst mich an, redest mir zu, die Lüge zu verlängern. »Es ist sehr leicht, mit Worten zu lügen«, sagst du. Du hast Recht, aber ich darf dir nicht helfen. Ich bin nicht Schriftsteller, sondern Übersetzer. Es ist meine Pflicht, den geduldigen Leser zu warnen, dass Etis' Antwort eine Erfindung von mir ist, und ich bitte, dies zu entschuldigen. Ich werde ein paar Zeilen zurückgehen und nunmehr die Originalantwort der Figur hinschreiben. Tut mir Leid, Herakles. Tut mir Leid, Leser. (Anm. d. Übers.)

weißt du von meiner Einsamkeit? Für dich ist Einsamkeit nur ein Wort. Für mich war es ein steter Druck auf der Brust, Schlaflosigkeit und Unrast. Was weißt denn du?«

Sie hat nicht auch noch das Recht, mich zu quälen, dachte Herakles.

»Wir beide haben uns geliebt«, sprach Etis weiter, »doch du hast dich gebeugt, als dein Vater dir befahl – oder riet, falls dir das lieber ist –, Hagesikora zu heiraten. Sie war … wie soll ich sagen? … passender? Sie kam aus einer vornehmen Aristokratenfamilie. Und wenn dies der Wunsch deines Vaters war, konntest du dich da etwa widersetzen? Das wäre weder tugendhaft noch rechtmäßig gewesen … Die Gesetze, die Tugend … Da hast du die Köpfe des Hundes, der dieses Totenreich namens Athen bewacht: Gesetz, Tugend, Vernunft, Recht! … Es überrascht dich, dass es Menschen gibt, die die Agonie in diesem schönen Grab nicht länger mitmachen wollen?«

Ihr dunkler Blick schien sich irgendwo im Zimmer zu verlieren.

»Mein Gemahl, dein Jugendfreund, wollte unsere widersinnige Lebensweise politisch umwälzen. Er meinte, die Spartaner wären wenigstens nicht scheinheilig: Sie führten Krieg und gaben es gern zu, ja, sie waren sogar stolz darauf. Er arbeitete für die Dreißig Tyrannen, in der Tat, aber nicht dies war sein großer Fehler. Sein Fehler bestand darin, dass er mehr an die anderen glaubte als an sich selbst … Bis ihn die Mehrheit der ›anderen‹ in der Volksversammlung zum Tode verurteilte.«

Sie presste hart die Lippen zusammen, und ihr Gesicht verzerrte sich.

»Obwohl, vielleicht hat er einen noch schwerwiegenderen Fehler begangen: zu glauben, dass man all das, dieses Reich von verständigen Toten, von Kadavern, die denken und philosophieren, durch eine einfache politische

Umwälzung verwandeln könne.« Ihr Lachen klang hohl und leer. »Dasselbe glaubt dieser Einfaltspinsel von Platon! ... Viele aber haben wie wir gelernt, dass sich nichts ändern kann, wenn wir nicht zuallererst uns selbst ändern! Ja, Herakles Pontor: Ich bin stolz auf den Glauben, dem ich angehöre! ... Für Köpfe wie dich ist eine Religion, die die uralten Götter durch die rituelle Zerstückelung ihrer Anhänger ehrt, absurd, das weiß ich, und ich will nicht versuchen, dich vom Gegenteil zu überzeugen. Aber gibt es überhaupt eine Religion, die nicht absurd wäre? Sokrates, der große Vernunftdenker, hat sie allesamt geschmäht, und dafür habt ihr ihn verurteilt! Zeiten aber werden kommen, da das Verschlingen dessen, den du liebst, als Akt der Barmherzigkeit gelten wird! Wohlan denn! Weder du noch ich werden sie erleben, aber unsere Priester sagen, dass in der Zukunft Religionen gestiftet werden, die gemarterte und zerfleischte Götter verehren. Wer weiß ... Womöglich wird der heiligste Akt sogar darin bestehen, die Götter selbst zu verschlingen!«[9]

Herakles merkte, dass ihm ihr Reden die Sache leichter machte: Ihre Ausdruckslosigkeit zuvor, ihre scheinbare Gleichgültigkeit waren für sein Gemüt wie flüssiges Blei gewesen; dieses Erwachen ihrer Raserei aber erlaubte ihm, das Problem aus einer gewissen Distanz anzugehen. Ruhig erwiderte er: »Du meinst, Etis, die Götter genauso zu verschlingen, wie du es mit dem Herz deines Kindes getan hast, oder? Ist es das, was du sagen wolltest, Etis?«

---

[9] *Wie sehr sich Etis mit ihrer Prophezeiung getäuscht hat, ist offensichtlich: Der religiöse Glaube hat zum Glück andere Wege eingeschlagen.* (Anm. d. Übers.)

Sie antwortete nicht.

Ein plötzlicher, heftiger Brechreiz würgte den Rätsellöser. Und genauso plötzlich wurde ihm klar, dass es nur Worte waren, die da hinausdrängten. Und er spie sie gleichsam und verlor dabei für einen Augenblick seine nüchterne Zurückhaltung.

»All das, was du mir sagtest, ließ dich sein zuckendes Herz packen, während er dich sterbend anblickte?? … Was hast du verspürt, als du dein Kind *zerfleischtest*, Etis?«

»Lust.«

Aus irgendeinem Grund war Herakles Pontor diese einfache Antwort nicht zuwider. Sie hat es zugegeben, dachte er, ruhiger nun. Ah, gut … Sie hat es fertig gebracht und hat es zugegeben! Es half ihm sogar, wieder zur Ruhe zu kommen, obschon ihn die wachsende Anspannung zwang, vom Sofa aufzustehen. Etis erhob sich ebenfalls, aber mit Takt, als wolle sie zu verstehen geben, dass der Besuch beendet sei. In dem Raum befanden sich jetzt – wann sie hereingekommen waren, hätte Herakles nicht sagen können – auch Elea und etliche Sklavinnen. Alles wirkte wie eine Art Familienrat. Elea trat an ihre Mutter heran und umarmte sie liebevoll, wie wenn sie mit dieser Geste zeigen wollte, dass sie bis ans Ende zu ihr stand.

»Was wir getan haben, lässt sich nur schwer verstehen, ich weiß«, sagte Etis, noch immer an Herakles gewandt. »Aber vielleicht kann ich es dir so erklären: Elea und ich liebten Tramakos mehr als das eigene Leben, war er doch der einzige Mann, der uns blieb. Und eben aus diesem Grund, dieser Liebe wegen, die wir für ihn empfanden, waren wir so überglücklich, als er für das rituelle Opfer erwählt wurde, denn es war Tramakos' sehnsüchtigster Wunsch … Auf welche andere Freude konnte eine arme Witwe wie ich hoffen, als ihrem einzigen Sohn den größten Wunsch zu erfüllen?« Sie hielt inne, und ihre Augen erstrahlten in Jubel. Die Stimme wurde ganz leise, zärtlich, fast singend, als wenn sie ein Neugeborenes in den Schlaf wiegte: »Als es endlich so weit war, liebten wir ihn wie noch nie … Ich schwöre dir, Herakles, ich habe mich nie so sehr Mutter gefühlt wie in dem Augenblick, da ich … da ich meine Finger in ihn grub … Es war mir ein so wundervolles Mysterium wie das Gebären.« Und als habe sie damit ein inniges Geheimnis preisgegeben und wolle nun das normale Gespräch fortsetzen, sagte sie: »Ich weiß, du kannst das nicht verstehen, denn es ist nichts, was der Verstand zu begreifen vermöchte … Du musst es fühlen, Herakles. Fühlen, wie Elea und ich es fühlten. Du musst es nur wagen!« Ihr Ton wurde beschwörend. »Lass einen Moment das Denken und gib dich dem *Gefühl* hin!«

»Welchem?«, erwiderte Herakles. »Dem, das euch das Gebräu verschafft, das ihr trinkt?«

Etis lächelte. »Ja, das *kýon*. Ich sehe, du weißt alles. Ich habe nie an deinen Fähigkeiten gezweifelt: Ich war mir sicher, dass du uns irgendwann auf die Spur kommen würdest. Wir trinken *kýon*, ja, doch das *kýon* ist keine Zauberei: Es macht uns lediglich zu dem, was wir sind. Wir hören auf nachzudenken und werden zu Körpern, die genießen und fühlen. Körper, denen es gleich ist, ob sie sterben oder zerfleischt werden, die sich dem Opfer mit der Freude hingeben, mit der ein Kind ein Spielzeug erhält …«

Er stürzte. Halb war ihm bewusst, dass er stürzte.

Der Absturz konnte steiler nicht sein, war doch sein Körper eigensinnig besessen von der Senkrechten; das Gestein des Baratros – der Bergkuppe nahe der Akropolis, von der die zum Tode Verurteilten hinabgestoßen wurden – bildete eine Felsschräge, die dem Schlund eines Kraters glich. In kürzester Zeit würden sich sein Körper und jenes Gestein begegnen: Das würde *jetzt*, während er es dachte, geschehen. Er würde aufschlagen und weiterrollen, um abermals aufzuschlagen. Seine Hände würden ihm nicht helfen können, sie waren auf dem Rücken gefesselt. Womöglich würde er viele Male aufschlagen, bis er den Grund erreichte, der übersät war mit Steinen so bleich wie Skelette. Aber was machte das schon, wenn er das Gefühl empfand, sich *aufzuopfern*? Ein guter Freund, Tryptemes, Diener der Elf und gläubig wie er, hatte ihm, wie lange zuvor verabredet, einen Krug *kýon* ins Gefängnis gebracht, und das heilige Getränk stärkte ihn nun. Er war der *Blutzeuge* und würde für seine Schwestern und Brüder sterben. Er hatte sich in ein Sühneopfer verwandelt, einen Stier der Hekatombe. Er konnte alles sehen: sein Leben – wie es sich über die Erde ergoss – und in genauer Symmetrie dazu seinen Glaubensbund, den geheimen Zusammenschluss freier Frauen und Männer – wie er sich über Hellas ausbreitete und neue Anhänger gewann … Und ob dieses Glücks lächelte er!

Der erste Aufprall brach seinen rechten Arm wie einen Lilienstiel und zerfetzte sein halbes Gesicht.

Er stürzte weiter.

Als er auf dem Boden ankam, zerschmetterten seine kleinen Brüste auf den Steinen, das anmutige Lächeln in seinem Mädchengesicht verdorrte; wie ein Schatz zerstreute sich sein weiches Blondhaar, und sein zierlicher Leib zerbrach wie eine Puppe.[10]

---

[10] *Es ist grotesk: Der Körper des widerwärtigen Menekmos verwandelt sich beim Sterben in das Lilienmädchen. Dieses grausame Spiel mit den eidetischen Bildern macht mich wahnsinnig.* (Anm. d. Übers.)

»Warum schließt du dich uns nicht an, Herakles?« In Etis' Stimme schwebte ein kaum zurückgehaltenes Sehnen. »Du kennst nicht das maßlose Glück, das dir die Befreiung deiner Triebe schenkt. Du wirst aufhören, Angst zu haben, dich zu sorgen, zu leiden. Du wirst zum Gott.« Sie hielt inne und fuhr dann sanft fort: »Wir könnten ... wer weiß? ... von neuem anfangen. Du und ich ...«

Herakles sagte nichts. Er beobachtete sie. Nicht nur Etis, sondern alle, jeden Anwesenden einzeln. Sie waren sechs: zwei alte Sklaven (einer von ihnen vielleicht Iphimakos), zwei junge Sklavinnen sowie Etis und Elea. Er stellte beruhigt fest, dass der Junge nicht dabei war. Bei dem bleichen Gesicht der Tochter von Etis verharrte er und sagte: »Du hast wirklich gelitten, nicht wahr, Elea? Deine Schreie waren nicht falsch wie der Schmerz deiner Mutter.«

Das Mädchen blieb stumm. Sie blickte Herakles mit ebenso ausdruckslosem Gesicht wie Etis an, und ihm fiel die große Ähnlichkeit zwischen den beiden auf. Unbeirrt sprach er weiter.

»Nein, du hast dich nicht verstellt. Dein Schmerz war echt. Als die Wirkung des *kýon* nachließ, kamst du wieder zu Bewusstsein, ist es nicht so? Und du konntest es nicht mehr ertragen.«

Sie schien etwas antworten zu wollen, doch Etis fuhr dazwischen. »Elea ist sehr jung, und es fällt ihr schwer, bestimmte Dinge zu begreifen. Jetzt ist sie glücklich.«

Er betrachtete Mutter und Tochter: Ihre Gesichter waren wie eine weiße Wand, Gefühl und Denken schienen aus ihnen ausgelöscht. Er blickte sich um: Nicht anders war es bei den Sklaven. Es würde vergebens sein, eine Bresche in diese unerschütterliche Mauer aus starrer Blicklosigkeit schlagen zu wollen. Das ist der religiöse Glaube, sagte er sich – wie bei Schwachsinnigen verbannt er aus den Gesichtern die Unruhe des Zweifels. Er räusperte sich und fragte: »Und warum musste es Tramakos sein?«

»Er war an der Reihe«, sagte Etis. »Dasselbe wird mit mir geschehen und mit Elea.«

»Und mit den Bauern von Attika«, setzte Herakles hinzu.

Etis' Gesichtsausdruck glich für einen Moment dem einer Mutter, die alle Geduld zusammennimmt, um ihrem kleinen Kind die leichteste Sache von der Welt zu erklären. »Unsere Opfer sind stets freiwillig, Herakles. Den Bauern geben wir Gelegenheit, *kýon* zu trinken, und sie können ja oder nein sagen. Die meisten wollen es.« Sie lächelte mild. »Niemand lebt glücklich, der nur von seinen Gedanken regiert wird.«

»Vergiss nicht, Etis, dass ich beinahe ein unfreiwilliges Opfer geworden wäre.«

»Du hattest uns aufgespürt, und das konnten wir nicht dulden. Unser Bund muss geheim bleiben. Habt ihr nicht dasselbe mit meinem Mann getan, als ihr meintet, dass durch Menschen wie ihn die Stabilität eurer großartigen Demokratie in Gefahr sei? Wir wollen dir aber eine letzte Chance geben. Schließe dich unserer Gemeinschaft an, Herakles.« Und sie flehte: »Sei einmal in deinem Leben glücklich!«

Der Rätsellöser holte tief Luft. Er ahnte, dass alles gesagt war und dass sie jetzt auf irgendeine Antwort von ihm warteten. Mit fester und ruhiger Stimme hob er an: »Ich möchte nicht zerstückelt werden. Das ist nicht meine Art von Glücklichsein. Ich will dir aber sagen, Etis, was ich zu tun gedenke, und ihr könnt es euren Führer wissen lassen, ganz gleich, wer es ist. Ich werde euch vor den Archon bringen. Euch alle. Ich werde für Gerechtigkeit sorgen. Ihr seid eine gesetzwidrige Sekte. Ihr habt mehrere athenische Bürger ermordet und viele attische Bauern, die nichts mit euren unsinnigen Glaubensvorstellungen zu tun haben. Ihr werdet verurteilt und zu Tode gemartert werden. Das ist meine Art von Glücklichsein.«

Er ließ seinen Blick noch einmal über die versteinerten Gesichter schweifen. Bei Etis' dunklen Augen machte er Halt.

»Letzten Endes ist es, so wie du sagtest, eine Frage der Verantwortung, oder?«

Sie schwieg eine Weile, bevor sie antwortete. »Glaubst du, Tod und Marter machen uns Angst? Du hast nichts begriffen, Herakles. Wir haben ein Glück entdeckt jenseits der Vernunft. Was kümmern uns deine Drohungen. Wenn es so weit ist, werden wir mit einem Lächeln sterben. Und du wirst nie begreifen, warum.«

Herakles stand mit dem Rücken zum Ausgang des Speisegemachs, als von dort unversehens eine andere, den ganzen Raum ausfüllende Stimme erklang, schwer und machtvoll, aber mit spöttischem Unterton, als nähme sie sich selbst nicht ganz ernst.

»Wir sind entdeckt! Der Archon hat einen Papyrus erhalten, in dem von uns die Rede ist und dein Name erwähnt wird, Etis. Unser lieber Freund hat vorgebaut, ehe er zu dir kam.«

Herakles wandte sich um und erblickt die Fratze eines unförmigen Hundes. Den Hund hielten die Arme eines hünenhaften Mannes.

»Wolltest du nicht eben wissen, wer unser Führer sei, Herakles?«, fragte Etis.

Herakles verspürte einen schweren Schlag auf den Hinterkopf.[11]

---

[11] *Beim Schreiben dieser Anmerkung steht er vor mir.*

Ehrlich gesagt, macht es mir nichts aus, ich habe mich an seine Gegenwart fast schon gewöhnt.

Er kam wie stets in dem Augenblick, da ich den Schluss des Kapitels fertig übersetzt hatte und mich ein bisschen ausruhen wollte. Als ich ein Geräusch an der Tür hörte, fragte ich mich, welche Maske er diesmal tragen würde. Er trug gar keine. Natürlich wusste ich auf der Stelle, wer er war, denn sein Bildnis ist unter Kollegen wohl bekannt: das weiße, bis auf die Schultern herabfallende Haar, die breite Stirn, die tiefen Furchen des Alters im Gesicht, der Zottelbart …

»Wie du siehst, will ich ehrlich sein«, sagte er – Montalo. »Du hattest bis zu einem gewissen Punkt Recht, also will ich mich nicht länger verbergen. Ich habe tatsächlich meinen Tod vorgetäuscht und mich in dieses kleine Versteck zurückgezogen, dabei jedoch die Geschicke meiner Ausgabe verfolgt, weil ich wissen wollte, wer sie übersetzen würde. Als ich erfuhr, dass du es bist, habe ich dich überwacht und dich schließlich hierher geholt. Es stimmt auch, dass ich mit dir mein Spiel getrieben und dich bedroht habe, damit du nicht das Interesse an dem Werk verlierst … wie damals, als ich Jasintras Worte und Bewegungen nachahmte. All das ist wahr. Doch du irrst, wenn du glaubst, ich wäre der Autor von dem RÄTSEL DES PHILOSOPHEN.*«*

»Und das nennst du ehrlich sein?«

Er atmete tief. »Ich schwöre dir, ich lüge nicht. Warum hätte ich dich entführen sollen, nur damit du an meinem eigenen Werk arbeitest?«

»Weil du einen Leser brauchtest«, gab ich ruhig zurück. »Was macht ein Autor ohne einen Leser?«

Montalo schien meine Theorie zu belustigen. »So schlecht bin ich, dass ich jemanden entführen muss, damit er mich liest?«

»Nein, aber was bedeutet lesen? Eine unsichtbare Auf-

gabe. Mein Vater war Schriftsteller, und er wusste: Wenn du schreibst, erschaffst du Bilder, die sich danach, im Licht fremder Augen, in anderer, für ihren Schöpfer undenkbarer Gestalt zeigen. Du aber musstest die Meinung des Lesers TAG FÜR TAG wissen, weil du mit deinem Werk die Existenz der Ideen zu beweisen suchst!«

Montalo lächelte mit einem gewissen nervösen Entgegenkommen. »Es stimmt schon, lange Jahre wollte ich beweisen, dass Platon Recht hatte, als er behauptete, dass die Ideen existieren und die Welt daher gut, vernünftig und gerecht ist. Und ich glaubte, die eidetischen Bücher könnten den Beweis dafür liefern. Es gelang mir zwar nie, aber ich erlebte auch keine großen Enttäuschungen. Bis ich das Manuskript vom RÄTSEL DES PHILOSOPHEN fand, verborgen und vergessen in den Fächern einer alten Bibliothek.« Er verstummte, und sein Blick verlor sich im Dunkel der Zelle. »Anfangs begeisterte mich das Werk. Ich entdeckte wie du die subtilen Bilder, die es in sich barg: den geschickt gesponnenen Faden der Arbeiten des Herkules, das Lilienmädchen ... Ich war mir immer sicherer, endlich das Buch gefunden zu haben, nach dem ich mein ganzes Leben lang suchte!«

Er schaute mir wieder in die Augen, und ich gewahrte in ihnen eine tiefe Enttäuschung.

»Dann aber ... mutete mich etwas seltsam an. Das Bild des ›Übersetzers‹ verwirrte mich. Ich glaubte, dass ich wie ein Anfänger auf einen ›Köder‹ angebissen hatte und an der Schnur des Textes hing. Und je weiter ich mit der Lektüre vorankam, desto mehr wuchs in mir ein merkwürdiger Verdacht. Nein, es war kein simpler ›Köder‹, es war mehr. Und als ich am letzten Kapitel ankam, da wusste ich es.«

Er schwieg, bleich wie ein Gespenst, als wäre er tags zuvor gestorben.

»Ich hatte auf einmal den Schlüssel entdeckt. Und ich verstand, dass DAS RÄTSEL *nicht nur kein Beweis für die Existenz dieser gütigen, vernünftigen und gerechten platonischen Welt ist, sondern, schlimmer noch, ein Beweis für das* GEGENTEIL.*« Und dann brach es aus ihm heraus: »Ja, auch wenn du mir nicht glaubst: Dieses Buch beweist, dass unser Universum, dieser geordnete und lichte Raum voller Ursachen und Wirkungen, in dem gerechte und barmherzige Gesetze herrschen, nicht existiert!«*

Und als ich ihn japsen sah, sein Gesicht verwandelt in eine neue Maske, mit zitternden Lippen und flackernden Augen, dachte ich (und es macht mir nichts aus, das zu schreiben, auch wenn Montalo es liest): Er ist völlig wahnsinnig geworden. Doch er schien seine Fassung wiederzuerlangen und sprach in ernstem Ton weiter.

»Der Schrecken vor dieser Entdeckung war so groß, dass ich sterben wollte. Ich schloss mich zu Hause ein. Ich hörte auf zu arbeiten und empfing keinen Besuch. Es hieß schon, ich sei wahnsinnig geworden. Und vielleicht stimmte das sogar, denn manchmal ist die Wahrheit wirklich zum Wahnsinnigwerden! Ich dachte sogar über die Möglichkeit nach, das Werk zu zerstören. Aber was wäre damit gewonnen, wo ich es doch schon KANNTE*? Also entschied ich mich für eine mittlere Lösung: Wie du richtig vermutet hast, kam ich durch die Geschichte mit der von Wölfen zerfleischten Leiche des Tramakos auf den Gedanken, meinen Tod mit Hilfe des Leichnams eines armen Alten vorzutäuschen. Ich zog ihm Sachen von mir an und machte ihn unkenntlich. Danach erarbeitete ich eine Version des* RÄTSELS DES PHILOSOPHEN*, die den Originaltext respektierte und die Eidesis bekräftigte, sie aber nicht explizit erwähnte.«*

»Wozu das?«

Er blickte mich kurz an, als wäre er drauf und dran,

mich zu schlagen. »Weil ich feststellen wollte, ob der künftige Leser dieselbe Entdeckung machen würde wie ich, aber ohne meine Hilfe! Denn es bleibt die Möglichkeit, auch wenn sie noch so klein ist, dass ich mich irre!« Seine Augen wurden feucht. »Und falls ich mich irre, und ich flehe inständig darum, dass es so ist, wird die Welt … unsere Welt … gerettet sein.«

Ich versuchte zu lächeln, weil mir einfiel, dass man Geisteskranke mit viel Freundlichkeit behandeln muss. »Ich bitte dich, Montalo, es reicht. Dieses Werk ist ein bisschen merkwürdig, das gebe ich zu, aber es hat nichts zu tun mit der Existenz der Welt … auch nichts mit dem Universum … und erst recht nichts mit uns. Es ist ein Buch, sonst nichts. So eidetisch es auch sein mag, und so sehr wir beide davon besessen sind, wir dürfen die Dinge nicht zu weit treiben. Ich bin fast durch, und …«

»Du hast noch nicht das letzte Kapitel gelesen.«

»Nein, aber fast alles, und …«

»Du hast noch nicht das letzte Kapitel gelesen.«

Ich schluckte und betrachtete den aufgeschlagenen Text auf dem Schreibtisch. Dann blickte ich wieder Montalo an.

»Meinetwegen«, schlug ich vor, »wir machen es so: Ich bringe meine Übersetzung zu Ende und beweise dir, dass … dass alles erfunden ist, mehr oder weniger gut geschrieben, aber …«

»Übersetze«, befahl er.

Ich will ihn nicht reizen. Darum gehorche ich. Er bleibt hier und beobachtet, was ich schreibe. Ich beginne die Übersetzung des letzten Kapitels.

XII

Die Höhle war anfangs ein goldener Widerschein, der irgendwo in der Dunkelheit hing. Dann wurde sie zu reinem Schmerz. Und verwandelte sich abermals in den schwebenden goldenen Schein. So ging es unablässig hin und her. Dann waren da Formen: ein Becken mit glühenden Kohlen, das sich aber sonderbarerweise verformte wie Wasser und dessen Eisenringe wie die Leiber verängstigter Schlangen wirkten. Und ein gelber Fleck, ein Mann, dessen Umriss sich hier verlängerte, da verkürzte, als ob er an unsichtbaren Stricken hinge. Dazu Geräusche: ein leichtes metallenes Klirren und hin und wieder die messerscharfe Marter eines Bellens. Gerüche aus der weiten Skala des Feuchten. Und dann verschwand wieder alles, als ob ein Papyrus zusammengerollt würde, und der Schmerz kehrte zurück. Ende der Geschichte.

Er wusste nicht, wie viele solcher Geschichten sich abgespielt hatten, bis sein Verstand zu begreifen begann. Wie ein an einer Schnur hängender Gegenstand durch einen plötzlichen Stoß von einer Seite zur anderen schwingt, erst sehr heftig und unregelmäßig, dann in gemessenem Rhythmus, zuletzt mit ersterbender Langsamkeit, bis er sich immer mehr seinem vorherigen natürlichen Ruhezustand nähert, so erlosch das rasende Hin und Her seiner wirbelnden Ohnmacht, und sein über einem Ruhepunkt schwebendes Bewusstsein suchte – und fand schließlich – einen linearen, unbeweglichen Dauerzustand im Einklang mit der Realität rings umher. Da vermochte er auf einmal zu unterscheiden zwischen dem, was zu ihm gehörte – der Schmerz –, und allem Fremden – die Bilder, Laute, Gerüche –, und nachdem er diese ausgeklammert hatte, richtete er sein Augenmerk auf den Schmerz und fragte sich, was ihm da wehtat – der Kopf, die Arme – und warum. Und da sich das Warum nicht ohne Erinnerung ermitteln ließ, gebrauchte er sein Gedächtnis. »Richtig, ich war im Hause von Etis, als sie sagte: ›Lust‹. Aber nein, danach …«

Im gleichen Moment beschloss sein Mund zu stöhnen, und seine Hände verkrampften sich.

»Oh, ich fürchtete schon, wir hätten dich gar zu übel zugerichtet.«

»Wo bin ich?«, fragte Herakles, aber eigentlich wollte er fragen: »Wer bist du?« Doch mit der Erwiderung auf die ausgesprochene Frage hatte der Mann auch die zweite beantwortet.

»Dies ist unser, nun sagen wir, Versammlungsort.«

Und dazu machte er eine ausladende Bewegung mit dem muskulösen rechten Arm, wobei ein von Narben zerfurchtes Handgelenk sichtbar wurde.

Das eisige Verständnis des Geschehenen überfiel Herakles so plötzlich wie eine an den regennassen Blättern eines Baumes hängende Tropfenlast, wenn spielende Kinder den dünnen Stamm schütteln.

Der Ort war tatsächlich eine Höhle von beträchtlichem Ausmaß. Der goldene Schein kam von einer Fackel, die in einem am Felsen befestigten Ring steckte. Im Flammenlicht war ein gewundener Gang sichtbar, der zwischen zwei Gesteinswänden hindurchführte: An der einen war die Fackel angebracht, die andere hielt die goldenen Haken, an die Herakles, die Arme über dem Kopf, mit dicken, schlangenartigen Stricken gefesselt war. Links machte der Gang einen Knick, der offenbar im Schein eines anderen Lichts lag, viel schwächer als der Goldschein der Fackel, woraus der Rätsellöser folgerte, dass sich dort der Ausgang der Höhle befinden müsse und dass der Tag sich schon neige. Zu seiner Rechten jedoch verlor sich der Gang zwischen steilen Felsen und schwarzer Finsternis. In der Mitte stand auf einem Dreifuß ein kleines Glutbecken; zwischen dem funkelnden Blut der brennenden Holzkohlen hing ein Schürhaken. Über dem Becken war ein kleiner Kessel mit einer goldglänzenden Flüssigkeit aufgehängt, die brodelnde Blasen trieb. Um das Feuer strich Kerberos und richtete sein Gebell gleichermaßen gegen jene Gerätschaft und gegen Herakles' reglosen Körper. Sein Herr, in einen scheußlichen grauen Umhang gehüllt, rührte mit einem Ast die Flüssigkeit um. In seiner Miene lag das stolze Wohlgefallen, mit dem eine Köchin verfolgt, wie ihr goldglänzender Apfelkuchen aufgeht.[1] Weitere, nicht recht erkennbare Bündel, die

---

[1] *»Äpfel«, protestierte ich. »Wie geschmacklos, sie beim Namen zu nennen!«*

»Stimmt«, gab Montalo zu. »Den Gegenstand der Eidesis in der Metapher zu nennen, zeugt von schlechtem Geschmack. Hier würden die beiden Wörter reichen, die seit Kapitelanfang am häufigsten wiederholt wurden: ›hängen‹ und ›golden‹ …«

»… die sich auf die Äpfel der Hesperiden beziehen, welche aus Gold waren und an Bäumen hingen«, fiel ich ein,

Herakles' Interesse weckten, lagen hinter der Feuerstelle an der Wand mit der Fackel.

Krantor, der ein Liedchen vor sich hin trällerte, unterbrach das Umrühren für einen Augenblick, ergriff einen am Dreifuß hängenden goldenen Schöpflöffel, tauchte ihn in die Flüssigkeit und hielt ihn sich unter die Nase. Sein Gesicht wurde von einer sich emporwindenden Dampfsäule verschleiert, die seinem eigenen Mund zu entsteigen schien.

»Mhmm. Allerdings ein bisschen heiß ... Trink. Es wird dir gut tun.«

Er hob den Löffel an Herakles' Lippen und entfesselte damit die Wut von Kerberos, der es wohl als Schimpf ansah, dass sein Herr dem dicken Kerl etwas anbot, noch bevor er selbst drankam. Herakles probierte ein wenig, weil er dachte, ihm bliebe ohnehin kaum eine Wahl, und außerdem war er durstig. Es schmeckte nach süßem Brei mit einer Spur scharfer Würze. Krantor kippte den Schöpflöffel an, und ein großer Teil des Inhalts troff über Herakles' Bart und Gewand.

»Na los, trink.«

Herakles trank.[2] »Das ist *kýon*, nicht wahr?«, fragte er dann keuchend.

Krantor nickte, während er zum Feuer zurückging. »Es

»ich weiß. Darum sage ich ja, es ist eine geschmacklose Metapher. Außerdem bin ich mir gar nicht sicher, ob ein Apfelkuchen überhaupt aufgeht ...«

»Schweig und übersetze weiter.« (Anm. d. Übers.)

[2] *»Kann ich etwas trinken?«, habe ich gerade zu Montalo gesagt.*

»Warte, ich bringe Wasser. Auch ich bin durstig. Ich

wird rasch seine Wirkung zeigen. Du kannst sie selbst erproben …«

»Meine Arme sind kalt wie Schlangen«, beschwerte sich Herakles. »Warum bindest du mich nicht los?«

»Wenn das *kýon* wirkt, bist du imstande, dich selbst zu befreien. Es ist unglaublich, wieviel verborgene Kraft in uns steckt, an deren Gebrauch uns das ewige Räsonieren hindert.«

»Was ist mit mir passiert?«

»Ich fürchte, wir haben dir eins übergezogen und dich dann hierher gekarrt. Für einige von uns war es übrigens sehr schwierig, aus der Stadt herauszukommen, weil der Archon bereits die Soldaten alarmiert hatte …« Er hob den schwarzen Blick von dem Kessel und richtete ihn auf Herakles. »Du hast uns ziemlichen Schaden zugefügt.«

»Schaden ist euch doch eine Wonne«, erwiderte der Rätsellöser verächtlich. Dann fragte er: »Seid ihr also geflohen?«

»O ja, allesamt. Ich bin als Nachhut zurückgeblieben, um dich zu einem Gastmahl mit *kýon* einzuladen und ein wenig mit dir zu plaudern … Die Übrigen haben das Weite gesucht.«

»Warst du schon immer ihr oberster Anführer?«

»Nein, ich bin von gar nichts oberster Anführer.« Kran-

---

werde nur so lange wegbleiben, wie du brauchst, um eine Fußnote niederzuschreiben, in der du diese Unterbrechung festhältst. Lass dir auch nicht einen Moment lang einfallen, mir zu entwischen.«

Um die Wahrheit zu sagen, es war mir gar nicht eingefallen. Er hat sein Wort gehalten: Jetzt kehrt er mit einem Krug und zwei Bechern zurück. (Anm. d. Übers.)

tor schlug leicht mit der Astspitze auf den Kessel, als ob die Frage von diesem gekommen sei. »Ich bin ein wichtiges Mitglied, das ist alles. Ich kam nach Athen, als wir erfuhren, dass Nachforschungen über Tramakos' Tod angestellt wurden; das überraschte uns, weil wir nicht erwartet hatten, dass er irgendwelchen Argwohn erwecken würde. Der Umstand, dass du der Hauptermittler warst, machte mir die Arbeit zwar nicht leichter, aber angenehmer. Ich habe es übernommen, mich mit der Angelegenheit zu befassen, gerade weil ich dich kannte. Meine Arbeit bestand in dem Versuch, dich zu täuschen ... was sich, zu deiner Ehre sei es gesagt, als ziemlich schwierig herausstellte ...«

Er trat auf Herakles zu; zwischen seinen Fingern wippte der Ast, wie wenn ein Lehrer die Zuchtrute vor seinen Schülern schwenkt, um ihnen Respekt einzuflößen.

»Mein Problem war: Wie konnte ich jemanden täuschen, dem nichts *unbemerkt* bleibt? Wie sollte ich den Blick eines Rätsellösers wie dir in die Irre führen, für den die komplizierte Beschaffenheit der Dinge kein Geheimnis darstellt? Doch ich kam zu dem Schluss, dass dein größter Vorzug zugleich dein Hauptfehler ist ... Du versuchst, alles mit Vernunftgründen zu klären, mein Freund, und ich hatte den Einfall, diese Eigenheit deines Charakters auszunutzen, um deine Aufmerksamkeit abzulenken. Ich sagte mir: Wenn Herakles' Verstand auch das verwickeltste Problem löst, warum ihn dann nicht mit verwickelten Problemen *ködern*? ... Entschuldige den ordinären Ausdruck.«

Krantor schien sich über seine eigenen Worte zu amüsieren. Er kehrte zum Kessel zurück und rührte abermals die Flüssigkeit um. Ein paarmal beugte er sich nach unten und schnalzte, zu Kerberos gewandt, mit der Zunge, wenn der Hund ihm mit seinem schrillen Gekläff gar zu sehr zusetzte. Der Lichtschein, der von draußen hereinfiel, wurde immer schwächer.

»So nahm ich mir einfach vor zu verhindern, dass du aufhörst mit dem Nachdenken. Es ist sehr einfach, die Vernunft zu täuschen, indem man sie mit Vernunftgründen füttert: Ihr tut das alle Tage in den Gerichten, in der Volksversammlung, in der Akademie … Du hast mir jedenfalls Gelegenheit gegeben, dies auszunutzen …«

»Und du hast es ausgenutzt, um Euneos und Antisos abzuschlachten.«

Die Echos von Krantors schallendem Gelächter hingen von den Wänden der Höhle und leuchteten golden in den Ecken.

»Hast du denn noch immer nicht begriffen? Ich habe dir Fallen gestellt, habe Scheinprobleme fabriziert! Weder Euneos noch Antisos wurden ermordet: Sie erklärten sich lediglich bereit, vorzeitig geopfert zu werden. Letzten Endes wäre früher oder später die Reihe an sie gekommen. Deine Nachforschung hat nur ihren Entschluss beschleunigt …«

»Wann habt ihr diese armen Jünglinge angeworben?«

Krantor schüttelte lächelnd den Kopf. »Wir ›werben‹ niemanden an, Herakles! Die Leute hören im Geheimen von unserer Religion und wollen sie kennen lernen … In diesem Fall hatte Etis, Tramakos' Mutter, in Eleusis von uns gehört, bald nach der Hinrichtung ihres Ehemanns … Sie kam zu den Geheimtreffen in der Höhle und in den Wäldern und nahm schon an den allerersten Ritualen teil, die meine Gefährten in Attika zelebrierten. Später, als ihre Kinder größer wurden, gewann sie sie für unseren Glauben. Aber als kluge Frau, die sie immer war, wollte sie nicht, dass Tramakos ihr vorwerfen könnte, sie habe ihm keine Gelegenheit gegeben, eine eigene Wahl zu treffen, und darum ließ sie es an seiner Erziehung nicht fehlen: Sie riet ihm, in die philosophische Schule Platons einzutreten und alles zu lernen, was die Vernunft uns lehren kann, damit er bei Erreichen der Volljährigkeit zwischen dem einen und dem anderen Weg wählen könne … Und Tramakos hat sich für uns entschieden. Nicht nur das: Er hat Antisos und Euneos, seine Freunde in der Akademie, ebenfalls an unsere Riten herangeführt. Beide stammten aus altadligen Geschlechtern, und es bedurfte nicht vieler Worte, sie zu überzeugen … Antisos war außerdem mit Menekmos bekannt, der, ein glücklicher Zufall, ebenfalls Mitglied unseres Bundes war. Die ›Schule‹ des Menekmos war für sie viel ergiebiger als die Platons: Sie lernten die Lust an ihrem Körper kennen, das Mysterium der Kunst, die Wonnen der Ekstase, den Rausch der Götter …«

Krantor hatte gesprochen, ohne Herakles anzuschauen, seine Augen fixierten einen unbestimmten Punkt in der zunehmenden Dunkelheit.

Aber jetzt drehte er sich plötzlich zu dem Rätsellöser um und fuhr gut gelaunt fort: »Zwischen den Jungen herrschte keine Eifersucht! Das war eine Idee von dir, die wir uns gern zunutze machten, um deine Aufmerksamkeit abzulenken auf Menekmos. Ihn verlangte es danach, recht bald geopfert zu werden, so wie Antisos und Euneos, damit du getäuscht würdest. Es war nicht schwierig, mit den dreien einen Plan zu ersinnen … Während eines wundervollen Rituals erdolchte sich Euneos in Menekmos' Werkstatt. Dann zogen wir ihm Frauenkleider an, einen Peplos, der *an den falschen Stellen* zerrissen war, damit du genau das denken solltest, was du dachtest: dass jemand ihn umgebracht hätte. Und als die Reihe an Antisos kam, tat auch er das Richtige. Ich versuchte, mit allen Mitteln deinen Glauben zu stützen, dass es Morde waren, verstehst du? Und dafür gab es nichts Besseres, als sie als das *erscheinen* zu lassen, was sie wirklich waren: Selbstmorde. Alsdann würdest du es übernehmen, das Verbrechen zu erfinden und den Verbrecher zu ermitteln.« Krantor öffnete weit die Arme und hob die Stimme: »Da siehst du, wie schwach deine allmächtige Vernunft ist, Herakles Pontor: So leicht erfindet sie selbst die Probleme, die sie zu lösen glaubt ...!«

»Und Eumarkos? Hat auch er *kýon* getrunken?«

»Natürlich. Der arme Pädagogensklave verspürte großes Verlangen, seine alten Triebe zu entfesseln ... Er hat sich mit eigener Hand entleibt. Übrigens, damals argwöhntest du bereits, dass wir ein Rauschmittel benutzen ... Wieso eigentlich?«

»Ich habe es am Mund von Eumarkos und Antisos gerochen und später auch bei Ponsika ... Doch, Krantor, sag mir eines: Gehörte meine Sklavin bereits zu euch, bevor dies alles anfing?«

Trotz des Halbdunkels in der Grotte war Herakles' Gesichtsausdruck offenbar so gut zu erkennen, dass Krantor unversehens die Brauen hob und ihm fest in die Augen schaute:

»Erzähl mir nicht, dass dich das überrascht! O Herakles, bei Zeus und Aphrodite! Glaubst du, es wäre nötig gewesen, sie sehr zu drängen?« In seiner Stimme lag ein gewisses Mitgefühl. Er trat auf seinen mutlos dreinschauenden Gefangenen zu und fuhr fort: »Oh, mein Freund, versuche doch nur ein einziges Mal, die Dinge so zu sehen, wie sie sind, und nicht so, wie deine Vernunft sie dir zeigt! ... Dieses arme Mädchen, das als Kind verstümmelt wurde und dann in deiner Obhut der Demütigung ausgesetzt war, ständig eine Maske tragen zu müssen ... War es da nötig, dass jemand sie davon überzeugte, ihre Wut herauszulassen? Herakles, Herakles! Seit wann umgibst du dich mit Masken, um die

Nacktheit der Menschen nicht schauen zu müssen?« Er schwieg und zuckte mit den gewaltigen Schultern. »Jedenfalls ist Ponsika, bald nachdem du sie gekauft hattest, mit uns bekannt geworden.« Und mit abschätzigem Stirnrunzeln schloss er: »Sie hätte dich beseitigen sollen, als ich es ihr befahl, da hätten wir uns viele Scherereien erspart ...«

»Ich nehme an, auch die Sache mit Jasintra war eine Idee von dir?«

»So ist es. Ich kam auf sie, als wir herausfanden, dass du mit ihr gesprochen hattest. Jasintra gehört unserer Religion nicht an, aber wir überwachten sie und drohten ihr, nachdem wir erfahren hatten, dass Tramakos, der sie zu unserem Glauben bekehren wollte, ihr einige unserer Geheimnisse enthüllt hatte ... Sie in dein Haus einzuführen war für mich von doppeltem Nutzen: Zum einen trug es dazu bei, dich abzulenken und zu verwirren; zum anderen ... Sagen wir, sie erfüllte eine didaktische Aufgabe: dir am praktischen Exempel vorzuführen, dass die körperliche Lust, der gegenüber du so gleichgültig zu sein glaubst, dem Wunsch zu leben weit überlegen ist ...«

»Eine großartige Weisheit, die du mich da lehrst, bei Athene«, erwiderte Herakles ironisch. »Aber sage, Krantor, damit ich einmal lachen kann: Hast du die ganze Zeit, die du fern von Athen warst, damit zugebracht, Listen zu ersinnen, um diese Sekte von Irren zu schützen?«

»Ich war, wie du weißt, mehrere Jahre auf Reisen«, erwiderte Krantor ruhig. »Aber ich bin viel eher nach Griechenland zurückgekehrt, als du annimmst, habe Thrakien und Makedonien durchwandert. Damals kam ich in Berührung mit dem Bund der Gläubigen... Er wird auf verschiedentliche Weise bezeichnet, der verbreitetste Name ist Lykaion. Ich war so überrascht, im Land der Griechen auf derart wilde Ideen zu stoßen, dass ich sofort zum eifrigen Jünger wurde ... Kerberos ... Kerberos, genug ... hör auf mit dem Gekläff ... Und ich versichere dir, wir sind keine Sekte von Irren, Herakles. Wir fügen niemandem Schaden zu, außer wenn unsere eigene Sicherheit gefährdet ist: Wir halten in den Wäldern unsere Rituale ab, trinken *kýon* und geben uns gänzlich einer uralten Kraft hin, die heutzutage Dionysos genannt wird, die aber kein Gott ist und nicht durch Bilder dargestellt oder durch Worte ausgedrückt werden kann ... Was ist sie? ... Wir selbst wissen es nicht! Wir wissen nur, dass sie im tiefsten Innern des Menschen wurzelt und Wut, Begierde, Schmerz und Lust erzeugt. So ist die Macht beschaffen, der wir huldigen, Herakles, für sie opfern wir uns. Überrascht dich das? ... Auch die Kriege fordern viele Opfer, und niemand ist davon überrascht. Der Unterschied ist der, dass wir unsere Wahl treffen, wann, wie und wofür wir uns opfern!«

Er rührte heftig in der Flüssigkeit. »Unser Bund ist thrakischen Ursprungs, obwohl er jetzt vor allem in Makedonien verbreitet ist ... Wusstest du, dass auch Euripides, der gefeierte Dichter, ihm in seinen letzten Lebensjahren angehörte?«

Er zog fragend die Brauen hoch, da er wohl hoffte, die Enthüllung würde den Rätsellöser staunen machen. Doch der schaute ihn ungerührt an.

»Jawohl, sogar Euripides! Er lernte unsere Religion kennen und trat zu ihr über. Er trank *kýon* und wurde von seinen Glaubensbrüdern zerfleischt ... Du weißt ja, der Legende nach wurde er von Hunden zerrissen ... doch dies ist die symbolische Darstellungsweise der Lykaionopferung ... Und Heraklit, der Philosoph aus Ephesos, der der Meinung war, dass Gewalt und Zwietracht für die Menschen nicht nur notwendig, sondern wünschenswert sind, und von dem es heißt, er sei von einem Rudel Hunde aufgefressen worden, gehörte ebenfalls zu uns!«

»Menekmos hat von beiden gesprochen«, bestätigte Herakles.

»Sie waren in der Tat große Lykaionsbrüder.« Und als ob ihm plötzlich noch etwas eingefallen wäre oder er eine Seitenlinie des Gesprächs weiterführen wolle, fuhr Krantor fort: »Der Fall des Euripides war merkwürdig ... Sein ganzes Leben lang hatte er mit seinem vernunftgeprägten, seichten Theater künstlerisch und geistig Abstand gewahrt zur Triebnatur des Menschen. Im Alter jedoch, während seines freiwilligen Exils am Hof des Königs Archelaos von Makedonien, trat er, enttäuscht von der Heuchelei in seiner athenischen Vaterstadt, in Verbindung zu Lykaion ... Damals war unser Bund noch nicht bis nach Attika vorgedrungen, blühte aber schon in den nördlichen Regionen. Am Hofe von Archelaos erprobte Euripides die wichtigsten Riten von Lykaion und wurde durch sie zu einem anderen Menschen. Danach schrieb er ein Werk, das sich von allen vorherigen unterscheidet, die Tragödie, mit der er seine Schuld gegenüber der ursprünglichen Theaterkunst, die Dionysos zugehört, abtragen wollte: *Die Bakchen*. Darin preist er die Raserei, den Tanz, die orgiastische Lust ... Die Dichter fragen sich noch immer, wie es möglich war, dass der alte Meister am Ende seiner Tage etwas Derartiges schaffen konnte ... Und sie begreifen nicht, dass es sein aufrichtigstes Werk war![3]

---

[3] *Soeben sagte Montalo: »Möglich, dass* Die Bakchen *ein eidetisches Werk sind, meinst du nicht? Es handelt von Blut, von Tod, von Raserei, von Wahnsinn ... Vielleicht*

»Das Rauschmittel macht euch wahnsinnig«, erwiderte Herakles mit matter Stimme. »Niemand, der bei gesundem Verstand ist, kann wünschen, von fremder Hand zerstückelt zu werden …«

»Ach, du glaubst wirklich, dass es nur das *kýon* ist?« Krantor schaute auf die goldene Flüssigkeit, die rauchend im Kessel wallte, an dessen Rand winzige Tröpfchen hingen. »Ich glaube, es ist etwas in unserem tiefsten Innern, und mit uns meine ich alle Menschen. Sicher, erst das *kýon* ermöglicht uns, es zu empfinden, aber …« Er schlug sich sacht an die Brust. »Es ist hier, Herakles. Und auch in dir. Man kann es nicht in Worte übersetzen. Man kann nicht darüber philosophieren. Es ist etwas Absurdes, wenn du willst, etwas Vernunftwidriges, Hirnzerreißendes … aber *Reales*. Das ist das Geheimnis, das wir die Menschen lehren wollen!«

Er trat dicht an Herakles heran, und der riesige Schatten seines Gesichts teilte sich zu einem breiten Lächeln. »Du weißt ja, es macht mir keinen Spaß, nur Worte zu wechseln … Ob es das *kýon* ist oder nicht, das werden wir bald feststellen, nicht wahr?«

Herakles spannte mit einer Armbewegung die an den goldenen Haken hängenden Stricke. Er fühlte sich schwach und betäubt, aber er glaubte nicht, dass das Rauschmittel irgendeine Wirkung auf ihn ausübte. Er hob den Blick zum steinernen Antlitz Krantors und sagte: »Du irrst, Krantor. Dies ist nicht das Geheimnis, das die

---

hat Euripides ja ein Lykaion-Ritual eidetisch geschildert …«

»Ich glaube nicht, dass Meister Euripides so wahnsinnig war!«, habe ich geantwortet. (Anm. d. Übers.)

Menschheit ergründen will. Ich glaube nicht an Weissagungen und Orakel, aber wenn ich eines weissagen sollte, dann dies: Athen wird die Wiege eines neuen Menschen sein ... Ein Mensch, der mit seinen Augen und mit seinem Verstand kämpfen wird, nicht mit den Händen, und der, indem er die Texte seiner Vorfahren übersetzt, aus ihnen lernt ...«

Krantor hörte ihm mit weit geöffneten Augen zu, als ob er gleich in Gelächter ausbrechen wollte.

»Die einzige Gewalt, die ich weissage, ist die der Phantasie«, sprach Herakles weiter. »Männer und Frauen werden lesen und schreiben können, und es werden Gilden kluger Übersetzer erstehen, um die Werke jener, die heute unsere Zeitgenossen sind, herauszugeben und zu entschlüsseln. Und indem sie das geschriebene Wort übersetzen, das andere hinterließen, werden sie erfahren, wie die Welt beschaffen war, als die Vernunft nicht herrschte ... Weder du noch ich werden es erleben, Krantor, der Mensch aber schreitet vorwärts zur Vernunft, nicht zum Instinkt ...«[4]

»Nein«, entgegnete Krantor lächelnd. »Du bist es, der sich irrt ...« Sein Blick hatte einen höchst sonderbaren Ausdruck angenommen, er schien nicht Herakles zugewandt, sondern jemandem hinter ihm, eingebettet in das Felsgestein der Höhle, oder vielleicht unter ihm, in unsichtbaren Tiefen. Doch infolge des zunehmenden Halbdunkels konnte Herakles dessen nicht sicher sein.

---

[4] *»Herakles hatte Recht mit seinen Voraussagen! Vielleicht findet sich hier der Schlüssel zum ganzen Werk!«*

Montalo schaut mich stumm an. »Übersetze weiter«, sagt er. (Anm. d. Übers.)

Denn Krantor blickte auf dich.[5]

»Diese Übersetzer, die du weissagst«, fuhr Krantor fort, »werden nichts entdecken, weil sie nicht existieren werden, Herakles. Es wird den Philosophien niemals gelingen, über die Triebe zu triumphieren.« Und mit erhobener Stimme sprach er weiter: »Herkules besiegt zwar dem Anschein nach die Ungeheuer, zwischen den Zeilen jedoch, in den Texten, in den schönen Reden, in den logischen Folgerungen, in den Gedanken der Menschen *die Hydra erhebt ihre zahllosen Häupter, es brüllt der gräuliche Leu, es klirren die Bronzehufe der menschenfressenden Stuten.* »Unsere Natur ist kein«[6]

»Unsere Natur ist kein Text, in dem ein Übersetzer einen Schlüssel zum Ganzen finden kann, Herakles, und

---

[5] *»Das ist merkwürdig«, werfe ich ein. »Wieder der Sprung in die zweite …«*

»Mach weiter! Übersetze!«, unterbricht mich mein Entführer erregt, als befänden wir uns an einer äußerst wichtigen Stelle des Textes. (Anm. d. Übers.)

[6] *»Was hast du?« fragt Montalo.*

»Diese Worte Krantors …«, stammle ich.

»Was ist damit?«

»Ich erinnere mich, dass mein Vater …«

»Ja, was?«, spornt mich Montalo an. »Dein Vater, und weiter?«

»Er hat vor langer Zeit ein Gedicht geschrieben …«

Montalo drängt mich abermals. Ich versuche mich zu erinnern.

Die erste Strophe in dem Gedicht meines Vaters lautete, soweit ich mich erinnere:

Die Hydra erhebt ihre zahllosen Häupter. Es brüllt
Der gräuliche Leu, es klirren die Bronzehufe
Der menschenfressenden Stuten.

»So beginnt ein Gedicht meines Vaters!«, stelle ich, höchst verwundert, fest.

Montalo wirkt einen Moment sehr niedergeschlagen. Dann nickt er und murmelt: »Ich weiß, wie es weitergeht.

Bisweilen dünken mich die Ideen und Theorien
Der Menschen Ruhmestaten des Herkules,
Im ewigen Kampf gegen die Geschöpfe,
Die dem Adel ihrer Vernunft widerstehen.

Doch manchmal sehe ich meine arme Seele
Als einen Übersetzer, gefangen in der Hand
Eines Wahnsinnigen; einen absurden Text soll er
Entschlüsseln und vermag keinen Sinn zu entdecken.

Du aber, Letzte Wahrheit, Platonische Idee –
Anmutig und zart, gleich einer Lilie
In der Hand eines Mädchens –
Laut flehst du um Hilfe, da die Gefahr du begreifst,
Nicht zu existieren und verschüttet zu werden.

O Herkules, vergebens sind all deine Heldentaten,
Denn ich kenne Menschen, die Ungeheuer lieben
Und sich mit Wonne hingeben dem Opfertod,
Zur Religion erkürend die reißenden Zähne.

Tief im Blut brüllt der Stier,
Bellt der Höllenhund und speit Feuer,
Und die goldenen Äpfel im Garten bewacht
Unerbittlich die Schlange.

auch kein Gebilde aus unsichtbaren Ideen. Darum nützt es nichts, die Ungeheuer zu besiegen, weil sie *in dir selbst* lauern. Das *kýon* wird sie alsbald wachrufen. Spürst du nicht schon, wie sie in deinen Eingeweiden wühlen?«

Herakles wollte ihm eine ironische Antwort geben, als er plötzlich im Dunkel ein Stöhnen hörte, hinter dem Dreifuß mit dem Glutbecken. Es kam von den Bündeln, die vor der Wand mit der Fackel lagen. Obwohl er den stöhnenden Mann nicht sehen konnte, erkannte er seine Stimme.

»Diagoras?«, rief er. »Was habt ihr ihm angetan?«

»Nichts, was er sich nicht selbst angetan hätte«, ant-

Ich gebe hier das ganze Gedicht wieder. Ich lese es noch einmal, finde es in meiner Erinnerung vor.

»Es ist ein Gedicht meines Vaters!«

Montalo senkt den Blick. Was will er sagen? Er sagt: »Es ist ein Gedicht des Philotextos von Chersonesos. Erinnerst du dich an Philotextos?«

»Der Schriftsteller, der im siebenten Kapitel auftritt, beim abendlichen Mahl mit den Mentoren der Akademie?«

»Ebender. Philotextos ließ sich von seinem eigenen Gedicht zu den eidetischen Bildern der Höhle *inspirieren: die Arbeiten des Herkules, das Mädchen mit der Lilie, der Übersetzer …«*

»Aber dann …«

Montalo nickt. Sein Blick ist unergründlich. »Richtig: Philotextos von Chersonesos hat DAS RÄTSEL DES PHILOSOPHEN *geschrieben. Frag mich nicht, woher ich es weiß, ich weiß es einfach. Du aber übersetze bitte weiter. Es fehlt noch ein kurzes Stück bis zum Schluss.«* (Anm. d. Übers.)

wortete Krantor. »Er hat *kýon* getrunken ... und ich sage dir, wir waren alle verblüfft, wie rasch es bei ihm wirkte!« Und laut, in höhnischem Ton, fuhr er fort: »Oh, der edle platonische Philosoph! Oh, der große Idealist! Bei Zeus, welch rasende Furie wider sich selbst barg er in seinem Innern!«

Kerberos, ein blasser Fleck, der im Zickzack über den Boden strich, fiel zornig in die Rufe seines Herrn ein. Sein Gebell verflocht sich zu Echozöpfen. Krantor kauerte nieder und streichelte ihn liebevoll.

»Nein, nein ... ruhig, Kerberos ... Es ist nichts, mein Hundchen ...«

Herakles nutzte die Gelegenheit und zerrte kräftig an dem Strick, der an dem rechten goldenen Haken festgeknotet war. Der Haken gab ein wenig nach. Davon ermutigt, zog er abermals, und der Haken glitt geräuschlos aus der Wand. Krantor war noch immer mit dem Hund beschäftigt. Jetzt hieß es schnell sein. Doch als er die freie Hand bewegen wollte, um die Fessel von der anderen zu lösen, stellte er fest, dass seine Finger ihm nicht gehorchten: Sie waren eiskalt und ein kribbelndes Gefühl breitete sich von den Spitzen bis zur Wurzel aus: Ein Heer winziger Schlangen war unter seiner Haut gezeugt worden. Da zog er mit aller Kraft am linken Haken.

In dem Augenblick, als der Haken nachgab, drehte sich Krantor um.

Herakles Pontor war dick und kleingewachsen. Zudem hingen seine schmerzenden Arme hilflos an beiden Seiten des Körpers herab wie zerbrochene Werkzeuge. Sofort wusste er, dass seine einzige Möglichkeit darin lag, irgendeinen Gegenstand als Waffe zu gebrauchen. Seine Augen hatten sogleich den Griff des Schürhakens erkoren, der aus der Kohlenglut ragte, aber er war zu weit weg, und Krantor – der sich mit Ungestüm näherte –, konnte ihm den Weg abschneiden. Während jenes einen Herzschlags oder Wimpernzuckens, in dem die Zeit stillzustehen und der Verstand ausgeschaltet zu sein scheint, begriff der Rätsellöser intuitiv – obwohl er es nicht sehen konnte –, dass an den beiden Seilenden, mit denen seine Handgelenke gefesselt waren, noch immer die goldenen Haken hingen. Als Krantors Schatten so groß wurde, dass Herakles ganz in ihm verschwand, riss er den rechten Arm hoch und beschrieb in der Luft schnell und mit aller Kraft einen Halbkreis.

Vielleicht hatte Krantor einen Hieb mit der Faust erwartet, denn als diese vor ihm vorbeischwang, ohne ihn zu treffen, wich er nicht zurück, so dass ihm der Haken mit aller Wucht ins Gesicht schlug. Herakles wusste nicht genau, wohin er getroffen hatte, aber er hörte den Schmerzensschrei. Er warf sich nach vorn, den Blick fest auf den Griff des Schürhakens gerichtet, doch ein gewaltiger Fußtritt vor die Brust nahm ihm die Luft, ließ ihn zur Seite kippen und fortrollen wie eine vom Baum gefallene reife Frucht.

Während des folgenden Augenblicks rasender Pein, suchte er sich zu erinnern, wie er in seiner Jugend beim Pankration gekämpft hatte. Sogar die Namen einiger Gegner fielen ihm wieder ein. In seinem Gedächtnis rollten ganze Szenen ab, Bilder von Triumph und Niederlage. Doch seine Gedanken brachen ab … Die Sätze verloren ihren Zusammenhang, waren nur noch einzelne Worte …

Zusammengekrümmt, die Hände über dem Kopf, empfing er die Züchtigung. Als die Felsbrocken – Krantors Füße – es müde wurden, auf ihn einzutrampeln, holte Herakles Luft und roch Blut. Die Fußtritte hatten ihn wie einen schwabbeligen Haufen Unrat gegen eine Gesteinswand geschleudert. Krantor keuchte etwas, Herakles konnte ihn aber nicht verstehen. Doch damit nicht genug, gellte ihm ein ungeschlachtes, grausliches Kind fremdartige Worte ins Ohr und besudelte sein Gesicht mit bitterem, krank riechendem Speichel. Er begriff, dass Kerberos über ihm war, hörte sein Knurren. Er drehte den Kopf und öffnete die Augen einen Spalt. Der Hund, eine Handbreit von seinem Gesicht entfernt, war eine runzlige, tobende Maske mit leeren Augenhöhlen, er wirkte wie sein eigenes Gespenst. Irgendwo weiter weg, in der unendlichen Entfernung des Schmerzes, war Krantor, mit dem Rücken zu ihm. Was tat er? Vielleicht sprach er. Herakles war sich nicht sicher, da zwischen ihm und allem anderen der tosende Berg Kerberos ragte. Weshalb trat Krantor nicht mehr zu? Weshalb brachte er sein Werk nicht zu Ende? …

Ihm kam ein Einfall. Wahrscheinlich war es kein guter Plan, doch was konnte in dieser Lage schon gut sein? Er packte mit beiden Händen den schmächtigen Hundekörper. Kaum an liebkosende Berührungen durch Fremde gewöhnt, zappelte Kerberos wie ein Kleinkind, dessen Anatomie zu drei Vierteln aus einer Doppelreihe spitzer Zähne bestand, doch Herakles hielt ihn von sich weg, als er beide Arme mit der tobenden Beute anhob. Krantor hatte wohl bemerkt, dass das Bellen auf einmal anders klang, denn er drehte sich zu Herakles um und schrie ihm etwas zu.

Herakles gestattete sich einen kurzen Moment den Gedanken, dass er einst bei den Wettkämpfen kein schlechter Diskuswerfer gewesen war.

Wie ein von einem Kind mit leichter, spielerischer Bewegung geschleuderter Stein prallte Kerberos gegen den Dreifuß, so dass der Kessel mitsamt dem Kohlenbecken umkippte. Als die Glut, sich wie die Lava eines Vulkans langsam ausbreitend, sein Fell erfasste, wurde sein Kläffen zu einem jammervollen Winseln. In einen Feuermantel getaucht, rollte der Hund über den Boden. Dem Wurf hatte gar keine so große Wucht innegewohnt, das Tier aber beschleunigte das Tempo mit seinen eigenen Muskeln: Es war ein einziger wirbelnder Glutball. Sein vom Widerhall der Höhle übertöntes Heulen krallte sich, goldenen Nadeln mit Widerhaken gleich, Herakles ins Gehör, doch wie er vermutet hatte, schwankte Krantor nur einen winzigen Augenblick zwischen ihm und dem Hund, dann entschloss er sich, dem Tier zu Hilfe zu eilen.

Kessel. Dreifuß. Glutbecken. Schürhaken. Vier scharf umgrenzte Gegenstände, jeder an einer anderen Stelle des Bodens, wohin der Zufall sie katapultiert hatte. Herakles warf sich mit seiner ganzen schmerzenden Leibesfülle hin zu dem Schürhaken. Die unberechenbaren Schicksalsgöttinnen wollten, dass er nicht weit entfernt lag.

»Kerberos!«, schrie Krantor, neben dem Hund kauernd. Er tätschelte den kleinen Körper, streifte die Asche ab. »Kerberos, Söhnchen, ruhig, lass mich …!«

Herakles dachte, ein einziger Schlag, den Griff mit beiden Händen umfasst, müsste ausreichen, aber er hatte wohl Krantors Widerstandskraft unterschätzt. Der hob eine Hand an den Kopf und versuchte, sich um die eigene Achse zu drehen. Herakles schlug abermals zu. Diesmal stürzte Krantor rücklings zu Boden. Und auch Herakles strauchelte, fiel auf ihn, am Ende seiner Kräfte.

»Bist zu dick, Herakles«, hörte er Krantor keuchen. »Solltest Leibesübungen …«

Mit schmerzerfüllter Langsamkeit richtete sich Herakles auf. Seine Arme waren schwer wie Bronzeschilde. Er stützte sich auf den Schürhaken.

»Dick und schwach«, murmelte Krantor mit höhnischem Lächeln.

Dem Rätsellöser gelang es, sich rittlings auf ihn zu setzen. Beide keuchten sie wie nach einem olympischen Wettlauf. In Krantors Kopf war eine feuchte schwarze Schlange aus dem Ei geschlüpft, und aus der Brut wurde eine Natter, dann eine Python, die unaufhaltsam über den Boden kroch. Krantor lächelte immer noch.

»Merkst du schon … das *kýon*?«

»Nein«, sagte Herakles. Also darum wollte er mich nicht töten, dachte er, er wartete darauf, dass das Rauschgift wirkt.

»Schlag zu«, murmelte Krantor.

»Nein«, wiederholte Herakles und mühte sich, auf die Füße zu kommen.

Die Schlange war nun bereits größer als der Kopf, der sie gezeugt hatte. Aber sie hatte ihre ursprüngliche Gestalt eingebüßt: Jetzt erschien sie wie der Umriss eines Baumes.[7]

»Ich will dir … ein Geheimnis verraten«, flüsterte Krantor. »Niemand weiß es … nur ein paar Brüder … Das *kýon* … ist nichts als Wasser, Honig und …«

Er rang nach Luft, fuhr sich mit der Zunge über die Lippen. »… und ein paar Schlucke gewürzter Wein.« Sein Lächeln wurde noch breiter. Die vom Haken aufgerissene Wunde in seiner linken Wange blutete. »Was sagst du dazu, Herakles? Das *kýon* ist … *nichts!*«

---

[7] *»Schlange« und »Baum«. Das Blut, das aus Krantors Kopf quillt, bildet ein prachtvolles eidetisches Bild des Drachens, der die goldenen Äpfel bewacht, und der Bäume, an denen sie hängen … Die Möglichkeit, dass mein Vater ein Gedicht von Philotextos plagiiert haben könnte, macht mir nach wie vor Sorge! … Montalo befiehlt mir: »Übersetze!«* (Anm. d. Übers.)

Herakles lehnte sich an die Felswand. Er sprach nicht, hörte aber weiter Krantors keuchendem Flüstern zu.

»Alle glauben, dass es ein Rauschmittel ist … und wenn sie es trinken, verwandeln sie sich … sie werden rasend … wahnsinnig … und tun, was wir von ihnen erwarten … als ob sie wirklich … berauscht wären … Alle außer dir … Warum?«

Weil ich nur an das glaube, was ich sehe, dachte Herakles, aber da er zu schwach zum Reden war, schwieg er.

»Töte mich«, bat Krantor.

»Nein.«

»Dann töte Kerberos … Bitte! … Ich will nicht, dass er leidet.«

»Nein«, wiederholte Herakles.

Er schleppte sich zur Wand gegenüber, wo Diagoras lag. Das Gesicht des Philosophen war voller Quetschungen, und in seiner Stirn klaffte eine böse Wunde, aber er lebte. Und seine Augen waren weit offen, der Gesichtsausdruck wach.

»Los, fort von hier«, sagte Herakles.

Diagoras schien ihn nicht zu erkennen, ließ sich aber von ihm führen. Als sie aus der Höhle in die anbrechende Nacht hinaustraten, war das Schmerzensgewinsel von Krantors Hund endlich hinter ihnen begraben.

Der Mond hing, rund und golden, hoch am schwarzen Himmel. Diagoras stützte sich beim Gehen auf Herakles und begann zu erzählen.

»Sie haben mich gezwungen, ihr Gebräu zu trinken … Von da an weiß ich nicht mehr viel, aber ich glaube, mir passierte genau das, was sie vorausgesagt hatten. Es war … Wie soll ich es beschreiben? … Ich verlor die Herrschaft über mich, Herakles … Ich spürte, dass sich tief in mir ein Ungeheuer regte, eine gewaltige, wütende Schlange …« Er keuchte und seine Augen waren gerötet, während er weiter seinen Wahnzustand schilderte: »Ich schrie und lachte … Ich schmähte die Götter … Ich glaube sogar, ich habe Meister Platon beschimpft! …«

»Was hast du zu ihm gesagt?«

Die Antwort fiel dem Philosophen sichtlich schwer: »›Lass mich in Frieden, Satyr.‹« Er wandte sich mit tief betrübter Miene Herakles zu. »Warum habe ich ihn ›Satyr‹ genannt? … Wie grässlich!«

Der Rätsellöser tröstete ihn mit der Bemerkung, er müsse alles dem Rauschgift zuschreiben.

Diagoras nickte. »Dann fing ich an, heftig mit dem Kopf gegen die Wand zu schlagen, bis ich das Bewusstsein verlor.«

Herakles dachte daran, was ihm Krantor über das *kýon* erzählt hatte. Hatte er gelogen? Ganz unwahrscheinlich war das nicht. Aber weshalb hatte dann das angeblich berauschende Getränk bei ihm selbst keinerlei Wirkung gezeigt? Wenn es stimmte, dass *kýon* nichts weiter war als Wasser, Honig und ein bisschen Wein, wieso rief es diese erstaunlichen Wahnsinnsanfälle hervor? Wieso bewirkte es, dass Eumarkos sich selbst zerfleischte? Wieso hatte es bei Diagoras gewirkt? Und eine weitere Frage quälte ihn: Sollte der Philosoph erfahren, was Krantor ihm enthüllt hatte?

Er beschloss, Schweigen zu wahren.

Der Wachtrupp stieß in der Heiligen Straße auf sie. Herakles sah die Fackeln und rief laut, wer sie seien. Aufgrund des Papyrus, den Herakles dem Archon gesandt hatte, wusste der Hauptmann Bescheid. Er fragte nach dem Verbleib der Sektenmitglieder, da der einzige bekannte Ort – das Haus der Witwe Etis – von den Bewohnern mit verdächtiger Eile verlassen worden war.

Herakles geizte mit Worten – die ihn nun, da die Müdigkeit schwer wie eine Hoplitenrüstung an seinem Körper hing, so kostbar wie Gold dünkten – und bat, dass Diagoras von ein paar Soldaten in die Stadt geleitet würde, um sich von einem Arzt untersuchen zu lassen. Daraufhin erbot er sich, den Hauptmann und die übrigen Männer zu der Höhle zu führen. Diagoras erhob matten Einspruch, fügte sich aber schließlich, da er noch verwirrt und erschöpft war. Im Schein der Fackeln fand der Rätsellöser alsbald den Rückweg zur Höhle.

In ihrer Umgebung, einem Gehölz unweit des Lykabettos, entdeckte einer der Soldaten an Bäumen festgebundene Pferde und einen großen Karren mit Kleidung und Lebensmitteln. Also waren die Sektenanhänger vermutlich nicht weit, und der Hauptmann befahl seinen Männern, die Schwerter zu ziehen und mit größter Vorsicht bis zum versteckten Eingang der Höhle vorzurücken. Herakles hatte ihnen erklärt, was geschehen war und womit sie zu rechnen hatten, und so war niemand überrascht, dass Krantors Körper, stumm und reglos, noch genauso in der Blutpfütze lag, wie es der Rätsellöser in Erinnerung hatte. Kerberos war ein verschrumpeltes, friedfertiges Geschöpf, das leise zu Füßen seines Herrn winselte.

Herakles wollte nicht wissen, ob Krantor noch lebte, und als die anderen zu ihm traten, hielt er sich abseits. Der Hund bedrohte sie mit heiserem Knurren, aber die Soldaten lachten nur, ja sie waren sogar dankbar für diesen unerwarteten Empfang. Wegen der Gerüchte über die Sekte, vermengt mit ihren eigenen Phantasien, war ihnen doch recht bange gewesen. Dass sie nun diese lächerliche, missgestaltete Kreatur vorfanden, trug nicht wenig dazu bei, ihre innere Spannung zu lösen. Sie trieben ein Weilchen ihr Spiel mit dem Hund, verhöhnten ihn mit der

Androhung von Schlägen, bis ihnen ein barscher Befehl des Hauptmanns Einhalt gebot. Da schnitten sie ihm ohne weitere Worte die Kehle durch, was sie zuvor schon mit Krantor getan hatten, wobei sich etwas ereignet hatte, was danach als komische Anekdote im Regiment umlief und viel beredet wurde. Einer der Soldaten war, während seine Kameraden sich mit dem Hund beschäftigten, an Krantor herangetreten und hatte ihm die Schneide seines Schwerts auf den kräftigen Hals gesetzt, als ein anderer fragte: »Lebt er noch?« Und just als er ihm die Kehle durchschnitt, antwortete der Soldat: »Nicht mehr.«

Die Männer folgten dem Hauptmann in die Tiefe der Höhle. Herakles ging mit ihnen. Im Innern verbreiterte sich der Gang zu einer größeren Grotte. Der Rätsellöser sah, dass der Ort – angesichts der Enge des Eingangs – gut geeignet war, um verbotene Kulte zu zelebrieren. Und offenbar war er noch kurz zuvor benutzt worden: Tönerne Masken und schwarze Umhänge lagen überall verstreut, dazu Waffen und ein großer Vorrat an Fackeln. Merkwürdig nur, dass man weder Götterstatuen noch steinerne Grabmäler noch andere religiöse Darstellungen fand. Doch das fiel in jenem Moment nicht auf, weil ein erschütternder, ungeheuerlicher Anblick aller Augen auf sich zog. Der Aufschrei eines Soldaten der Vorhut alarmierte den Hauptmann, und alle erstarrten.

Wie Fleischstücke an einer Verkaufsbude auf der Agora, bestimmt für das Festgelage irgendeines unersättlichen Krösus, hingen sie da, vom Schein der Fackeln in reines Gold getaucht. Es war mindestens ein Dutzend: nackte Männer und Frauen, mit dem Kopf nach unten an den Fußknöcheln aufgeknüpft, an Haken, die tief in die Felswände eingelassen waren. Allen ohne Unterschied waren die Bäuche aufgeschlitzt, und die Eingeweide hingen wie lästernde Zungen oder Knäuel toter Schlangen herab. Unter jedem Leichnam lag ein Klumpen aus Kleidern und Blut und ein scharfes Kurzschwert.[8]

»Sie haben ihnen die Gedärme herausgerissen!«, schrie ein junger Soldat auf, und die ernste Stimme des Echos ließ seine Worte mit wachsendem Grausen nachhallen.

»Das haben sie selbst getan«, sagte jemand hinter ihm in ruhigem Ton. »Die Schnitte führen quer über den Leib und nicht von oben nach unten, also haben sie sich den Bauch aufgeschlitzt, als sie schon hingen …«

Der Soldat, der sich nicht sicher war, wer da gesprochen hatte, drehte sich um und betrachtete im zitternden Licht seiner Fackel die müde, dicke Gestalt des Mannes, der sie hergeführt hatte (und von dem er nicht genau wusste, wer er war: ein Philosoph vielleicht?). Jetzt, nach diesen Worten, die er in einem Ton hervorgebracht hatte, als messe er seiner Überlegung wenig Bedeutung bei, trat er an die aufgeschlitzten Körper heran.

»Aber wie konnten sie …?«, murmelte ein anderer.

»Eine Schar von Irren«, schnitt der Hauptmann die Frage ab.

Sie hörten abermals die Stimme des beleibten Mannes (ein Philosoph?). Obwohl er leise sprach, verstanden alle genau, was er sprach:

»Warum?«

Er stand unter einer der Leichen: eine reife, aber noch schöne Frau mit langem schwarzem Haar, der die Eingeweide über die Brust hingen wie die Zipfel eines Peplos.

---

[8] *Der schauerliche Fund der toten Sektenmitglieder gestaltet als abschließendes Bild eidetisch den Baum mit den »Äpfeln der Hesperiden« nach, die »in Gold getaucht« an ihm hängen.* (Anm. d. Übers.)

Der Mann, dessen Kopf sich in gleicher Höhe wie der der Toten befand (er hätte sie auf die Lippen küssen können, falls ihm ein solch abwegiger Gedanke in den Sinn gekommen wäre), wirkte erschüttert, und niemand mochte ihn stören. Mehrere Soldaten, die sich der unangenehmen Aufgabe widmeten, die Leichen abzuhängen, hörten ihn noch eine Zeit lang, während der er reglos neben jenem Leichnam stand, in immer drängenderem Ton murmeln:

»Warum? … Warum? … Warum? …«

Da sagte der Übersetzer:[9]

---

[9] *»Der Text ist unvollständig!«*

»Wieso das?«, fragt Montalo.

»Weil er mit diesem Satz endet: ›Da sagte der Übersetzer:‹«

»Nein«, entgegnet Montalo. Er schaut mich auf seltsame Weise an. »Der Text ist nicht unvollständig.«

»Willst du damit sagen, dass es an anderer Stelle noch mehr versteckte Seiten gibt?«

»Ja.«

»Wo?«

»Hier«, antwortet er achselzuckend.

Meine Verwirrung scheint ihn zu amüsieren. Dann fragt er unvermittelt: »Hast du den Schlüssel zu dem Werk schon gefunden?«

Ich überlege ein Weilchen und murmele zögernd: »Vielleicht ist es das Gedicht?«

»Und was bedeutet das Gedicht?«

Nach einer Pause antworte ich: »Dass die Wahrheit nicht vernünftig hergeleitet werden kann … oder dass es schwierig ist, die Wahrheit zu finden …«

Montalos Miene zeigt Enttäuschung. »Das wissen wir

ja schon, dass es schwierig ist, die Wahrheit zu finden«, bemerkt er. »Diese Schlussfolgerung kann NICHT die Wahrheit sein ... denn in diesem Falle wäre die Wahrheit nichts ... und es muss doch etwas geben, nicht wahr. Sag mir: Was ist die Idee des Ganzen, der Schlüssel zu dem Text?«

»Ich weiß es nicht!«, rufe ich.

Er lächelt, aber sein Lächeln ist bitter. »Vielleicht ist dein eigener Unwille der Schlüssel, was meinst du? Vielleicht ist es dieser Zorn, den du jetzt gegen mich fühlst ... oder die Lust, die du empfunden hast, als du dir vorstelltest, mit der Hetäre herumzutollen ... oder der Hunger, den du gelitten hast, als ich mich mit dem Essen verspätete ... oder die Verstopfung deiner Gedärme. Vielleicht sind das die einzigen Schlüssel. Warum im Text nach ihnen suchen? Sie sind in unseren Körpern!«

»Hör auf, mit mir zu spielen!«, erwidere ich. »Ich will wissen, welcher Zusammenhang zwischen diesem Werk und dem Gedicht meines Vaters besteht!«

Montalo setzt eine ernste Miene auf und leiert in müdem Ton herunter, als ob er etwas vorläse: »Ich sagte dir schon, das Gedicht stammt von Philotextos von Chersonesos, einem thrakischen Schriftsteller, der in seinen Reifejahren in Athen lebte und in Platons Akademie verkehrte. Philotextos stützte sich auf sein eigenes Gedicht, um die eidetischen Bilder in dem Werk DAS RÄTSEL DES PHILOSOPHEN zu entwickeln. Beide Texte waren inspiriert von tatsächlichen Ereignissen im Athen jener Zeit, vor allem vom kollektiven Selbstmord der Mitglieder einer Sekte, die der hier geschilderten stark ähnelt. Jener Vorfall übte starken Einfluss auf Philotextos aus, er sah darin einen Beweis dafür, dass Platon sich irrte: Wir Menschen wählen das Schlimmere nicht aus Unwissenheit, sondern aus einem inneren Antrieb heraus, etwas Unbekanntem, *das in jedem von uns ruht und das nicht vernünftig begründet noch mit Worten erklärt werden kann …«*

»Aber die Geschichte hat Platon Recht gegeben!«, rufe ich aus. »Die Menschen unserer Zeit sind Idealisten und widmen sich dem Denken und Lesen und dem Entschlüsseln von Texten … Viele von uns sind Philosophen oder Übersetzer … Wir glauben fest an die Existenz von Ideen, die wir mit unseren Sinnen nicht wahrnehmen … Die Besten von uns regieren die Städte … Frauen und Männer arbeiten in gleicher Weise an den gleichen Aufgaben und haben die gleichen Rechte. Die Welt befindet sich im Frieden. Die Gewalt ist vollkommen erloschen und …« Montalos Gesichtsausdruck irritiert mich. Ich unterbreche meine emotionsgeladene Erklärung und frage: »Was ist los?«

Mit geröteten und feuchten Augen antwortet er nach einem tiefen Seufzer: »Ebendas ist eines der Dinge, die Philotextos mit seinem Werk demonstrieren wollte, Sohn: Die Welt, die du schilderst … die Welt, in der wir leben … unsere Welt … EXISTIERT NICHT. *Und sie wird wahrscheinlich niemals existieren.« Und in düsterem Tonfall fährt er fort: »Die einzig existierende Welt ist die des Werkes, das du übersetzt hast: das Athen der Zeit nach dem Peloponnesischen Krieg, jene Stadt voller Tollheiten, Ekstasen und vernunftwidriger Ungeheuer. Das ist die* REALE *Welt, nicht die unsere … Aus diesem Grunde wies ich dich warnend darauf hin, dass das* RÄTSEL DES PHILOSOPHEN *an die Existenz des Universums rührt …«*

Ich mustere ihn. Offenbar spricht er in allem Ernst, dennoch lächelt er. »Jetzt, ja, jetzt glaube ich, dass du total verrückt bist!«, sage ich.

»Nein, mein Sohn, erinnere dich.« Und plötzlich wird sein Lächeln gütig, als ob wir beide gleiches Unglück teilten. »Erinnerst du dich an die Wette zwischen Philotextos und Platon im siebenten Kapitel?«

»Ja. Platon behauptete, dass niemals ein Buch geschrieben werden könnte, das die fünf Elemente der Erkenntnis enthält. Aber Philotextos war davon nicht so überzeugt …«

»Richtig. Nun denn: DAS RÄTSEL DES PHILOSOPHEN *ist das Ergebnis der Wette zwischen Philotextos und Platon. Philotextos kam das Unterfangen sehr schwierig vor: Wie könnte man ein Werk schaffen, das die fünf platonischen Erkenntniselemente enthielte? Die beiden ersten, wenn du dich erinnerst, waren einfach: Der ›Name‹ ist einfach der Name der Dinge, und die ›Definition‹, das sind die Sätze, die wir über sie aussagen. Beide Elemente kommen in jedem normalen Text vor. Das dritte aber, die Abbilder, stellte bereits ein Problem dar: Wie sollte man ›Bilder‹ erschaffen, die nicht einfach ›Definitionen‹ wären, Gestalten von Wesen und Dingen jenseits der geschriebenen Worte? Und da erfand Philotextos die ›Eidesis‹ …«*

»Was?«, unterbreche ich ihn ungläubig, »er ›erfand‹ sie?«

Montalo nickt mit tiefem Ernst. »Die ›Eidesis‹ ist eine Erfindung von Philotextos: Durch sie erlangten die Bilder Eigenleben, Unabhängigkeit … Sie waren nicht an das Geschriebene gebunden, sondern an die Phantasie des Lesers … So konnte ein Kapitel etwa die Gestalt eines Löwen oder eines Mädchens mit einer Lilie enthalten!«

Ich lächle angesichts dieser grotesken Behauptung. »Du weißt so gut wie ich«, entgegne ich, »dass die Eidesis eine von manchen griechischen Schriftstellern angewandte Technik ist …«

»Nein!«, unterbricht mich Montalo ungeduldig. »Sie ist die ausschließliche Erfindung dieses Werkes. Lass mich ausreden, und du wirst alles verstehen! … Das dritte Element also war gefunden … doch es fehlten noch die

schwierigsten ... Wie sollte man das vierte einführen, die ›geistige Erörterung‹? Offenbar bedurfte es einer Stimme außerhalb des Textes, einer Stimme, die das Gelesene ›erörterte‹ ... einer Figur, die die fiktive Handlung aus der Distanz betrachtete ... Diese Figur konnte nicht für sich allein stehen, da das Element einen bestimmten Grad von ›Dialog‹ erfordert ... So war die Existenz von mindestens zwei Gestalten AUSSERHALB des Werkes unerlässlich ... Aber wer sollten sie sein, und unter welchem Vorwand sollten sie dem Leser vorgeführt werden?«

Montalo legt eine Pause ein und lächelt schalkhaft. »Die Lösung fand Philotextos in seinem eigenen Gedicht, in der Strophe von dem Übersetzer, der ›gefangen in der Hand eines Wahnsinnigen‹ ist: Die Einführung mehrerer fiktiver Übersetzer wäre das geeignetste Mittel, um zu dem vierten Element zu gelangen ... Einer von ihnen würde das Werk ›übersetzen‹ und es mit Fußnoten versehen, und die übrigen stünden auf diese oder jene Weise mit ihm in Verbindung ... Durch diesen Kunstgriff gelang es unserem Schriftsteller, das vierte Element einzuführen. Doch es blieb noch das fünfte, das schwierigste: die ›Idee an sich‹!«

Montalo macht eine kurze Pause und kichert leise. »Die ›Idee an sich‹ ist der Schlüssel, nach dem wir von Beginn an vergebens gesucht haben. Philotextos glaubt nicht an ihre Existenz, und darum konnten wir sie nicht finden ... Aber letzten Endes ist auch sie enthalten: In unserem Suchen, in unserem Verlangen, sie zu finden ...« Und mit einem immer breiteren Lächeln schließt er: »Philotextos hat also die Wette gewonnen.«

Als Montalo geendet hat, murmele ich ungläubig: »Du bist vollkommen verrückt ...«

Montalos ausdrucksloses Gesicht wird immer bleicher. »In der Tat, das bin ich«, gibt er zu. »Aber jetzt weiß ich, *weshalb ich mein Spiel mit dir trieb und dich dann entführte und hier einsperrte. Genau genommen wusste ich es erst, als du mir sagtest, dass das Gedicht, auf dem dieses Werk beruht, von deinem Vater stammt … denn auch ich bin mir sicher, dass mein Vater dieses Gedicht geschrieben hat … er war Schriftsteller wie deiner.«*

Ich bin sprachlos. Montalo fährt in immer beklommenerem Ton fort. »Wir gehören zu den Bildern des Werkes, merkst du das nicht? Ich bin der ›Wahnsinnige‹, der dich eingesperrt hat, wie das Gedicht besagt, und du der ›Übersetzer‹. Und der Vater von beiden, der Mann, der dich und mich und alle Gestalten des RÄTSELS *gezeugt hat, heißt Philotextos von Chersonesos.«*

Mich überläuft ein kalter Schauer. Ich betrachte die Dunkelheit der Zelle, den Tisch mit den Papyri, die Lampe, Montalos bleiches Antlitz. Ich murmele: »Das ist eine Lüge … Ich … Ich habe mein Eigenleben … Ich habe Freunde! … Ich kenne ein Mädchen, Helena … Ich bin keine Figur … Ich lebe!«

Plötzlich verzieht sich Montalos Gesicht zu einer unsinnigen, wütenden Grimasse. »Du Narr! Begreifst du es noch immer nicht? … Helena … Elio … du … ich … ! WIR ALLE WAREN DAS VIERTE ELEMENT!*«*

Wütend, außer mir, stürze ich mich auf Montalo: Ich versuche ihn niederzuschlagen, um entfliehen zu können, aber das Einzige, was ich schaffe, ist, ihm das Gesicht herunterzureißen. Sein Gesicht ist eine zweite Maske. Dahinter jedoch ist nichts: Dunkel. Seine Kleider sinken schlaff zu Boden. Der Tisch, an dem ich gearbeitet habe, verschwindet, ebenso das Bett und der Stuhl. Dann verflüchtigen sich die Wände der Zelle. Ich versinke in Finsternis.

»Warum? … Warum?… Warum? …«, frage ich.

Der meinen Worten zugemessene Raum schrumpft. Ich

werde zu einer ebensolchen Randerscheinung wie meine Fußnoten.

Hier beschließt der Autor, mir den Garaus zu machen.

EPILOG

Zitternd hebe ich die Feder vom Papyrus, nachdem ich die letzten Worte meines Werkes niedergeschrieben habe. Ich vermag mir nicht vorzustellen, was Platon davon halten wird – er hat mit ebensolchem Bangen wie ich selbst auf den Abschluss der Niederschrift gewartet. Vielleicht wird sein lichtvolles Antlitz während der Lektüre an manchen Stellen ein feines Lächeln zeigen. An anderen, das weiß ich wohl, wird er die Stirn runzeln. Möglich, dass er mir sagt (ich höre geradezu seine gemessene Stimme): »Ein sonderbares Werk, Philotextos, zumal die zwei Handlungsstränge, die du entfaltest: einerseits die Nachforschungen des Herakles und Diagoras; andererseits jene merkwürdige Gestalt, der Übersetzer (du gibst ihm keinen Namen), der, in einer nichtexistenten Zukunft angesiedelt, am Rande seine Beobachtungen anmerkt, mit anderen Figuren einen Dialog führt und schließlich von dem wahnsinnigen Montalo entführt wird … Welch trauriges Schicksal, nicht zu wissen, dass er ein ebenso fiktives Geschöpf war wie die Figuren des Werkes, das er übersetzte!« Da werde ich entgegnen: »Aber du selbst hast dir viele Worte ausgedacht und sie deinem Lehrer Sokrates in den Mund gelegt.« Und weiter: «Welches Schicksal ist schlimmer? Das meines Übersetzers, der niemals existiert hat außer in meinem Werk, oder das deines Sokrates, der sich trotz seiner realen Existenz in ein ebenso literarisches Geschöpf verwandelt hat wie meines? Ich glaube, besser ist es, ein imaginäres Wesen zur Realität zu verdammen, als ein reales zur Fiktion.«

Da ich Platon so gut kenne, wie ich ihn kenne, vermute ich, es wird mehr Stirnrunzeln geben als Lächeln.

Trotzdem habe ich seinetwegen keine Befürchtungen: Er ist nicht der Mann, der sich leicht erschrecken lässt. Er schaut weiter verzückt auf jene unberührbare Welt, die erfüllt ist von Anmut und Frieden, von Harmonie und geschriebenen Worten und die das Reich der Ideen bildet, das er seinen Schülern nahe bringt: In der Akademie lebt man bereits nicht mehr in der Realität, sondern in Platons Kopf. Lehrer und Schüler sind »Übersetzer«, eingesperrt, die Rätsel der Philosophie zu lösen, die »Idee an sich« zu finden. Ich wollte mir einen kleinen Scherz mit ihnen erlauben (verzeiht, es geschah ohne böse Absicht), sie innerlich bewegen, aber auch meine Stimme (als Dichter, nicht als Philosoph) zu dem Ausruf erheben: »Hört auf, nach verborgenen Ideen, Schlüsseln zum Ganzen oder letzten Sinngehalten zu suchen! Hört auf mit dem bloßen Lesen und *lebt*! Tretet heraus aus dem Text! Was seht ihr da? Nur Finsternis? Sucht nicht länger!« Ich glaube nicht, dass sie auf mich hören werden: Sie werden weitermachen, eifrig, winzig wie die Buchstaben des Alphabets, besessen von der Vorstellung, durch das Wort und den Dialog zur Wahrheit vorzudringen. Zeus allein weiß, wie viele Texte, wie viele erdachte und mit Feder und Tinte niedergeschriebene Theorien das Leben der Menschen in der Zukunft beherrschen und den Lauf der Zeiten töricht verändern werden! ... Ich aber will mich an die letzten Worte Xenophons in seiner jüngsten historischen Studie halten: »Meine Arbeit endet hier. Möge sich ein anderer mit dem befassen, was jetzt kommt.«

Ende des Werkes
DAS RÄTSEL DES PHILOSOPHEN,
verfasst von Philotextos von Chersonesos,
in dem Jahr, da Arginides Archon,
Demetriata Sibylle und Argelaos Ephor war.

Die Originalausgabe erschien 2000 unter dem Titel
La caverna de las ideas *im Verlag Alfaguara,*
Grupo Santillana de Ediciones, S.A., in Madrid.

Wir danken dem Artemis & Winkler Verlag für die freundliche
Genehmigung des Abdrucks des Zitats aus Die echten Briefe Platons,
übertragen und eingeleitet von Ernst Howald,
© 1951 Patmos Verlag GmbH & Co. KG,
Artemis & Winkler Verlag, Düsseldorf und Zürich.

Der Claassen Verlag ist ein Unternehmen der
Econ Ullstein List Verlag GmbH & Co. KG

ISBN 3-546-00221-0

Gesetzt aus der Sabon und Souvenir
bei Franzis print & media GmbH, München
Druck und Bindung: GGP Media, Pößneck